Anmerkung der Autorin

Auch wenn die Handlung dieses Buchs in einer Highschool-Umgebung spielt, handelt es sich dabei dennoch um eine Dark Romance Story, die aufgrund des Erwachseneninhalts, der expliziten sexuellen Szenen und der teilweise vulgären Sprache nicht für Jugendliche geeignet ist. Es wird empfohlen, dieses Buch erst ab 18 Jahren zu lesen. Manche Szenen können eine aufwühlende Wirkung haben.

SIOBHAN DAVIS

USA TODAY BESTSELLERAUTORIN

REVENGE IS WHAT YOU GET

DARK ROMANCE

ROMANCE EDITION

REVENGE IS WHAT YOU GET

Siobhan Davis

8712 Niklasdorf, Austria
in Zusammenarbeit mit Bookcase Literary Agency

Aus dem Amerikanischen von Friederike Bruhn

1. Auflage

Covergestaltung: © Sturmmöwen
Titelabbildung: © Arsgera
Redaktion & Korrektorat: Romance Edition

Printed in Germany

ISBN-Taschenbuch: 978-3-903278-30-1
ISBN-EPUB: 978-3-903278-31-8

www.romance-edition.com

1. Kapitel

Eine leichte Brise streicht über meine Beine, als jemand die Decke über mir zurückschlägt und mein Nachthemd anhebt. Ein Gewicht drückt auf den unteren Teil meines Körpers und ein Wimmern löst sich aus meinem Mund. Ich versuche zu blinzeln, aber meine Augen weigern sich zu kooperieren, und geben sich lieber weiter dem Dämmerzustand hin, der mein Zuhause zu sein scheint.

»Sie wird wieder«, sagt eine mir unbekannte Stimme, als ich versuche, mich im Bett aufzusetzen. Doch mit meinen Gliedmaßen geht es mir wie mit meinen Augen. Sie wollen nicht richtig funktionieren. Ich beginne zu schreien, aber niemand hört mich, da die Schreie in meinem Inneren gefangen bleiben. »Geben Sie ihr viel Flüssigkeit und stellen Sie sicher, dass sie abwechslungsreich isst und ihre Vitamine sowie ihre Medikamente nimmt. Ich komme nächste Woche wieder, um nach ihr zu sehen.«

Das Geräusch sich entfernender Schritte sorgt dafür, dass ich all meine Kräfte mobilisiere, mich durch den dunklen, trüben Nebel in meinem Kopf kämpfe und einen Arm unter der Decke hervorschiebe. »Warten Sie!« Meine Stimme ist rau, weil ich sie so lang nicht benutzt habe, und kaum mehr als ein Flüstern. »Helfen Sie mir! Helfen Sie meinem Baby!«

Die Person, deren Schritte am Verklingen waren, hält inne, und eine leise Unterhaltung folgt, doch ich kann die Worte nicht verstehen, die Stimmen nicht erkennen, und mein dämlicher Körper will sich einfach nicht bewegen. Stumme Tränen laufen mir die Wangen hinab. »Hilfe!«, krächze ich erneut, aber es ist vergeblich.

Bilder blitzen vor meinem inneren Auge auf, und der schlimmste Schmerz, den man sich vorstellen kann, durchfährt mich wie ein Blitz. Wie ein scharf geschliffenes Schwert, das durch Haut, Sehnen, Muskeln und Knochen schneidet.

»Pst, Miss Manning, ganz ruhig.« Jemand streicht mir mit

einer kühlen Hand über meine Wange und berührt meinen Arm.

»Nein!«, schreie ich auf, als er gegen meinen Arm schnippt, um ihn auf die Spritze vorzubereiten. »Bitte hören Sie auf!« Doch stattdessen spüre ich einen scharfen, brennenden Stich, bevor sich eine kalte Flüssigkeit in meinen Venen ausbreitet und mich betäubt.

»Alles wird gut werden, Abigail.« Wieder spüre ich seine Finger an meiner Wange. »Schlaf, hübsche Lady.«

Meine Lider werden schwer. Mein Körper fühlt sich wie ein totes Gewicht auf dem Bett an. Ich kämpfe gegen die Dunkelheit, die mich verschlingen will, so wie jedes Mal, doch ich erliege ihr immer, und dieses Mal ist es nicht anders.

Die Zeit verliert jegliche Bedeutung für mich. Ich weiß nicht, wie viel von ihr vergeht, während sich Tage und Nächte miteinander vermischen und ich in einer Art alternativem, finsterem Reich zu existieren scheine. Klare Momente sind selten. Bis ich eines Tages aufwache und sich meine Glieder leichter anfühlen, die verschwommene Dunkelheit in meinem Kopf fast vollständig verschwunden ist und ich mich bewegen kann.

Meine Bewegungen sind schwerfällig, als ich mich im Bett in eine aufrechte Position hieve und blinzelnd die Augen öffne. Blendendes Licht überwältigt mich und ich senke die Lider wieder, ehe ich sie nach und nach wieder aufmache, bis ich mich an die Helligkeit im Raum gewöhnt habe.

Ich sehe mich in dem seltsamen Zimmer um. Es ist nur spärlich dekoriert und möbliert. Zu meiner Linken befinden sich ein Schreibtisch aus Holz und ein Stuhl. Zu meiner Rechten ein kleiner Schrank und eine Kommode. Eine Lampe steht auf dem Nachtschrank neben meinem Bett. Trostlose graue Wände ohne Bilder tragen noch mehr zu dem insgesamt bedrückenden Eindruck des Raumes bei.

Als ich einen Blick über meine Schulter werfe, entdecke ich das einzige Fenster des Raumes. Es ist nicht mehr als ein kleines Quadrat mit senkrecht verlaufenden Gitterstäben davor. Trübes Tageslicht dringt durch die Abstände dazwischen herein, was bestätigt, dass gerade früher Abend sein muss.

Behutsam schiebe ich meine Beine über die Bettkante und stehe auf. Als unter mir der Boden nachzugeben droht, halte ich mich krampfhaft am Nachttisch fest. Alle meine Kräfte bündelnd, mache ich einen vorsichtigen Schritt nach dem anderen auf die Nebentür zu, von der ich hoffe, dass sich dahinter eine Toilette befindet, da ich dringend pinkeln muss.

Ich stolpere in das kleine Badezimmer und lasse mich dankbar auf den Sitz der Toilette sinken. Ein stechender Schmerz begleitet meinen Toilettengang und ich zucke zusammen. Mit einer Hand reibe ich mir über den Bauch, während ich mich erleichtere. Nachdem ich fertig bin, gehe ich auf wackligen Beinen zum Waschbecken hinüber und inspiziere mein Abbild im Spiegel.

Ich könnte etwas mehr Farbe im Gesicht vertragen, aber ansonsten sehe ich unversehrt aus. Zumindest nicht wie ein gekidnapptes Mädchen, das – wohin auch immer – verschleppt wurde. Und auch nicht wie ein Mädchen, dessen ganze Welt in dieser einen schicksalshaften Nacht in sich zusammengebrochen ist. Aber der Schein trügt nur allzu oft. Diese Lektion habe ich schon vor langer Zeit gelernt. Welch ein Pech, dass ich mich in der Sekunde, in der Camden Marshall in mein Leben getreten ist, nicht darauf besonnen habe.

Zwar habe ich den Großteil meiner Zeit in einem betäubten Zustand nichts ahnender Glückseligkeit verbracht, aber das Aufblitzen einzelner Erinnerungsfetzen war genug, um mir ins Gedächtnis zu rufen, dass er der Grund ist, warum ich hier bin. Wo zur Hölle dieses *Hier* auch immer ist, denn ich habe nicht einmal eine Ahnung, ob ich überhaupt noch in den USA bin.

Alles, was ich noch weiß, ist, dass ich in einem Flugzeug aufwachte, Louis mich selbstgefällig angrinste, während er mir vergnügt eine gottverdammte Monsternadel in den Arm jagte, und ich wieder ohnmächtig wurde. Das Nächste, woran ich mich erinnere, sind mein Erwachen in einem fremden Bett, während kalter Schweiß an meiner Haut klebte, und meine Schreie, die von den Wänden des Zimmers widerhallten. Danach ist alles ein riesiges verschwommenes Durcheinander.

Ich drehe die Dusche auf, ziehe mir mein Nachthemd aus und trete unter das warme Wasser.

Während ich mich einseife, fallen mir zum ersten Mal meine größer gewordenen Brüste auf und ich starre sie erstaunt an. Ich weiß, dass Brüste während einer Schwangerschaft üblicherweise größer werden, aber ich habe nicht erwartet, dass sie so schnell und so sehr wachsen würden. Ich umfasse sie mit den Händen; sie fühlen sich schwer an und sind berührungsempfindlich. Vermutlich werde ich mich an viele Veränderungen gewöhnen müssen, während meine Schwangerschaft voranschreitet.

Ich lege meine Hand auf meinen flachen Unterleib und frage mich, wann wohl ein erstes Bäuchlein zu sehen sein wird. Um diese Sache habe ich nicht gebeten, und ich hasse es, dass ich auf Basis einer Lüge schwanger geworden bin, dennoch bin ich nicht unglücklich darüber. Ich reibe mir mit der Hand über den Bauch und muss lächeln. Der Gedanke, dass dieses klitzekleine Etwas in mir heranwächst, ist unglaublich, und ich klammere mich an mein Versprechen, alles zu tun, um ihn oder sie zu beschützen.

Mein Lächeln schwindet, als mir Angst die Kehle zuschnürt. Ich weiß nicht, wie lang ich schon hier bin oder was sie mit mir gemacht haben. Furcht bohrt sich in meine Eingeweide. Wenn er meinem Baby irgendetwas angetan hat, werde ich ihn mit bloßen Händen ermorden.

Ich versuche, logisch an die ganze Sache heranzugehen und meinen rasenden Puls wieder zu beruhigen.

Vater hat mich entführt, um mich von Kaiden und Atticus fernzuhalten, denn wenn ich das Baby bekomme und dessen Dad nicht heirate, gehen meine Anteile an Manning Motors automatisch an ihn zurück.

Genau das, was er immer wollte.

Also ist mein Baby in Sicherheit.

Vorerst.

Über unser Baby nachzudenken, befördert alles andere wieder an die Oberfläche zurück. Ich lege den Kopf in den Nacken, schließe die Augen und lasse das Wasser über mein Gesicht fließen, während meine Gedanken wieder zu diesem einen Abend zurückwandern.

Ich kann nicht glauben, dass ich die Verbindung nicht hergestellt habe. Dass ich nicht herausgefunden habe, dass Camden Marshall in Wirklichkeit Kaiden Anderson ist. Der beste Freund meines Bruders, als wir noch klein waren. Der Sohn der besten Freundin meiner Mom. Jemand, mit dem ich in meiner Kindheit gern gespielt habe. Bis die Affäre meiner Mutter mit seinem Vater ihrer Freundschaft mit Emma Anderson ein Ende bereitete und schließlich beide Frauen das Leben kostete.

All die Offenbarungen dieses Abends wiegen schwer, und ich lasse mich erschöpft und müde – sowohl geistig als auch körperlich – gegen die Wand sinken. Nachdem ich die Reste von Shampoo und Seife aus meinen Haaren und von meinem Körper gespült habe, stolpere ich aus der Duschkabine, wickle mich in ein Handtuch und drehe das Wasser ab.

Ein spitzer Schrei entfährt mir, als ich bei meiner Rückkehr ins Schlafzimmer meinen Vater und einen fremden Mann erblicke, dessen Hände in weißen Handschuhen stecken. All die kleinen Härchen in meinem Nacken richten sich auf.

»Du solltest nicht herumlaufen.« Mein Vater lässt seinen Blick kurz über mich schweifen. »Geh zurück ins Bett.«

Ich zeige ihm den Mittelfinger. »Fick. Dich.«

Er bewegt sich in rasender Geschwindigkeit auf mich zu und mein Kopf fliegt zur Seite, als er mir eine schallende Ohrfeige verpasst. »Ich dachte, ich hätte diesen Ungehorsam aus dir herausgeprügelt, aber du hast genau den gleichen starrsinnigen Charakter wie deine Mutter.« Er packt mit schmerzhaftem Griff mein Kinn. Wasser tropft aus meinen nassen Haaren und läuft meinen Rücken hinunter. »Und den gleichen miesen Männergeschmack wie sie«, fügt er hinzu und schubst mich, nicht gerade sanft, dem Fremden entgegen.

Der Mann hilft mir zurück ins Bett, zieht die Decke bis zu meinen Achseln hoch und lächelt. Er ist Mitte zwanzig, schätze ich, hat helle Haut, dunkle Augen und dunkle Haare. Misstrauisch sehe ich ihn an. »Mein Name ist Wyatt. Ich bin psychiatrischer Krankenpfleger und soll nach Ihnen sehen.«

Das löst nicht gerade ein warmes und behagliches Gefühl aus. »Ich nehme an, dass Sie derjenige sind, dem ich meinen zugedröhnten Zustand zu verdanken habe.« Wütend funkle ich ihn an und lege all meinen Hass in meinen Blick. Vielleicht hat er nicht den Befehl gegeben – diese Ehre gehört vermutlich meinem geliebten Vater –, aber er hat auf jeden Fall danach gehandelt.

Sein Lächeln fällt in sich zusammen. »Es war in Ihrem besten Interesse, Miss Manning.«

»Ersparen Sie mir diesen Bullshit«, fauche ich.

»Ich brauche ein paar Minuten allein mit meiner Tochter«, sagt mein Vater.

Sofort steigt mir Übelkeit die Kehle hinauf, als ich sehe, wie er die Hände an seinen Seiten immer wieder zu Fäusten ballt. Panisch richte ich meinen Blick auf Wyatt, stumm darum flehend, dass er nicht geht, auch wenn ich ihn nicht mag und ihm nicht vertraue. Unter keinen Umständen will ich mit meinem Vater hier drinnen allein gelassen werden. Ich bin mir sicher, dass er mir wehtun wird.

»Sir.« Wyatt nickt ehrfürchtig, ignoriert meinen angstvollen Blick und schlüpft aus dem Raum.

Ich schiebe meine Furcht beiseite, setze mich auf, recke das Kinn und bemühe mich um eine selbstbewusste Miene, auch wenn ich mich gar nicht so fühle.

Mein Vater kommt auf mich zu und lässt sich auf der Bettkante nieder. »Warum musst du so schwierig sein? Warum kannst du dich nicht wie dein Bruder verhalten?«

Der Gedanke an Drew trägt wenig dazu dabei, mich zu beruhigen.

Atticus Anderson hat ihn vor meinem Vater geoutet und bestätigt, dass Drew seinen Teil zum Einbruch in den Safe und zum Diebstahl der vertraulichen Papiere beigetragen hat, inklusive des echten Testaments, in dem steht, dass entsprechende Anteile an Manning Motors an mich und meinen Zwillingsbruder übergehen, wenn wir beide achtzehn werden. Es sei denn, ich heirate. In diesem Fall gehen meine Anteile an meinen Ehemann. Das ist der Grund, warum mein Vater so scharf darauf war, mich mit einem der Jungs aus der Elite unter die Haube zu bekommen. »Wo ist Drew?«, frage ich.

»Drew ist zu Hause, wo er rechtmäßig hingehört. Anders als du weiß er um die Bedeutung von Loyalität.«

Ich verberge die Überraschung, die mich bei dieser Neuigkeit überfällt, und frage mich, was Drew ihm erzählt hat, um sich aus dem Loch hinauszumanövrieren, in dem er steckte.

»Warum bin ich hier? Wo bin ich? Und was ist das hier für ein Ort?«

»Du bist hier, weil ich dir nicht vertrauen kann.« Erneut umfasst er unsanft mein Kinn. »Atticus Anderson wird dich nicht in die Finger bekommen. Er denkt, er hätte alles im Griff, aber dieser armselige Trunkenbold unterschätzt wie immer seinen Feind.« Ein boshaftes Grinsen umspielt seine Mundwinkel, und ich will meine Faust in sein Gesicht rammen, bis es blutüberströmt ist. Er bohrt seine Nägel hart in meine Haut und ich beiße die Zähne zusammen, um keine Reaktion zu zeigen. »Genau wie du, dummes Mädchen«, höhnt er, und Panik kriecht meinen Hals hinauf. »Kaiden Anderson wird dich nicht noch einmal berühren und du wirst für deine Illoyalität bezahlen.«

Er lässt mich los und steht auf. Ich warte auf die krönenden Worte seiner Rede und halte den Atem an. »Du wirst hierbleiben und dich ausschließlich auf das Lernen konzentrieren, damit du deinen Abschluss früher schaffst, nämlich zu deinem achtzehnten Geburtstag. Dann, und nur dann, werde ich dir gestatten, wieder nach Hause zurückzukehren, und zwar an deinem Hochzeitstag. Du wirst Charles Barron III. heiraten und er wird mir deine Anteile überschreiben. Du wirst eine pflichtbewusste Ehefrau sein und nichts tun, was ihm oder irgendjemandem der Elite gegenüber respektlos ist. Zu einem Zeitpunkt meiner Wahl wirst du ihm schließlich einen Erben schenken.«

Er ist absolut wahnsinnig.

Ich werde eher sterben, als dieses Leben zu führen.

Außerdem ist mir nicht entgangen, dass er mein Baby in seinen Plänen nicht erwähnt hat. Hat Charlie zugestimmt, mein Kind als sein eigenes großzuziehen, oder wie passt meine Schwangerschaft in seine Pläne? Schreckliche Angst hält mein Herz in ihren Klauen, als ich mir all die furchtbaren Dinge vorstelle, die er meinem ungeborenen Kind antun könnte. »Das werde ich nicht tun.« Ich verschränke die Arme vor der Brust. »Du kannst mich nicht zwingen.«

Sein boshaftes Lachen erfüllt den Raum und sendet mir einen Schauder nach dem anderen die Wirbelsäule hinunter. »Ich denke, du wirst herausfinden, dass ich das kann und dass ich genau das tun werde.« Er holt einen Briefumschlag aus der Innentasche seiner Jacke und schlägt damit leicht gegen seinen Handrücken. »Deine Naivität hat dich verwundbar gemacht, Abigail, was zusätzlich zu meiner Enttäuschung beiträgt. Ich habe dich besser erzogen, aber du bist einfach wie jede andere nutzlose Frau. Schwach und von deinen Emotionen beherrscht.«

Ein angewiderter Ausdruck huscht über sein Gesicht. »Du wirst tun, was ich dir sage, weil ich die Macht habe, dir alles wegzunehmen. Angefangen hiermit.« Er legt den Briefumschlag neben mir aufs Bett. »Das ist nur der Anfang. Denk an all die, die du liebst. Deine Aufsässigkeit bringt jeden Einzelnen von ihnen in Gefahr. Du kannst mich gern testen, aber ich würde dir nicht dazu raten. Auch wenn ich es genießen würde, jeden Namen auf dieser Liste abzuhaken.«

»Du widerst mich an.«

»Gleichfalls.« Er lehnt sich so weit vor, dass er nur noch wenige Zentimeter von meinem Gesicht entfernt ist. Sein saurer Atem weht mir entgegen und verursacht mir Übelkeit. »Wenn ich dich nicht brauchen würde, hätte ich dich bereits kurz nach deiner Geburt erwürgt.«

Ein verworrener Ball an Emotionen schnürt mir die Kehle zu und ich kämpfe hart darum, eine neutrale Miene aufrechtzuerhalten. Mir ist schon ewig bewusst, dass er mich hasst. Wenn er zu irgendetwas fähig ist, das Liebe ähnelt, möchte ich nicht die Person sein, auf die diese Emotion gerichtet ist. Dennoch tut es weh, seinen Hass so offenkundig ins Gesicht geschleudert zu bekommen. Allerdings stachelt mich das auch an und hilft mir dabei, fokussiert zu bleiben. Daher sollte ich ihm dafür danken, denn sein Verhalten stellt sicher, dass ich niemals meine Entschlossenheit verliere.

Ich lasse mich nicht von ihm provozieren, denn das würde nur seine Worte bestätigen. Also tue ich das, was ich immer mache, um meine Gefühle umzuleiten: Ich konzentriere mich auf etwas, das nicht emotionsbeladen ist. »Warum brauchst du mich?« Ich durchbohre ihn mit meinem hasserfüllten Blick. »Meine Ehe mit Charlie hilft dir nicht bei deinem automatischen Fahrprogramm, also warum ist dir das so wichtig?«

Er verengt die Augen zu Schlitzen und ich bemerke, dass die kleinen Fältchen, die früher dort sichtbar waren, nicht mehr da sind. Mein Vater ist vierundsechzig, aber er hat nicht eine Falte in seinem straffen Gesicht. Er ist schon lange ein Befürworter von Schönheitsoperationen und regelmäßiger Besucher in Dr. Gunnings Klinik in Rydeville. Seine Eitelkeit und seine Arroganz kennen keine Grenzen. Für einen Mann verschwendet er übertrieben viel Zeit auf sein Aussehen. Sobald auch nur das kleinste bisschen Grau an seinen Schläfen erscheint, färbt er seine Haare. Er macht jeden Tag, ohne Ausnahme, zwei Stunden Sport. Er ernährt sich gesund und achtet penibel auf die Kalorien, die er zu sich nimmt. Darüber hinaus lässt er sich jede Woche eine Maniküre und eine Gesichtsbehandlung verpassen.

Vermutlich erwarten die Frauen, die er in seinem Sexkeller fickt, eine gewisse Ausstrahlung von ihren Männern und er will sie nicht enttäuschen. Oder er ist einfach so oberflächlich.

Übelkeit steigt mir erneut die Kehle hinauf. Es macht mich

förmlich krank, ihn anzusehen.

»Die Gründe gehen dich nichts an. Deine Aufgabe ist simpel, Abigail. Du sollst dich hübsch machen. Lächeln. Den Mund nur dann aufmachen, wenn man dich direkt anspricht. Deine Beine spreizen, wann immer dein Ehemann es verlangt. Und einen ordentlichen Haushalt führen.« Er streicht sich mit einer Hand über seinen navyblauen Maßanzug. »Sicher kriegst sogar du das hin.«

Ich will ihm sagen, dass er zur Hölle fahren kann, möchte aber keine weitere Ohrfeige kassieren, also starre ich ihn nur wütend an.

»Lies den Brief«, verlangt er. »Und denk dran, dass du es warst, die mich gezwungen hast, das zu tun, Abigail. Du bist dafür verantwortlich. Dein Verhalten wird den Ausschlag geben, ob ich weitere Maßnahmen ergreife. Kooperiere und ich werde die Angelegenheit als erledigt betrachten. Missachte meine Befehle, und die Menschen, die du liebst, werden weiterhin den Preis dafür zahlen.«

Ohne mich eines weiteren Blickes zu würdigen, schreitet er aus dem Raum und lässt mich allein zurück, den Brief in meinen zitternden Händen.

Ich weiß, dass das, was in diesem Schreiben steht, die Macht hat, mich zu zerstören. Ich bin versucht, ihn zusammenzuknüllen und in den Müll zu werfen. Aber Wissen ist Macht, und es zu ignorieren, wird mir nicht helfen. Ich habe bereits entschieden, dass mein Vater für mich gestorben ist. Ich will ihn verdammt noch mal begraben. Sein Leben, so wie er es kennt, für immer beenden – im übertragenen Sinne, denn der Tod ist zu wenig für einen Psychopathen wie ihn. Ich will, dass er leidet und für seine Taten bezahlt. Ich weiß noch nicht, wie, aber eines Tages wird er das bekommen, was er verdient.

Ich öffne den Umschlag und falte den Brief mit schwitzigen Händen auseinander, während mein Herz so heftig schlägt, als wolle es aus meiner Brust entfliehen. Tief einatmend versuche ich, mich auf die folgenden Zeilen vorzubereiten, aber nichts in der Welt hätte mich auf diese Worte vorbereiten können.

Schmerz durchzuckt jede Zelle meines Körpers, als ich den Brief lese, und stumme Tränen rinnen mir die Wangen hinab auf das Papier, wo sie die Tinte verwischen. Erstickte Schluchzer verengen mir die Kehle und ein seltsames Geräusch entfährt mir, während ich innerlich sterbe.

Mir ist bewusst, dass er ein Monster ist, ein Psychopath, aber das ... Das geht weit darüber hinaus. Es gibt keine Worte, die stark genug sind, um ihn zu beschreiben.

Der Brief schwebt zu Boden und ich rolle mich zu einem Ball zusammen. Schlinge die Arme um meinen Körper, während sich herzzerreißende Schluchzer meiner Seele entringen. Ein qualvoller Schmerz durchfährt mich. Es fühlt sich an, als würde ich von innen heraus in Stücke gerissen werden. Eine Schmerzenswelle nach der anderen attackiert mich von allen Seiten, und ich schreie und schreie, immer wieder, bis meine Kehle rebelliert und ich keinen weiteren Laut mehr von mir geben kann.

Die Zeit verliert wieder jegliche Bedeutung, während ich mich in den Schlaf wiege, vollständig von der Qual in meinem Inneren eingenommen, und schwöre, dass ich ihn dafür bezahlen lassen werde.

2. Kapitel

»Abby.« Ihre sanfte Stimme wispert in mein Ohr und kühle Hände streichen mir die Haare zurück. Ich wimmere und lehne mich ihrer Berührung entgegen. Ihre Stimme hat selbst im Schlaf einen Effekt auf mich.

»Mommy!«, rufe ich und strecke meine Hand nach ihr aus.

»Alles ist gut, Sweetheart.« Sie umfasst mein Gesicht und drückt mir einen liebevollen Kuss auf die Wange. »Ich bin hier und werde nicht zulassen, dass dich jemals wieder jemand verletzt.«

Die Erinnerung trifft mich mit voller Wucht. Ruckartig setze ich mich im Bett auf und presse meine Hand an meine Wange, als könnte ich dadurch auf magische Weise ihre Berührung heraufbeschwören. »Mom!« Tränen lösen sich aus meinen Augen, als ich in den dunklen, stillen Raum hineinschreie.

Es überrascht mich nicht, dass ich von ihr geträumt habe.

Nicht nach gestern Abend.

Nachdem sie gestorben war, habe ich immer von ihr geträumt, wenn etwas Schlimmes passierte. Als wüsste mein Unterbewusstsein, wie sehr ich ihren Trost brauchte, hat es sie in meinen Träumen zum Leben erweckt. Näher werde ich ihr niemals wieder sein können.

Ich lasse mich zurück auf das Bett sinken, schließe die Augen und wünsche mir, ich wäre ebenfalls tot. Eine Empfindung, die nicht lange anhält.

Letzte Nacht habe ich mich meiner Trauer hingegeben und mich in den Schlaf geweint. Es ist verlockend, sich unter der Bettdecke zu einer Kugel zusammenzurollen und nie wieder darunter hervorzukommen. Aber das wäre egoistisch, denn Vater hat dem Brief eine Liste mit all den anderen Menschen beigefügt, die mir am Herzen liegen, und damit gedroht, dass ihnen das gleiche Schicksal blüht, wenn ich mich nicht kooperativ verhalte.

Alle, die mir wichtig sind, stehen auf dieser Liste. Selbst Madam und Liam vom Ballett sowie Robert, mein Personal Trainer.

Ich habe keinerlei Zweifel daran, dass mein Vater jedes Wort seiner Drohung ernst meint, und ich möchte ihren Tod nicht auch noch auf dem Gewissen haben. Also muss ich das Ganze loslassen. Es in den hintersten Winkel meiner Gedanken verbannen, um mich zu einem späteren Zeitpunkt damit auseinanderzusetzen. Stattdessen beginne ich heute damit, meine Rache zu planen.

Und das kann mir nicht schnell genug gehen.

Ich schlage die Decke zurück, schwinge die Beine über die Bettkante und stehe auf. Schäumend vor Wut und Rachegelüsten.

Ich bin bereit, mit ihm abzurechnen. Noch habe ich das Wie nicht gänzlich ausgetüftelt, aber ich weiß, womit ich anfange – nämlich damit, das gehorsame kleine Mädchen zu werden, das er haben will.

Die nächsten drei Wochen vergehen wie im Schneckentempo, während ich mein Vorhaben akribisch in die Tat umsetze. Aber schließlich bin ich so weit, meinen ersten Zug zu machen.

Es ist sechs Uhr dreißig in der Früh und bereits hell, als ich vor meinem Zimmerfenster stehe und nach draußen blicke. Mir bleiben zwanzig Minuten, bevor mich Wyatt zum Frühstück abholt, und fünf Minuten, ehe die Lieferwagen ankommen.

Noch immer habe ich keine Ahnung, wo ich bin, denn niemand verrät mir etwas. Ich habe immer wieder bei Wyatt nachgehakt, aber er hat riesigen Schiss vor meinem Vater. Alles, was ich aus ihm herausbekommen habe, ist, dass ich mich noch immer in den USA befinde. Was nicht sonderlich hilfreich war, da ich das bereits allein herausgefunden hatte.

Den Bastard – ich weigere mich, ihn Vater zu nennen, selbst in meinen Gedanken – habe ich seit dem Tag, an dem er mir das Herz gebrochen hat, nicht mehr gesehen. Ich balle die Hände zu Fäusten, während ich durch die Gitterstäbe, die mich gefangen halten, ins Freie schaue, und kämpfe heftig darum, die Wut zu unterdrücken, die in mir beständig unterhalb der Oberfläche brodelt.

Ich versuche, nicht darüber nachzudenken. Täte ich es, würde ich zusammenbrechen, aber ich darf nicht den Kopf verlieren.

Ich lehne meine Stirn gegen die Gitterstäbe und seufze schwer, während ich meinen Blick über die endlosen Felder gleiten lasse, die sich vor dieser Einrichtung erstrecken. Bäume mit orangefarbenen und gelben Blättern brechen die trostlose Monotonie des Anblicks auf und sind hübsch anzusehen. Schon mehrmals habe ich die Landschaft nach Hinweisen abgesucht. Die Felder sind von Zäunen eingesäumt. Ich vermute, dass sie für gewöhnlich Vieh oder vielleicht Pferde beherbergen und dass es sich bei diesem Anwesen um eine Art Ranch handelt. Was jedoch nicht sonderlich hilfreich ist, da ich in zig Staaten sein könnte.

In der Ferne befinden sich einige Gebäude, die über eine große Fläche verteilt sind. Im Hintergrund sind schneebedeckte Berge zu erkennen. Manchmal erblicke ich nachts Blinklichter und Anzeichen von menschlichem Treiben um das Anwesen herum. Gelegentlich landen mitten in der Nacht auch Helikopter, was mich nur noch misstrauischer macht.

Mein Vater wusste nicht, dass Atticus und seine Gefolgsleute meine Verlobungsparty crashen würden. Das hat seine Reaktion bestätigt. Dennoch konnte er mich kurzfristig aus dem Haus und hierherschaffen, was mich zu dem Schluss kommen lässt, dass ich in Parkhurst bin. Oder zumindest in einer Abteilung von Parkhurst, denn dieses Gebäude scheint die Krankenstation zu beherbergen.

Es ist die einzige Schlussfolgerung, die Sinn ergibt.

Was bedeutet, dass ich irgendwo im Westen bin.

Motorengeräusche reißen mich aus meinen Gedanken. Die Versorgungstrucks rumpeln die breite Auffahrt des Gebäudes herauf und wirbeln hinter sich Staubwolken auf.

Sie kommen jeden Dienstag- und Donnerstagmorgen und

am Freitag um neunzehn Uhr abends. Während einige Männer die Waren von den Trucks tragen, erfasse ich in Gedanken die Entfernung vom Seiteneingang zu den Wagentüren und zähle die Sekunden, während die Typen außer Sichtweite sind. Mich an Bord eines dieser Trucks zu verstecken, ist der einzige Weg hier raus, doch gleichzeitig ist es extrem riskant.

Zu dieser Tageszeit ist es zu hell, daher fallen der Dienstag sowie der Donnerstag aus, und ich lege mich auf Freitagabend fest. Ich kann nicht noch eine weitere Woche an diesem gottverdammten Ort verbringen, ansonsten werde ich vermutlich genauso bekloppt wie alle anderen hier.

Als der Schlüssel im Schloss gedreht wird, wirble ich herum, setze ein freundliches Lächeln auf und stelle mich neben mein Bett.

»Guten Morgen, Miss Manning«, begrüßt mich Wyatt, als er den Raum betritt, und wirft mir einen flüchtigen Blick zu.

»Guten Morgen, Wyatt.« Ich klimpere mit den Wimpern und lächle ihn kokett an. »Und bitte nenn mich Abby. Wie oft muss ich das noch sagen?« Unter gesenkten Lidern sehe ich zu ihm auf, schenke ihm ein verträumtes Lächeln, beiße mir auf die Unterlippe und starre auf seinen Mund.

Seine Augen beginnen zu glänzen, als er auf mich zukommt, und sein Gesichtsausdruck verrät, was er fühlt. »Ich möchte keinen Fehler machen«, gibt er zu und streicht mir eine Strähne meiner dunklen Haare hinters Ohr. »Meine Vorgesetzten dürfen nicht wissen, dass wir ... *Freunde* sind.« Bei den letzten beiden Worten kommt er ins Stocken, und ich weiß, dass seine Hoffnung, er könne für mich mehr sein als nur das, der Grund dafür ist.

Männer sind so verflucht erbärmlich.

Welch Ironie, dass der Bastard denkt, wir Frauen seien schwach, weil wir von unseren Emotionen beherrscht würden. Offensichtlich sind Männer das schwächere der beiden Geschlechter, denn sie werden komplett von ihren Schwänzen geleitet. Es hat nicht lang gedauert, bis Wyatt begann, mich zu begehren.

Wenn ich dem Bastard für irgendetwas dankbar sein kann, dann für meine Fähigkeit, Männer um den kleinen Finger zu wickeln. Ich weiß, wie ich mich gekonnt in einem Raum voller Menschen bewege, lächle, flirte, scheinbar flüchtige Berührungen verteile und über lahme Witze von noch lahmeren Typen lache. Das wurde verlangt, wann immer ich an offiziellen Anlässen teilnahm, aber es ist eine lebenswichtige Fähigkeit, die mir schon sehr von Nutzen war.

Wyatt reicht mir einen Plastikbecher und meine tägliche Tablette. »Du siehst heute besonders hübsch aus.«

Kotz.

»Das sagst du jeden Tag.« Ich lächle, ehe ich pflichtbewusst den Mund öffne, die Tablette einwerfe und etwas Wasser trinke. Das erste Mal, als er sie mir gegeben hat, habe ich ihn gefragt, welches Präparat es sei, aber er konnte oder wollte es nicht sagen. Ich nahm an, dass es sich um ein Sedativum handeln würde, und jetzt, wo ich mit eigenen Augen Zeugin des zombieartigen Zustands der meisten Insassen geworden bin, weiß ich, dass ich recht hatte.

Ich werfe die Arme um Wyatts Hals und ergänze: »Und das ist megasüß!« Am liebsten würde ich mich übergeben, aber er steht unglaublich auf so kitschigen Scheiß. Ich kichere und er legt seinen Kopf auf meine Schulter, während ich die Tablette mit der Zunge aus meinem Mund befördere. Ich tue so, als würde ich mein Haar zurückstreichen, nehme aber stattdessen die Tablette an mich und verstaue sie im losen Ende des Bettpfostens, zusammen mit all den anderen, die ich dort bereits versteckt habe.

»Es ist die Wahrheit.« Als er sich von mir löst, bildet sich zwischen seinen hellen Brauen eine Falte, und ich lasse meine Arme sinken. »Auch wenn ich solche Sachen nicht aussprechen sollte.«

Ich zwinge mich dazu, meine Unterlippe erzittern zu lassen. »Sag das nicht. Du magst mich und ich mag dich. Daran ist nichts falsch.«

Doppel-Kotz.

»Auf diese Weise würde es mein Boss nicht betrachten.«

»Dein Boss wird es nicht erfahren.« Ich trete einen Schritt auf ihn zu und mache eine große Sache daraus, seine Wange zu küssen. »Ich werde es niemandem verraten.«

Widerstreitende Emotionen sind in seinen Augen zu erkennen.

Komm schon, Wyatt, zieh jetzt nicht den Schwanz ein.

Er ist entscheidend für meinen Fluchtplan, und ich habe weder die Zeit noch die Gelegenheit, einen anderen Krankenpfleger zu verführen. Also bedenke ich ihn mit einem süßen Lächeln, klimpere noch einmal mit den Wimpern, und der Zwiespalt in seinem Blick verschwindet.

Trottel.

»Na komm.« Er umfasst meinen Ellenbogen. »Du kannst nicht zu spät zum Frühstück kommen.«

Ich präge mir all die Korridore ein, während ich schweigend neben Wyatt herlaufe, so wie jeden Morgen. Leider hängen in diesen Gängen überall Kameras, aber das ist nicht verwunderlich angesichts der Art von Einrichtung, in der wir uns hier befinden. Ich hoffe, dass die Treppen im Angestelltenbereich kamerafrei sind, denn wenn Wyatt damit scheitert, diesen Teil des Plans auszuführen, muss ich ein noch größeres Risiko eingehen. Ich nehme an, dass wir das wohl Freitagabend herausfinden werden.

Die schweren Türen zum hochrangigen Psychiatrieflügel schwingen auf, als wir an ihnen vorbeilaufen, und ein Mann in Krankenpflegeruniform kommt mit einer Frau an seiner Seite herausgestürmt. Blut läuft aus einem tiefen Schnitt an ihrer Wange und Strähnen ihres Haars kleben an ihrer schweißbedeckten Stirn. Der Ärmel ihres Shirts ist auf Höhe ihrer Schulter eingerissen und darunter blitzt ein blasser, dünner Arm hervor. Ihr Namensschild verrät, dass sie eine Ärztin ist.

»Was ist passiert?«, fragt Wyatt und packt meinen Arm, um mich zum Anhalten zu bewegen.

Ich halte meinen Blick auf den Boden gerichtet und bleibe stocksteif stehen, damit sie nicht bemerken, dass ich gänzlich klar im Kopf bin. Ich weiß nicht genau, was in der Tablette ist, die ich jeden Morgen bekomme, aber das Zeug ist stark genug, um die meisten der hier Ansässigen wie Zombies mit weit aufgerissenen Augen durch die Gegend laufen zu lassen. Sie dürfen nicht wissen, dass ich meine Tabletten nicht nehme, also bemühe ich mich intensiv darum, das Verhalten der anderen nachzuahmen, damit niemand Verdacht schöpft. Über eine scharfsinnige Beobachtungsgabe zu verfügen, hat sich an diesem Ort bereits als nützlich erwiesen.

»Die blöde Kuh aus C9 schon wieder.« Angespannte Stille macht sich breit, und ich würde gerade alles dafür geben, um ihre Mienen sehen zu können, aber ich halte meinen Blick weiterhin gesenkt. »Das war keine gute Idee.«

»Genauso wenig, wie die Sache hier im Flur zu diskutieren«, erwidert die verletzte Frau. »Lass uns gehen.«

Ich hebe den Kopf, als sich ihre Schritte entfernen, und Wyatt drängt mich mit einer Hand auf meinem unteren Rücken vorwärts. Wir gehen am Büro des Wachmanns vorbei, der seine Füße auf seinem Schreibtisch abgelegt und sich in seinem Stuhl zurückgelehnt hat. Mit einem auf seinem hervorstehenden Bauch ruhenden Becher voll Saft behält er abwesend die Kameramonitore im Blick.

Zwar hat man hier alle Sicherheitsvorkehrungen getroffen, die man erwarten würde, doch die Einstellung des Sicherheitspersonals scheint ziemlich lasch zu sein. Vermutlich, weil niemand von diesem Ort weiß und alle Patienten zu kaputt sind, um eine Flucht zu versuchen.

Wyatt öffnet die Tür zur Cafeteria und führt mich zu meinem üblichen Tisch in der Nähe der jüngeren Bewohner. Ich setze mich, während eine Kellnerin ein Tablett mit Haferbrei und getrockneten Früchten vor mir abstellt. Wyatt holt mir ein Glas Orangensaft, ehe er zum Tisch der Angestellten hinübergeht und sich zu seinen Kollegen gesellt.

Ich werfe dem rothaarigen Mädchen zu meiner Linken und dem dunkelhaarigen Jungen zu meiner Rechten einen raschen Blick zu, aber sie sind genauso komatös wie immer. Ernsthaft, es ist, als wäre ich am Set eines Horrorfilms. Alle sind bleich und laufen mit weit aufgerissenen Augen und hängender Kieferpartie herum, und die einzigen Geräusche, die aus ihren Mündern kommen, sind gespenstische, schaurige Laute, die bei mir eine heftige Gänsehaut hervorrufen.

Ich frage mich, wie lang ich hier sein müsste, bevor ich ebenfalls so werden würde. Aber vielleicht sind ihre *vermeintlichen* Vergehen auch schlimmer als meines, und das ist der Grund dafür, dass meine Strafe nicht ganz so heftig ausfällt.

Wobei, wenn dies hier eine Einrichtung der Elite ist, bezweifle ich, dass hier drin jemand irgendetwas getan hat, das eine Bestrafung verdient.

Wahrscheinlich haben sie einfach nur ihre Nützlichkeit verloren.

Höchstwahrscheinlich werde ich anders behandelt, weil meine Gefangenschaft ein Enddatum hat. Schließlich würde ich dem Bastard nicht viel nutzen, wenn ich völlig verwirrt wäre. Daher bin ich mir ziemlich sicher, dass die mir verabreichten Tabletten nicht so heftig sind wie das, was die meisten anderen Menschen hier bekommen. Anderenfalls wäre ich unter keinen Umständen in der Lage gewesen, meinen Unterrichtsstoff weiter zu erlernen.

»Iss«, fährt mich die Oberschwester an, als sie an mir vorbeigeht.

Ohne zu zögern greife ich nach meinem Löffel und schaufle mir eine Portion des klebrigen Haferbreis in den Mund. Dabei ignoriere ich, wie der Kram an meinem Gaumen hängen bleibt, was dafür sorgt, dass ich mich übergeben will.

Als ich fertiggegessen habe, führt mich Wyatt in den Raum, in dem meine Lehrerin auf mich wartet. Obwohl sich hier mindestens ein Dutzend Teenager aufhalten, scheine ich die Einzige zu sein, die Unterricht bekommt, was eine weitere abstruse Besonderheit ist.

Miss Dunbar ist eine exzellente Lehrerin, aber schwer zu manipulieren. Ich habe es die ersten Tage versucht, aber sie ist nicht drauf eingegangen, also habe ich aufgegeben, ehe sie misstrauisch werden konnte. Allerdings hat sie letzte Woche verlauten lassen, dass sie für zwei Tage nicht zur Verfügung stehen würde, da sie zu Thanksgiving nach Hause reisen würde. Was mir die Frage beantwortet hat, wie lang ich schon hier bin.

Meine fingierte Verlobungsfeier mit Charlie war sechs Tage vor Halloween, und ich weiß, dass Thanksgiving dieses Jahr spät fällt, am achtundzwanzigsten. Das bedeutet, dass ich seit fünf Wochen hier bin. Fünf Wochen, in denen niemand gekommen ist, um mich rauszuholen. Was bestätigt, das ich schon immer wusste: Ich bin auf mich allein gestellt.

Ich trage die Standardkleidung dieser Anstalt, als Wyatt am Freitagabend nach seiner Schicht in mein Zimmer schlüpft und die Tür hinter sich schließt. Ich verfüge hier über keine eigene Kleidung und keine persönlichen Sachen, was unangenehm ist, denn ein Fluchtversuch in meiner Bewohneruniform ist alles andere als ideal.

»Hast du die Kameras ausgestellt?«, frage ich, setze mich aufs Bett und klopfe auf den Platz neben mir.

Er zieht seine Jacke aus und hängt sie über den Stuhlrücken. »Ja. Du hattest recht. John hat an seinem Schreibtisch geschlafen und gar nicht gemerkt, wie ich den Virus ins System eingeschleust habe. Woher wusstest du überhaupt, wie man das macht?« Er setzt sich neben mich und legt einen Arm um meine Taille.

Ich habe Wyatt den Link zu einer Seite gegeben, wo er einen einfachen Virus herunterladen konnte, von dem ich wusste, dass er das Notwendige erledigen würde. »Einer meiner besten Freunde ist ein Hacker und hat mir ein paar Tricks beigebracht.«

Wenn irgendjemand die Macht besitzt, mich zu finden, dann ist es Xavier. Die Tatsache, dass er noch nicht aufgetaucht ist, bereitet mir unendlich viel Sorgen. Entweder hat man mich zu gut versteckt oder es gibt keinen Weg, um mich hier unentdeckt rauszuholen. Oder ihm ist etwas zugestoßen. Ich hoffe auf Option Nummer zwei. Die Möglichkeit, dass es die dritte Option sein könnte, hat mich schon so manche Nacht wachgehalten.

»Hast du den Bourbon dabei?«, hake ich nach.

Wyatt nickt, wirkt aber unsicher. Hoffentlich macht er jetzt keinen Rückzieher.

Ich dränge mich an ihn und werfe mein Haar nach hinten über meine Schulter. »Was ist los, Baby?«

Kotz.

»Ich könnte hierfür gefeuert werden.«

Na toll. Wieder meldet sich sein Gewissen. Das Ganze wäre einfacher, wenn ich ein sexy Kleid und High Heels tragen würde und ein teures Parfum aufgelegt, mein Make-up gemacht und meine Haare professionell gestylt hätte. Aber da ich nun mal keinen Zugang zu diesen Dingen habe, vertraue ich auf meine natürlichen femininen Reize und hoffe, dass sie ausreichen. Ich hätte das Ganze gern hinter mich gebracht, ohne ihn anfassen zu müssen, aber Not kennt kein Gebot.

Ich drücke meine Brüste gegen seine Brust und hasse den Schauder, der sich über meine Haut zieht, als sich seine Augen vor Lust verdunkeln. Ich umfasse sein Gesicht, drehe seinen Kopf ein Stück zur Seite und presse meine Lippen auf seine.

Er ist kein wirklich schlechter Küsser und immerhin ist er nicht steinalt, dennoch fühlt es sich falsch an. Als ich merke, dass sein Verlangen nach mir wächst, ziehe ich mich zurück. »Hast du den Whisky dabei oder nicht? Ich habe dir gesagt, dass ich vor dem Sex immer ein Gläschen brauche.« Mit der Zunge gleite ich über seine Unterlippe und er holt ohne weitere Einwände eine Flasche Wyoming Whisky hervor.

Innerlich stoße ich erfreut die Faust gen Himmel.

Ich bin in Wyoming!

Ich frage mich, ob Wyatt das mit Absicht gemacht hat oder ob er einfach ein Idiot ist.

Vermutlich Letzteres.

Doch meine Euphorie verschwindet schnell wieder. Denn das ist verdammt noch mal stundenlang von zu Hause entfernt und unter keinen Umständen kann ich bis dahin trampen, wie ich es ursprünglich geplant hatte – was bedeutet, dass ich Plan B in Anspruch nehmen muss. In die Stadt zu kommen, mir ein Wegwerfhandy zu beschaffen, Xavier anzurufen, damit er mich abholt, und darauf zu hoffen, dass ich einen geeigneten Ort zum Verstecken finde, bis er herkommt.

»Ich habe nur Plastikbecher.« Entschuldigend zucke ich mit den Schultern und nehme Wyatt die Flasche aus der Hand. Dann beuge ich mich hinunter, um die Tür meines Nachtschranks zu öffnen. Dabei recke ich ganz bewusst meinen Po in die Höhe und wackle mit den Hüften, darauf vertrauend, dass Wyatt zu sehr auf meinen Hintern fixiert sein wird, um zu merken, wie ich ihm meine geheime Pillensammlung in den Drink gebe.

Die Tabletten habe ich mit einem Plastikbecher, den ich aus der Cafeteria entwendet habe, zerstoßen und die Mischung in zwei Häufchen aufgeteilt. Die eine Hälfte kippe ich in seinen Drink, den ich anschließend mit dem Finger umrühre. Die andere halte ich extra zurück, für den Fall, dass dieser Plan aus dem Ruder läuft und ich einen neuen brauche. Außerdem will ich den armen Wichser ja nicht umbringen.

»Prost!« Ich reiche ihm seinen Drink und bete, dass das Medikament darin nicht erkennbar ist und das Getränk nicht anders schmeckt. Ich lege den Kopf in den Nacken, kippe mir den bernsteinfarbenen Alkohol in den Rachen und genieße das Brennen, als er meine Kehle hinunterläuft. Ich leere den Becher in einem Zug, bedeute Wyatt, es mir gleich zu tun, und er lässt mich nicht im Stich.

Aufregung macht sich in meinem Magen breit, aber ich ermahne mich, mich nicht zu früh zu freuen. Das hier ist erst Schritt eins. Ab jetzt wird es knifflig, da ich nicht weiß, wie lang die Medizin braucht, um in seinen Blutkreislauf zu gelangen, und ich seine Avancen abwehren muss, bis sie wirkt.

Küssen ist das Einzige, was ich gerade so handeln kann. Aber rumzumachen oder in irgendeiner Weise Sex zu haben, ist eine Grenze, die ich nicht überschreiten werde.

Ich streiche mit meinen Händen seine Brust hinauf, die von dem Baumwolloberteil seiner Dienstkleidung verdeckt wird, und beiße mir auf die Unterlippe, weil ich weiß, dass ihm das gefällt. »Du fühlst dich so gut an«, flüstere ich, vergrabe mein Gesicht in seiner Halsbeuge und knabbere an seinem Ohrläppchen. »Aber ich möchte alles von dir spüren.«

Ich überzeuge ihn davon, seine Klamotten auszuziehen, bis er nur noch in seinen schlichten weißen Boxershorts vor mir steht. Für jemanden in seinem Alter ist er nicht schlecht in Form, dennoch würde ich unter *keinen Umständen* weitergehen. »Leg dich rücklings aufs Bett«, fordere ich, und plötzlich wandern meine Gedanken in gefährliches und verbotenes Terrain.

Eine Sache, die ich an Cam-Schrägstrich-Kai gemocht habe, sind seine Alphatendenzen im Bett. Das war das einzige Gebiet, auf dem ich mich nicht dagegen zur Wehr gesetzt, sondern es genossen habe, ihm die Führung zu überlassen. Wyatt herumzukommandieren, bringt eine Menge Erinnerungen an die Oberfläche, und ein bekannter Schmerz durchfährt meine Brust. Jede Erinnerung, die ich habe, ist nun von seinem Betrug befleckt. Und ich würde lügen, würde ich behaupten, es täte nicht weh. Denn es schmerzt höllisch.

»Abby?« Wyatts besorgte Stimme befördert mich zurück ins Hier und Jetzt. Ich drücke seine Brust nach unten, klettere auf ihn und setze mich rittlings auf seinen Schoß. Seine Erektion bohrt sich in meinen Hintern und mir wird schlecht.

Ich verbringe ein paar Minuten damit, ihn anzumachen. Lasse meine Hände über seinen nackten Oberkörper gleiten und ziehe eine Spur von Küssen von seiner Brust über seine Arme bis hinunter zu seinem Bauch. Als er mir sein Becken in einer stummen Bitte entgegenreckt, ihm einen zu blasen, dreht sich mir der Magen um.

Keine Ahnung, ob er immer so zurückhaltend bei Frauen ist oder ob es an meinem Alter liegt, aber ich bin dankbar dafür, dass er nichts erzwingt. Meine Aufregung steigt, als seine Lider beginnen, schwer zu werden, und er darum kämpfen muss, wach zu bleiben.

»Abby«, lallt er und versucht, sich auf den Ellenbogen aufzurichten.

Ich drücke ihn mit beiden Händen auf der Brust zurück aufs Bett. »Kämpf nicht dagegen an, Wyatt. Beug dich der Wirkung.«

»Was hast du ... getan?« Das sind seine letzten Worte, ehe er die Augen zumacht.

Rasch stoße ich den Atem aus und lasse erleichtert die angespannten Schultern sinken. Dann mache ich mich ans Werk und fessle seine Hände und Füße mit der Strumpfhose, die ich Miss Dunbar gestohlen habe, und fixiere ihn an den Bettpfosten.

Das wird Wyatt nicht lang aufhalten, aber da ich nun mal kein Seil hatte, musste ich improvisieren. Darüber hinaus erwarte ich, dass er mindestens drei oder vier Stunden ohnmächtig sein wird, was mir einen ausreichenden Vorsprung verschaffen sollte.

Kurz überlege ich, ob ich seine Boxershorts entzweireißen und ihn nackt zurücklassen soll, aber das wäre zu viel des Guten. Man wird ihn auf jeden Fall feuern, wenn man ihn so vorfindet, und ich habe ihn bereits genug gedemütigt. Für einen Moment meldet sich mein schlechtes Gewissen mit einem heftigen Stich, bis ich mich daran erinnere, dass er derjenige war, der mich die ersten Wochen über in einen zugedröhnten Zustand versetzt hat. All mein Mitleid verpufft.

Nachdem ich sein Handy, sein Portemonnaie und seine Sicherheitskarte an mich genommen habe, werfe ich noch einen letzten Blick über meine Schulter hinweg zu ihm, ehe ich aus dem Raum schlüpfe.

Leise schleiche ich die Korridore entlang und bin zufrieden, kein rotes Blinklicht an den Kameras zu entdecken, was beweist, dass Wyatt einen herausragenden Job gemacht hat, was die Lahmlegung des Sicherheitssystems angeht. Es war pures Glück, dass sich der hiesige IT-Typ heute Abend auf einer Party außerhalb der Stadt aufhält. Es wird ihn mehrere Stunden kosten, es zu reparieren, wenn er wieder da ist, und mir ausreichend Zeit verschaffen, um unentdeckt zu verschwinden.

Ich prüfe die Uhrzeit auf Wyatts Handy und stelle fest, dass mir noch zwanzig Minuten bleiben, bis die Versorgungstrucks kommen. Das sollte funktionieren. Ich trete durch den Angestellteneingang, eile die Stiegen hinunter und halte den Kopf gesenkt, absolut auf mein Ziel konzentriert. So hetze ich die vier Treppen bis in den Keller hinunter.

Nachdem ich Wyatts Sicherheitskarte gegen das Keypad an der Tür gedrückt habe, warte ich mit angehaltenem Atem, und bin erleichtert, als ein leises Klicken ertönt und das Schloss aufgeht, sodass ich hinaustreten kann. Rasch stecke ich den Kopf nach draußen und sehe mich um.

Vor mir liegt eine Tiefgarage. Am Abend ist sie ziemlich leer, das Personal vom Tag ist inzwischen nach Hause gefahren und die meisten Bewohner bekommen keinen Besuch. Trotzdem drücke ich mich mit dem Rücken gegen die Wand, während ich mich zur Ausgangsrampe schleiche. Ich sehe immer wieder in alle Richtungen und suche nach Anzeichen, dass andere Menschen in der Nähe sind.

Ich habe den Ausgang fast erreicht, als ich Stimmen höre. Mein Blut beginnt, mir wahnsinnig laut in den Ohren zu rauschen, und ich gehe hinter dem nächsten Auto in Deckung, während ich jede bekannte Gottheit darum anflehe, dass die Besitzer der Stimmen nicht in meine Richtung kommen. Mein Puls hämmert an meinem Hals und mein Herz schlägt so schnell, dass ich Angst habe, kurz vor einem Herzinfarkt zu stehen. Die Leute verharren in meiner Nähe, und ich halte die Luft an, ehe ich meine Übelkeit runterschlucke und einem Gott, an den ich nicht länger glaube, alle möglichen Versprechungen mache.

Der Klang von sich entfernenden Schritten ist wie Musik in meinen Ohren. Ich lasse mich zu Boden sinken, während ich gleichzeitig versuche, meine Atmung wieder unter Kontrolle zu bekommen.

Als die Stimmen komplett verklungen sind, richte ich mich

auf, sehe mich um und renne auf die Ausgangsrampe zu. Oben angekommen, bleibe ich stehen, blicke nach links und rechts und frage mich, was der schnellste Weg zum Seiteneingang ist, als plötzlich jemand von hinten seine Hand auf meinen Mund legt und ich an eine warme Brust gezogen werde. Ich hebe mein Bein an, bereit, damit zuzutreten, als warmer Atem über mein Ohr streicht. »Nicht. Ich bin es, Abby.«

3. Kapitel

»Charlie?« Er lässt mich los, und ich wirbele herum, schlinge meine Arme um seinen Hals und klammere mich an ihn. »Oh mein Gott. Es ist so schön, dich zu sehen!«, sage ich, während ich für einen Moment vergesse, dass er auf meiner schwarzen Liste steht. Es tut *wirklich* gut, einen Vertrauten zu sehen.

»Abby.« Er umarmt mich fest, während er Küsse auf meinen Kopf drückt. Der Geruch seines Parfums umgibt mich und die Vertrautheit wirkt beruhigend. »Was zur Hölle machst du hier?«, fragt er, packt meine Arme und mustert mein Gesicht mit besorgtem Blick.

»Wonach sieht es denn aus?« Ich winde mich aus seinem Griff. »Aus diesem verdammten Irrenhaus flüchten.«

»Das kannst du nicht.« Er schüttelt den Kopf. »Du musst auf der Stelle zurück in dein Zimmer gehen.«

Ich kneife die Augen zusammen und verschränke die Arme vor der Brust. »Falls du es nicht wissen solltest, ich bin stocksauer auf dich und habe es satt, Anweisungen entgegenzunehmen.«

»Du bist sauer auf mich?« Schock breitet sich auf seinem Gesicht aus, seine lebhaften grünen Augen zeugen von seiner Verwirrung, bevor er es begreift. »Es tut mir leid, dass ich dich nicht schon früher besucht habe. Dein Arschloch von Vater hat mich bis jetzt nicht gelassen.«

Das war nicht das, was ich meinte. *Kapiert er denn nicht, dass ich auf so ziemlich jeden wütend bin?* Und wenn ich in Parkhurst sein sollte, werde ich noch viel wütender sein, weil weder er noch Drew gekommen sind, um nach mir zu sehen. Bis ich nicht weiß, warum mein Vater einen neuen Deal mit den Barrons ausgehandelt hat, kann ich Charlie nicht trauen, so sehr es mich auch betrübt, das zuzugeben. »Warst du eingeweiht?« Ich fixiere ihn mit einem durchdringenden Blick. »In der Nacht unserer Verlobung schienst du zu wissen, was passieren würde. Wie kam das?«

Er wirft kurz einen Blick nach hinten, bevor er meine Hand ergreift. Ich weiche vor ihm zurück. »Ich kann es erklären, aber nicht hier,« sagt er. »Ich bin mit deinem Vater gekommen und er denkt, ich sei zurückgegangen, um mein Handy aus dem Auto zu holen. Er hat dich zum Glück nicht gesehen, im Gegensatz zu mir. Aber wenn ich nicht bald wieder auftauche, wird er misstrauisch werden. Du musst zurück in dein Zimmer gehen und meine Worte befolgen.« Er greift erneut nach mir und ich mache einen weiteren Schritt zurück.

Ein gequälter Ausdruck huscht über sein Gesicht. »Bitte vertrau mir, Abby. Alles, was ich getan habe, habe ich für dich getan.«

Ich schnaube. Die Häufigkeit, mit der die Männer in meinem Leben diese Worte zu mir gesagt haben, ist lächerlich. Ich vertraue keinem von ihnen. Außer Xavier, weil er der Einzige ist, der mich nicht betrogen oder im Stich gelassen hat. »Dir vertrauen? Du hast zugelassen, dass sie mich in dieser Nacht zweimal in einen Hinterhalt gelockt haben!«, kreische ich und mache einem Teil meiner angestauten Wut Luft. »Zum einen mit der Verlobung und zum anderen mit der Entführung.«

»Ich habe versucht, dich in Sicherheit zu bringen!«, brüllt er. »Oscar war angewiesen, dich zu Xaviers Lagerhaus zu bringen, anschließend wollten wir nach Europa fliehen. Ich hatte schon alles vorbereitet.«

»Was?«, stottere ich.

»Dad hat geholfen. Er will dich genauso von deinem Vater wegbekommen wie ich. Aber alles war umsonst, als Atticus Anderson und Wesley Marshall auftauchten und unsere Pläne durchkreuzt haben.«

»Warum solltet ihr das für mich tun?«

Charlie kommt näher und umfasst mein Gesicht. »Weil wir uns um dich sorgen und nicht wollen, dass er dich noch mehr verletzt, als er es bereits getan hat.«

Ich blinzle überrascht, überwältigt und verwirrt von den neuen Informationen. Dann erst registriere ich seine Worte zur Gänze. Ich drücke meine Brust gegen seine und blicke mit panischen Augen zu ihm auf. »Bitte sag mir, dass es Oscar gut geht!«

Er schaut nervös hinter sich. »Ich werde dich über alles in Kenntnis setzen, aber jetzt musst du erstmal in dein Zimmer zurück. Bitte, Abby. Du wirst alles ruinieren, wenn du nicht da bist, wenn wir dort ankommen.«

»Was meinst du?« Gänsehaut breitet sich auf meinen Armen aus und ich zittere.

»Dad und ich haben deinen Vater davon überzeugt, dich nach Rydeville zurückkehren zu lassen. Wir haben eine Abmachung, dass du in unserem Haus wohnen kannst, aber wenn dein Vater herausfindet, dass du versucht hast, wegzulaufen, wird die Abmachung hinfällig sein!« Er klingt gehetzt und kleine Schweißperlen glänzen auf seiner Stirn. Normalerweise ist Charlie ein echt ruhiger Typ, was mich erkennen lässt, dass er die Wahrheit sagt. Er hat wirklich Panik.

Ich traue ihm trotzdem nicht hundertprozentig, aber meine Optionen sind begrenzt, nun, da sie hier sind. »Okay.« Er packt meine Hand und wir rennen die Rampe zur Parkgarage runter und um die Ecke herum. »Oh verdammt.« Ich halte vor dem Personaleingang an und lege mir erschrocken die Hand auf den Mund, als es mir dämmert. »Vater kann nicht in mein Zimmer kommen!«, platzt es aus mir heraus.

Er runzelt die Stirn. »Warum nicht?«

»Weil ich einen Krankenpfleger unter Drogen gesetzt und ihn an mein Bett gefesselt habe.«

Seine Augen weiten sich und ich kann fast sehen, wie es in seinem Kopf rattert. »Ich werde mich darum kümmern. Ich werde deinem Vater eine Entschuldigung auftischen, um zunächst allein in dein Zimmer zu kommen. Geh jetzt.« Er schiebt mich zur Tür und ich nutze Wyatts Karte, um mir wieder Zugang zu verschaffen. »Pass auf dich auf«, flüstert er, bevor er auf den Aufzug zueilt.

Ich schaffe es unentdeckt zurück zu meinem Zimmer, schließe die Tür und eile zu meinem Bett, um die Knoten an Wyatts Händen und Füßen zu lösen. Ich habe erst einen geschafft, als es an der Tür klopft. Ich stoße ein leises Wimmern aus. Adrenalin jagt durch meine Adern und ich bete, dass es Charlie und nicht mein Bastardvater ist.

»Abby. Ich bin es. Lass mich rein«, verlangt Charlie und ich atme erleichtert auf.

Ich falle fast über meine Schuhe, als ich zur Tür eile, sie öffne und ihn ins Zimmer ziehe, bevor irgendwer Wyatt entdecken kann. »Es ist immer nur von außen verschlossen. Wie viel Zeit haben wir?«

»Angesichts dessen, wie ungeduldig dein Vater ist, würde ich zehn Minuten sagen, maximal.«

»Was hast du ihm erzählt?«

»Dass ich zuerst allein mit dir reden will. Ich habe ihm gesagt, dass ich dich persönlich über die neuen Pläne in Kenntnis setzen will.«

Ich schaue ihn finster an und er hebt abwehrend seine Hände. »Willst du hier raus oder nicht?«

»Ja, aber nicht, wenn das bedeutet, meine Seele an den Teufel zu verkaufen.«

»Den Punkt haben wir längst überschritten,« murmelt er und wirft einen Blick über meine Schulter. »Verdammte Scheiße, Abby.«

Seine Mundwinkel zucken, als er zum Bett geht, und den auf meiner Bettdecke ausgebreiteten Körper betrachtet.

»Du befreist seinen anderen Fuß, während ich mich um seine Hände kümmere«, instruiere ich Charlie, wohl wissend, dass die Uhr tickt. Ich ziehe an der Strumpfhose an Wyatts Handgelenk und zerreiße sie mit bloßen Händen.

»Was zum Teufel hast du mit dem armen Kerl gemacht?« Er versucht die Schärfe in seiner Stimme zu verstecken.

»Ich habe ihn dazu verführt, heute Abend hierherzukommen und Alkohol mitzubringen. Dann habe ich ihn mit den Pillen betäubt, die ich nehmen sollte, bis er ohnmächtig wurde und ich ihn fesseln konnte.«

Ein Muskel spannt sich in seinem Kiefer, als er die Fessel von Wyatts Fuß reißt. »Hast du ihn gefickt?«

»Was?« Ich blinzle heftig.

»Hat er dich angefasst?«

»Wen ich ficke, geht dich nichts an. Ich stecke meine Nase auch nicht in deine Scheiße, und wenn ich ihn hätte flachlegen müssen, um zu entkommen, würde ich mir deswegen von dir keine Schuldgefühle einreden lassen.«

»Ich will nicht daran denken, dass du so was machen musst.«

»Hast du vergessen, in was für einer kranken Welt wir leben? Du weißt genauso gut wie ich, dass wir tun, was wir tun müssen, um zu überleben.«

»So ein Leben will ich nicht für dich. Du verdienst etwas Besseres.«

Das ist eine sinnlose Diskussion und wir verschwenden nur unsere Zeit. »Nicht, dass ich dir eine Antwort schulden würde, aber ich habe ihn nicht gefickt. Also vergiss es«, sage ich und ziehe Wyatts Körper vom Bett herunter.

Charlie seufzt. »Entschuldige. Ich ... das ist eine beschissene Situation.«

Ich knurre missbilligend. »Erzähl mir was Neues!« Ich verdrehe die Augen. »Wir müssen ihn ins Badezimmer schaffen.«

Charlie nickt und hebt Wyatt ächzend über seine Schulter. Ich halte ihm die Tür auf. Ohne große Umschweife legt er ihn in der Wanne ab und zieht den Duschvorhang zu. »Lass uns hoffen, dass dein Vater nicht pissen muss.«

Ich schnaube. »Darüber brauchen wir uns keine Sorgen zu machen. Seine Lordschaft würde an einem Ort wie diesem nicht pinkeln. Er würde es eher stundenlang verhalten und sich eine Infektion holen.«

Charlie lacht und umarmt mich. »Mann, habe ich dich vermisst.«

Ich entziehe mich seiner Umarmung und weigere mich, diese Worte zu erwidern, ohne mehr von ihm erfahren zu haben. »Ich brauche Antworten, Charlie, und solange ich die nicht habe, stehst du weiter auf meiner schwarzen Liste.«

Er fährt mit einer Hand durch sein pechschwarzes Haar und ein paar lose Strähnen fallen ihm in die Stirn. »Das ist nur fair.

Wer befindet sich noch auf dieser Liste?«

»Wer nicht draufsteht, ist leichter zu beantworten«, albere ich, bis ich mich daran erinnere, wo wir sind und was auf dem Spiel steht. »Mist. Er kann jede Minute hier sein.«

Ein todsicherer Weg, meinen Vater auf die Palme zu bringen, ist, nicht gesellschaftsfähig auszusehen, und gerade sehe ich schrecklich aus. Ich ziehe mein Oberteil hoch und werfe es auf den Boden, ehe ich das kleine Handtuch ergreife und die Schweißlinien zwischen meinen Brüsten und entlang meines Rückens forttupfe. Als Nächstes befeuchte ich meine schmerzenden Achseln und wasche sie schnell mit Seife. Ich sehe zu Charlie, der wie angewurzelt dasteht und seinen Blick nicht von meinen inzwischen deutlich größeren Brüsten lösen kann.

Ich spritze etwas Wasser in seine Richtung. »Erde an Charlie. Hör auf, meine Brüste anzugaffen, und besorg mir ein neues Oberteil und eine Hose aus dem Schrank. Schnell.« Ich stupse ihn an und hole ihn damit aus seiner Trance.

Er setzt sich in Bewegung und läuft in mein Schlafzimmer, während ich mir mit einem Waschlappen über das Gesicht fahre und verirrte Strähnen zurück in meinen Pferdeschwanz stecke.

Ich stehe nur in Unterwäsche da, als Charlie mit frischen Klamotten zurückkommt. »Also, was solltest du mir sagen?« frage ich, während ich in meine Klamotten schlüpfe.

Er wendet seinen Blick ab und starrt auf den Boden. »Es ist, wie ich schon zuvor erwähnt habe. Du kehrst nach Rydeville zurück und nimmst dein Studium an der Rydeville High wieder auf, lebst bei uns zu Hause und, ähm, die Verlobung besteht wieder und wir heiraten drei Tage nach deinem Abschluss.«

Nach dem, was der Bastard alias mein Vater gesagt hat, habe ich mir das schon gedacht. Und weil es kein anderes Szenario gibt, mit dem er sich einverstanden erklärt hätte. »Aber das ist nur zum Schein, oder?«, erkundige ich mich und ziehe mir das Oberteil über den Kopf. »Wir werden das nicht durchziehen.«

Charlies Augen sind wie Laserstrahlen auf meine Brüste geheftet, als ich meinen Kopf aus dem Oberteil stecke.

»Ernsthaft?« Ich stoße ihn mit der Schulter an, als ich mich an ihm vorbei ins Schlafzimmer dränge. »Kannst du dich nicht auf die wichtigen Dinge konzentrieren, anstatt zu sabbern?«

»Es tut mir leid. Ich wollte nur ... Wow. Sie sind fast doppelt so groß und ...«

»Ich hasse sie,« spucke ich hervor. »Also, wenn du mich noch mehr verärgern willst, starr sie ruhig weiter an.«

In dieser Sekunde öffnet sich die Tür und der Bastard stolziert mit einem selbstgefälligen Lächeln in den Raum. Er legt eine Hand auf Charlies Schulter. »Na, gefällt dir die neue und verbesserte Version?«, fragt er, was bestätigt, dass er von draußen gelauscht hat. Gott sei Dank haben wir den Rest unserer Diskussion im Bad geführt, sodass er sie unmöglich gehört haben kann.

Der Blick des Bastards fällt auf meine Brüste und er leckt sich die Lippen.

Ich glaube, ich muss mich gleich übergeben. Und das, als ich dachte, ich könnte nicht noch angewiderter von ihm sein. Ein Schauder durchrieselt mich und Verzweiflung überrollt mich, als ich darüber nachdenke, dass es noch schlimmer werden könnte.

Charlie zieht mich in seine Arme und drückt mich fest an seine Seite, als würde er instinktiv wissen, dass ich das jetzt brauche. »Ich liebe alles an Abby. Da gibt es nichts zu verbessern.«

Mein Vater lacht und klopft ihm wieder auf die Schulter. »Sohn, du hättest Schauspieler werden sollen. Du würdest bei den Preisverleihungen ordentlich absahnen.«

Charlie lacht, aber es ist ein angestrengtes Lachen und ich weiß, es ist nur, um meinem Vater zu gefallen.

»Abigail.« Ich hebe meinen Kopf und fixiere meinen Vater mit einem fügsamen Blick. »Ich nehme an, Charlie hat dich über den neuen Plan informiert.« Ich nicke. »Ich erlaube das nur, weil die Barrons zugestimmt haben, die Verantwortung für dich zu übernehmen, und weil die Berichte der Mitarbeiter über dich äußerst positiv ausfielen. Ich bin froh, dass du zur Besinnung gekommen bist.« Seine Augen funkeln boshaft. »Ich habe das Gefühl, dass mein Brief nicht unwesentlich dazu beigetragen hat.«

Meine Reaktion ist heftig und schnell. Mein Körper versteift sich. Ich balle die Hände zu Fäusten und meine Nasenflügel beginnen zu beben. Wut pumpt durch mich hindurch. Charlie hält mich fest, was der einzige Grund ist, weshalb ich nicht auf meinen Vater losgehe. »Halte dich an den Plan«, flüstert er mir ins Ohr, während er einen Kuss auf meine Schläfe drückt. »Reiß dich zusammen, bevor er etwas bemerkt.«

Ich zähle stumm bis zehn und zügele meine Wut. »Ich werde tun, was mir aufgetragen wurde«, lüge ich und ersticke fast an den Worten.

»Gut.« Der Bastard zieht eine Schachtel aus seiner Tasche. »Das ist deiner, und ich will, dass du ihn vierundzwanzig Stunden am Tag und sieben Tage die Woche trägst.«

Charlie nimmt sie entgegen und entlässt mich aus seiner Umarmung, damit er den massiven Diamanten auf meinen Ringfinger stecken kann. Er neigt meinen Kopf zur Seite und küsst mich sanft.

Ein Hauch von Amüsiertheit huscht über das Gesicht des Bastards, als wir uns trennen. »Wir müssen gehen, Charles. Wir dürfen nicht zu spät kommen.«

»Ich bin bereit«, sage ich, weil ich verzweifelt den Wunsch hege, hier rauszukommen. Der Bastard wirft mir einen abfälligen Blick zu. »Wir müssen uns um das Geschäft kümmern. Charles wird am Sonntagabend zurückkehren, um dich abzuholen.«

»Aber ...«

Charlie legt seinen Finger auf meine Lippen und unterbricht mich. »Ich weiß, Baby. Ich hasse es auch, von dir getrennt zu sein.« Seine Lippen verziehen sich zu einem arroganten Lächeln, als er sich meinem Vater zuwendet. »Abby und ich hatten nie die Zeit, unsere Verlobung zu feiern.« Er wackelt mit den Brauen. Ein saurer Geschmack flutet meinen Mund, als ich begreife, was er da andeutet. »Ich kann später in mein Zimmer einchecken und direkt zum Meeting kommen.« Er schaut auf die Uhr. »Es ist genug Zeit.« Er grinst, und ich hasse es, diesen Zug an ihm zu sehen.

Der Bastard lacht und legt seine fleischige Hand wieder auf Charlies Schulter. »Das ist mein Junge. Besorg es ihr richtig. Sie braucht einen harten Fick, damit sie nicht aus der Reihe tanzt. Zeig ihr, wer der Boss ist.«

»Das hatte ich vor.« Charlie packt meinen Hintern, zieht mich an sich und kneift mir in die Pobacken.

Ich halte meine Widerworte zurück, doch sobald der Bastard aus dem Raum ist, stoße ich Charlie von mir weg. »War das nötig?«

»Es tut mir leid.« Er überbrückt die Distanz zwischen uns wieder und streichelt sanft über meine Wange. »Du weißt, ich würde dich niemals so behandeln. Aber dieser Plan funktioniert nur, wenn dein Vater glaubt, dass ich die Dinge auf die Weise der Elite angehe.«

»Ist das hier Parkhurst?«, frage ich.

Er nickt. »Ich war noch nie in diesem Gebäude. Hier schicken sie Familienmitglieder hin, wenn sie *medizinische Eingriffe* benötigen.« Ein angewiderter Ausdruck erscheint auf seinem Gesicht, und ich bin froh, den wahren Charlie zu sehen.

»Also gehören die anderen Gebäude in der Ferne zum Hauptkomplex? Dorthin seid ihr also immer alle gegangen?«

Er nickt erneut, mehr lässt er sich aber nicht entlocken.

»Du hast mir noch nicht geantwortet«, sage ich, löse mich aus seinem Griff und gehe zum Bett. Ich lasse mich auf die Matratze fallen. Das ganze Adrenalin ist aus meinem Blut verschwunden und ich bin nur noch ausgelaugt. Meine Arme schmerzen, als ich mich auf die Seite drehe und gegen ein Gähnen ankämpfe.

Er legt sich neben mich und neigt den Kopf, sodass wir uns ansehen. »Ich weiß, du brauchst Antworten, aber heb dir das für die Fahrt nach Hause auf. Jetzt ist nicht genug Zeit, um alles zu erklären. Ich habe deinen Vater davon überzeugt, dass wir mit dem Auto fahren, anstatt in den Jet zu steigen. So werden wir eine Nacht in einem Hotel verbringen und etwas Zeit für uns haben.«

Ich stütze mich auf meine Ellenbogen und kneife meine Augen zusammen. »Warum machst du das?«

Er streicht mir eine Strähne hinters Ohr und schaut mir tief in die Augen. »Damit wir endlich die Gelegenheit haben, um über alles zu reden. Es gibt so viel, was du nicht weißt. Bisher konnte ich dir vieles nicht sagen.«

»Aber jetzt wirst du es?«

»Ja.« Er beugt sich vor und nähert sich meinem Mund mit seinem. In letzter Sekunde dreht er ab und küsst mich sanft auf die Wange.

»Okay, aber ich werde dich darauf festnageln. Ich will nicht länger im Dunkeln gelassen werden.«

»Einverstanden.« Er setzt sich auf und geht ins Badezimmer.

»Was machst du?« Ich folge ihm und beobachte, wie er zum Fenster hinausblickt. Das Badezimmerfenster hat keine Gitterstäbe, aber dieser Weg nach draußen führt nur über einen zehn Meter tiefen Fall. Deshalb habe ich ihn schon als Fluchtweg ausgeschlossen.

»Ich versuche, herauszufinden, wie ich diesen Kerl hier rausschaffen kann, bevor jemand merkt, dass du entkommen wolltest.« Er inspiziert die Badezimmertür nebenan, zieht den Schlüssel heraus und schließt meine Hand darum. »Lass das Fenster unverschlossen, aber sperr die Tür von außen ab, wenn ich weg bin. Auf diese Weise kann er nicht raus, falls er aufwacht, bevor ich mich um ihn kümmern kann.«

»Aber er könnte genug Lärm machen, um Aufmerksamkeit zu erregen.«

Charlie reißt den Duschvorhang zurück und holt ein Stück Seil aus seiner Jackentasche. Ich ziehe eine Braue hoch. »Ich gehe nie ohne aus dem Haus«, scherzt er, und ich frage mich, ob sein Humor ein Versuch ist, die Wahrheit dieser Aussage zu verschleiern.

Er bindet Wyatts Hände und Füße zusammen und stopft ihm ein Stofftuch in den Mund.

»Was ist, wenn er erstickt?«, frage ich und beiße mir auf die Innenseite meiner Wange.

»Interessiert dich das ernsthaft?« Charlie steht auf und geht zum Waschbecken.

»Er ist ein schwanzgesteuerter Idiot, aber das bedeutet nicht, dass er es verdient hat, zu sterben«, erwidere ich und beobachte, wie sich Charlie klinisch gründlich die Hände wäscht und abtrocknet.

»Er kann durch die Nase atmen.« Er küsst mich auf die Stirn, bevor er mich in den Hauptraum hinüberzieht. »Und er wird schneller verschwunden sein, als du bis drei zählen kannst.« Charlie umfasst mein Gesicht mit seinen Händen, und es wirkt, als würde er mehr sagen wollen. »Schlaf ein wenig und am Sonntag sehen wir uns wieder.« Er wirft mir einen Kuss zu, bevor er die Tür hinter sich zuzieht.

Ich stehe wie angewurzelt da und frage mich, was zum Teufel Charlie vorhat. Ich hege keinen Zweifel daran, dass er ein Spiel spielt. Und ich vermute, dass ich womöglich der Preis bin.

4. KAPITEL

»Ich erwarte, dass du dich benimmst und alles tust, was Charles sagt«, wendet sich der Bastard an mich und gräbt seine Nägel in meine Schultern, als wir am Sonntagnachmittag auf den Eingangsstufen auf Charlie warten. Er ist weggegangen, um das Auto zu holen, das er für die dreißigstündige Heimfahrt gemietet hat.

Fick dich.

»Natürlich, Vater.« Ich lächle zu ihm hoch und sage das, was er hören muss. »Das ist anders als bei Trent. Ihn habe ich gehasst, aber Charlie liebe ich. Ich bin mit der ganzen Situation nicht unglücklich. Kein bisschen«, lüge ich.

Der Bastard nickt und nimmt einen ausgiebigen Zug von seiner Zigarre. »Das erfreut mich, Abigail. Vielleicht besteht ja am Ende doch noch Hoffnung für dich.« Dann schnippt er seine Zigarre fort und bohrt seine Nägel noch tiefer in meine Haut. So tief, dass mir klar ist, dass es Spuren hinterlassen wird. Er sieht mich herausfordernd an, als er sich zu meinem Gesicht hinabbeugt. »Aber wenn du lügst, wenn du mich hintergehst, dann wirst du einen höllischen Preis dafür bezahlen.«

»Das tue ich nicht«, lüge ich weiter. »Trent wollte ich nicht heiraten, aber ich freue mich darauf, Charlies Frau zu werden.« Mein Inneres zieht sich zusammen, als diese neue Lüge meine Seele befleckt.

»Und was ist mit Kaiden Anderson?«

Dieses Mal muss ich nicht lügen. Meine Lippen verziehen sich zu einer Grimasse und ich balle die Hände zu Fäusten, als ich all die Wut hinauslasse, die sich in mir aufgestaut hat. »Ich hasse diesen manipulativen Mistkerl und hoffe, dass er in der Hölle verrottet.«

Meine Antwort stellt meinen Vater zufrieden und er tätschelt meinen Kopf. »Braves Mädchen, Abigail.«

Herablassendes Arschloch.

Charlie wählt genau diesen passenden Moment, um in einem

erstklassigen schwarzen Land Rover vorzufahren. Da ich keine Tasche habe, eile ich einfach die Stufen hinunter und lasse mich auf den Beifahrersitz gleiten. Um den Anschein zu wahren, lehne ich mich zu ihm rüber und küsse ihn auf den Mund. Er packt meine Haare, zieht mich näher und vertieft den Kuss. Charlie zu küssen ist keine harte Aufgabe, aber ich will nicht, dass er auf falsche Gedanken kommt, also zwicke ich ihm in den Oberschenkel und er beendet den Kuss, ehe dieser zu intensiv wird.

»Habt eine gute Heimreise, ihr zwei Turteltauben«, sagt der Bastard, als er sein kosmetisch verändertes, widerliches Gesicht durch das Autofenster auf Charlies Seite steckt. »Ich will, dass du dich sofort bei mir meldest, wenn ihr zurück in Rydeville seid, Sohn. Mrs Banks wird Abigails Sachen zusammenpacken und ich werde sie zu dir nach Hause liefern lassen.«

»Danke, Sir. Ich werde mich gut um sie kümmern.«

»Hoffentlich nicht zu gut.« Der Bastard grinst und sieht mich über Charlies Kopf hinweg an. »Du lässt deinen Verlobten mit deinem Körper anstellen, was auch immer er will. Er gehört ihm. Nicht dir.«

»Wie schon gesagt, Daddy, das hier ist anders.« Meine Stimme ist hoch, weil ich allmählich die Kontrolle über meine angespannten Emotionen verliere.

»Wir sehen Sie am Dienstag, Sir.« Charlie tritt aufs Gaspedal, sobald der Bastard einen Schritt zurückgemacht hat, und die Reifen quietschen, als wir mit hoher Geschwindigkeit die Auffahrt hinunterfahren.

»Ich will diesen Bastard dafür umbringen, wie er mit dir und über dich spricht«, knurrt Charlie.

»Stell dich hinten an«, gebe ich zurück und sehe aus dem Fenster. »Und der Tod wäre zu simpel für ihn. Ich will, dass er leidet.«

»Du hast einen Plan?«, fragt er und verlangsamt den Wagen etwas, als wir das Eingangstor erreichen.

»Er befindet sich noch in Arbeit.«

Die Flügel des Tors öffnen sich und Charlie steuert das Auto auf die Straße. Endlich bin ich aus diesem Höllenloch befreit.

»Wir müssen uns abstimmen«, erklärt er und wirft mir einen raschen Blick zu.

»Wer ist wir?«

»Ich, Drew und Xavier.«

Ich ziehe meine Knie an die Brust und wünschte, ich hätte andere Klamotten an. Egal was, nur nicht diese verdammte Uniform. »Einen Moment«, entgegne ich, sehe nach hinten zum Rücksitz und beäuge Charlies Tasche. »Hast du etwas dabei, was ich statt dieser Kluft anziehen kann?«

»Ein paar T-Shirts und Jogginghosen.«

Ich klettere auf die Rückbank, wühle in der Tasche und ziehe ein T-Shirt der Ramones hervor. »Ich wusste gar nicht, dass du auf die Ramones stehst«, sage ich und entledige mich meiner Uniform.

Unsere Blicke treffen sich für einen Moment im Rückspiegel. »Es war ein Geschenk von Lil.«

»Ich wusste nicht, dass deine Schwester auf Punkrock steht. Ist sie dafür nicht ein bisschen jung?«

»Sie ist vierzehn und macht gerade eine Phase durch.« Er biegt nach rechts auf den Highway ab. »Oder zumindest hoffe ich, dass es nur eine Phase ist.«

Mit dem T-Shirt am Körper setze ich mich wieder nach vorn auf den Beifahrersitz. Es ist lang genug, um als T-Shirt-Kleid durchzugehen. Für eine flüchtige Sekunde betrachtet Charlie meine Oberschenkel. »Warum siehst du mich immer wieder so an?«, frage ich.

»Wie denn?« Er macht einen auf unschuldig.

»Das hier ist nicht real.« Ich deute zwischen uns beiden hin und her. »Das weißt du, oder?«

Schweigen breitet sich zwischen uns aus, bevor er sich schließlich räuspert. »Dir ist klar, dass wir höchstwahrscheinlich heiraten werden müssen. Das ist der sicherste Weg, um dir deinen Vater vom Hals zu halten.«

»Wir haben sechs Monate, um eine Lösung zu finden. Nicht böse gemeint, aber ich möchte dich nicht heiraten.«

Ein Muskel an seinem Kinn beginnt zu zucken und eine unangenehme Spannung liegt plötzlich in der Luft. »Ich dachte, du hättest Fragen«, sagt er schließlich nach einer Weile, und ich klammere mich mit beiden Händen an diese Rettungsleine.

»Was ist mit Oscar passiert?«, wispere ich und kämpfe die Emotionen wieder zurück. Ich erinnere mich noch an den Schuss, den ich während unserer Flucht gehört habe. Jetzt, wo ich weiß, dass mich Louis entführt hat, habe ich wahnsinnige Angst um den Bodyguard, der für mich mehr ein Vater ist, als es mein Erzeuger jemals war.

Charlie umklammert das Lenkrad fester. »Vielleicht sollten wir mit den Fragen und Antworten warten, bis wir irgendwo angehalten haben.«

Ein Schluchzer entringt sich meiner Kehle. »Bitte sag mir nicht, dass er tot ist!« Tränen rollen mir die Wangen hinab. »Bitte sag mir nicht, dass ich auch für seinen Tod verantwortlich bin!«

Er streckt seine Hand aus und streichelt mir beruhigend über meinen nackten Oberschenkel. Er sieht so aus, als befinde er sich in einem Zwiespalt. Seufzend betrachtet er ein Schild am Straßenrand. »Er ist nicht tot, Babe. Aber er liegt im Koma.« Vorsichtig beobachtet er meine Reaktion auf diese Information.

»Wird er überleben?«

»Ich weiß es nicht, aber er wird bestens versorgt. Er ist in guten Händen und alles, was wir machen können, ist beten, dass er es übersteht und wieder gesund wird.«

»Was ist mit seiner Familie?«

»Drew kümmert sich um sie«, antwortet er, nimmt seine Hand von meinem Oberschenkel und umfasst wieder das Lenkrad.

»Warum ist mein Bruder nicht gekommen, um nach mir zu sehen?«

Charlie schaltet den Tempomat an und sieht mich an. »Zuerst konnte er es wegen seiner Verletzungen nicht. Außerdem wussten wir nicht, wo du warst, auch wenn wir vermutet haben, dass er dich nach Parkhurst geschickt hatte.«

»Mein Vater hat Drew verletzt?«, mutmaße ich.

Er nickt. »Dein Vater hat ihm die Scheiße aus dem Leib geprügelt, nachdem Atticus offenbart hat, dass er Teil des Safe-raubs war. Drew hat sich zunächst gewehrt, also hat dein Vater dafür gesorgt, dass ihn seine Leute nackt ausziehen und an einen Stuhl fesseln, bevor sie alle auf ihn eingeprügelt haben.« Er seufzt. »Es ist ein Wunder, dass er ihn nicht umgebracht hat.«

Übelkeit tobt in mir. Ich habe die Schläge nicht vergessen, die ich von meinem Vater erhalten habe, und Drews Bestrafung fiel wahrscheinlich noch viel schlimmer aus. Er wollte ihn mit Sicherheit für seinen sogenannten Betrug ermorden, aber so weit würde er es niemals kommen lassen, da er Drew braucht. »Wie hat mein Bruder es geschafft, in den Augen meines Vaters wieder gut dazustehen?«

»Drew hat ihn davon überzeugt, dass er ein doppeltes Spiel mit der neuen Elite trieb und dass es seine Art war, den Inhalt des Safes zu beschützen, bis sie einfach vom Plan abwichen.«

Ich ziehe erstaunt die Augenbrauen hoch. »Und mein Vater glaubt ihm das?«

»Drew hat ihm erzählt, er hätte den Raub mit seinem Handy aufgezeichnet und erst herausfinden wollen, wo sie die Papiere versteckt hatten, ehe er sie und das Video an die Behörden übergeben hätte.«

»Hat Drew tatsächlich eine Aufzeichnung davon?«, frage ich, denn überraschen würde es mich nicht. Das ist die gewöhnliche Vorgehensweise der Elite.

»Das hatte er, aber sein Handy wurde während der Schießerei zerstört und er hatte kein Backup.«

»Ich wette, das hat Vater misstrauisch gemacht.«

Charlie zuckt mit den Schultern und richtet seine Konzentration wieder auf die Fahrbahn. »Sein Urteil steht noch aus, aber gerade gibt er ihm noch einen Vertrauensbonus.«

»Weil er sein Erbe ist.«

»Dahinter steckt noch mehr.« Charlie umklammert das Lenkrad wieder so fest, dass seine Fingerknöchel weiß hervortreten.

»Ich weiß, dass du denkst, dein Leben wäre bisher furchtbar gewesen und dein Vater hätte dich wie Dreck behandelt, aber das ist nichts im Vergleich zu dem, was Drew durchmachen musste.«

Ich werde stocksteif vor Anspannung. »Was genau bedeutet das?«

»Wir haben mehr Gewalt und Verdorbenheit gesehen, als du dir jemals vorstellen könntest«, gibt er zu.

»In Parkhurst«, mutmaße ich.

»Zum Teil.«

»Aber du wirst es mir immer noch nicht erzählen, oder?«

Er sieht mich flehend an. »Abby, wir können es dir nicht erzählen und es ist besser, wenn du es nicht weißt. Es würde deine Gefühle für uns alle verändern.«

Das mag vielleicht wirklich der Fall sein, aber mir geht dieser beschützerische Bullshit so was von gegen den Strich. »Ich habe all die Lügen und Geheimnisse so satt, Charlie!«, schleudere ich ihm entgegen. »Alles, was sie tun, ist, mich aus heiterem Himmel zu treffen. Ich kann mich nicht verteidigen, solange ich die volle Wahrheit nicht kenne.«

Er wirft mir einen weiteren Seitenblick zu, als er die nächste Ausfahrt nimmt. »Du musst dich nicht selbst verteidigen. Wir werden dich beschützen. Dir wird niemals wieder so etwas passieren.«

»Verarschst du mich gerade?«, schreie ich ihn an, weil ich förmlich am Explodieren bin. »Keiner von euch hat mich beschützt! Die einzige Person, die auf mich aufpasst, bin ich selbst.« Aus purer Frustration und Wut schlage ich mit den Fäusten gegen das Armaturenbrett.

»Das ist nicht wahr.« Er streckt seinen Arm nach mir aus und berührt meinen Oberschenkel.

Ich schlage seine Hand weg. »Versuch nicht, mich zu beschwichtigen, Charlie. Beleidige nicht meine Intelligenz.«

Er beißt die Zähne aufeinander und Anspannung macht sich wieder in der Luft breit.

Ich habe diese Scheiße so was von satt.

Dieses Leben.

Meine bisherige Entschlossenheit, dem zu entfliehen, ist über die letzten Monate nur noch stärker geworden. Ich muss raus aus Rydeville, möglichst weit weg. Irgendwohin und dort von vorn beginnen.

»Wir werden dich beschützen«, presst Charlie nach ein paar verkrampften Minuten hervor.

Ich lasse meinen Kopf gegen die Lehne des Sitzes sinken und schließe die Augen. Ich weiß, dass es keinen Sinn hat, diesen Streit weiter fortzuführen. Er wird mir nichts erzählen. »Keiner von euch kann mir das versprechen«, entgegne ich und öffne ein paar Minuten später wieder die Lider. »Keiner. Nicht, solang der Bastard noch die Kontrolle ausübt. Nicht, solang er noch atmet.«

»Er wird nicht mehr lang die Kontrolle ausüben.«

»Wie?« Ich setze mich wieder aufrecht hin.

»Drew tut das, was er tun muss, um das Vertrauen deines Vaters zurückzugewinnen. Und jetzt, wo Jane weg ist, gibt es keine Grenzen mehr für das, was er tun kann, um sicherzustellen, dass er dieses Ziel erreicht.«

Ich fahre in meinem Sitz herum. »Moment! Jane ist weg?« Ich sehe ihn überrascht an. »Wohin? Und was ist passiert?«

Charlie verlangsamt den Wagen und nimmt die Abbiegung zu einem Ort namens Loth's End. »Drew wird dir mehr erzählen, aber nach der Schießerei ist er zu ihrem Vater gegangen und hat ihm gesagt, dass er seine Familie nehmen und sie so weit wie möglich von Rydeville wegbringen soll. Gleich am nächsten Tag sind sie aufgebrochen.«

Mir fällt die Kinnlade runter. »Aber wir wissen, wo sie ist, oder? Ich kann sie noch immer kontaktieren?«

Charlie schüttelt den Kopf und hält am Straßenrand. »Das würde den Zweck der ganzen Aktion verfehlen. Drew hat getan, was er tun musste, um Jane in Sicherheit zu wissen.«

»Aber er liebt sie! Sie lieben einander so sehr.« Ich kann das nicht glauben.

»Ich weiß, und es bringt ihn um. Er ...« Charlie seufzt und

fährt sich mit einer Hand über das glattrasierte Kinn. »Ihm geht es nicht gut, Abby. Dich und Jane zu verlieren, war schon schlimm genug. Aber die Dinge, die er tun muss, um deinen Vater und Trent davon abzuhalten, herauszufinden, wem seine wahre Loyalität gilt, zerstören seine Seele. Wir wissen beide, dass Trent das nicht einfach auf sich beruhen lassen wird. Du hast ihn gedemütigt und er ist ein verdammter Psychopath, also hält sich Drew in seiner Nähe auf, um sicherzustellen, dass er dich nicht in die Finger bekommt.« Er wirkt ein wenig hilflos. »Aber ich mache mir Sorgen um ihn. Um seine Fähigkeit, das durchzuziehen und sich dabei nicht selbst zu verlieren.«

»Jetzt machst du mir Angst.« Drew befindet sich noch immer auf meiner schwarzen Liste, weil er einfach danebengestanden und nichts getan hat, als sie sich an mir vergriffen haben. Allerdings war er nicht an dem Scheiß beteiligt, der auf der Verlobungsparty passiert ist. Wenn er aber Jane von sich gestoßen hat, dann weiß ich, dass es noch unzählige Details gibt, die er mir nicht erzählt hat.

Charlie nimmt meine Hand in seine. »Er braucht dich. Mir ist bewusst, dass er dich im Stich gelassen hat. Eine Tatsache, die er sich selbst noch immer jeden Tag zum Vorwurf macht. Er versucht hinter den Kulissen schon lange Zeit, dich zu beschützen; dazwischenzugehen hätte alles gefährdet.«

»Vielleicht hätte ich es verstanden, wenn er mir gesagt hätte, was er vorhat. Alle denken, sie müssten mich zu meinem Schutz im Dunkeln tappen lassen«, fauche ich.

Charlie sieht mich durchdringend an. »Es ist zu deinem Schutz, Abby, und eines Tages werden wir alles offenbaren, aber glaub uns einfach, dass wir alle daran arbeiten, dich zu beschützen.«

»Das ist viel verlangt. Insbesondere, da ich weiß, dass ihr mich alle auf die eine oder andere Weise angelogen und hintergangen habt. Wie soll ich nach all dem noch jemandem vertrauen?«

»Du kennst mich bereits dein ganzes Leben lang und dein Bruder würde sich eine Kugel für dich einfangen. Xavier kenne ich nicht so gut, aber du scheinst ihm ziemlich wichtig zu sein. Du kannst uns vertrauen.«

»Und was ist mit der neuen Elite?«, krächze ich, als ich den Mut aufgebracht habe, diese Frage zu stellen. »Wo sind sie und vertraust du ihnen?«

»Sie sind verschwunden, und nein«, presst er zwischen zusammengepressten Zähnen hervor, »ich traue keinem dieser Wichser.«

»Wohin verschwunden?«, hake ich nach, auch wenn ich es hasse, dass mein Herz bei dieser Neuigkeit schmerzhaft in meiner Brust zu pochen beginnt.

Charlie zuckt mit den Schultern. »Sie sind untergetaucht. Dein Vater und Christian Montgomery haben rechtliche Schritte eingeleitet und eine Strafanzeige gestellt, weshalb die Cops nach ihnen fahnden. Sieben Menschen haben ihr Leben in der Schießerei verloren und die Behörden brauchen einen Sündenbock. Nach ihnen wird mit Haftbefehl gesucht.«

Ich schüttle den Kopf. »Das war klar.« Ich reibe über den Punkt zwischen meinen Brauen. »Wie werden wir jemals Gerechtigkeit bekommen, wenn dieser Bastard alle in der Tasche hat?«

»Es gibt Wege«, sagt Charlie kryptisch und holt mit einem Blick Richtung Rückbank sein Handy hervor.

»Was machst du da?«, frage ich, drehe mich wieder nach vorn und betrachte das Bekleidungsgeschäft, vor dem wir gehalten haben.

»Die Ladenbesitzer anrufen und schauen, ob ein wenig finanzieller Anreiz sie vielleicht dazu bewegt, den Laden für dich zu öffnen. Ich hätte dir Sachen von zu Hause mitgebracht, aber alles ist auf den letzten Drücker passiert und es blieb keine Zeit dafür.«

Eine Stunde später arbeite ich mich allein durch die Reihen des Ladens, während Charlie im Auto ein paar Anrufe erledigt. Finanzielle Anreize funktionieren – insbesondere in Kleinstädten, in denen es wenig Laufkundschaft gibt. Ich wähle eine Jeans, ein Shirt, einen Sweater, Socken, Pyjamas und Unterwäsche in meiner Größe und lege sie auf der Ladentheke ab, damit die Kassiererin sie schon einmal abrechnen kann. Dann gehe ich zur Kosmetikabteilung, wo ich mir alles nehme, was ich brauche.

Während ich mit Charlies Kreditkarte bezahle, versuche ich die Kassiererin dazu zu überreden, mir heimlich ihr Handy zu leihen, damit ich Xavier anrufen kann, aber sie weigert sich vehement.

Keine Ahnung, was Charlie gesagt oder getan hat, um sich ihr Entgegenkommen zu sichern, aber ich lasse meine Überredungsversuche bleiben, als deutlich wird, dass sie sich nicht umstimmen lässt.

So viel zum Thema Freundschaften.

Die blöde Kuh will mir nicht einmal verraten, wo der nächstgelegene Münzfernsprecher ist.

Ich benutze die Toilette, um mein neues Outfit anzuziehen und mich frisch zu machen, ehe ich den Laden verlasse. Charlie lehnt lächelnd an der Wand des Gebäudes. Er nimmt meine Hand. »Du siehst hübsch aus.«

»Ich trage einfach nur Jeans.« Ich ziehe eine Braue in die Höhe.

»Es ist nicht von Bedeutung, was du trägst. Deine Schönheit strahlt von innen heraus.«

Ich will gerade einen Würgelaut von mir geben, als ich in seinen Augen erkenne, dass er die Worte ehrlich meint. Also halte ich den Mund. Scheiße. Hat Charlie Gefühle für mich? Denn falls ja, haben wir ein riesiges Problem. Ich habe Charlie schon immer sehr, sehr gern gemocht, und auch wenn ich ihm gegenüber aktuell etwas misstrauisch bin – weil er noch immer viele Dinge vor mir verschweigt –, hat er mich dennoch aus diesem Höllenloch befreit. Außerdem weiß ich, dass er ehrlich das tut, von dem er glaubt, dass es in meinem besten Interesse ist.

Ich liebe ihn, aber nicht auf diese Weise.

Auch wenn er ein toller Küsser ist und zwischen uns durchaus die Chemie stimmt.

»Danke«, murmle ich und behalte meine Gedanken für mich, da ich noch nicht bereit bin für dieses Gespräch. Nicht mit einem verdammt langen Trip vor uns. Doch es ist ein Thema, dass wir eher früher als später besprechen müssen.

»Hast du Hunger?«, fragt er und schwingt unsere ineinander verschlungenen Hände hin und her, als wir nicht zum Auto, sondern in die entgegengesetzte Richtung schlendern. »Ich habe ein paar Blocks entfernt ein nettes, kleines Restaurant entdeckt und uns dort einen Tisch reserviert.«

»Ich könnte was zu essen vertragen. Ehrlich gesagt, sehne ich mich nach etwas Leckerem, nachdem ich wochenlang den Mist ertragen musste, den sie in Parkhurst Essen nennen.«

»Wie geht es Xavier?«, frage ich, als wir an einem gemütlichen Tisch in einer Ecke des italienischen Restaurants Platz genommen haben. »Ich hätte gedacht, dass er mich finden würde.«

»Wir alle wussten am Ende, wo du warst, Abby, aber wir konnten nicht einfach reinstürmen und dich retten. Nicht ohne Konsequenzen.« Ein breites Grinsen erscheint auf seinem Gesicht. »Wir mussten Xavier für eine Weile fesseln, ehe er die Message kapiert hat.«

Mir fällt die Kinnlade runter. »Bitte sag mir, dass das ein Witz war.«

Er schüttelt den Kopf. »Drew und ich haben uns mit dem Babysitten abgewechselt. Er hat immer wieder versprochen, dass er nicht nach dir suchen würde, aber sobald wir ihn hätten gehen lassen, hätte er genau das getan.« Er schmunzelt. »Drew ist ausgerastet und wir mussten echt böse werden, damit er mit uns kooperiert, aber dann hat er es endlich verstanden.« Seine Belustigung erlischt.

Mein Herz fühlt sich das erste Mal seit langem wieder etwas leichter an. »Ich wusste, dass es einen Grund geben musste, warum er nicht gekommen ist.«

Charlie verschränkt unsere Finger erneut miteinander. »Wir wollten dich alle retten, aber wir konnten nicht.«

»Das verstehe ich mittlerweile, aber versuch du mal fünf Wochen als Gefangener auszuhalten, umgeben von Leuten, die so vollgepumpt sind mit Medikamenten, dass sie als Zombies durchgehen könnten, ohne Gesellschaft, und mit dem Gedanken an ...« Meine Lippen fangen zu zittern an und ich spüre Tränen in mir hochsteigen.

»Ich weiß, Abby, und es tut mir so leid.« Charlies Miene wird weich und seine Stimme ist sanft, während er mit seinem Daumen fortwährend kleine Kreise auf meinem Handrücken malt.

Ich presse die Lider zusammen, um den Schmerz auszusperren. »Ich möchte nicht darüber reden«, wispere ich.

»Ist schon okay.« Er hebt mich hoch und setzt mich auf seinen Schoß. Dann schlingt er seine Arme um meinen Körper und ich vergrabe mein Gesicht an seinem Hals, weil ich diesen Trost brauche. Mir fehlt menschliche Wärme und die letzten Wochen waren wirklich einsam.

»Er wird dafür bezahlen, Abby«, flüstert mir Charlie ins Ohr und streicht mir über das Haar. »Wir werden ihn damit nicht davonkommen lassen.«

»Ich muss nur kurz tanken«, erklärt Charlie, als ich frage, warum wir wieder vom Highway runterfahren.

Mein Appetit ist verflogen, nachdem meine Gedanken um verbotenes Terrain kreisten, dennoch habe ich mir ein paar Bissen Pasta hinuntergezwungen. Danach sind wir ins Auto gestiegen und inzwischen seit vier Stunden wieder unterwegs.

Mittlerweile ist es dunkel draußen und wir haben uns darauf geeinigt, noch ein paar Stunden weiterzufahren, ehe wir für die Nacht irgendwo einkehren. Über das GPS hat Charlie eine passende Stadt ausgemacht, und ich bin damit beschäftigt, auf seinem Handy nach Motels zu suchen.

Wir halten an einer Tankstelle am Stadtrand und Charlie sieht sich nervös um, als er den Motor abstellt. Ich erwarte, dass er aussteigt, aber er umschließt das Lenkrad fest und blickt drein, als läge das Gewicht der ganzen Welt auf seinen Schultern.

»Was ist los?«, frage ich, löse meinen Anschnallgurt und lehne mich zu ihm rüber, um seinen Ellenbogen zu berühren.

Als er sich mit einem entschlossenen Ausdruck im Gesicht zu mir umdreht, schrillen in mir alle Alarmglocken. »Ich weiß, dass du ihn liebst, Abby. Selbst nach all dem, was er getan hat«, sagt er, und ich muss keine Gedankenleserin sein, um zu wissen, dass er von Kaiden spricht. »Aber er verdient dich nicht. Und du hast andere Optionen.«

Unbehaglich rutsche ich auf meinem Sitz hin und her und frage mich, warum er ausgerechnet diesen Moment gewählt hat, um mir all das zu sagen. Ich lasse ihn los, als er seinen Arm über die Mittelkonsole hinweg streckt und meinen Nacken umfasst. »Der Abend unserer Verlobung«, fährt er fort, während er mir tief in die Augen schaut und über den Diamantring streicht, den ich trage. »Ich habe jedes Wort so gemeint.« Sein Puls hämmert an seinem Hals und jetzt verbirgt er nichts mehr vor mir.

Ich muss heftig schlucken, weil mir Panik die Kehle zuschnürt.

»Ich liebe dich, Abby. Das habe ich schon immer getan, und das werde ich auch immer tun. Ich möchte dich tatsächlich heiraten.«

Bevor ich zu einer Antwort ansetzen kann, presst er die Lippen auf meine und küsst mich leidenschaftlich.

Als er den Kuss beendet, hält er noch immer meinen Nacken umfasst und durchbohrt mich mit seinem Blick. »Sag nicht Nein, bis du nicht darüber nachgedacht hast. Mir ist bewusst, dass gerade viel Chaos in deinem Kopf herrscht, aber ich verspreche dir, dass ich alles, was ich getan habe, dass ich alles, was ich tue, nur tue, weil ich dich liebe und ich dich in meinem Leben haben möchte. Für immer.«

»Charlie. Ich ...«

Er küsst mich erneut und alles in meinem Kopf dreht sich. »Versprich mir, dass du darüber nachdenken wirst. Er ist nicht deine einzige Option.«

Ich will ihm sagen, dass Kaiden unter keinen Umständen eine Option ist, aber ich kann mich nicht selbst belügen.

Ich hasse Kaiden.

Genauso sehr wie zu dem Zeitpunkt, als er in der Schule auftauchte.

Wahrscheinlich sogar noch mehr.

Aber es liegt eine feine Grenze zwischen Liebe und Hass und ich hasse es wahnsinnig, dass ich ihn auch immer noch liebe.

»Okay.« Ich lege meine Hand auf Charlies harte Brust. »Ich werde darüber nachdenken.«

Er lehnt seine Stirn gegen meine, ehe er mich noch einmal küsst, doch dieses Mal streift er nur flüchtig mit den Lippen über meine. »Ich liebe dich. Vergiss das nicht«, sagt er und steigt aus dem Auto.

Stirnrunzelnd beobachte ich ihn dabei, wie er den Wagen volltankt. All meine Sinne laufen auf höchster Alarmstufe.

Er pustet mir einen Luftkuss zu, bevor er sich auf den Weg zur Kasse macht, und Unbehagen macht sich in meinem Inneren breit. Er hat gerade die Tür erreicht, als sie auffliegt und ihn ein Typ, der eine schwarze Skimaske über dem Kopf trägt, zu Boden stößt und ihm mit einem Schläger gegen den Kopf donnert.

Panik ergreift mein Herz. Ehe mein Hirn mein Tun verarbeitet hat, klettere ich aus dem Auto. Ich renne auf ihn zu, als ich plötzlich an meinem Shirt zurückgerissen werde. Muskulöse Arme umschließen mich von hinten und jemand zieht eine Kapuze über meinen Kopf.

»Unter gar keinen Umständen!«, kreische ich, ziehe die Beine an meine Brust und katapultiere mich mit all der Stärke, die ich aufbringen kann, von ihm weg. Der Typ, der mich festhält, verliert die Balance und ich falle nach vorn, bis er mich loslässt und ich wieder frei bin.

Ich reiße mir die Kapuze vom Kopf, fahre herum und schlage mit meinen Fäusten zu, wobei ich meinen Angreifer seitlich am Gesicht treffe, als er sich aufrichtet. Er trägt ebenfalls eine Skimaske, darum habe ich keine Ahnung, wer mich dieses Mal entführen will. Aber ich bin am Arsch, wenn ich erneut gegen meinen Willen gekidnappt werde. Also trete ich ihm in die Eier, und zwar mit voller Wucht. »Ich werde«, stoße ich hervor, ziele dieses Mal auf seine Brust und lande einen guten Treffer, weil er zu sehr damit beschäftigt ist, sich die Eier zu halten, um meinen Schlag abzuwehren, »verdammt noch mal nicht noch einmal entführt werden.«

Ich trete ihm gegen die Brust, schubse ihn zu Boden und stürze mich auf ihn. Dann reiße ich ihm die Maske herunter und blinzle heftig, um sicherzustellen, dass mir meine Augen keinen Streich spielen.

»Was zur Hölle ...?« Ich starre in ein Gesicht, mit dem ich vor kurzem wieder vertraut gemacht wurde.

»Toll gemacht, du Depp«, sagt eine mir bekannte Stimme hinter mir. »Die Nummer kannst du erklären.«

5. KAPITEL

»Was zum Teufel hast du dir dabei gedacht?«, schnauze ich, während ich Maverick – aka Rick – Anderson wütend anstarre. Ich hätte ihn anhand seiner Stimme erkannt, wenn er nicht bereits seine Skimaske vom Kopf gezogen hätte, als er mich von seinem jüngeren Bruder runterhob.

»Das erkläre ich dir auf dem Weg«, erwidert er und greift nach meinem Arm. »Wir müssen gehen, bevor jemand auftaucht.«

Ich reiße mich los und sehe ihn aus zusammengekniffenen Augen an. »Ich gehe nirgendwo mit euch hin.« Beim Anblick von Charlie, der ohnmächtig auf dem Boden liegt, pocht mein Herz sogar noch heftiger als vorher. »Und wenn ihr meinem Verlobten wehtut, werde ich jeden Einzelnen von euch umbringen.« Wütend sehe ich den Typen an, der mich angegriffen hat, als er sich unbeholfen wieder aufrappelt. Er hält sich noch immer sein Gemächt und ich erhasche keinen guten Blick auf sein Gesicht, sodass ich nicht sagen kann, ob es Joaquin oder Harley ist. Bis zum Tag der Verlobungsparty hatte ich die beiden das letzte Mal gesehen, als sie noch kleine Kinder waren, ich bin nicht sicher, ob ich sie heute auseinanderhalten könnte. Sie sind nur ein Jahr voneinander entfernt, und alle Anderson-Jungs sehen sich ziemlich ähnlich.

»Deinem Verlobten?«, hakt Rick nach, zieht eine Braue in die Höhe und mustert mich aus seinen warmen, braunen Augen.

»Du hast mich schon verstanden.« Ich strecke die Hand aus und lasse meinen Diamantring aufblitzen. »Also, was auch immer das für ein kläglicher Versuch von Kaiden ist, er kommt zu spät. Ihr seid zu spät. Ich brauche eure Hilfe nicht. Und ihn brauche ich erst recht nicht.«

»Rick!« Der andere Bruder streckt seinen Kopf aus dem Fenster eines SUV, der neben der Tankstelle parkt. »Kommt endlich in die Gänge.«

»Du bleibst bei uns.« Erneut packt Rick meinen Arm. »Ob

dir das nun gefällt oder nicht.«

»Nein, das werde ich nicht.« Ich ziehe meine Arme zurück, bereit, nach ihm zu schlagen, als plötzlich jemand meine Handgelenke auf meinen Rücken zieht und sich eine schwitzige Hand über meinen Mund legt.

»Zwing uns nicht dazu, dir wehzutun«, sagt der Bruder, der meine Arme festhält.

Ich hebe ein Bein, um ihm mit meiner Ferse einen Tritt nach hinten in die Eier zu verpassen, verliere aber sämtliche Konzentration, als er mir in die Schulter beißt. Ich schreie auf und lasse mein Bein wieder sinken.

»Was zur Hölle soll das?«, ruft Rick und starrt seinen Bruder über meine Schulter hinweg finster an.

»Ich improvisiere«, sagt der Kerl hinter mir. »Kai meinte bereits, dass sie streitlustig wäre, aber ich hatte ja keine Ahnung, wie sehr.«

»Kai wird dir deinen verdammten Schwanz abschneiden, wenn du ihr wehtust. Sie ist schwanger, verflucht noch mal.«

Alles in mir zieht sich zusammen und ein alles konsumierender Schmerz überrollt mich so sehr, dass ich keinen weiteren Widerstand leiste, als Rick seinen Arm um meine Schultern schlingt und mich zu ihrem Auto führt.

Kai hat sie geschickt, um mich zu holen, und ich will ihn sehen. Denn ich brauche Antworten und ich will ihn leiden lassen. Charlie hat gesagt, sie wären untergetaucht, also ist das hier vielleicht meine einzige Chance. Ein neuer Plan entsteht in meinem Kopf, während ich freiwillig mit Rick mitgehe, ohne weiteren Protest. »Ich werde mit euch kommen«, sage ich und ziehe an seinem Unterarm, damit er anhält. »Aber erst muss ich nach Charlie sehen.«

»Mit Charlie ist alles in Ordnung«, bekräftigt er und zerrt mich vorwärts.

»Ist es nicht!«, rufe ich und deute auf ihn. »Er bewegt sich nicht!«

»Weil ich ihm ein Sedativum gegeben habe«, gesteht er und ich stürze mich auf ihn, fahre ihm brüllend mit den Nägeln über das Gesicht und hinterlasse blutige Striemen, ehe mich ein anderer Anderson von ihm wegzieht. Ich habe nicht die langen, wohlgeformten Nägel, die ich sonst immer trage, aber meine kürzeren Nägel sind dank der fehlenden Maniküre in Parkhurst äußerst scharfkantig und funktionieren sehr effektiv.

»Können wir ihr nicht auch ein Betäubungsmittel verpassen?«, fragt der Typ, der darum kämpft, mich festzuhalten. »Denn diese Reise wird die Hölle auf Erden werden, wenn sie bei jeder Gelegenheit nach uns schlägt.«

»Abby.« Ricks Blick ist mörderisch, während er sich sein blutendes Gesicht abtupft. Einige Strähnen seines dunklen Haars fallen ihm in die Stirn und er wirft den Kopf zurück, damit sie ihn nicht länger stören. »Wenn du nicht willst, dass ich Charlie eine tödliche Dosis verpasse, wirst du in das verdammte Auto steigen und dich benehmen.«

Ich würde ihm am liebsten ins Gesicht spucken, aber so tief sinke ich nicht. »Ich hasse dich genauso wie ich den Wichser hasse, der sich dein Bruder nennt.«

»Ich erwarte nichts anderes«, entgegnet er seufzend und seine Miene wird ein wenig weicher. »Steig einfach ins Auto, bevor wir alle verhaftet werden.« Er wischt sich mit einem Taschentuch über das Gesicht.

»Ihr könnt Charlie nicht einfach so liegen lassen.«

»Die Angestellten werden sich um ihn kümmern.«

»Was, wenn nicht? Ich gehe nicht, bis ich weiß, dass er versorgt ist.«

»Reg dich nicht auf. Sobald wir auf dem Highway sind, tätige ich einen entsprechenden Anruf. Versprochen.« Ich stemme die Hände in die Hüften und verenge die Augen. »Je schneller wir hier verschwinden, desto eher bekommt er Hilfe«, argumentiert er.

Ich werfe einen letzten Blick auf Charlie und fühle mich wie eine verräterische Bitch, als ich neben den anderen Bruder auf den Rücksitz des Wagens klettere. Rick setzt sich hinters Lenkrad und das Arschloch, das versucht hat, mich zu packen, nimmt auf dem Beifahrersitz Platz.

Rick fährt mit quietschenden Reifen los, schließt demonstrativ alle Türen ab und bedenkt mich über den Rückspiegel mit einem warnenden Blick. »Schreib Sawyer Hunt«, sagt er zu seinem Bruder, der neben ihm sitzt, was dieser mit einem Nicken bestätigt.

»Woher wusstet ihr, wo ihr mich findet?«

»Wir haben die Elite beobachtet, und als Charlie Pläne schmiedete, mit deinem Vater allein zu verreisen, haben wir geahnt, dass es etwas mit dir zu tun hat. Wir haben Parkhurst im Auge behalten, bis wir dich mit ihm haben wegfahren sehen. Dann sind wir euch gefolgt.«

»Hey.« Der Typ neben mir beugt sich ein Stück vor und lächelt zögerlich. Ich sehe ihn bloß aus zusammengekniffenen Augen schweigend an. Seine Haare sind so dunkel wie die seines Bruders und seine Augen haben den gleichen Braunton, doch seine Züge sind jungenhafter, auch wenn sein Körper perfekt trainiert ist. Alle vier Andersons sind megaheiß und sie treiben offenbar gern Sport, denn dieser Typ ist genauso muskulös wie sein älterer Bruder.

»Wir sind nicht deine Feinde, Abby«, stellt Rick klar, den Blick fest auf die Fahrbahn geheftet, während wir Richtung Fernstraße fahren.

»Wenn das euer Versuch ist, meine Freunde zu werden, dann tun mir eure Feinde leid«, gebe ich zurück, ignoriere den Kerl neben mir und starre hinaus auf die Landschaft, die durch die getönten Autoscheiben an uns vorbeifliegt.

»Vielleicht hat es so begonnen, aber die Dinge haben sich verändert, als dich Kai näher kennenlernte«, sagt Rick.

Schnaubend schüttle ich den Kopf. »Erzähl mir keinen Bullshit. Alles war eine Lüge. Alles Manipulation, um an meinen Vater heranzukommen.« Ich zwinge mich dazu, meine Hände auf meinen Bauch zu legen. »Ihr habt sogar ein unschuldiges Kind als Spielfigur missbraucht.« Ich lasse ihn meine Wut sehen, als ich ihn ihm Rückspiegel anstarre. »Was für ein kranker Bastard schläft gezielt mit jemandem und mit dem einzigen Ziel, diese Person zu schwängern?«

»Das ist ni...«

»Spar dir deine Worte, Rick«, knurre ich. »Ich will sie nicht hören.«

Zumindest nicht von ihm.

Ich möchte Kaiden in die Augen sehen und ihn fragen, ob er derjenige war, der bei meiner Verhütung herumgepfuscht hat. Zwar habe ich keinen Beweis, dass sie es auf diese Weise gemacht haben, vermute aber, dass ich richtigliege, da Kai keinerlei Probleme damit hatte, ohne Kondom mit mir zu schlafen. Wenn er wollte, dass ich schwanger werde, wäre das also die perfekte Lösung gewesen.

Allerdings hatte ich viel Zeit, um über die Geschehnisse im Ballsaal nachzudenken, und ich erinnere mich an den geschockten Ausdruck auf seinem Gesicht, kurz bevor sein Vater die Babynews verkündete.

Im Rückspiegel treffen sich Ricks und mein Blick für einen Moment und ich erinnere mich, dass er etwas in Kais Ohr geflüstert hat, kurz bevor die Babybombe hochgegangen ist. Von daher ist es auch nicht weit hergeholt, dass er etwas damit zu tun hatte.

In der ersten Nacht in Jacksons Haus war jemand in meinem Zimmer. In der Nacht, nachdem ich sexuell belästigt wurde. Die Person in meinem Zimmer könnte Rick gewesen sein. Er hat das medizinische Wissen und die offensichtlichen Kontakte, um meine Pille auszutauschen. Oder er hat etwas in meine Infusion gegeben. Ich bin mir sicher, dass es auf einem dieser beiden Wege passiert ist. Aber ich bin noch immer unsicher, ob Kai an der ganzen Sache beteiligt war oder nicht. Was der Grund ist, weshalb ich warte, bis ich ihm von Angesicht zu Angesicht gegenüberstehe, ehe ich diese Unterhaltung führe.

»Ruf einen Krankenwagen für Charlie«, sagt Rick und dreht sich zu seinem Bruder auf dem Beifahrersitz um. Sofort reagiert dieser und ruft beim Notdienst an, was ein paar der Knoten in meinem Magen auflöst.

»Kai liebt dich«, wendet sich der Typ neben mir an mich, »und er macht sich wahnsinnige Sorgen um dich und das Baby.«

»Na klar«, schnaube ich. »Deshalb hat es auch Wochen gedauert, bis er nach mir sehen wollte.«

»Harley hat recht«, bestätigt Rick, »und es hat nur deshalb mehrere Wochen gedauert, weil wir auf eine Gelegenheit warten mussten, dich in die Finger zu bekommen. Parkhurst ist wie das verdammte Fort Knox. Es war zu riskant, zu versuchen, dich dort zu retten.«

»Wenn er mich lieben würde, hätte er einen Weg gefunden.« Eine weitere Sache, die mir verrät, dass das alles Mist ist. Denn kurz bevor alles passierte, versicherte er mir, dass die Sache zwischen uns echt war. Wäre das wahr, hätte er absolut alles getan, um mich da rauszuholen.

Doch das hat er nicht.

»So einfach ist das nicht«, widerspricht Rick, während wir den Highway entlangrasen.

»Ist sowieso egal. Ich hasse ihn.«

»Wir mussten ihn einsperren, um ihn davon abzuhalten, nach dir zu suchen«, sagt Harley und sieht mich entschlossen an. »Er wollte uns den Hals dafür umdrehen, dass wir ihn davon abgehalten haben.«

»Har.« Rick bremst ihn mit einem warnenden Blick. »Das muss sie von Kai hören.«

»Na sicher«, schnaubt Joaquin und sieht ihn von der Seite an. »Wenn du glaubst, damit wärst du vom Haken ...«

»Halt die Klappe.« Rick funkelt ihn böse an. »Wir werden das nicht jetzt diskutieren.«

Joaquin zeigt ihm den Mittelfinger. »Sie wird euch beiden den Arsch aufreißen und dieses Mal werde ich sie nicht zurückhalten.«

»Das sind ja ganz neue Worte«, meint Rick und drückt fluchend auf die Hupe, als uns ein anderes Auto beim Überholen schneidet.

»Wenn ihr nicht auffallen wollt, solltest du dich hinter dem Steuer friedlicher verhalten. Es sei denn, du willst, dass euch mein Vater schnappt.«

»Hunt gibt uns Rückendeckung«, verrät Joaquin und sieht

mich über seine Schulter hinweg an. »Von daher ist alles in Ordnung.« Er befeuchtet seine Lippen und fährt sich nervös mit einer Hand durch sein dunkles Haar. »Und, ähm, sorry, dass ich dich vorhin gebissen habe.«

»Du hast sie gebissen?«, ruft Harley und blickt schockiert aus der Wäsche.

Ich betrachte die erhabene, rot umrandete Stelle. »Ich habe schon Schlimmeres ertragen.« Ich zucke mit den Schultern.

Harley wirft den Kopf zurück und lacht schallend auf, während er auf Joaquin deutet. »Oh mein Gott, das ist unbezahlbar!« Er grinst. »Er wird dir so was von den Kopf abreißen.«

Joaquin versteift sich für einen Moment, ehe er die Brust rausstreckt und seinen beeindruckenden Bizeps anspannt. »Ich kann es mit ihm aufnehmen.«

Harley bricht wieder in Gelächter aus. »Hast du nicht gesehen, was er mit Rick angestellt hat?« Vor lauter Lachen hält er sich den Bauch. »In deiner Haut möchte ich nicht stecken, Kumpel!«

»Was hat er mit dir gemacht?«, frage ich und starre ihn im Rückspiegel an.

»Er hat ihm die Scheiße aus dem Leib geprügelt«, erklärt Harley, dessen Belustigung mittlerweile abgeebbt ist. »Was er auch verdient hatte.«

Ricks Gesicht spiegelt so viele Emotionen wider. Ich beiße meine Zähne zusammen, anstatt die offensichtliche Frage zu stellen, die mir auf der Zunge liegt. Die Antwort steht ihm ins Gesicht geschrieben.

Er ist der Grund, warum ich schwanger geworden bin.

Jetzt muss ich nur noch herausfinden, ob Kai an diesem Plan beteiligt war oder nicht.

6. Kapitel

»Mach es dir bequem, Abby«, sagt Rick und schiebt mich in das Motelzimmer. Wir haben angehalten, weil es bereits zweiundzwanzig Uhr abends und draußen stockdunkel ist. Man kann auf diesem abgelegenen Straßenstück kaum noch was sehen. Rick schien weiterfahren zu wollen, aber Joaquin bestand darauf, Halt zu machen und in einem Bett zu schlafen. »Die Jungs können das andere Zimmer nehmen, ich bleibe hier bei dir«, fügt er hinzu, als Joaquin und Harley in den angrenzenden Raum verschwinden, um ihre Taschen dort abzustellen.

»Ich habe nichts, worin ich schlafen kann«, sage ich, da sie all mein neues Zeug in Charlies Mietwagen zurückgelassen haben.

»Ich hole dir ein paar Sachen.« Er reicht mir sein Handy. »Schreib auf, was du brauchst, und ich organisiere es dir. Ich muss ohnehin noch mal los, um Essen zu besorgen und ein paar Dinge zu erledigen.«

Was muss er bitte so spät am Abend noch erledigen? Ich spreche den Gedanken nicht aus, denn es kommt mir gelegen, wenn Rick für eine Weile nicht da ist.

Ich kicke mir meine Sneakers von den Füßen und setze mich auf eines der Einzelbetten. Dann lehne ich mich mit dem Rücken gegen das Kopfende, ziehe die Beine an die Brust und tippe ein paar Worte in sein Handy. »Wie lang werden wir unterwegs sein?«

»Wir sollten unser Ziel am Dienstagabend erreichen.«

»Warum willst du mir nicht sagen, wo wir hinfahren?« Diese Frage habe ich ihm mehrfach während der Fahrt gestellt, aber alle drei haben kein Sterbenswörtchen verraten.

»Es ist sicherer, wenn du es nicht weißt.«

Ich seufze, starre an die Decke und bete um Geduld, die ich für diese Standardantworten nicht mehr habe. »Lasst ihr alle die gleichen Reden aus demselben Elite-Einmaleins vom Stapel? Denn ich schwöre bei Gott, dass ich ausrasten werde, wenn ich noch einmal diesen beschissenen Satz *Alles, was wir tun, ist nur, um dich zu beschützen* höre!«

Er schmunzelt. »Ich kann verstehen, warum mein Bruder verrückt nach dir ist.«

Ich spüre meine Nasenflügel beben, während ich mit dem Finger auf ihn zeige. »Das steht ebenfalls auf der Liste der Aussagen, die ich nie wieder gesagt bekommen will.«

»Es ist die Wahrheit.«

Ich rolle mich in Embryonalstellung zusammen. »Ich will es nicht hören.«

Das Bett gibt ein Stückchen nach, als er sich neben mich setzt. »Gib ihm eine Chance, alles zu erklären, Abby.«

»Warum sollte ich?«, fahre ich ihn an und drehe mich auf die andere Seite, damit ich ihn ansehen kann. »Er hat mich auf die schlimmste Art und Weise hintergangen.«

»Die Dinge sind nie so, wie sie scheinen.«

Ich funkele ihn an.

»Das steht auch auf deiner Liste?«

»Was glaubst du denn?«

Er schmunzelt erneut. »Wozu auch immer es gut sein mag, es tut mir leid, was du alles durchmachen musstest. Du warst unschuldig in diesem ganzen Spiel und hättest niemals verletzt werden sollen.«

»Ich bin es gewohnt, verletzt zu werden. Das ist Teil meines normalen Lebens.« Meine Stimme ist absolut emotionslos. An diesem Punkt bin ich taub gegenüber allem.

»Das ist schrecklich, und Kai wünscht sich etwas anderes für dich. Deshalb hat er uns geschickt, um dich zu holen.«

Ich hebe eine Hand. »Es war ein langer Tag, Rick, und es werden noch mehr lange Tage, wenn du so weitermachst. Die einzige Person, von der ich eine Erklärung hören möchte, ist Kai. Also, bitte, lass es gut sein.«

Er nickt, wirft einen Blick über seine Schulter, und ich bemerke, dass sein jüngerer Bruder in der Tür steht und schweigend zuhört.

»Joaquin wird mit mir kommen«, sagt Rick und sieht mich ernst an. »Kann ich dir vertrauen, dass du keinen Fluchtversuch unternimmst, während ich dich mit Harley hier alleinlasse?«

»Was zur Hölle sollte ich bitte machen? Wir sind in irgendeinem Kaff mitten in Nebraska. Ich habe kein Auto, kein Geld, kein Handy und keine Klamotten außer denen, die ich am Leib trage. Es ist ja kaum so, als hätte ich irgendwelche Möglichkeiten«, lüge ich.

Er mustert mein Gesicht, wie ein Drill-Instructor eine Reihe neuer Rekruten inspizieren würde. Ich verstecke meine wahren Intentionen hinter meiner üblichen Maske, und er nickt. »Okay.« Rick steht auf und baut sich wie ein Hüne vor mir auf, obwohl er nicht mal so groß wie Joaquin ist, der Größte der Anderson-Brüder. Er wirkt mit seiner hochgewachsenen, schlanken Gestalt, seinen breiten Schultern und dem definierten Bizeps wie ein langgezogener Marathonläufer auf Steroiden.

Ich zeige ihm den Mittelfinger und Harley lacht.

»Benimm dich.« Rick bedenkt Harley mit einem warnenden Blick.

»Bleib locker, großer Bruder. Wir werden nur etwas fernsehen und vielleicht ein paar Snacks futtern.« Harley sieht mich fragend an, und ich nicke.

»Klingt nach einem Plan.« Ich schenke Harley ein ehrliches Lächeln, denn er ist der einzige der Anderson-Brüder, der mir nicht wehgetan hat.

»Wir sollten in ein paar Stunden zurück sein«, sagt Rick und verschwindet mit Joaquin im Schwitzkasten aus dem Raum. Die Tür schlägt hinter ihnen zu und Stille umgibt uns.

»Also, ähm, was für Filme schaust du gern?«, will Harley wissen und scharrt nervös mit dem Fuß auf dem Boden herum.

»Mir steht der Sinn nach etwas Gewalttätigem und Blutigem. Ein Mafiafilm oder ein Actionabenteuer. Mir egal. Einfach etwas, das mir ein paar Ideen für das Wiedersehen mit deinem Bruder liefert.« Ich grinse teuflisch, und er lacht unsicher, während er durch die Filmauswahl des Fernsehers zappt.

Ich stehe auf, gehe auf ihn zu und strecke ihm meine Hand entgegen. »Ich hole uns ein paar Snacks aus dem Laden in der Nähe der Rezeption. Hast du Bargeld?«

Er zieht die Brauen zusammen und schürzt für einen Moment die Lippen. »Ich werde die Snacks holen und du kannst den Film auswählen.«

Ich ziehe mir mein Sweatshirt über den Kopf und lasse mein Shirt darunter zur Hälfte meinen Bauch entblößen. Dann strecke ich theatralisch die Arme in die Luft und stelle sicher, dass sich das Shirt über meiner üppigen Brust spannt. »Ich könnte einen kleinen Spaziergang und frische Luft gebrauchen, nachdem ich den ganzen Tag in einem Auto eingepfercht war.« Ich reibe mir mit der Hand über den Bauch. »Schließlich muss ich mich bewegen, um fit und gesund für das Baby zu bleiben.« Ich klimpere mit den Wimpern und er wird rot.

Das wird so was von einfach werden.

Er reibt sich mit der Hand über den Nacken und sieht mich aus seinen hübschen braunen Augen an, ganz offensichtlich hin- und hergerissen. Seine Augen sind nicht so dunkel wie die von Kai, sie haben aber die gleichen bernsteinfarbenen Sprenkel darin. »Du wirst nicht wegrennen, oder? Rick würde ausrasten und Kai würde mich im wahrsten Sinne des Wortes töten, wenn wir ohne dich zurückkommen.«

»Hey.« Ich streiche mit dem Daumen über seine Stirn, um die kleinen Falten zu glätten, die sich darauf gebildet haben. »Ich meinte ernst, was ich vorhin zu Rick gesagt habe. Ich kann nirgendwo hingehen, und das würde ich dir nicht antun«, lüge ich und stelle mir vor, wie meine rabenschwarze Seele in Flammen aufgeht. »Wie alt bist du, Harley?« Dies und ein paar andere Dinge habe ich bereits während der Fahrt herauszufinden versucht.

»Ich bin fünfzehn.«

»Und Joaquin ist wie alt? Sechzehn?«

Er nickt.

»Hast du eine Freundin?«, hake ich nach und lasse meine Finger sein Gesicht hinabwandern. Seine Wangen färben sich erneut rot, als er den Kopf schüttelt. Er ist echt zuckersüß. Zwar mag er wie ein Mann aussehen, aber er ist noch immer unglaublich unschuldig.

Das hier ist, als würde man einem Kleinkind die Süßigkeiten klauen. Schuldgefühle melden sich in meinem Inneren, aber ich verdränge sie. Dafür ist jetzt wahrlich nicht der richtige Zeitpunkt.

»Warum?«, frage ich. »Du bist heiß und süß und mit dir kann man sich gut unterhalten.« Im Auto hat Harley das Gespräch immer wieder in Gang gehalten. Es ist offensichtlich, dass er für Frieden unter den Brüdern sorgt oder der Katalysator ist, der den Frieden zwischen ihnen aufrechterhält.

Er zuckt mit den Schultern und seine Wangen glühen bereits feuerrot. Mit dem Gedanken, dass ich ihn genug gefoltert habe, lasse ich meine Hände sinken. »Kai sagt, ich soll mich auf die Schule konzentrieren, und dass ich später noch jede Menge Zeit für Mädchen hätte.«

Ich verziehe das Gesicht zu einer Grimasse. »Was für ein Heuchler!«

Während einer unserer abendlichen Unterhaltungen hat Kai zugegeben, dass er seine Jungfräulichkeit im Alter von vierzehn Jahren an eine Oberstufenschülerin seiner Highschool verlor. Außerdem weiß ich dank des Getratsches an unserer Schule, dass er kein Engel ist, was den Umgang mit Frauen angeht. Er ist einer von den Typen, die eine Frau flachlegen und sie dann verlassen. Vielleicht hätte ich den Gerüchten mehr Aufmerksamkeit schenken und besser nichts mit ihm anfangen sollen. »Darüber hinaus ist er nicht dein Vater. Er kann dir nicht einfach sagen, was du tun und lassen sollst.«

Harley zuckt wieder mit den Schultern und zieht sein Portemonnaie aus seiner hinteren Hosentasche. »Das war er während meiner Kindheit aber irgendwie und er sorgt sich nur um mich. Er möchte nicht, dass ich die gleichen Fehler mache wie er.«

Nun, das ist mal interessant.

»Was ist eigentlich mit deinem Dad passiert? Hat ihn mein Vater an diesem Abend getötet?« Ich persönlich kann nicht behaupten, dass es mich stören würde, wenn er unter der Erde läge, aber er ist der einzige Elternteil, den die Jungs noch haben, darum würde ich das keinem von ihnen wünschen. Außerdem wird er seinen Rachefeldzug gegen meinen beschissenen Vater weiterführen, was ich absolut befürworte, sofern er nicht weiterhin plant, mich als Schachfigur zu benutzen.

Harley wird bleich. »Das hätte er, wenn mein Dad nicht eine schusssichere Weste getragen hätte.« Er reibt sich mit der Hand über die Brust. »Er hat ein paar gebrochene Rippen und mehrere Prellungen davongetragen, ansonsten geht es ihm gut.«

»Ich hoffe, dass er meinen Vater noch immer vernichten will.«

»Er ist entschlossener als jemals zuvor«, bestätigt Harley, zieht einen Fünfziger aus seinem Portemonnaie hervor und reicht ihn mir. »Hol mir *Doritos*, *M&Ms*, *Hershey's*, *Skittles* und *Twizzlers*."

Ich betrachte ihn von oben bis unten. »Wenn ich all den Mist essen würde, hätte ich eine Wampe, die Homer Simpson Konkurrenz machen würde.« Ich tätschle seine steinharten Bauchmuskeln. »Wo lässt du das alles?«

Sein Adamsapfel hüpft aufgeregt in seiner Kehle auf und ab, als er versucht, lässig mit den Schultern zu zucken. »Ich trainiere viel.«

Ich wandere mit meiner Hand seine definierte Brust hinauf, lecke mir provokativ über die Lippen und betrachte ihn unter gesenkten Lidern. »Das sehe ich.«

Seine Brust hebt sich unter seinen beschleunigten Atemzügen und die Beule in seiner Hose wird größer, während ich weiter über seinen Oberkörper streichle. »Ich glaube, ich werde mehr Bargeld brauchen.«

»Mehr als einen Fünfziger? Wir besorgen doch nur ein paar Snacks.« Wieder zieht er die Brauen zusammen.

»Ich bin am Verhungern«, lüge ich und lächle ihn verführerisch an. »Außerdem esse ich für zwei.« Ich greife um ihn herum, ziehe sein Portemonnaie aus seiner hinteren Hosentasche hervor und zwicke ihm einmal frech in den Hintern, in der Hoffnung, dass ihn das von seinem Verdacht ablenken wird. Er wirkt wie erstarrt, unsicher, wie er mit der Situation umgehen soll, und beinah bekomme ich ein schlechtes Gewissen.

Aber nur beinah.

Harley ist süß und ich möchte ihn nicht hinters Licht führen, aber das ist vielleicht meine einzige Chance, Xavier zu kontaktieren. Und ich werde mir diese Gelegenheit nicht entgehen lassen, weil ich mich schuldig dabei fühle, Kais jüngeren Bruder zu bezirzen.

Würden wir zu einer anderen Zeit leben, hätte man mich hierfür wahrscheinlich auf dem Scheiterhaufen verbrannt.

Ruckartig bringe ich etwas Distanz zwischen uns, wobei ich einen weiteren Fünfziger aus dem Portemonnaie ziehe und ihn anlächle. Ich stecke seine Geldtasche wieder zurück und tätschle dieses Mal nur seinen Hintern. Seine Wangen sind so feuerrot, dass ich vermutlich meine Hände daran wärmen könnte. Kai hätte seinen jüngeren Bruder besser auf so etwas vorbereiten sollen. Schließlich ist es nicht meine Schuld, dass er so ahnungslos ist, wenn es um das andere Geschlecht geht.

»Such einen Film aus, ich bin gleich wieder zurück.« Ich presse meine Lippen auf seine warme Wange und schlendere bewusst langsam und mit wiegenden Hüften zur Tür, wohlwissend, dass sein Blick auf meine Rückenansicht geheftet ist. Sobald ich draußen bin, rase ich den Weg entlang zum Rezeptionsbereich und betrachte die Fahrzeuge auf dem Parkplatz, bis ich finde, wonach ich gesucht habe.

Die Klingel an der Tür läutet, als ich die schäbige Lobby betrete. »Hey«, begrüße ich das Mädchen mit Dreadlocks hinter dem Tresen. »Hat der Laden noch geöffnet?«

»Bediene dich«, antwortet sie, ohne von dem aufzusehen, was sie hinter dem Tresen so beschäftigt.

Ich betrete den Laden und finde schnell die Snacks, die Harley haben möchte. Anschließend schnappe ich mir noch eine Flasche Tequila und suche die überschaubare Anzahl an Regalen fieberhaft nach Handys ab, aber meine Glückssträhne ist vorbei. Es war ohnehin nur eine vage Hoffnung. Scheinbar ist es an der Zeit, Plan B in die Tat umzusetzen. »Ich nehme das hier«, sage ich und lasse alles auf den Rezeptionstresen fallen.

Ihre Konzentration noch immer auf das Video auf ihrem

Handy gerichtet, rechnet sie nebenher den Preis auf einem kleinen Taschenrechner zusammen.

»Kennst du einen Laden in der Stadt, der um diese Uhrzeit noch Handys verkauft?«, frage ich.

»Der Mini-Markt gegenüber vom Park hat vierundzwanzig Stunden geöffnet und verkauft auch Prepaidhandys.«

Innerlich jubiliere ich, während sie unsere Snacks in eine Tüte packt. Ihre Finger schließen sich um die Tequila-Flasche, und nun hebt sie doch den Kopf und sieht mich an. »Wie alt bist du?«

»Einundzwanzig«, lüge ich, ohne zu erwarten, dass es funktioniert, da ich als neunzehn, vielleicht auch zwanzig, ohne Make-up aber niemals als einundzwanzig durchgehe.

»Das passt.« Sie grinst mich an, ehe sie mir die Endsumme nennt, und ich gebe ihr das Geld.

»Noch eine andere Sache: Weißt du, wem die *Honda* da draußen gehört?«

Misstrauisch verengt sie die Augen. »Warum willst du das wissen?«

»Ich hatte gehofft, sie mir ausleihen zu können, um zum Mini-Markt zu fahren.«

Sie mustert mich von oben bis unten und ein Muskel an ihrem Kinn beginnt zu zucken. »Das wird dich etwas kosten.« Sie verschränkt die Arme und wartet auf meine Reaktion.

Ich nehme meine Uhr ab und lege sie auf den Tresen. Sie ist das einzig Wertvolle, das ich dabeihabe. Gern würde ich auch meinen Diamantring eintauschen, aber mein Bastard von einem Vater wird mich umbringen, wenn ich ohne ihn nach Hause komme. »Die Besitzer können diese Uhr hier haben. Sie ist von *Gucci*. Lässt sich für zweitausend Dollar verkaufen.«

Ihre Augen werden riesengroß, als sie die Uhr betrachtet. »Ist die echt?«

»Das ist sie.«

Ihr Blick fällt auf den großen Diamanten an meinem Finger, und er reicht aus, um sie davon zu überzeugen, dass ich die Wahrheit sage. Sie legt die Uhr an und holt einen Schlüsselbund aus einer Schublade hervor. »Die Maschine gehört mir. Du kannst sie nehmen, aber wenn du auch nur einen Kratzer reinfährst, bring ich dich um.« Sie sieht mich eindringlich an. »Haben wir uns verstanden?«

»Absolut.« So, wie sie über ihr Motorrad redet, könnte man meinen, dass es sich dabei um eine Vintage-*Harley* und nicht um eine billige *Honda* handelt. Aber ich halte den Mund und nehme ihr die Schlüssel aus der Hand. »Bis Mitternacht hast du sie wieder.«

»Hey, Mädchen«, ruft sie mir nach. »Weißt du, wie man fährt?«

Grinsend schießt mir ein Bild von mir auf meiner *Kawasaki Ninja 300* durch den Kopf. »Ich komme klar.«

Sie lächelt. »Prima.«

Ich renne zurück zu unserem Zimmer und stopfe mir die Schlüssel vorn in die Jeans, damit Harley sie nicht bemerkt.

»Ich habe Tequila mitgebracht!«, rufe ich, als ich durch die Tür stürme, und wedle mit der Flasche hin und her.

Er zieht die Stirn kraus. »Ich trinke nicht.«

»Oh, komm schon.« Ich setze mich neben ihn auf die Bettkante und pieke ihm in die Seite. »Leb ein bisschen. Wir sind auf einem Roadtrip. Da gehört Tequila praktisch dazu.« Ich drücke meinen Mund ganz nah an sein Ohr. »Außerdem gehört es zum Erwachsenwerden. Daran führt kein Weg vorbei.«

»Rick wird ausrasten.«

Was zur Hölle haben diese Jungs mit ihrem Bruder gemacht? Sie hätten ihn stattdessen auch einfach in Watte packen können.

»Du hast also Angst vor deinem Bruder?« Ich ziehe eine Braue nach oben und sehe ihn herausfordernd an.

Er streckt die Brust raus. »Natürlich nicht.«

»Gut.« Ich hole zwei Gläser vom Nachtschrank und gebe eine großzügige Menge Tequila in Harleys Glas, während ich meins unauffällig mit Wasser auffülle. »Hast du einen Film gefunden?«

»Ist *Der Pate* okay?«

»Auf jeden Fall.« Ich reiche ihm sein Glas. »Das letzte Mal, wo ich den Film gesehen habe, war nach dieser blöden Party, zu der mich dein Bruder geschleppt hatte. Ich habe mir Kaiden anstelle der Opfer vorgestellt. Mir auszumalen, wie sein Gesicht in Stücke gerissen wird, wird niemals langweilig.«

Harley sieht mich an, als wären mir plötzlich zehn Köpfe gewachsen, und mir wird klar, dass ich gerade einen Fehler gemacht habe. Er ist sehr beschützerisch, was Kai angeht, und denkt, ihm würde die Sonne aus seinem hinterhältigen Arsch scheinen.

Kichernd wuschle ich ihm durchs Haar. »War nur Spaß!« Ich setze mich wieder neben ihn. »Trink das und sag mir, dass sich das nicht gut anfühlt.« Ich stoße mit ihm an. »Prost!« In einem Zug leere ich mein Glas und Harley folgt meinem Beispiel, um sich nicht ausstechen zu lassen.

Er verzieht das Gesicht und streckt seine Zunge raus. Ich kann nicht anders, als zu lachen, auch wenn es dieses Mal echt ist. »Mit Salz und Zitrone wäre es besser, aber in der Not schmeckt jedes Brot.« Ich nehme sein Glas und fülle es erneut. »Noch ein paar davon und du wirst darum betteln.«

Da er mich argwöhnisch ansieht, drücke ich mich mit meinem Körper enger an ihn und lecke seinen Hals entlang. »Du riechst wahnsinnig toll«, murmle ich. »Ich bin froh, dass dich Rick hiergelassen hat und nicht Joaquin, weil der viel zu grummelig ist und man mit ihm überhaupt keinen Spaß haben kann.«

Meine Worte zeigen Wirkung und schon bald achten wir kaum noch auf den Film. Stattdessen versorge ich den armen, unschuldigen Harley mit einem Shot nach dem anderen, während ich die ganze Zeit einfach nur Wasser trinke.

»Ich fühle mich nicht so gut«, lallt er nach einer Weile, und zu meinem Glück, denn mir rennt die Zeit davon. Ich habe nur noch vierzig, vielleicht fünfzig Minuten, bis die anderen wieder zurückkommen.

»Warum legst du dich nicht hin?« Ich drücke ihn flach auf den Rücken. »Ich hole dir etwas Wasser.«

»Muss schlafen«, murmelt er, dreht sich auf die Seite und

schließt die Augen. Zwei Minuten später schnarcht er leise, und ich schleiche mich aus dem Zimmer.

Ich renne zum Motorrad, setze den an der Maschine befestigten Helm auf und rase los. Zum Glück weist ein großes Schild auf den Mini-Markt hin, sodass ich ihn leicht finde. Ich habe gerade genug Geld dabei, um für ein Prepaidhandy und etwas Guthaben zu bezahlen. Sobald ich aus dem Laden raus bin, rufe ich Xavier an.

»Abby?«, fragt er, bevor ich auch nur ein Wort gesagt habe.

»Woher wusstest du, dass ich es bin?«

»Gott sei Dank.« Ein erleichtertes Aufatmen ist am anderen Ende der Leitung zu hören. »Ich habe darum gebetet, dass du anrufst.«

»Das ist die erste Gelegenheit, die ich hatte, und ich habe nicht viel Zeit.«

»Geht es dir gut? Bist du verletzt? Ich werde diese Wichser der neuen Elite in Stücke reißen, nachdem ich ihnen die Augen mit Mistgabeln ausgestochen, draufgepisst und sie angezündet habe.«

»Wow, das ist wirklich sehr konkret.«

»Ich hatte unendlich viel Zeit, mir ihren Tod auszumalen, und ich habe viele kreative Ideen.«

Ich lächle, auch wenn er es nicht sehen kann. »Ich vermisse dich.«

»Gleichfalls, aber jetzt mal im Ernst. Wo bist du?«

»Ich bin in einer Stadt irgendwo mitten in Nebraska. Aber ich habe einen Plan. Hör genau zu.«

»Leg los.«

»Du hast jetzt diese Nummer und du kannst mich orten, oder?«

»Richtig, 007.«

Grinsend verdrehe ich die Augen. »Die Anderson-Brüder bringen mich zu Kaiden. Sie haben mir nicht verraten, wo es genau hingeht, sondern nur, dass wir unser Ziel Dienstagabend erreichen werden. Ich muss mit ihm reden. Ich möchte Antworten, aber danach will ich, dass du kommst und mich verdammt noch mal da wegholst.«

»Nur allzu gern, Darling. Mach einfach dein Handy an, sobald du dort bist. Ich werde dich orten und dir zu Hilfe eilen.«

»Danke, Kumpel. Ich möchte nicht eine Sekunde länger als nötig in der Gesellschaft dieses Arschlochs verbringen.«

»Das sehe ich ganz genauso.«

»Geht es Charlie gut?«, frage ich und starte den Motor des Motorrads.

»Ja, ihm geht es gut. Er ist vor ein paar Stunden nach Hause geflogen. Er ist stinkwütend, dass sie ihn ausgetrickst haben. Und er hat eine Beule am Kopf, die so groß wie ein Gänseei ist, aber er wird es überleben.«

»Gut. Ich muss los. Ich werde dir Dienstagabend schreiben.«

»Pass auf dich auf, Babe, und wenn du in Schwierigkeiten gerätst, schalte dein Handy ein und ich werde dich finden.«

»Mach ich, bis bald.« Bevor er antworten kann, lege ich auf und rase zurück zum Motel.

Ich bin noch etwas weniger als zwei Kilometer von unserer Unterkunft entfernt, als ich Ricks SUV hinter mir in der Ferne entdecke. »Fuck. Shit. Kacke«, fluche ich unter dem Helm und drücke aufs Gas, bis ich das Motel erreiche. In Rekordzeit parke ich, flitze zur Rezeption und werfe dem Mädchen mit den Dreadlocks die Schlüssel über den Tresen hinweg zu. »Danke! Und es ist absolut kein Kratzer dran!«, rufe ich, ehe ich hinüber ins Zimmer hetze.

Zum Glück schläft Harley noch immer seinen Rausch aus, aber es bleibt keine Zeit mehr, um ihn aus meinem Bett und in sein Zimmer zu verfrachten. Also treffe ich rasch eine Entscheidung. Ich ziehe mich bis auf die Unterwäsche aus, verstreue meine Klamotten auf dem Boden und klettere unter die Bettdecke. Unauffällig behalte ich die Tür im Auge, während ich Harley von seinem Shirt und seiner Jeans befreie, ehe ich seine Kleidung ebenfalls auf dem Boden verteile.

Als leise Worte und das Geräusch von Stiefeln an meine Ohren dringen, zerzause ich meine Haare, drapiere mich in

Harleys Arm und lege meinen Kopf auf seine warme Brust. Seinen anderen Arm lege ich um mich. Dann senke ich die Lider, im wahrsten Sinne des Wortes zwei Sekunden, bevor die Zimmertür geöffnet wird.

»Was zur Hölle?«, brüllt Rick, und ich muss gegen ein Lächeln ankämpfen.

7. KAPITEL

Rick schüttelt mich an den Schultern und ich merke, dass es ihm schwerfällt, sanft dabei zu sein. Vermutlich, weil er mich gerade am liebsten erwürgen würde.

»Abby!«, faucht er, und ich blinzle mehrmals, während ich so tue, als wäre ich noch halb am Schlafen.

»Was denn?« Ich reibe mir über das Gesicht, während ich mich aufsetze, und lasse die Decke bis zu meiner Taille hinabgleiten.

Rick flucht leise. »Bedeck dich, verdammt noch mal.«

»Was denn?« Ich gebe vor, verwirrt zu sein, weil ich sein Unwohlsein viel zu sehr genieße, um ihn so einfach vom Haken zu lassen.

Er flucht erneut. »Hör auf, sie anzustarren«, schnauzt er, an Joaquin gewandt, vermute ich. »Es ist schlimm genug, dass wir sie so gefunden haben. Wir wollen Kai nicht noch mehr Munition liefern, um Amok zu laufen.«

»Was ist los?«, murmle ich, streiche mir ein paar Haarsträhnen aus den Augen und starre ihn an.

»Sag du es mir.« Er verschränkt die Arme vor der Brust und sieht bedeutungsvoll von mir zu einem noch immer tief schlafenden Harley. »Und was zum Teufel ist das?« Er hält die nun halbleere Tequilaflasche hoch.

»Das ist Tequila«, sage ich ausdruckslos, strecke meine Arme über meinen Kopf und stehe auf.

»Was zur Hölle machst du da gerade?« Er wendet den Blick ab, um nicht meinen halbnackten Körper anzusehen.

»Ins Badezimmer gehen, um zu pinkeln.« Ich starre ihn finster an. »Darf ich das?«

Er holt etwas aus einer Tasche hervor. »Zieh das über, bevor Joaquin noch in seiner Hose kommt.«

In einer theatralischen Geste schlüpfe ich in das übergroße T-Shirt.

»Dank dir bekomme ich noch graue Haare«, motzt Rick leise

und starrt hoch zur Decke, als suche er dort die göttliche Erleuchtung.

»Hey, Joaquin.« Ich schenke ihm ein flirtendes Lächeln, als ich an ihm vorbeigehe, und wackle extra mit den Hüften. Sein Blick steht förmlich in Flammen, als er ihn auf meinen Körper heftet, und er macht kein Geheimnis daraus, meine Brüste anzustarren. Ich denke, man kann definitiv sagen, dass Ricks und Kais Interventionen bei ihrem anderen Bruder offenbar weniger Erfolg hatten.

Nachdem ich im Badezimmer verschwunden bin, höre ich hinter der geschlossenen Tür, wie Rick Joaquin eine Standpauke hält, und lache leise vor mich hin.

Mit dieser ganzen Sache kann ich viel Spaß haben.

Rache ist süß, Kaiden Anderson.

»Wie viel davon hat er getrunken?«, fragt Rick, als ich wiederkomme. Joaquin ist nicht mehr da, also muss ihn Rick in das andere Zimmer geschickt haben, in das er bestimmt mit eingezogenem Schwanz getrottet ist.

»So ziemlich alles davon.«

»Verfickte Scheiße.« Er reibt sich mehrmals über den Nacken.

»Schließlich kann ich es aktuell wohl kaum trinken, oder?« Ich ziehe eine Braue nach oben.

»Das habe ich ebenfalls gedacht, aber es standen zwei Gläser da.«

»Ich musste so tun, als würde ich mittrinken, sonst hätte er den Tequila niemals probiert.«

Rick durchbohrt mich förmlich mit seinem Blick. »Du hast ihn absichtlich und unter der Vorspiegelung falscher Tatsachen verführt?«, fragt er, und ich zucke nur mit den Schultern, ohne es zu bestätigen oder abzustreiten. »Warum hast du ihn in diese Sache mit reingezogen?« Er fährt sich mit einer Hand durchs Haar und wirkt wieder so, als wollte er mich am liebsten erwürgen.

»Oh, beruhige dich. Es ging doch nur um ein bisschen Spaß. Harley muss hier und da mal etwas loslassen. Ihr zwei mögt ja denken, dass ihr ihn beschützt, aber er muss sein Leben leben.«

»Diese Entscheidung hast nicht du zu treffen«, presst Rick zwischen zusammengebissenen Zähnen hervor. »Harley ist erst fünfzehn und er ist ein guter Junge mit tollen Noten und einer leuchtenden Zukunft. Kai und ich haben ihn vor dem Scheiß bewahrt, den wir durchmachen mussten. Ich werde ganz sicher nicht zulassen, dass du ihn benutzt, um dich an Kai zu rächen, wenn das dein Plan war.«

Schuldgefühle drohen, mich zu überwältigen, aber ich schlucke mein Unbehagen hinunter. Es ist ja nicht so, als hätte ich wirklich etwas gemacht. Sicher, er wird morgen den Kater des Jahrhunderts haben und es wird Kai stinkwütend machen. Aber ich habe ihn nicht angefasst, auch wenn ich natürlich möchte, dass sie genau das denken. »Es ist einfach passiert, okay? Du musst dich entspannen. Oder mal wieder flachlegen lassen.«

»Lass mich raten?« Er grinst. »Du bietest dich mir dafür an?« Ungeniert lässt er seinen Blick über meinen Körper wandern, was mir irgendwie unangenehm aufstößt.

»Ich bin keine Schlampe und ich wehre mich gegen diese Unterstellung. Bis ich deinen Bruder getroffen habe, war ich Jungfrau, und er ist der Einzige, mit dem ich Sex hatte.«

»Also sagst du jetzt plötzlich, dass du nicht mit Harley geschlafen hast?«

Ich blicke ihn entrüstet an. »Ich habe nie gesagt, dass ich das getan hätte. Du warst derjenige, der sofort voreilige Schlüsse gezogen hat.«

»Weil du meinen kleinen Bruder betrunken gemacht hast und mit ihm ins Bett gestiegen bist.«

»Wir haben ein bisschen rumgemacht, bevor er eingeschlafen ist«, lüge ich, weil ich möchte, dass Kai davon hört, »aber das ist nicht das Gleiche, wie mit ihm in die Kiste zu steigen.«

»Ich will gerade nicht an deiner Stelle sein, kleiner Bruder«, flüstert Joaquin in Richtung seines schlafenden Bruders und lacht leise. Seine Rückkehr habe ich gar nicht mitbekommen. »Danke, dass du mich aus der Schusslinie befördert hast, Abby. Ich bin dir was schuldig.«

Rick und ich funkeln ihn beide wütend an, aber ich würdige seinen Kommentar nicht mit einer Antwort.

Stirnrunzelnd mustere ich die Matratze zu Joaquins Füßen auf dem Boden und frage: »Was hat es damit auf sich?«

»Da schlafe ich«, erwidert Rick. »Und du«, er deutet auf das leere Bett, in dem er ursprünglich schlafen wollte, »beweg deinen nervigen Hintern da hin.«

Ich kann nicht widerstehen, ihn noch ein bisschen mehr zu ärgern. »Du solltest nicht auf dem Boden schlafen müssen. Du kannst hierbleiben, um auf Harley aufzupassen, und ich schlafe mit Joaquin drüben im anderen Zimmer.« Ich stelle meinen besten *Ich-kann-kein-Wässerchen-trüben*-Gesichtsausdruck zur Schau.

»Ich wäre dabei«, sagt Joaquin und zwinkert mir zweideutig zu.

»Das werden ein paar furchtbar lange Tage werden«, knurrt Rick kopfschüttelnd.

Die nächsten Tage im Auto sind angespannt; Harley kann mir nicht einmal in die Augen gucken. Ich fühle mich scheiße deswegen, kann jetzt aber keinen Rückzieher mehr machen, und das nicht nur, weil ich Kai provozieren will. Ich muss die Wahrheit verbergen oder alles wird umsonst gewesen sein. Wenn Rick feststellt, dass Harley bloß eingepennt ist, wird er mich nach meinen Intentionen fragen, und ich kann es mir nicht leisten, dass jemand mein Handy findet und mir damit meine einzige Fluchtchance ruiniert. Keine Ahnung, was Kai mit mir vorhat, sobald wir unser Ziel erreicht haben, aber ich plane, so wenig Zeit wie möglich in seiner Gegenwart zu verbringen.

Am Montagabend übernachten wir in einem anderen Motel und dieses Mal stellt Rick sicher, dass es getrennte Räume gibt. Er hält mich nach Möglichkeit von seinen kleinen Brüdern fern und lässt mich keine Sekunde aus den Augen.

Am Dienstagmorgen fahren wir früh los, und um achtzehn Uhr abends überqueren wir die Grenze von Connecticut. Eine halbe Stunde später nimmt Rick die Ausfahrt nach Mistbury, einer kleinen Stadt mit dreitausendeinhundertsechs Bewohnern, wie ein Schild verrät, an dem wir vorbeifahren. Ich halte Ausschau nach einprägsamen Orientierungspunkten und merke mir gedanklich unsere Route, für den Fall, dass Xavier Einzelheiten braucht.

Wir durchqueren die kleine Stadt und lassen das Zentrum hinter uns, bis wir schließlich eine stärker abgelegene Gegend erreichen. Es ist hübsch hier draußen. Die engen Straßen werden von dichtem Gebüsch und viel Wald gesäumt, und die paar Anwesen, an denen wir vorbeifahren, sind extravagant und gut gepflegt. Majestätische Bäume mit bernsteinfarbenen Blättern wiegen sich im Wind, und ich kann sie beinah einen Willkommensgruß wispern hören, als wir an ihnen vorbeifahren.

Rick manövriert den SUV eine holprige Schotterstraße entlang und ich ergreife den Türgriff, weil ich hin- und hergerüttelt werde. Während wir Kilometer um Kilometer zurücklegen, ohne irgendwelche Gebäude oder Menschen zu Gesicht zu bekommen, presse ich die Nase gegen die Fensterscheibe. Rick hält vor einem großen doppelflügeligen Tor und tippt einen Code auf einem Keypad ein. Zwar kann ich nicht sehen, welche Nummern er eingibt, aber ich bin weiterhin aufmerksam und suche die Umgebung nach irgendetwas ab, das Xavier helfen könnte. Ich recke meinen Hals, kann aber über das riesige Holztor und die massive, hohe Mauer, die das Anwesen zu allen Seiten umgibt, nicht wirklich viel erkennen. Stacheldraht zieht sich oberhalb der Mauer entlang und in regelmäßigen Intervallen sind Kameras angebracht.

»Was ist das für ein Ort?«, frage ich, weil ich mich immer unbehaglicher fühle.

»Das Anwesen gehört einem Freund von mir vom College«, erwidert Rick, als sich das Tor öffnet und er das Auto hindurchfährt.

»Sicherheit ist ihnen anscheinend sehr wichtig, was?«

»Es gibt allen Grund dazu«, antwortet er kryptisch, während ich die weitflächige Landschaft betrachte, die sich bis ins Unendliche zu erstrecken scheint. Das Tor schließt sich automatisch hinter uns, und wir fahren eine breitere und weniger holprige Auffahrt entlang, die von einer Reihe hoher Bäume gesäumt wird.

»Ich kann nicht glauben, dass ihr euch in Connecticut versteckt. Ist es nicht etwas riskant, sich in der Nähe eures Zuhauses aufzuhalten?«

»Das ist ja das Schöne daran«, erklärt Rick. »Sie werden nicht damit rechnen, dass wir uns direkt vor ihrer Nase verstecken.«

Ich nicke, da es Sinn ergibt. Es ist raffiniert und mir gefällt es wirklich sehr.

Als wir die nächste Kurve nehmen, kommen ein paar Gebäude in nicht allzu weiter Ferne in Sicht. Ich lehne mich vor und stecke meinen Kopf zwischen den beiden Vordersitzen hindurch, um das hübsche Holzhaus vor uns besser in Augenschein nehmen zu können. »Wow, es ist wunderschön.«

Das Haus ist riesig. Die Fassade besteht aus einer Mischung aus Holz und cremefarbenem Stein, und das Gebäude ist von einem mehrstufigen Dach bedeckt. Eine ähnliche Konstruktion findet sich am anderen Ende, in die Dachnischen sind zwei große Fenster eingelassen. Zu jeder Seite ragt das Dach jedoch spitz nach oben. Eine erhöhte, mit einem Geländer eingefasste Veranda umgibt das Anwesen zu beiden Seiten. Die rechte Seite des Hauses hat kleine Fenster, während die linke mit bodentiefen Fenstern ausgestattet ist, die wahrscheinlich ziemlich viel Licht hineinlassen.

»Warte, bis du die Innenräume gesehen hast.« Kurz bevor wir unser Ziel erreichen, wendet Rick den Wagen in eine andere Richtung und steuert auf eine Ansammlung von kleineren Gebäuden zu. »Die Mom meines Freundes ist Innenarchitektin und hat alles selbst designt. Es ist spektakulär.«

»Ich wünschte, es wäre Sommer«, meint Joaquin, »dann könnten wir den See nutzen.«

Als Rick vor einem der Nebengebäude hält – das sich als Garage für sechs Autos herausstellt –, kann ich in der Ferne einen großen See ausmachen, dessen Wasser gespenstisch im Mondlicht glitzert. Ich kann mir vorstellen, wie unglaublich es wäre, hier den Sommer zu verbringen, und dass die Person, der das Anwesen gehört, ein kleines Stückchen Himmel auf Erden gefunden hat.

Rick parkt das Auto und wir steigen aus. Schmetterlinge machen sich in meinem Magen breit und Übelkeit sammelt sich in meinem Mund, als ich an das Wiedersehen mit Kai denke, das mir gleich bevorsteht. Die Jungs holen ihre Taschen aus dem Kofferraum und gehen auf die offen stehenden Türen des Gebäudes zu.

»Moment! Ich habe meine Tasche auf dem Rücksitz vergessen.« Ich reiße die Hintertür des Wagens auf und beuge mich über den Sitz, sodass sie nicht sehen können, wie ich das Handy hervorhole und es einschalte. Dann stopfe ich es in die hintere Tasche meiner Jeans, ziehe mein Sweatshirt darüber und schnappe mir die Plastiktüte, die meine wenigen Habseligkeiten beinhaltet.

Als wir uns auf den Weg machen, wische ich meine schweißnassen Hände an meiner Jeans ab und spüre kaum den bitterkalten Wind, der uns umweht.

»Hier.« Rick zieht seine Jacke aus und legt sie mir um die Schultern, ehe wir die kurze Distanz zwischen der Garage und dem Haus überbrücken. »Ich werde morgen mit dir einkaufen fahren, dann kannst du alles besorgen, was du brauchst.«

Ich ziehe eine Braue in die Höhe. »Wie lang bleiben wir?«

»Auf unbestimmte Zeit.«

Das überrascht mich. »Was ist mit der Schule?«

»Du machst dir Sorgen wegen der Schule?« Er schiebt seine Hände tief in seine Hosentaschen, während er mich fragend ansieht.

Ich zucke mit den Schultern. »Ihr könnt mich nicht für immer hier gefangen halten«, sage ich und beobachte mit einem Kloß im Hals, wie jemand die Tür des Hauses öffnet.

»Du bist keine Gefangene, Abby. Kai möchte euch beide einfach in Sicherheit wissen.«

»Würde ich wegwollen, würde er mich gehen lassen?« Mein Herz hämmert wie verrückt in meinem Brustkorb, als eine mir vertraute, große und dunkelhaarige Gestalt auf die vordere Veranda tritt.

»Darüber wirst du mit ihm diskutieren müssen«, meint Rick schmunzelnd, als er seinen Bruder entdeckt.

Als wir die Treppenstufen erreichen, die zur Veranda hinaufführen, stemmen sich meine Füße ganz wie von selbst in den Boden, und als ich aufsehe, trifft mein Blick sofort den seinen. Ein heftiger Schmerz durchzuckt mich und presst mir nahezu sämtliche Luft aus der Lunge.

Es ist fünf Wochen her, dass ich ihn das letzte Mal gesehen habe, und die Zeit, die wir voneinander getrennt verbracht haben, hat die Anziehung und Verbindung zwischen uns nicht eliminiert. Das Prickeln in meinem Nacken ist Beweis genug dafür. Ebenso mein rasender Puls. Und das sofortige Ziehen zwischen meinen Beinen. Mein ganzer Körper kribbelt, als jedes Molekül in mir seine Anwesenheit registriert. Das Verlangen, das in mir tobt, ist fast wie ein High, das mich dazu drängt, in seine Arme zu laufen und ihn nie wieder loszulassen.

Der Blick aus seinen dunklen Augen bohrt sich in meinen und bringt all meine Sinne durcheinander, während er mich eindringlich von Kopf bis Fuß mustert. Gefahr scheint aus jeder Pore seines Körpers zu strömen, gemischt mit Erleichterung, Frustration, Wut und etwas noch Dunklerem und Intensiverem. Seine Augen lodern förmlich. Zum Teil vor Verlangen, zum Teil vor noch immer bestehendem Hass.

Was mich nicht anturnen sollte.

Aber das tut es.

Ich löse meine Zunge, die mir am Gaumen klebt, und befeuchte meine Lippen, ehe ich den Rücken durchdrücke, um mich auf das Kommende vorzubereiten.

Mein Körper schreit meinen Kopf an, als ein heftiger innerer Kampf in mir zu toben beginnt.

Die Anziehungskraft zwischen uns war schon immer jenseits von Gut und Böse und hat es mir schwer gemacht, mich von ihm fernzuhalten, selbst als er mich gequält hat. Aber die Wut ist ein Sturm, der in den Wochen unserer Trennung zu einem Tornado herangewachsen ist, und mein Verlangen nach Rache ist stärker.

Er wird für all die Lügen, Geheimnisse und den ultimativen Verrat bezahlen.

Rick, Harley und Joaquin begrüßen ihren Bruder und er umarmt sie einen nach dem anderen, doch sein Blick bleibt dabei die ganze Zeit auf mich gerichtet. Rick flüstert ihm etwas ins Ohr und er nickt kurz, ohne sich von mir abzuwenden.

Ich zwinge meine Beine dazu, sich in Bewegung zu setzen. Das Blut in meinen Venen rauscht in meinen Ohren, während ich ihm mit jedem Schritt ein wenig näher komme.

Rick mustert mich einen Moment, bevor er Joaquin und Harley ins Haus folgt und uns allein lässt.

Ich betrete mit meinen in Turnschuhen steckenden Füßen die Veranda und gehe an Kai vorbei, sodass er gezwungen ist, sich zu mir herumzudrehen.

Wir starren einander an und sofort erfüllt jede Menge Spannung die Luft.

Der holzige, zitrusartige Duft seines Parfums umweht mich und stellt meine Selbstkontrolle auf die Probe. Ich bleibe stehen, funkele ihn nur stumm an. Ganz bewusst ignoriere ich, wie heiß er in der dunklen Jeans aussieht, die seine schmalen Hüften und muskulösen Oberschenkel umschmeichelt, und dem grauen, langärmeligen Shirt, das seinen Bizeps und seine definierten Bauchmuskeln umspannt. Die oberen Knöpfe sind geöffnet und offenbaren das Tattoo auf seiner Brust, das ich bereits bewundert habe, als wir miteinander allein waren. Seine Bartstoppeln an Kinn und Wangen sind dichter als üblich. Seine Haare hingegen sehen aus, als wären sie kürzlich geschnitten worden; die Seiten sind so kurz geschoren, dass sie sein Kopftattoo hervorheben, das ich so liebe.

Kai ist absolut umwerfend.

Daran besteht kein Zweifel.

Und der Funken Hass, der noch immer in seinen Augen glimmt, macht ihn nur noch heißer. Mein Körper sehnt sich nach ihm, bettelt mich förmlich an, mich von ihm berühren zu lassen. Dieses Verlangen ist nahezu unkontrollierbar.

Mein Herz tut weh, weil es eine Zeit gab, in der ich mir erlaubt habe, zu hoffen. Zu denken, dass ich vielleicht etwas gefunden habe, wofür es sich zu kämpfen lohnt.

Ich habe mir zugestanden, mich auf ihn ein- und mich selbst fallenzulassen, und trotz allem, was er getan hat, sind diese Gefühle noch immer da, tief in meinem Inneren angestaut. Gleichzeitig hasse ich ihn abgrundtief und stelle sicher, dass er das auch in meinem Gesicht lesen kann. Ich bin mir dunkel der Zuschauer in Gestalt seiner Brüder bewusst, die am Ende des Flurs leise miteinander flüstern und unser Aufeinandertreffen beobachten.

Kai lässt seinen Blick weiter nach unten wandern, heftet ihn auf meine größer gewordenen Brüste und auf meinen flachen Bauch.

Schmerz durchfährt mich und ich hoffe, ich habe die Kraft das hier durchzuziehen. Unbewusst lege ich eine meiner Hände auf meinen Bauch, und ich sehe unverhohlene Wut in seiner Miene aufblitzen, als er den riesigen Diamantring an meinem Finger entdeckt.

Für einen Moment freue ich mich hämisch und denke an all die Möglichkeiten, wie ich Charlie gegen ihn verwenden kann.

Kai tritt einen Schritt näher.

Ich bleibe stehen und recke das Kinn vor.

Er schließt die Lücke zwischen uns und presst seinen Körper gegen meinen, meinen Mund betrachtend. Adrenalin rast durch meine Venen und mein Herz klopft so heftig, als wolle es aus meinem Brustkorb springen. Wieder beginnen wir einen stummen Kampf mit unseren Blicken, und seine Nasenflügel beginnen zu beben, als er mit seinen Fingern meinen Arm entlangstreicht, über mein Schlüsselbein und zu meinem Hals.

Ich behalte meine hasserfüllte Miene bei, als er mein Kinn

anhebt und mich mit einer Mischung aus Verlangen und Frustration anschaut. »Ich kann mich nicht entscheiden, ob ich dich küssen oder umbringen will«, gesteht er, wobei seine Stimme beinah wie ein Knurren klingt und mir einen Schauer über die Wirbelsäule jagt.

»In diesem Dilemma befinde ich mich nicht«, erwidere ich kühl.

»Und warum nicht?«, fragt er, genauso reserviert, doch die Angespanntheit seines Körpers verrät ihn. Noch immer hält er mein Kinn gepackt, aber ich wehre mich nicht.

Stattdessen bedenke ich ihn mit einem boshaften Lächeln. »Weil ich meinen Verstand kenne, und der Wunsch, dich zu töten, jedes Mal den Wunsch, dich zu küssen, bei weitem übertrumpft.«

8. KAPITEL

»Es ist süß, wie du dich selbst belügst, aber ich kenne dic Wahrheit«, sagt Kai, und ich winde mich aus seinem Griff, während ich gleichzeitig gegen den Drang ankämpfe, ihm sein selbstgefälliges Lächeln aus dem Gesicht zu wischen. »Dein Körper verrät dich jedes einzelne Mal.« Wieder lässt er seinen erregten Blick über mich gleiten, ehe er an meinen Lippen hängenbleibt. »Du flehst förmlich darum, dass ich dich küsse.« Er presst seinen Mund gegen mein Ohr. »Schreist förmlich danach, dass ich dich ficke.«

Arrogantes Arschloch. So viel zu seiner angeblichen Sorge um mich.

»Da irrst du dich gewaltig, denn ich hasse dich.« Ich betone das vorletzte Wort besonders. »Du hast mir einen Haufen Lügen aufgetischt, und das werde ich dir niemals vergeben.«

Ein Ausdruck, der an Reue erinnert, huscht kurz über sein Gesicht. »Du warst auch nicht ganz ehrlich, oder?« Er verschränkt die Arme vor der Brust und sieht mich herausfordernd an.

Für einen Moment bin ich sprachlos. »Verarschst du mich gerade?«, brülle ich und versetze seiner bewegungslosen Brust einen Stoß.

»Du bist genauso falsch wie ich. Was sonst hast du gedacht, ist das zwischen uns?« Grinsend deutet er zwischen uns hin und her, was mich unglaublich sauer macht.

Ohne darüber nachzudenken, verpasse ich ihm eine heftige Ohrfeige.

Seine Wange wird sofort rot und er beißt sich auf die Zähne, offensichtlich, um sich zurückzuhalten. Er sieht aus, als wolle er meinen Kopf am liebsten gegen die Wand schlagen. Oder mich erwürgen.

»Kai.« Rick tritt zwischen uns. »Abby muss etwas essen und sich ausruhen. Oder hast du vergessen, dass sie mit deinem Baby schwanger ist?«

Kai weicht einen Schritt zurück und reißt sich sichtlich zusammen. »Das habe ich wohl kaum vergessen, Rick«, sagt er gefährlich leise. »Aber halt du dich da raus. Das ist eine Sache zwischen ihr und mir.«

»Schön zu sehen, dass du dich kein bisschen verändert hast. Du bist noch immer ein aufbrausendes, verfluchtes Arschloch.«

»Du bist selbst nicht gerade eine Heilige.«

»Was zur Hölle habe ich bitte getan?«

»Du hast die Schwangerschaft und deine Verlobung verheimlicht«, faucht er. »Und du bist verdammt noch mal weggerannt!«

Ich baue mich vor ihm auf und piekse ihm mit dem Finger gegen die Brust. »Ich bin weggerannt, weil du die Papiere versteckt hast, die ihr aus dem Safe gestohlen hattet, und mir nicht gesagt habt, warum! Von der Verlobung wusste ich außerdem nichts. Ich habe dir gesagt, dass mich mein Vater gekidnappt und in meinem Zimmer eingesperrt hat. Ich wusste von alledem nichts, als du mich vor der Party in dieses Badezimmer gezerrt hast.«

»Und das Baby? Wie lang hast du das schon vor mir verheimlicht?«

»Ich habe erst einen Tag, nachdem ich dich verlassen hatte, gemerkt, dass ich schwanger bin. Ich bin zu meiner Frauenärztin gegangen, um ein neues Pillenrezept zu holen. Sie macht immer einige Tests, bevor sie ein neues Rezept ausstellt. Dazu gehören eine Blutabnahme, eine Urinprobe, ein PAP-Abstrich und eine gynäkologische Untersuchung.« Meine Brust hebt und senkt sich heftig unter meinen Atemzügen. »Die Urinprobe hat meine Schwangerschaft bestätigt und ich war so geschockt, dass ich einfach aus ihrer Praxis geflohen bin, ohne wirklich auf meine Umgebung zu achten. Dadurch konnten sich die Männer meines Vaters an mich heranschleichen.« Ich reiße mich aus meiner Melancholie und bohre ihm meinen Finger mehrmals in die Brust. »Also nein, ich habe nicht gelogen. Nicht so wie du«, widerspreche ich wütend.

»Das bedeutet verdammt noch mal nicht, dass du unschuldig bist. Auch du hast Dinge getan, auf die du nicht stolz sein kannst.«

»Gott, du bist wirklich ein Arschloch. Du schaffst es nicht, dich einfach zu entschuldigen, sondern musst mir mit Gegenvorwürfen kommen und versuchen, deine abscheulichen Taten herunterzuspielen.«

»Ich habe meine schlechte Seite nie vor dir versteckt. Du kennst sie mehr als jeder andere.«

Seine flapsige Reaktion verärgert mich, aber ich habe diese Unterhaltung satt. »Bitte verändere dich nicht meinetwegen, es hilft mir sehr, meine Wut aufrechtzuerhalten.« Ich trete zurück und gehe in Richtung Tür. »Und wenn du denkst, du würdest mich hier festhalten können, dann wirst du eines Besseren belehrt werden. Denn sobald ich Antworten habe, kehre ich nach Hause zurück. Zu. Meinem. Verlobten.« Ich wackele mit meinem Ringfinger in der Luft hin und her.

»Nur über meine Leiche«, knurrt er und dringt wieder in meine persönliche Komfortzone ein. »Du gehörst zu mir«, faucht er.

»Unter gar keinen Umständen.«

Er fixiert mich mit seinem dunklen Blick an Ort und Stelle. »Du wirst verflucht noch mal nicht Charlie Barron heiraten.«

Ich schenke ihm ein süßliches Lächeln. »Dabei hast du kein Mitspracherecht.«

»Das Baby, das du in dir trägst, sagt etwas anderes.«

»Du kannst Besuchsrechte haben, aber dieses Baby wird bei Charlie und mir leben. Du kannst mich nicht zwingen, bei dir zu bleiben.«

»Also würdest du lieber diesen Wichser heiraten und deine Anteile an Manning Motors aufgeben, nur um Kai eins auszuwischen?«, fragt Rick zutiefst ungläubig.

Es gab eine Zeit, da hätte ich nur allzu gern meine Anteile gegen meine Freiheit eingetauscht, aber das war einmal.

Jetzt, wo ich weiß, wie sehr mein Vater sie haben will, werde ich sie ihm unter keinen Umständen überlassen. Nicht nach den Dingen, die er getan hat. Mich zu rächen, ist wichtiger, also lasse ich ihn glauben, dass ich mit dieser neuen Verlobung einverstanden bin und füge mich – bis er untergehen wird. Und ich werde diejenige sein, die dafür sorgt.

»Ich würde es machen, um deinen Vater zu verärgern, denn er ist genauso schlimm wie mein beschissener Erzeuger. Unter keinen Umständen werde ich ihn meine Anteile stehlen lassen.« Ich werfe mir meine Haare über die Schulter. »Aber das ist nicht der Grund, warum ich Charlie heiraten möchte«, lüge ich. »Er liebt mich und er wird mich beschützen. Er hat mich nicht gequält, mich angelogen oder im Rahmen eines kranken Plans absichtlich mit mir geschlafen!«

»Deine Naivität wird mal wieder offensichtlich«, höhnt Kai. »Du hast keinen blassen Schimmer, wer Charlie Barron ist.« Er zieht mich zu sich heran, schlingt seine Arme fest um mich und stößt mir sein Becken entgegen. »Außerdem turnt er dich nicht so an wie ich.« Eine andere Art von Hitze brennt plötzlich in seinen Augen. »Ich bin der Einzige, der dich so hart ficken kann, wie du es magst.« Mit einer Hand wandert er zwischen unseren Körpern nach unten und umfasst meine Pussy. »Diese Pussy gehört mir und das weißt du auch.«

»Himmel, Kai«, keucht Rick und sieht hinüber zum anderen Ende des Flurs. »Mach mal halblang.«

»Ich bin kein Baby«, wendet Harley ein und tritt nach vorn. »Und ich habe es satt, dass ihr mich wie ein kleines Kind behandelt.«

Ich mache mich von Kai los, stolpere und falle gegen Harley, was mir ein Lächeln abverlangt. Ich stecke meinen Arm aus und lege meine Hand an seine Wange. »Genau, mach ihnen das klar, Kleiner.«

Stille tritt ein, und Harley fängt an zu zittern, allerdings ist er zu sehr Gentleman, um mich von sich wegzudrücken.

Kai blickt Rick aufgebracht an, während Joaquin versucht, sein Lachen hinter einem Husten zu verbergen. »Was zur Hölle ...?«, fragt Kai.

»Es war eine lange Reise. Machen wir uns alle erst mal ein wenig frisch und reden dann.« Rick schlägt Kai auf die Schulter und sieht ihn durchdringend an, bis er nachgibt. Sanfter, als ich erwartet hätte, zieht mich Rick von Harley weg. »Komm mit, ich zeige dir dein Zimmer.«

Ohne zurückzusehen lasse ich mich von Rick wegführen. Nur beiläufig nehme ich die wunderschöne Einrichtung des Hauses wahr, ich bin von unserem plötzlichen Wiedersehen viel zu ausgelaugt. Dummerweise habe ich irgendwie gehofft, dass mich Kai in die Arme nehmen und beschützen würde. Aber er ist ein noch größeres Arschloch, als ich bisher gedacht habe. Er hat nicht das Recht, sauer auf mich zu sein. Ich bin die Einzige, die das Recht hat, wütend zu sein.

Wir gehen nach oben und betreten einen großen Raum. »Mach es dir bequem«, weist mich Rick an und macht eine ausschweifende Geste. »Im Badezimmer liegen Handtücher, falls du eine Dusche oder ein Bad nehmen möchtest. Komm einfach runter in die Küche, wenn du bereit bist.«

Nickend sinke ich auf die weiche, mit einem samtigen Stoff bezogene Couch, kicke die Turnschuhe von meinen Füßen und ziehe die Beine unter, ehe ich mich umschaue.

Es ist ein riesiger Raum, der in zwei Zimmer aufgeteilt ist – in ein privates Wohnzimmer mit zwei Sofas, einem Kaffeetisch und einem offenen Kamin, über dem ein Fernseher an die Wand montiert wurde, sowie einem separaten Schlafzimmer. Die Wände und Böden sind aus poliertem Holz, die Gewölbedecke hat Holzbalken.

Ich stehe auf, gehe zum lodernden Feuer, halte meine Hände hoch und lasse die Hitze meinen ausgekühlten Körper erwärmen. Das erinnert mich an die Nacht, als ich Kai kennengelernt habe. Daran, wie ich in seiner kleinen Hütte am Strand vor dem Feuer stand, mich verloren und allein fühlte und mir nicht sicher war, welchen Weg ich in dieser Welt bestreiten sollte.

Ich drehe mich um, gehe zum hölzernen Geländer und blicke nach unten in einen riesigen offenen Wohnraum. Niemand ist in der Nähe, also müssen die anderen in ihre Zimmer gegangen oder in der Küche sein.

Durch die Seitentür betrete ich ein atemberaubendes Schlafzimmer. Ein riesiges Himmelbett, dessen Rahmen schwarz gestrichen ist, nimmt den Hauptbereich des Raumes ein. Es ist mit weißer, rosa und grauer Bettwäsche bezogen und mit einem Bündel flauschiger Kissen ausgestattet. Ein zartgemusterter Teppich liegt auf dem Boden und automatisch schließende Jalousien verdecken das große offene Fenster. Ich drücke auf den Knopf und öffne sie, ehe ich mich nach vorn beuge und den Außenbereich bewundere.

Obwohl es draußen bereits dunkel ist, kann ich alles erkennen, da das Anwesen beleuchtet ist. Die Gärten auf der Rückseite sind mit gepflegten Blumenbeeten und Strauchkästen gestaltet. Den vorderen Bereich bildet eine cremefarbene Steinterrasse, die einen langen Pool säumt. In der Nähe führt ein Weg zum See hinunter.

Wenn ich einen solchen Ort besäße, würde ich ihn niemals verlassen wollen. Es ist atemberaubend. Wald umgibt den See von allen Seiten. Es ist kein anderes Haus oder ein Mensch in Sicht. Das Anwesen ist abgelegen und privat, was es zum perfekten kleinen Versteck macht.

Nachdenklich starre ich eine Weile aus dem Fenster. Schließlich löse ich mich von dem Ausblick und ziehe die Jalousien zu, während ich den Rest inspiziere. Passende Nachttische und Kommoden vervollständigen den Raum, der auf der einen Seite in einen riesigen begehbaren Kleiderschrank und auf der anderen Seite in ein eigenes Bad führt.

Ich nehme meine Plastiktüte und mein Handy mit ins Badezimmer, mache die Tür zu und schließe sie ab. Während sich die Wanne füllt, setze ich mich auf den Klodeckel und tippe eine kurze Nachricht an Xavier.

Ich lasse mir Zeit und verwende einige der weiblichen Hygieneprodukte, in der Hoffnung, dass es diejenige nicht stört, der sie gehören. Im Kleiderschrank hängen Männer- und Frauenklamotten. Es ist offensichtlich, dass Ricks Freund eine feste Freundin hat. Wer auch immer die beiden sind, sie haben Geld und guten Geschmack.

Als meine Haut irgendwann ganz schrumpelig und das Wasser lauwarm ist, steige ich aus der Wanne und wickle mir ein

Handtuch um meinen Kopf. Ich wische das Kondenswasser von dem großen Spiegel und betrachte meinen Körper zum ersten Mal, seit all die Scheiße passiert ist. Ich umfasse meine schweren Brüste und verziehe das Gesicht automatisch zu einer Grimasse. Ich glaube nicht, dass ich mich jemals an sie gewöhnen werde. Entgegen der landläufigen Meinung mochte ich meine kleineren Brüste. Ich schiebe meine Hand weiter nach unten, lege meine Handfläche auf meinen Bauch und kämpfe gegen eine Welle von Tränen an.

Plötzlich kann ich es nicht mehr ertragen, mich selbst anzusehen, und ich drehe mich mit einem Kloß im Hals weg. Ich ziehe ein großes Badetuch vom Heizkörper und stecke es um meinen Körper herum fest. Dann putze ich mir die Zähne, benutze die Toilette und rubble sanft meine Haare, um die überschüssige Feuchtigkeit zu entfernen, ehe ich sie mir kämme. Vor dem Verlassen des Badezimmers überprüfe ich mein Handy und runzele die Stirn, als ich die nicht zugestellte Nachricht sehe. Ich versuche, sie erneut zu senden, und warte eine Minute, um sicherzustellen, dass sie dieses Mal gesendet wird – was nicht geschieht. Ein ungutes Gefühl steigt in meinem Magen empor.

Ich betrete das Schlafzimmer und schreie auf, als ich die riesige Gestalt erblicke, die auf dem Bett liegt. Diskret schiebe ich das Handy in die Plastiktüte und lege diese auf den Nachttisch, während ich meinen Ex anstarre. »Verschwinde aus meinem Schlafzimmer.«

»Eigentlich ist es unser Schlafzimmer«, stellt er klar. »Ich habe das Hauptschlafzimmer verlangt, damit du dich wohlfühlst.«

»Die Hölle wird zufrieren, bevor ich wieder ein Zimmer mit dir teile«, verspreche ich ihm.

Er rutscht vom Bett und richtet sich zu seiner vollen Größe auf. Er heftet seinen Blick auf die kleinen Wassertröpfchen, die immer noch an meinen Schultern haften, und ich fühle mich nackt. »Können wir noch mal von vorn beginnen?«, fragt er, in leiserem und sanfterem Tonfall.

Ich schnaube und zeige auf meinen Bauch. »Ich sehe nicht,

wie das möglich sein soll, es sei denn, du hast eine Zeitmaschine in deinem Besitz?«

»Ich meinte wegen vorhin.« Er geht zuversichtlich auf mich zu, legt seine Hände auf meine Schultern, führt mich zum Bett und zwingt mich, mich zu setzen. Mein Körper kribbelt an jeder Stelle, an der er mich berührt, und ein dumpfer Schmerz fängt zwischen meinen Schenkeln an zu pochen. Ich hasse es, welch heftigen Effekt er auf mich hat, und wünschte, mein Körper würde es endlich akzeptieren.

Kai ist durch und durch verdorben. Und es besteht keine Chance, daran etwas zu ändern.

Er verschränkt seine Finger mit meinen, aber ich ziehe meine Hand zurück, stecke beide Hände unter meine Arme und bringe sie somit aus seiner Reichweite. Kai lässt sich nicht abschrecken und zerrt gewaltsam eine Hand wieder hervor und verwebt seine Finger wieder mit meinen.

Ich verdrehe die Augen, gebe aber den Kampf gegen das Unvermeidliche auf, weil es größere Kämpfe zu bestreiten gibt. »Warum willst du noch mal von vorn beginnen?«, frage ich und starre geradeaus, anstatt ihn anzusehen.

»Weil ich nicht wollte, dass unser Wiedersehen so verläuft.« Er umfasst eine meiner Wangen und zwingt mich, ihn anzusehen. »Geht es dir gut? Haben sie dir wehgetan?« Jetzt hat er die Maske, die er aufgesetzt hatte, abgelegt und Sorge spiegelt sich in seinem Gesicht.

Ich schlucke heftig und brauche einen Moment, um mich wieder zu fassen und zu lügen: »Sie haben mir nicht wehgetan. Mir geht es gut.«

»Und dem Baby?«

Der verletzliche Ausdruck in seinen Augen gibt mir fast den Rest und ich kann einfach nur nicken.

»Ich wusste es nicht, Abby.« Er schaut mich durchdringend an und bittet mich stumm, ihm Glauben zu schenken. »Ich wusste nicht, dass sie dir das angetan haben.« Er lässt seine Hand sinken. Seine Atmung geht unruhig. Die Wahrheit seiner Worte ist offensichtlich und lösen ein paar der Knoten in meinem Magen auf. Zwar ändert das nichts an der Tatsache, dass er mich hintergangen hat, aber immerhin hilft es, den damit verbundenen Schmerz zu lindern.

»Warum hast du immer ohne Kondom mit mir geschlafen?«

»Weil ich es verdammt noch mal geliebt habe, ohne jegliche Barriere zwischen uns in dir zu sein. Ich hatte keine Geschlechtskrankheiten und du hast die Pille genommen. Oder zumindest dachte ich das.« Ein mörderischer Ausdruck huscht über sein Gesicht.

»War es Rick?«, presse ich hervor und er nickt.

»Warum?«

»Weil wir nahezu unser ganzes Leben darauf konditioniert wurden, dich zu hassen. Als unser Vater sagte, dass ich das für ihn tun müsste, habe ich es nicht hinterfragt, wie ich es hätte tun sollen«, antwortet Rick, der durch den Raum auf uns zukommt.

»Und all das, weil er mir die Schuld dafür gibt, dass er meine Mutter, die Liebe seines Lebens, verloren hat und ich ihre Fluchtpläne ruiniert habe?« Meine Stimme trieft nur so vor Herablassung, da es noch immer genauso unglaublich klingt wie das erste Mal, als ich es gehört habe.

»Dad ist krank im Kopf«, gesteht Kai, und ich schnaube.

»Das ist eine Untertreibung.« Ich presse die Kiefer zusammen und mahle mit den Zähnen. »Er ist der Grund, warum sie mich sexuell belästigt haben.«

»Eine weitere Sache, von der ich bis zu dem Abend im Ballsaal nichts wusste«, sagt Kai.

»Etwas, das keiner von uns wusste. Genauso wenig hatten wir eine Ahnung von dem Ausmaß der Beziehung zu deiner Mutter«, ergänzt Rick.

»Ich nehme an, er hatte auch eine Ahnung davon, dass ich dir meine Jungfräulichkeit geschenkt habe, aber wie hat er es herausgefunden?«, wende ich mich wieder angespannt an Kai.

»Von mir hat er es nicht erfahren«, entgegnet er und ein Muskel an seinem Kinn beginnt zu zucken. »Ich habe niemandem von unserer Nacht am Strand erzählt.« Wieder sieht er mich flehentlich an. »Du hast Hunts, Lauders und Ricks Reaktion gesehen, als du das ausgeplaudert hast.«

Das habe ich und ich weiß, dass er die Wahrheit sagt.

»Das ändert aber nichts an dem, was geschehen ist. Dein Vater kennt die Elite. Ihm muss klar gewesen sein, was passieren würde, wenn die Wahrheit ans Licht käme. Trotzdem hat er es getan. Alles nur, um Rache zu nehmen. Er ist genauso schlimm wie die anderen, und es gibt nichts, was ihr mir erzählen könnt, das rechtfertigt, dass er mich für seine Ziele missbraucht hat.«

»Es gibt nichts, was das rechtfertigen könnte. Es war falsch. Er hat falsch gehandelt und ich ebenso, aber du verstehst nicht, wie es die letzten zehn Jahre über war.« Rick setzt sich auf die Ecke der Kommode. »Kai kann dir mehr Hintergrundwissen vermitteln. Dad hat zur Flasche gegriffen, nachdem wir Rydeville verlassen hatten, und er war seitdem Alkoholiker, bis er vor zwei Jahren trocken wurde. Er hat Jahre in einem vom Suff vernebelten Zustand verbracht und sein einziger Fokus lag darauf, sich an deiner Familie zu rächen. Dein Vater hat ihm alles genommen und in seinen Augen warst du der Auslöser, der das Fass ins Rollen gebracht hat, das ihn ohne jeden Cent und als gebrochenen Mann zurückgelassen hat.«

»Ich war sieben Jahre alt, ich wusste es nicht besser.«

»Das ist uns klar«, sagt Kai leise. »Aber wenn dir etwas über Jahre hinweg jede Sekunde eines jeden Tages ins Hirn gebrannt wird, glaubst du es, auch wenn dein Verstand weiß, dass es nicht fair oder überhaupt wahr ist.«

Ich denke noch immer, dass das eine beschissene Ausrede ist, aber ich bohre nicht weiter nach, denn es gibt andere, dringendere Fragen, auf die ich Antworten brauche. »Hast du meine Pille ausgetauscht oder etwas in die Infusion gegeben?«, frage ich Rick.

»Ich habe deine Pille ausgetauscht«, gesteht er und hat zumindest den Anstand, beschämt dreinzublicken. »Unser Onkel Wes ist der Besitzer von *Femerst*, einem Pharmaunternehmen, das ausschließlich Medikamente für Fertilitätszwecke herstellt. Sie produzieren auch dieses preisgekrönte Medikament, das den Eisprung stimuliert, und wir haben deine Pille dagegen ausgetauscht. Für Wes war es leicht, die Verpackung nachzuahmen und die Tabletten exakt so zu formen, dass sie genau wie deine Pille aussahen.«

Ich springe auf, verpasse ihm eine Ohrfeige und genieße das Echo des Schlags, das durch den Raum hallt. »Dass du mir das angetan hast, werde ich dir niemals vergeben.«

Kaum zu glauben, dass ich mal in den Typen verknallt war. Leider ist mein Geschmack nicht besser geworden, jetzt, wo ich erwachsen bin.

»Das erwarte ich auch nicht.« Rick reibt sich seine Wange, kritisiert mich aber nicht, weil ich ihm eine gelangt habe, sondern akzeptiert es wie Kai vorhin an der Tür. »Ich hätte es beinah nicht durchgezogen, als du offenbart hast, dass du Kai deine Jungfräulichkeit geschenkt hast.« Er blickt zu seinem Bruder hinüber. »Er hatte mir nichts davon erzählt und in dem Moment ergab plötzlich alles einen Sinn.«

»Was meinst du damit?« Ich lege den Kopf schräg.

»Kai, Hunt und Lauder sollten dich manipulieren und so einschüchtern, dass du kooperierst, damit wir an den Safe deines Vaters gelangen konnten«, erklärt Rick.

»Aber du warst einfach zu stur«, platzt Kai dazwischen und ich zeige ihm den Mittelfinger, ehe ich mich auf dem Bett zurücklehne und dabei eine ordentliche Lücke zwischen uns lasse.

»Also hat Vater Plan B in die Tat umgesetzt.«

»Der besagte?« Ich habe eine Vermutung, aber ich will es von ihm hören.

»Ich sollte dich verführen und dich manipulieren, damit du uns hilfst«, sagt Kai und sieht dabei verlegen aus.

Übelkeit macht sich in mir breit und ich hasse es, wie leichtgläubig ich war. Wie leicht es für ihn war, mich in sein Bett zu bekommen. Selbsthass verzehrt mich wie schon oft in den letzten Wochen.

»Dad ist zu mir gekommen«, erzählt Rick weiter, »weil er

besorgt war, dass sich Kai in dich verliebt und die Kontrolle verliert.« Ich schnaube wegen der Lächerlichkeit dieser Aussage und Kai bedenkt mich mit einem tödlichen Blick, der mich früher vielleicht einmal erschreckt hätte, aber mittlerweile habe ich keine Angst mehr vor ihm.

Er ist derjenige, der mich fürchten sollte.

»Dad musste in diesen Safe«, fährt Rick fort, »weil er glaubte, dass der Beweis, den deine Mutter gefunden hatte, darin war. Ein Beweis, der bestätigt hätte, dass dein Arschloch von einem Vater unsere Mutter getötet hat. Damit hätte er ihn hinter Gitter bringen können.«

Die Anspannung im Raum lässt für ein paar Schläge nach. »Moment mal.« Ich ziehe die Augenbrauen zusammen, als ich mich an die Worte erinnere, die in der Nacht der Verlobungsfeier gesprochen wurden. »Ich dachte, ihr hättet bereits den Beweis. Dein Vater hat gesagt, meine Tante hätte ihn ihm gegeben.«

Kai schüttelt den Kopf. »Er tat nur so, um deinen Vater aus der Reserve zu locken.«

»War er nicht im Safe?«, frage ich.

»Wir hatten es gehofft, aber er gehörte nicht zu dem Inhalt, den wir darin vorgefunden haben«, bestätigt Kai.

»Scheiße.« Ich reibe die angespannte Stelle zwischen meinen Brauen. Jetzt, da ich weiß, dass Atticus noch lebt, vertraue ich darauf, dass er den Arsch meines Vaters an die Wand nagelt. Wenn er keine Beweise hat, dass mein Vater ein Mörder ist, haben wir nicht mehr viel gegen ihn in der Hand.

»Dad wusste, dass die Chance bestand, den Beweis drin nicht zu finden. Dein Vater hat ihn immer überlistet, aber dieses Mal war er fest entschlossen, die Oberhand zu gewinnen«, sagt Rick. »Dad war klar, dass deine Anteile bei einer Hochzeit automatisch an deinen Ehemann übergehen würden, und beschloss daher, nicht von außen in eure Beziehung einzugreifen. Er hielt es für das Beste, der Natur ihren Lauf zu lassen, und dachte, ihr würdet euch ineinander verlieben und eine Hochzeit wäre unvermeidlich.«

»Aber der Bastard ist einen Schritt zu weit gegangen«, sagt Kai wütend, und ich bin überrascht, wie giftig seine Worte sind. Er kommt auf die Beine, geht auf und ab und wringt die Hände vor seinem Körper.

Ich mustere ihn neugierig.

»Es ist, wie Dad gesagt hat«, erläutert Rick, ungeachtet dessen, dass sein Bruder kurz vor dem Explodieren durch den Raum tigert. »Er wollte eine Versicherung. Er wollte sicherstellen, dass du Kai heiraten musstest. Also hat er mich gebeten, deine Pillen auszutauschen, und mir das Versprechen abgenommen, es meinem Bruder nicht zu sagen.«

»Ich verstehe, warum du mir keine Loyalität entgegenbringen würdest«, sage ich, »aber wie konntest du das deinem Bruder antun?« Rick ist nicht besser als Drew.

»Ich war ein dummer Idiot, weil ich zugestimmt hatte, aber ich dachte, ich täte das Richtige. Den Tod unserer Mutter zu rächen, ist etwas, das wir beide wollen.« Er blickt Kai an. »Ich dachte mir, wenn Dad recht hat und sich Kai in dich verliebt, wäre es an mir, den Plan zur Vollendung zu bringen.« Er atmet hörbar aus. »Und ich dachte, ein Baby zusammen zu haben, wäre vielleicht gar nicht so schlimm, wenn ihr aufeinander stehen würdet.«

Ich möchte Maverick Anderson so unbedingt Schmerzen zufügen. Um mich nicht auf ihn zu stürzen und ihn zu schlagen, setze ich mich auf meine Hände.

Rick fährt sich über sein stoppeliges Kinn. »Als du mir erzählt hast, dass Kai derjenige ist, dem du deine Jungfräulichkeit geschenkt hast, war ich erstaunt, weil er es uns nicht erzählt hatte. Da wurde mir klar, dass er dich beschützt, und ich bekam Zweifel, ob ich mich einmischen sollte.«

Er beugt sich vor und stützt die Ellenbogen auf seinen Oberschenkeln ab. »Beinah hätte ich es nicht getan, aber es stand zu viel auf dem Spiel. Zudem habe ich mitbekommen, wie ihr euch angesehen habt.« Er lächelt mich wissend an und ich schürze meine Lippen. »Ihr habt beide versucht, es zu leugnen, so wie ihr es jetzt zu leugnen versucht, aber ich weiß, was ich sehe.«

Ich zeige ihm den Stinkefinger und Kai stößt einen knurrenden Laut aus.

»Ihr liebt euch, und das hat die Entscheidung besiegelt.«

»Du irrst dich gewaltig. Wir haben uns immer gehasst«, widerspreche ich, auch wenn es nur die halbe Wahrheit ist.

»Ich sollte dir noch ein blaues Auge verpassen«, droht Kai und geht mit geballten Fäusten auf seinen Bruder zu.

»Dieses Mal werde ich mich wehren«, verspricht Rick und erhebt sich, während meine Gedanken herumwirbeln, um all diese neuen Informationen zu verarbeiten. »Ich habe die Prügel verdient, die du mir gegeben hast, aber ich werde nicht dein ewiger Boxsack sein. Es tut mir leid und du musst mir vergeben.«

Kai knurrt erneut, aber ich springe dazwischen, bevor die Situation eskaliert. Ich will die Gelegenheit nicht vertun, mehr zu erfahren, jetzt, wo die beiden einmal in Plauderlaune und mitfühlend sind.

»Heißt das, ihr wusstet von dem echten Testament nichts?«

»Niemand wusste davon«, antwortet Rick. »Dad hätte möglicherweise noch mal darüber nachgedacht, an deiner Empfängnisverhütung herumzupfuschen, hätte er gewusst, dass du deine Anteile automatisch verlierst, würdest du im Fall einer Schwangerschaft den Vater des Babys nicht heiraten. Das hätte ein nicht kalkulierbares Risiko dargestellt.«

»Ich wusste nichts davon.« Kai mustert mich. »Oder von der Tatsache, dass Dad vorhatte, uns beide an diesem Abend als Geisel zu nehmen, bis das Baby geboren worden wäre und wir geheiratet hätten.«

Das überrascht mich nicht. Ich wünschte nur, Atticus hätte geschafft, was Louis geschafft hat. »Nur dass ihn mein Vater wieder besiegt und er mich zuerst erwischt hat«, stelle ich fest.

Kai sinkt vor mir auf die Knie. »Ich hatte verdammt große Angst davor, was er dir antun würde.« Er betrachtet besorgt mein Gesicht. »Ich war bereit, sein verdammtes Haus niederzubrennen und ihm eine Kugel in den Schädel zu jagen, wenn er mir die Information deines Aufenthalts nicht gab, aber er hat uns alle wieder überlistet.«

»Weil er eure Familie für die Schießerei verantwortlich gemacht und seine Freunde dafür bezahlt hat, Haftbefehle für eure Festnahmen auszustellen.«

Kai schüttelt den Kopf. »Unsere Kontakte haben bereits dafür gesorgt, dass die nicht mehr existieren.«

»Tatsächlich?« Ich runzle die Stirn, weil ich mich nicht daran erinnere, dass mir Charlie das erzählt hat. »Warum versteckst du dich dann hier draußen?«

Kai wirft Rick einen Blick über seine Schulter hinweg zu. »Du hast es ihr nicht gesagt?«

»Ich dachte, es wäre das Beste, dass sie es von dir hört.«

»Was hören? Was weiß ich nicht?« Ich sehe zwischen den beiden hin und her.

»Dein Vater möchte seine Interessen schützen. Er will sicherstellen, dass ich dich nicht heiraten kann.«

»Ich verstehe nicht.« All die kleinen Härchen in meinem Nacken richten sich auf und mein sechster Sinn weiß bereits, dass mir das, was er gleich sagt, nicht gefallen wird.

»Dein Vater hat ein Kopfgeld auf mich ausgesetzt, Abby. Wenn er mich findet, bin ich tot.«

9. KAPITEL

Ich verstehe das nicht und es macht auch wenig Sinn. Vermutlich liegt das daran, dass ich versuche, mit Logik an die Sache heranzugehen, doch Logik funktioniert in diesem Zusammenhang nicht, weil mein Vater ein Psychopath ist.

Das sage ich nicht einfach nur zum Spaß.

Ich habe den Begriff gegoogelt. Er erfüllt die Definition und noch weit mehr. Laut den Statistiken, die ich gelesen habe, zeigen über dreißig Prozent der Führungskräfte in Leitungspositionen in der Wirtschaft psychopathische Tendenzen.

Stelle sich das mal einer vor.

Michael Hearst fällt definitiv in diese Kategorie, und in seinem psychotischen Gehirn ist Atticus die Inkarnation des Teufels, die auf mehreren Ebenen zerstört werden muss. Ich habe keinen Zweifel daran, warum er es getan hat. Und dass das der Grund ist, weshalb er Kai tot sehen will.

Mein Hass auf Atticus Anderson verstärkt sich. Seine Einmischung hat mich an mehreren Fronten verletzt und ich werde ihm oder seinen älteren Söhnen niemals dafür vergeben, dass sie mein bereits verkorkstes Leben noch schlimmer gemacht haben.

Kai starrt mich an und sieht, wie ich kläglich versuche, all dem einen Sinn zu geben. Ich befinde mich in einem Gefühlschaos. Ich hasse ihn so sehr, wie ich ihn liebe, aber ich möchte nicht, dass er sein Leben lassen muss. Ich möchte nicht, dass irgendjemand stirbt, denn dann hat sich die Gerechtigkeit nicht durchgesetzt.

»Nun, das ist scheiße«, gebe ich zu, sobald ich meine eigensinnigen Gefühle wieder unter Kontrolle habe. Er verzieht verärgert das Gesicht. »Was denn? Hast du gedacht, deine kleine dramatische Aussage würde mich dazu bringen, dir meine unsterbliche Liebe zu verkünden?« Ich verschränke die Arme vor der Brust und die Bewegung erinnert mich daran, dass ich noch immer nur ein Handtuch umhabe. »Denn nur zu deiner

Information«, ich bohre ihm meinen Finger in seine definierte Brust, »ich hasse dich nach wie vor abgrundtief.«

»Er wusste es nicht, Abby«, verteidigt Rick seinen Bruder.

Ich schaue Rick finster an. »Das füge ich ebenfalls meiner Liste hinzu.« Kai runzelt verwirrt die Stirn; widersprüchliche Gefühle blitzen kurz in seinem Gesicht auf. Ich beuge mich zu ihm. »Vielleicht hast du nichts von dem Plan gewusst, mich zu schwängern, aber du hast mich trotzdem angelogen. Über Monate. Du bist mit mir ins Bett gegangen, wohl wissend, dass ich keine Ahnung hatte, wer du bist. Du hast mich nachts in deinen Armen gehalten, während du mich hinterrücks hintergangen hast.«

Ich richte mich wieder auf, schreite um ihn herum und bedenke ihn mit einem kalten, harten Blick. »Ich kann dir verzeihen, dass du mich anfangs hart behandelt hast, aber alles andere kann ich dir nicht vergeben.« Ich trete so dicht an ihn heran, dass sich unsere Gesichter beinah berühren. »Ich werde dir das niemals verzeihen. Du bist für mich gestorben.«

Bevor er antworten kann, betritt ein anderer Typ den Raum und zieht unsere Aufmerksamkeit auf sich. Sawyer trägt eine schwarze Jeans und ein eng anliegendes schwarzes Hemd. Sein Haar ist wie gewohnt nach hinten gestylt. Er sieht wirklich ansehnlich aus. Selbstsicher durchquert er das Zimmer und bleibt vor mir stehen. Er streckt den Arm aus und dreht die Handfläche nach oben. »Gib es mir.«

Kai steht auf und beobachtet die Interaktion zwischen seinem Freund und mir mit wachsamen Augen.

»Ebenfalls hallo«, sage ich trocken und lege den Kopf schief.

Ein charmantes Lächeln umspielt seine Mundwinkel. Er beugt sich vor, um mir einen Kuss auf die Wange zu drücken, wobei er seinen Mund einen Moment zu lang auf meiner Haut verweilen lässt. Kai stößt ein vorhersehbares Knurren aus und Sawyer schmunzelt. »Es ist schön, dich zu sehen«, begrüßt er mich und lässt seinen Blick über meinen Körper wandern, was Kai vor Wut fast zum Überkochen bringt.

Gut zu wissen, dass er noch immer so besitzergreifend ist wie eh und je. Das kann ich zu meinem Vorteil nutzen.

»Außerdem bin ich froh, dass du in Sicherheit bist«, fügt Sawyer hinzu, richtet sich wieder auf und streckt mir erneut seine Hand hin. »Dennoch musst du es mir geben.«

»Ich habe keine Ahnung, wovon du redest«, protestiere ich, auch wenn mir absolut klar ist, dass er irgendwie mein Handy entdeckt haben muss.

Sein Blick richtet sich auf die Plastiktüte auf dem Nachttisch und mit drei schnellen Schritten hat er sie erreicht. Ohne um Erlaubnis zu bitten, kramt er darin herum und findet sofort den Beweis.

Resigniert seufze ich und verdrehe die Augen in Richtung Decke.

»Was zur Hölle ...?«, ruft Rick und der Schock steht ihm ins Gesicht geschrieben, als er das Gerät in Sawyers Hand bemerkt. »Ich habe sie durchsucht, als wir sie mitgenommen haben, und das hatte sie nicht dabei. Ich schwöre es.«

»Wer weiß, wo du dich aufhältst?«, fragt Kai, und sein Blick sagt ganz klar, dass ich ihm bloß keinen Bullshit auftischen sollte.

»Niemand weiß, wo ich bin«, antworte ich ehrlich.

»Fang jetzt nicht mit diesem Scheiß an, Abby«, knurrt er. »Die ganze Sache ist zu gefährlich.«

Langsam werde ich wütend. »Hör genau zu, Arschloch, da du ja anscheinend schwerhörig bist.« Ich baue mich vor ihm auf. »Niemand weiß, wo ich bin, weil die Nachricht, die ich an Xavier gesendet habe, nicht zugestellt werden konnte.«

»Sie hat ihn angerufen«, bestätigt Sawyer, ohne aufzusehen, während er durch die Telefonhistorie des Handys scrollt.

Kai stößt geräuschvoll den Atem aus und funkelt mich an. »Du wusstest, dass du hierhergebracht werden würdest, also gab es definitiv keinen Grund, diesen nervigen Mistkerl einzuschalten.«

»Ihr habt mich gegen meinen Willen entführt. Das reichte mir als Grund absolut aus. Das und die Tatsache, dass er die einzige Person neben Charlie ist, der ich vertraue.«

Seine Augen verdunkeln sich, und wenn Blicke töten könnten, lägen Charlie und Xavier jetzt schon metertief unter der Erde. Ich zeige ihm den Mittelfinger und freue mich tierisch darüber, wie einfach es ist, ihn in Rage zu versetzen. Ich glaube, dass Kai möglicherweise allmählich nachlässt. Wer hätte das gedacht.

»Du stellst auch noch mein letztes bisschen Geduld auf die Probe.« Er kämpft heftig darum, sein Temperament im Zaum zu halten, als er grob meinen Ellenbogen packt. »Was zum Teufel hast du ihm erzählt?«

»Fick. Dich.« Gewaltsam entreiße ich ihm meinen Arm und verliere dabei beinah mein Handtuch.

Kai sieht so aus, als sei er nur noch zehn Sekunden davon entfernt, wie eine Atombombe in die Luft zu gehen. Er wirft mich über seine Schulter und betritt mit mir den begehbaren Kleiderschrank.

»Lass mich runter, du Mistkerl!« Ich trommle mit den Fäusten auf seinen Rücken ein.

In der Mitte des riesigen Kleiderschranks stellt er mich behutsamer als gedacht auf die Füße. Insbesondere wenn man bedenkt, wie finster er mich anstarrt, als wäre ich Damian aus *Das Omen*. »Zieh dir was an«, fordert er und deutet zu den Frauenklamotten, die reihenweise im Schrank hängen.

»Das sind nicht meine Klamotten.«

»Faye wird es nicht stören.«

Ich ziehe eine Braue in die Höhe. »Faye?«

»Ihr und ihrem Ehemann gehört dieses Anwesen.«

»Und sie lassen euch hier auf unbestimmte Zeit wohnen, oder was?«

»Ja, wir dürfen uns so lang hier aufhalten, wie wir müssen.« Er macht einen Schritt auf mich zu. »Aber jetzt hör auf, vom Thema abzulenken, und such dir etwas zum Anziehen aus. Du wirst nicht wieder nur in ein Handtuch gewickelt da rausgehen.«

Grinsend stemme ich die Hände in die Hüften. »Dann werden wir wohl hier drinnen bleiben.«

Eine kühle Brise weht über meine Haut, als er mir mit einer

blitzschnellen Bewegung das Handtuch vom Körper reißt und ich plötzlich nackt vor ihm stehe. Schlagartig schießen Empörung und Wut in mir empor und ich bin versucht, ihn zu schubsen und mit meinen Fäusten zu schlagen, nur weiß ich aus früheren Erfahrungen, wie schnell er mich festhalten und in die Schranken weisen kann.

Er betrachtet meine Brust und ein vertrauter, lusterfüllter Ausdruck brennt in seinen Augen. »Scheiße«, murmelt er rau und beißt sich auf seine Unterlippe, was mich schon immer scharf gemacht hat.

»In deinen Träumen, Arschloch.« Hoch erhobenen Hauptes gehe ich an ihm vorbei und verpasse ihm dabei absichtlich einen Stoß mit meiner Schulter. Dann stöbere ich zwischen den Kleiderbügeln herum.

Seine starken Arme legen sich von hinten um mich und ich werde gegen seine warme Brust gezogen. »Das glaube ich nicht, Baby«, flüstert er. Er fährt meinen Hals entlang, während er mit einer Hand meine linke Brust umfasst. Er knetet sie grob und ein erstickter Schrei entweicht meinem Mund angesichts der Mischung aus Vergnügen und Schmerz, die seine Berührung hervorruft. Obwohl meine Brüste nicht mehr so sensibel wie noch vor ein paar Wochen sind, sind sie immer noch empfindlich. Er drückt seine wachsende Erektion gegen meinen Po, leckt meinen Nacken entlang und beißt mir ins Ohrläppchen, was mich sofort heiß und feucht werden lässt. »Du wirst mich auf deinen Knien darum anbetteln, dich zu ficken, bevor die Woche vorbei ist.«

»Du leidest immer noch an Wahnvorstellungen, wie ich feststelle«, erwidere ich und versuche, mich aus seinem Griff zu befreien.

»Leugne es immer wieder, aber ich glaube dir nicht.« Er gleitet mit seiner Hand weiter nach unten, macht eine kurze Pause auf meinem Bauch, und ich kneife angesichts des raschen Ansturms von Emotionen die Augen zu. Dann wandert er noch ein Stücken tiefer und ich wimmere leise, als er mit einem Finger in mich eindringt, seinen harten Schwanz gegen meinen

Hintern presst und sein Becken kreisen lässt. »Lügnerin«, flüstert er, während er seinen Finger langsam in mich hinein- und wieder aus mir herausbewegt.

Dieses eine Wort lässt die Realität über mir hereinbrechen und ist alles, was ich brauche, um wieder zur Besinnung zu kommen. Ich stoße ihm meinen Ellenbogen in den Bauch, befreie mich aus seinem Griff und drehe mich vor Wut schäumend zu ihm um, ehe ich ihn von mir stoße, während mich das Feuer, das in meinem Inneren tobt, förmlich verzehrt. »Es gibt nur einen Lügner hier, und ich bin es nicht!«, kreische ich. »Du besitzt ernsthaft die Dreistigkeit«, ich pieke ihm mit meinem Finger gegen seine Brust, »mich eine Heuchlerin und Lügnerin zu nennen, wenn jedes Wort aus deinem verachtenswerten Mund ganz bewusst darauf abgezielt hat, mich zu manipulieren?!« Ich verpasse ihm einen kräftigen Stoß, als sich die wochenlang in mir aufgestaute Frustration Bahn bricht. »Ich hasse dich verdammt noch mal!«, schreie ich. »Und ich hasse diese schreckliche Chemie zwischen uns! Aber ich werde dagegen ankämpfen. Genauso wie ich gegen dich ankämpfen werde.« Ich schlage ihm mit den Fäusten gegen die Brust, während er stumm wie eine Statue dasteht, ohne sich zu wehren, und mich ansieht, als wäre ich eine seltsame außerirdische Kreatur. »Jeden. Verfickten. Schritt. Auf. Diesem. Weg!«

»Ähm.« Ein Räuspern lenkt meine Aufmerksamkeit von Kai weg.

»Was?!!«, fauche ich Sawyer an und lasse von Kai ab.

»Hört auf, hier rumzueiern und kommt da raus. Wir müssen reden.« Sein Blick bleibt an meinen Körper haften und ich erinnere mich daran, dass ich völlig nackt bin.

Absolut fantastisch.

»Vielleicht solltest du dir zuerst etwas anziehen.« Sawyer leckt sich die Lippen. »Obwohl es eine Schande ist, diese Schönheiten zu bedecken.« Er wackelt mit den Brauen, was Kai aus seinem halbkomatösen Zustand erwachen lässt. Er schiebt mich hinter sich und schützt meinen Körper vor Sawyers Starren.

»Verschwinde, bevor ich dir die Seele aus dem Leib prügle.«

»Du lässt nach, Anderson«, spottet Sawyer und zieht sich mit einem Grinsen im Gesicht zurück.

Stille bricht über uns herein und wir sehen einander für ein paar Sekunden an. Da ich gesagt habe, was ich sagen wollte, und ich aufhören muss, ihm länger so nah zu sein, konzentriere ich mich auf den Schrank und inspiziere die Kleidung, in dem Versuch, etwas zum Anziehen zu finden. Ich wähle ein kurzes schwarzes Jerseykleid aus Baumwolle mit langen Ärmeln, weil alle Jeans und Hosen viel zu lang aussehen. Kai beobachtet mich schweigend. Ich ignoriere ihn und wende ihm den Rücken zu, während ich das Kleid über meinen Kopf ziehe.

»Slip und BH«, grollt er.

»Ich ziehe nicht die Unterwäsche einer anderen Frau an, auch wenn sie sauber ist«, protestiere ich und verschränke die Arme vor der Brust.

»Ich kann deine verdammten Nippel sehen«, zischt er.

»Du Armer.« Ich gehe an ihm vorbei, doch er hält mich zurück.

»Bleib. Hier. Und stell mich nicht auf die Probe. Du magst zwar schwanger sein, aber das heißt nicht, dass ich dich nicht über mein Knie legen und dir den Hintern versohlen kann, bis dir Hören und Sehen vergeht.«

Bei seinen Worten durchflutet reine Lust meinen Körper, was ihn zu Belustigen scheint. »Ich habe es dir ja gesagt.« Er drückt seinen Mund an mein Ohr. »Lügnerin.« Dann schiebt er seine Hand unter das Kleid und streicht mit den Fingerspitzen über meine Pussy. »Und wenn die anderen nicht draußen wären, würde ich auf die Knie fallen und es beweisen.«

Meine Beine drohen, unter mir nachzugeben. Im Stillen verfluche ich meine dummen, schwachen Hormone. Kai küsst mich auf den Kopf, während er einen Arm um meinen unteren Rücken legt, um mich zu stützen. »Es ist okay, Baby. Ich habe dich auch vermisst.« Ich muss ihn nicht ansehen, um das diebische Grinsen zu sehen, denn es ist geradezu in seiner Stimme zu hören.

Ich zeige ihm den Mittelfinger, schmolle und schaue ihm

wütend hinterher, während ich mich frage, wie er sich in die Pole-Position manövriert hat. Doch das wird nicht lang anhalten. Ich werde nie aufhören, gegen ihn zu ankämpfen. Auch wenn sich mein Körper weigert, mit meinem Verstand zusammenzuarbeiten.

Eine Minute später kehrt er zurück und wirft einen schlichten Baumwollslip und meinen BH auf die Bank, die im begehbaren Kleiderschrank steht, bevor er mir das Kleid über den Kopf zieht und mein nackter Körper erneut seinen Blicken ausgeliefert ist.

Finster funkele ich ihn an. »Ich kann mich wunderbar allein anziehen.«

Er schnappt sich das Höschen und fällt vor mir auf die Knie. »Anheben«, befiehlt er und tippt meinen Fuß an.

Ich ignoriere ihn und behalte meine Füße fest auf dem Boden. Schließlich kann ich dieses Spielchen noch den ganzen Tag durchhalten.

Als er seine heiße Zunge über meine Mitte gleiten lässt, schnappe ich nach Luft und stolpere haltsuchend nach hinten gegen die Schrankwand. »Was zum Teufel machst du?« Ich keuche und hasse es, wie bedürftig ich dabei klinge. Es ist Wochen her, seit ich das letzte Mal Sex hatte. Mein Körper hat sich stattdessen an tägliche Workouts gewöhnt.

Ich habe den Sex mit ihm vermisst.

Nicht, dass mir diese Worte jemals in seiner Gegenwart über die Lippen kommen würden. Ich werde ihm keine Gelegenheit zur Schadenfreude mehr geben.

»Jedes Mal, wenn du eine meiner Anweisungen nicht befolgst, werde ich meine Zunge in dir versenken. Das ist keine lästige Pflicht. Aber möglicherweise magst du dabei kein Publikum. Und wenn wir in zwei Minuten nicht da draußen sind, werden die anderen das Meeting hierher verlegen.«

Ich schiebe sein Gesicht von meiner Weiblichkeit weg, hebe meinen Fuß an und gebe mich geschlagen. Er zieht mir das Höschen hoch und lässt die Chance dabei nicht ungenutzt, mit seinem Finger über meine Pussy zu streicheln. Ich verenge die

Augen, doch sein strahlendes Lächeln entwaffnet mich und bringt mich für einen Moment so aus der Fassung, dass ich einfach nur stumm dastehe.

Wenn er mich so anlächelt, ist es, als würde ich mich im himmlischsten Sonnenschein aalen. Es ist wie ein leuchtendes Licht, das nur für mich scheint. Mein Herz pumpt schneller, meine Atmung setzt aus und wieder ein und meine Entschlossenheit wird schwächer. Alles an ihm zieht mich an, genauso wie bei unzähligen anderen Gelegenheiten zuvor, und ich beuge mich zu ihm, bevor ich die Bewegung überhaupt registriert habe.

»Baby.« Er steht auf und umfasst mein Gesicht. »Ich habe fünf lange Wochen auf das gewartet.« Sein Mund verharrt nur Millimeter vor meinem, als ich plötzlich aus meiner Trance erwache.

In letzter Sekunde ducke ich mich weg und schlüpfe aus seiner Umarmung, sodass er nur noch die Luft küsst.

Heilige Scheiße.

Ich muss unbedingt Distanz zu ihm wahren.

Seine sexuelle Anziehungskraft ist wie ein Bann. Ein Bann, dem ich nicht widerstehen kann. Allerdings bin ich entschlossen, dieses Mal stärker zu sein. Er kann mich nicht derart hintergehen und mich anschließend wiederhaben. Dieses Mal spielen wir nach meinen Regeln.

Und diese Lektion wird er auf die harte Tour lernen.

10. Kapitel

»Hör auf, dir Sorgen zu machen«, sage ich zu Sawyer. »Ich habe Xavier Sonntagabend angerufen, als wir mitten im Nirgendwo von Nebraska waren. Ich hatte keine Ahnung, wo wir hinfuhren, weil sich die Jungs geweigert haben, mir irgendwas zu verraten. Xavier weiß nicht, wo ich bin.« Ich seufze. »Leider.«

»Um seinetwegen hoffe ich, dass er es wirklich nicht weiß«, erwidert Sawyer.

»Drohst du ihm gerade?« Ich senke die Stimme und trete dicht an ihn heran. »Denn ich werde dich umbringen, wenn du ihm auch nur eines seiner lilafarbenen Haare krümmst.«

»Da ist die Frechheit, die mir so gefehlt hat«, stellt Jackson fest, der soeben aufgetaucht ist. Mit seinem berühmt-berüchtigten Grinsen schlendert er auf mich zu. Seine wuscheligen Haare fallen ihm ins Gesicht und er mustert mich aus seinen verschmitzten blauen Augen von Kopf bis Fuß.

Ich schlinge die Arme um seinen Nacken und stelle mich auf die Zehenspitzen, um mein Gesicht in seiner Halsbeuge zu vergraben. »Ich habe dich auch vermisst. So, so sehr«, sage ich, halte mich an ihm fest und drücke mich an ihn, während ich spüre, wie sich imaginäre Messer in meinen Rücken bohren, je länger ich ihn umarme.

Jackson braucht nur den Bruchteil einer Sekunde, um die offensichtliche Veränderung meiner Silhouette zu bemerken. »Heilige Scheiße, Süße.« Er hält mich auf Armeslänge von sich weg und ihm fallen fast die Augen aus dem Kopf, als er meine Brüste anstarrt. »Deine Brüste sind verdammt noch mal fantastisch.«

»Ich habe mir schon gedacht, dass sie dir gefallen würden«, necke ich ihn, lege die Arme um seine Mitte und flirte schamlos mit ihm.

»Darf ich sie anfassen?«, fragt er, tut in der Luft so, als würde er sie kneten, und wackelt mit den Brauen.

»Wenn du den Rest deines Lebens Scheiße fressen willst«,

mischt sich Kai in unsere Unterhaltung ein.

»Du kannst sie anfassen«, sage ich abrupt, weil ich die Kontrolle zurückerobern will. Ich packe Jacksons Hände und lege sie mir fest auf die Brust. Für einen kurzen Moment sieht er mich verlangend an, dann steht er plötzlich nicht mehr vor mir.

Im Handumdrehen hat Kai ihn auf den Boden befördert, sodass er unsanft auf seinem Hintern landet. Er rollt sich zu einer Kugel zusammen, hält sich seinen Bauch und lacht lauthals.

»Dafür wirst du bezahlen«, droht ihm Kai und zieht mich wutentbrannt von ihm weg.

»Leck mich.«

»Ich werde mehr als nur das tun«, erwidert er und mein Körper beginnt, erwartungsvoll zu prickeln.

»Oh Gott.« Sawyer seufzt frustriert. »Ich kann nicht glauben, dass wir wieder an diesem Punkt sind.« Er schüttelt den Kopf.

»Sie ist echt nicht einfach«, stellt Rick bestätigend fest und ich hole aus, um ihm einen Schlag zu verpassen. Doch dieses Mal, ist er darauf vorbereit und hält meine Faust mit seiner Hand auf, wodurch er den Schlag stoppt, noch ehe ich ihn berühren kann.

»Es ist auch seine Schuld!«, protestiere ich.

»Und jetzt klingst du wie eine weinerliche Dreijährige.«

Ich strecke ihm die Zunge raus. »Vergiss nicht, dass du auch auf meiner Anderson-Hassliste stehst.«

»Und lass mich raten. Der Einzige, der nicht auf dieser Liste steht, ist Harley.«

»Harley ist süß und verdammt heiß«, sage ich, nur, um Kai eins auszuwischen. Außerdem weiß ich, dass diese Sache hier gleich aus dem Ruder laufen wird. Doch vorher möchte ich ihn noch ordentlich auf die Palme bringen.

Kai zieht an seinem Ohr, als könne er nicht glauben, was er da gerade gehört hat. »Wie bitte?«

»Jetzt wird mir einiges klar«, sagt Rick grinsend. »Du hast nicht mit Harley rumgemacht. Das war eine Ausrede, um ...«

Seine Worte bleiben ihm buchstäblich im Halse stecken, als

sich eine Hand um seine Kehle legt und ihm die Luft abdrückt. Kai ist puterrot im Gesicht, als er seinen älteren Bruder gegen die Wand knallt. »Du hast zwei Sekunden Zeit, um mir das zu erklären, bevor ich draußen eine Grube grabe und jeden von euch darin begrabe!«, brüllt er und sieht zwischen den drei Jungs im Raum hin und her.

»Was zum Teufel ...?«, mischt sich Joaquin ein, der ins Zimmer geeilt kommt, hält aber kurz inne, als er sieht, dass Kai Rick am Hals gepackt gegen die Wand drückt. »... ist hier los?«

Harley kommt hinter ihm hereingerannt, wirft mir panische Blicke zu, und Schuldgefühle machen sich in meinen Eingeweiden breit.

»Das wüsste ich ja gerade gern.« Kai durchbohrt Harley mit seinem Blick und dessen Wangen verfärben sich dunkelrot. »Komm hierher«, befiehlt er und verpasst Rick eine Ohrfeige, ehe er ihn loslässt.

Rick boxt ihm in die Magengrube, aber scheinbar ohne viel Kraft, den Kai zuckt nicht einmal zusammen, sondern schmunzelt nur. Er hat dieses furchtbar selbstgefällige Grinsen aufgelegt, das dafür sorgt, dass ich ihm am liebsten das Gesicht zerkratzen will.

»Arschloch«, spuckt Rick hervor und reibt sich seinen Hals.

Kai ignoriert ihn und legt seinem jüngeren Bruder in einer drohenden Geste den Arm um die Schulter. »Fang an zu reden und verheimliche mir nichts, denn ich werde es merken.«

»Es tut mir leid, Kai«, entschuldigt sich Harley mit bebender Stimme. »Ich hätte den Tequila nicht trinken sollen, denn er hat mich beduselt gemacht und ich erinnere mich an nichts mehr, aber ich wollte es nicht tun. Mir ist bewusst, dass sie dein Mädchen ist, und ich hätte sie niemals angerührt, wenn ich nicht besoffen gewesen wäre.« Sein Geständnis sprudelt nur so aus ihm heraus.

»Was hast du gemacht?«, fragt Kai seinen Bruder, sieht dabei aber mich an.

»Ich weiß es nicht«, jammert Harley und seine Unterlippe beginnt zu zittern. »Alles, was ich weiß, ist, dass sie uns in

Unterwäsche zusammen im Bett gefunden haben.« Tiefes Bedauern spiegelt sich auf seinem Gesicht. »Es tut mir leid, Kai. Ich verspreche, dass es nie wieder vorkommen wird. Bitte hass mich nicht.«

Ach du heilige Scheiße. Ich muss die ganze Sache aufklären, bevor der arme Harley noch anfängt, zu weinen.

»Es ist nichts passiert«, gebe ich zu, weil ich es nicht ertragen kann, die Qual in Harleys Augen zu sehen. »Ich habe es nur so aussehen lassen.« Harleys Kopf wirbelt zu mir herum und seine Augen weiten sich. »Es tut mir leid. Das war eine beschissene Nummer, aber ich musste meine Spuren verwischen und ich hatte keine Zeit für ein anderes Ablenkungsmanöver.«

»Weil du dich rausgeschlichen und das Handy gekauft hast«, sagt Rick, als er die Puzzleteile zusammensetzt. Ich nicke. »Wie? Du hattest kein Geld.«

»Ich habe Harley dazu überredet, mir Geld für Snacks zu geben, einen Deal mit dem Mädchen an der Rezeption gemacht, damit ich mir ihr Motorrad ausleihen konnte. Dann habe ich ihn superschnell betrunken gemacht, damit er ausgeknockt war und ich gehen konnte.«

Jackson lacht. »Einfallsreich wie immer, Süße. Mein Angebot steht übrigens noch.« Er packt sich in den Schritt und fährt einmal mit der Hand über sein Gemächt. »Sobald du den Neandertaler da drüben fallen lässt, werde ich sofort zur Stelle sein.«

»Genau wie meine Fäuste«, unterbricht Kai ihn. »Ich warne dich, Lauder. Du stehst bei mir auf dünnem Eis, also lass diese Scheiße. Sie trägt mein Baby in sich und ich werde nicht einfach danebenstehen, während du sie anschmachtest.« Er bedenkt seine Brüder und seine Freunde mit einem vielsagenden Blick. »Das gilt auch für dich, Har.«

Seine Stimme und seine Miene werden sanfter. Es ist faszinierend, ihn dabei zu beobachten, wie er jemanden mit Samthandschuhen anfasst. »Ist schon okay, ich gebe dir keine Schuld.« Er zerzaust Harleys Haare und ich unterdrücke ein Lächeln, als Harley finster dreinblickend seine Hand wegschlägt. »Geht nirgendwo allein mit ihr hin, denn ich traue ihr zu, noch mal irgendwas in der Art zu versuchen.«

Ich verdrehe die Augen. »Also bitte. Es gibt keinen Grund, so zu tun, als wäre ich Mata Hari.«

»Wer ist Mata Hari?«, fragt Harley und kratzt sich am Kopf.

»Mata Hari war eine niederländische Tänzerin, die Verführungstaktiken dazu benutzte, um während des Ersten Weltkriegs für die Deutschen zu spionieren«, erklärt Sawyer.

»Xavier hat mir mal von ihr erzählt«, erkläre ich. »Eine der vielen spontan erwähnten, aber interessanten Informationen, die er auf Lager hat.« Ich tippe mir mit dem Finger gegen das Kinn und kämpfe gegen das Gelächter an, das meine Kehle hinaufsteigt. »Jetzt, wo ich darüber nachdenke, stelle ich fest, wie ähnlich ihr beiden euch seid. Ihr seid praktisch wie gemacht füreinander. Ich weiß, dass dich Xavier heiß findet. Findest du ihn ebenfalls heiß?« Ich wackle mit den Brauen. »Wenn du ihn herkommen lässt, spiele ich gern die Kuppeltante.«

»Hat hier irgendwer mal einen Maulkorb?«, entgegnet Sawyer, presst die Lippen aufeinander und verengt die Augen.

»Ich versuche doch nur, ein wenig Energie in dein Liebesleben zu bringen. Kein Grund, gemein zu werden.«

»Ich bin absolut in der Lage, auch ohne deine Einmischung einen willigen Bettgespielen zu finden.« Er lehnt sich gegen die Kommode und verschränkt die Knöchel. »Außerdem wissen wir alle, dass das nur ein Ablenkungsmanöver ist, um deinen Freund herzuholen.«

»Kannst du es mir verübeln?« Ich ziehe die Brauen hoch. »Ihr könntet mir zumindest einen Verbündeten gönnen.«

»Wir sind alle deine Verbündeten«, wirft Jackson ein und reibt sich nervös die Hände an seiner Jeans.

»Darüber hinaus ist es sicherer für Xavier, wenn er nicht weiß, wo wir sind«, meint Sawyer, und ich glaube ihm, weil es aus seinem Mund kommt.

»Er hat mir gesagt, ich solle das Handy bei meiner Ankunft anmachen, so wäre er in der Lage, mich zu orten.«

»Wann hast du es angestellt?«, möchte Sawyer wissen.

»Als wir dieses Anwesen erreicht haben.«

Seine Schultern entspannen sich sichtlich. »Dann ist alles gut. Er kann dich in dieser Stadt nicht aufspüren.«

»Warum nicht?« Wenn es um technische Dinge geht, bin ich von Natur aus neugierig.

»Es gibt ein paar Orte in den USA, die schwarze Punkte für die Satelliten sind, und das hier ist einer davon«, erklärt Sawyer.

»Was genau bedeutet das?«, hake ich nach, auch wenn ich es mir schon denken kann.

»Stell es dir wie eine schwarze Wolke über dieser Stadt vor, die alles vor Blicken abschirmt. Also selbst wenn dein Vater High-Tech-Strategien einsetzt, die Satelliten und Bilderkennungssoftware verwenden, um nach uns zu suchen, sind wir unter dieser Wolke verborgen.«

»Wie verbindest du dich dann mit dem Netz?«

»Ich habe einen USB-Stick an ein privates und verstecktes Netzwerk meines Vaters angeschlossen.«

»Aber warum sollte mein Handy hier nicht funktionieren?«

»Weil ich einen Blocker installiert habe. Wir benutzen unsere Handys, indem wir einen Code verwenden, der diesen umgeht. Also denk nicht mal drüber nach, unsere Handys zu klauen. Der Code muss bei jeder Aktion eingegeben werden und du wirst das Gerät nicht ohne den Code nutzen können.«

»Und Ricks Freunde haben ausgerechnet in dieser Stadt ein Haus?« Ich bin extrem skeptisch.

»Sie haben diesen Ort wegen der Privatsphäre gewählt, die er ihnen bietet.«

»Also sind sie berühmt oder so was?«

»Oder so was«, antwortet Rick geheimnisvoll. »Das Wichtigste ist, dass wir hier gut versteckt sind, und so muss es auch bleiben.«

Ein lautes Gähnen entfährt mir in diesem Moment und eine Welle der Müdigkeit überrollt mich. Für eine Millisekunde fallen mir die Lider zu und ich gerate ein wenig ins Schwanken. Jemand schlingt einen Arm von hinten um meine Taille und diese Berührung würde ich überall erkennen.

»Verschwindet«, verlangt Kai und ich reiße die Augen auf. »Abby ist müde.«

»Möchtest du vorher noch etwas zu essen haben, Süße?«, fragt Jackson, während die anderen gehorsam Richtung Tür trotten.

»Ich kümmere mich darum«, knurrt Kai und sein Ton ist eine Warnung an Jackson, ebenfalls zu verschwinden.

Ich entziehe mich ihm. »Du kannst ebenfalls gehen.«

Er grinst. »Netter Versuch, aber ich gehe nirgendwohin.«

Ich schnappe mir meine armselige Plastiktasche. »Dann werde ich ein anderes Zimmer beziehen.«

Sein Grinsen wird nur noch breiter, und ich würde ihm am liebsten ein paar verpassen. »Hier gibt es nur fünf Schlafzimmer und die sind alle belegt. Du hast mich folglich an der Backe. Also komm damit klar.«

»Dann werde ich eben auf der Couch schlafen«, sage ich und gehe hinüber zur Tür, wo Sawyer und Jackson herumlungern, um sich den Ausgang dieses Spielchens anzugucken.

»Du wirst nicht auf der Couch schlafen.« Kai greift nach meinem Kleid und zieht mich daran zurück.

»Nimm gefälligst deine Pfoten weg! Ich bin nicht dein Besitz.« Ich winde mich aus seinem Griff.

»Hör auf, mich wütend zu machen, Abigail.« In seinem Gesicht spiegelt sich Frustration. »Du bist schwanger mit meinem Kind, was bedeutet, dass ich dir sehr wohl etwas zu sagen habe. Und ich sage dir, dass du deinen launigen Arsch sofort in das Bett da drüben bewegen sollst!« Er dreht mich an den Schultern herum und marschiert mit mir zu dem Schlafplatz.

»Nimm deine verfluchten Hände von mir.«

»Das wird nicht passieren, Baby.« Er tätschelt meinen Hintern und ich sehe rot. Ruckartig drehe ich mich herum, die Hand erhoben, bereit, ihn wieder zu schlagen, aber seine Reflexe sind schnell und er packt meine beiden Handgelenke und drückt mich gegen die Wand. Meine Arme über meinem Kopf eingefangen, presst er seinen Körper gegen meinen, was mich um Selbstkontrolle beten lässt.

Er hat dich monatelang glauben lassen, er wäre Camden Marshall, und war dabei ein widerliches und grausames Arschloch.

Er hat seinen Schwanz in dich gesteckt, als du keine Ahnung hattest, dass er eigentlich Kaiden Anderson ist.

Er verdient nichts als deinen Zorn.

Ich wiederhole diese Sätze wie ein Mantra in meinem Kopf und hoffe, dass sie sich dort festsetzen. Ehrlich gesagt ist es peinlich, wie viel Macht er über meinen Körper hat, und ich muss die Kontrolle zurückgewinnen.

»Hör auf, gegen mich anzukämpfen, denn du weißt ja, was es mit mir macht, oder muss ich deine Erinnerung auffrischen?« Er lässt sein Becken kreisen, um seine Aussage unmissverständlich klarzumachen.

»Komm mit deinem verfickten und verlogenen Schwanz ja nicht in meine Nähe«, zische ich, was Jackson ein Glucksen entlockt.

»Habt ihr ein Problem?«, fragt Kai an seine Freunde gerichtet.

»Überhaupt nicht«, erwidert Jackson und trommelt träge mit den Fingern auf seinem Oberschenkel herum. »Mach dir keine Gedanken um uns. Wir genießen die Show.«

»Ich hole das Popcorn«, witzelt Sawyer grinsend.

»Wie schön, dass wenigstens irgendjemand amüsiert ist«, sagt Kai gedehnt. »Denn ich bin kurz davor, ihren sturen Hintern über mein Knie zu legen und ihr eine Lektion zu erteilen, die sie so schnell nicht vergisst.«

»Halt dich wegen uns nicht zurück«, meint Jackson und zwinkert uns zu.

»Ich dachte, du wärst auf meiner Seite!«, rufe ich.

»Ich bin immer auf deiner Seite, Süße, aber das bedeutet nicht, dass ich dagegen bin, dass du bestraft wirst.«

»Lauder«, knurrt Kai und nun wirkt er mehr als nur verärgert. Das Wissen, dass ich ihn seit der Sekunde, in der ich hier eingetroffen bin, wütend gemacht habe, stimmt mich überaus zufrieden.

»Tu allen einen Gefallen und verpiss dich auf die Couch«,

sage ich. »Denn entweder du verschwindest oder ich.«

»Ich werde nicht auf der gottverdammten Couch schlafen«, schleudert er zurück.

»Jackson«, sage ich besonnen und vermeide dabei jeglichen Blickkontakt mit Kai.

»Ja, Süße?«

»Kann ich bei dir im Zimmer schlafen?«

»Aber natürlich.« Er kommt mit federnden Schritten auf mich zu. »Pack deinen Mist zusammen und lass uns gehen.«

Ein erstickter Laut dringt aus Kais Brust und er sieht aus, als würde er gleich implodieren. Er lässt meine Hände fallen, tritt zurück und beginnt, auf und ab zu tigern, wobei er sich mit einer Hand über seinen stoppeligen Kiefer streicht, als würde er versuchen, sich irgendwie zu beruhigen. »Du hast Glück, dass du schwanger bist«, sagt er und deutet mit dem Finger auf mich. »Das ist der einzige Grund ist, warum ich dir diesen Ungehorsam nicht aus dem Hirn ficke.«

»Das würde nicht passieren, ob ich nun schwanger bin oder nicht«, widerspreche ich. »Du und ich sind fertig. Finito. Sayonara. Arrivederci. Oder wie auch immer man in hundert anderen Sprachen Tschüss sagt.«

Kai rauft sich die Haare und sein Mund öffnet und schließt sich, während er eine Art inneren Kampf ausficht. Ich weiß, dass er mich bestrafen will, aber die Schwangerschaftskarte zahlt sich bereits aus. Er wirft mir einen vernichtenden Blick zu, bevor er aus dem Raum stürmt und sich gewaltsam an Jackson und Sawyer vorbeischiebt.

Jackson und ich grinsen uns an. »Hoppla. Habe ich etwa was Falsches gesagt?«

11. Kapitel

Erschöpft von dem Machtkampf mit Kai krieche ich ins Bett. Ich kann mich nicht erinnern, wie oder wann ich eingeschlafen bin, als ich mitten in der Nacht schreiend aufwache, weil mich die üblichen Albträume quälen. Ruckartig fahre ich hoch. Ich befinde mich in einem fremden Bett und mein Baumwollkleid klebt mir wie eine zweite Haut am Rücken.

»Was ist los?«, fragt eine raue Stimme und ich kreische auf, als sich ein verschwommener Schatten neben dem Bett bewegt. »Shhh, Babe. Ich bin es nur.« Kai richtet sich im Sessel auf und reibt sich die schläfrigen Augen.

»Willst du, dass ich einen Herzinfarkt bekomme?« Ich presse mir eine Hand gegen die Brust, um mein wummerndes Herz zu beruhigen.

»Natürlich nicht.«

»Was machst du dann hier?« Ich lehne mich gegen die Kopfstütze. »Ich dachte, ich hätte mich vollkommen klar ausgedrückt.«

»Tu das nicht.« Er beugt sich vor und Schatten ziehen seltsame Formen über sein hübsches Gesicht. »Ich möchte nicht mit dir streiten.«

»Du kannst nicht immer in mein Leben eindringen, wenn ich dich darin nicht haben will.«

Er seufzt müde. »Wir wissen beide, dass das Blödsinn ist, aber egal.«

Mein Magen knurrt laut und erinnert mich daran, dass ich seit Stunden nichts mehr gegessen habe.

Kai steht auf. »Ich besorge dir etwas zu essen.«

»Das musst du nicht tun.« Ich möchte ihm nicht dankbar sein müssen. Wenn er nette Dinge für mich macht, schwächt das nur meine Entschlossenheit.

»Ich biete es dir an. Das passiert eher selten, von daher schlage ich vor, dass du es annimmst.« Sein Gesicht kann ich in diesem Licht nicht richtig erkennen, aber ich weiß, dass er mich gerade verärgert und zugleich herausfordernd anfunkelt. Ich sollte ablehnen, aber ich bin zu erschöpft und viel zu müde, um diesen Kampf zu bestreiten, also gebe ich nach. »Okay, danke.«

Er verlässt leise den Raum und ich nutze die Gelegenheit, um zur Toilette zu gehen, mir die Zähne zu putzen und das Kleid von meinem verschwitzten Körper zu ziehen. Ich nehme eine kurze Dusche, um mich frisch zu machen, und achte darauf, dass meine Haare nicht nass werden. Als ich ein leichtes Nachthemd von Faye gefunden habe, ziehe ich es an, bevor ich zurück unter die Bettdecke schlüpfe. Ich schalte die Lampe am Bett ein und bemerke die Flasche Wasser und die Schachtel mit den Vitamintabletten auf dem Tisch.

Ich nehme die Packung und lese mit einem Klumpen im Hals das Etikett. Aus dem Augenwinkel bemerke ich, dass Kai mit einer Tasse und einem Teller zurückkommt. Ich lege die Schachtel wieder weg und setze mich aufrecht hin.

Wortlos reicht er mir eine dampfende Tasse und ein frisch zubereitetes Sandwich.

»Danke.« Ich verschlinge das Sandwich und amüsiere mich im Stillen über den Gedanken, wie angewidert der Bastard sein würde, wenn er mich jetzt sehen könnte. Vielleicht fluche ich deshalb so viel mehr in letzter Zeit. Unbewusst rebelliere ich gegen alles, was mein Vater stets von mir verlangt hat. Es muss ihn aufregen, dass ich verschwunden bin, und ich denke, dass es vielleicht zu meinem Besten ist, hier von allem isoliert zu sein.

Ich lasse meinen Blick zu der Schachtel mit den Vitaminen wandern, als ich meinen leeren Teller abstelle.

»Ich, ähm, habe sie in der Apotheke in der Stadt geholt«, erklärt Kai. »Rick sagte mir, ich solle Folsäure holen, aber die Apothekerin hat diese Vitamine empfohlen. Sie meinte, heutzutage würde die jeder während der Schwangerschaft nehmen.«

Ich mustere ihn über dem Rand meines Bechers hinweg, während ich an meiner heißen Schokolade nippe. Er ist mir wirklich ein Rätsel, aber ich glaube nicht daran, dass er nicht irgendetwas im Schilde führt. »Welches Spiel spielst du diesmal?« Ich verenge die Augen. »Was ist in diesen Tabletten?«

Er beugt sich vor und stützt die Ellenbogen auf der Bettkante ab. »Ich spiele kein Spiel, Abby. Nicht mehr.« Sein ernster und aufrichtiger Gesichtsausdruck trifft mich unvorbereitet. »Es sind nur Vitamine, das schwöre ich. Warum glaubst du mir nicht, dass ich nur auf euch beide aufpassen will?« Seine Stimme wird weich und das Sandwich droht mir wieder hochzukommen.

»Ich bin müde.« Ich stelle meinen halbleeren Becher auf den Tisch und schlüpfe zurück unter die Decke, ehe ich mich auf die Seite drehe, die Wand ansehe und gegen den drohenden Ansturm von Tränen ankämpfe.

»Abby«, flüstert Kai und die Matratze sinkt ein wenig ein unter seinem Gewicht, als er sich zu mir setzt. »Ich möchte dich in den Armen halten.«

»Lass es, Kai.« Meine Stimme bricht und ich verliere die Kontrolle über meine Gefühle. »Lass es einfach.«

Das Bett ächzt, als er aufsteht und sich mit einem lauten, frustrierten Seufzer wieder in den Sessel fallen lässt. »Nur, damit du es weißt, ich gebe nicht auf«, flüstert er. »Du kannst mich wegschieben. Hack auf mir herum. Schlag mich. Tu, was du nicht lassen kannst. Ich werde es hinnehmen. Weil ich es verdient habe. Aber ich gehe nirgendwohin, Abby. Ich werde dein ewiger Schatten sein, denn nichts und niemand nimmt dich mir wieder weg.« Der Sessel quietscht, als er es sich darin bequem macht. »Und das schließt dich ein.«

Am nächsten Morgen bin ich die Erste, die wach ist, und ich bin froh darüber, weil ich nervös und gereizt bin und etwas Zeit für mich allein brauche, um einen neuen Plan zu schmieden. Backen hat mich schon immer beruhigt und im Haus sind reichlich Vorräte vorhanden. Ich verbringe ein paar glückselige Stunden damit, Pancakes, Muffins und Cupcakes zu kreieren und stelle sie zum Abkühlen auf die Theke, ehe ich meinen

Kaffee sowie eine Decke nehme und mich auf die Veranda setze, die auf die Rückseite des Grundstücks hinausgeht.

Kai sorgt für Chaos in meinem Herzen und in meinem Kopf, und ich wünschte, ich könnte das Band durchtrennen, das uns verbindet. Ich habe es satt, eine Sklavin meiner Hormone und meiner Emotionen zu sein. Außer meiner Wut. Daran halte ich fest, denn es ist die einzige Barriere, die einzige Waffe, die ich gegen ihn habe.

Ich bin in die warme Decke eingemummelt und genieße die frische Luft, die mir um das Gesicht weht, als die Tür aufgeschoben wird und Jackson den Kopf herausstreckt. »Was zum Teufel machst du hier draußen?« fragt er zitternd. »Es ist so kalt, dass mir die Eier abfrieren.«

»Unter der Decke ist es nicht kalt.« Ich neige meinen Kopf zur Seite. »Schnapp dir einen Kaffee und gesell dich zu mir.«

Ein paar Minuten später kommt er zurück, eingepackt in eine dicke Daunenjacke und einen Schal sowie mit einer Mütze auf dem Kopf. »Du bist so ein Weichei.« Ich hebe die Decke an. »Komm schon. Ich gebe dir etwas von meiner Körperwärme ab.«

»So verlockend das auch ist, Süße, hänge ich doch an meinem Leben. Kai möchte mich ohnehin schon kaltblütig ermorden und in kleinen Stücken an die Haie im Rydeville-Aquarium verfüttern.«

»Diese Neandertaler-Nummer wird langsam alt«, sage ich und wärme meine Hände an der frischen Tasse Kaffee, die er mir reicht.

»Gewöhn dich daran, du bist die Mutter seines Babys. Es wird nur noch schlimmer werden.«

Ich starre hinaus auf den See und wünsche mir, ich könnte meinen ganzen Körper ins Wasser tauchen, bis ich nichts mehr spüre.

»Er war so besorgt um dich«, sagt Jackson und trinkt einen Schluck aus seiner Tasse. »Das waren wir alle.«

»Wenn ihr mir erzählt hättet, was los ist, hätten sich die Dinge in dieser Nacht vielleicht anders entwickelt.«

»Wohl wahr.« Er lehnt sich zurück und legt seinen Arm hinter mir auf die Lehne. »Aber du warst zu Jane geflohen und dieses Arschloch Atticus hat seinen Plan durchgezogen. Es gab keine Möglichkeit, dich zu warnen.«

Ich wende mich ihm zu, um ihn anzusehen. »Du magst ihn auch nicht, was?«

»Er ist ein durchgeknallter alter Scheißkerl, der im Grunde jahrelang in seiner eigenen Welt gelebt hat. Er hat Kai und Rick damit allein gelassen, sich um alles zu kümmern, als sie selbst noch Kinder waren.«

»Wenn das der Fall ist, warum ist dann sein Einfluss auf sie noch so groß?«

Jacksons zuckt mit den Schultern. »Früher habe ich im Scherz oft gesagt, es wäre wie beim Stockholm-Syndrom. Jetzt bin ich mir nicht sicher, ob ich damit nicht recht hatte.«

»Er ist ihr einziger noch lebender Elternteil«, sagt Sawyer und erschrickt uns beide, als er auf die Veranda tritt. »Selbst wenn sein Verhalten beschissen ist, ist er alles, was sie noch haben.« Er kommt auf uns zu und nimmt den Platz auf meiner anderen Seite ein. Ich hebe die Decke hoch, er zieht sie sich bis unters Kinn und lächelt mich an.

»Sie wollen ihm also gefallen«, fasse ich zusammen.

Sawyer nickt. »Außerdem wurden sie fast mit einer Art von Gehirnwäsche dazu erzogen, zu glauben, dass alle Mannings das schlimmste Übel dieser Welt sind.«

»Wow, vielen Dank auch.« Ich verdrehe die Augen.

»Dich ausgenommen, ist es nicht weit von der Wahrheit entfernt«, meint Jackson.

»Drew ist nicht so«, betone ich, weil ich das Bedürfnis verspüre, meinen Bruder zu verteidigen, auch wenn ich hinsichtlich seiner Loyalität hin- und hergerissen bin. Jackson und Sawyer tauschen einen bedeutungsvollen Blick und ich sehe sie böse an. »Keine verdammten Geheimnisse mehr. Wenn du etwas zu sagen hast, sag es einfach.«

»Drew ... benimmt sich etwas seltsam«, offenbart Sawyer. »Und niemand weiß, was zum Teufel mit ihm los ist.«

»Du hast mit ihm gesprochen?« Meinem letzten Stand nach redeten die alte und die neue Elite kein Wort miteinander.

»Nicht direkt, aber wir haben Leute, die die Dinge in Rydeville für uns im Auge behalten«, berichtet er.

»Auf der Straße heißt es, dein Zwillingsbruder sei die neueste Bitch deines Vaters«, fügt Jackson in bissigem Tonfall hinzu und wackelt unablässig mit seinem Knie.

»Wenn das der Fall ist, ist das bloß ein Schachzug von ihm.«

»Glaubst du das wirklich oder versuchst du, dich selbst zu überzeugen?«, fragt Sawyer.

»Drew war mein ganzes Leben lang für mich da. Ich verstehe nicht, was er jetzt vorhat. Und ich bin immer noch sauer, dass er mich an jenem Tag im Büro meines Vaters nicht beschützte und mir so viel Mist vorenthalten hat. Aber ich hatte Zeit, darüber nachzudenken, und ich denke, es ist Teil eines größeren Plans.«

»Ich hoffe, das stimmt«, sagt Jackson.

»Hör auf.« Ich packe sein auf und ab wippendes Knie. »Warum bist du so nervös? Du warst letzte Nacht auch schon so drauf.«

»Weil ein kalter Entzug scheiße ist.«

Ich sehe ihn schockiert an. »Du gibst dein Kiffer-Leben auf?«

»Freu dich nicht zu früh«, widerspricht er. »Es ist nur vorübergehend, bis Harley und Joaquin wieder zur Schule gehen.«

»Ah, ich verstehe. Kai und Rick wollen nicht, dass du ein schlechtes Beispiel abgibst.« Er nickt. »Wow, sie sind im Bezug auf die beiden echt beschützend.«

»Du hast ja keine Ahnung«, erwidert Sawyer. »Für ihre Brüder würden sie sich jederzeit opfern und sie haben alles getan, um sie vor dieser Welt zu bewahren.«

»Aber es ist mehr als das«, wendet Jackson ein.

»Lauder.« Sawyer bringt ihn mit einem warnenden Ton zum Schweigen.

»Was weiß ich sonst noch nicht?«

»So vieles, Süße. Es gibt Unmengen von Dingen, die du nicht

weißt.«

Sawyer verdreht die Augen. »Ich glaube, ich mochte dich lieber, als du noch ständig bekifft warst und dich nirgendwo eingemischt hast.«

»Ich kann nicht sagen, dass es mir Spaß macht, einen klaren Kopf zu haben, aber dadurch wurde mir eben auch einiges bewusst«, gibt Jackson zu.

»Was denn?« hakt Kai gedehnt nach, als er in einer schwarzen Daunenjacke, die jener von Jackson ähnelt, auf der Veranda auftaucht. Seine langen Beine sind in dunkle Jeans gehüllt und an den Füßen trägt er abgenutzte schwarze Stiefel.

Jackson blickt über seine Schulter. »Beispielsweise, dass Abby nicht länger im Dunkeln gelassen werden sollte. Sie hat es verdient, die volle Wahrheit zu erfahren.«

»Sagst du und wer noch alles?«, fragt er und bedenkt uns mit seinem üblichen missbilligenden Blick.

»Schau dir an, was all die Geheimnisse und Lügen unseren Familien gebracht haben«, sage ich. »Wollen wir diese Tradition wirklich fortführen?«

Kai lehnt sich mit seinem Hintern gegen das Geländer und presst die Zähne aufeinander, als er erkennt, dass ich zwischen seinen beiden besten Freunden sitze. »Nein, aber was Lauder nicht versteht, ist, dass es dich in Lebensgefahr brächte, wenn ich dir jetzt alles erzählen würde, und das werde ich nicht riskieren.«

»Du würdest mich also lieber weiterhin anlügen?« Ich verziehe das Gesicht.

»Ich werde es dir sagen, wenn es sicher ist.«

»Das ist absoluter Bullshit! Wenn du mich weiterhin im Dunkeln lässt, bin ich einer größeren Gefahr ausgesetzt, da ich eine Falle erst dann erkenne, wenn sie zugeschnappt hat. Wenn ich wüsste, worauf ich achten muss, könnte ich solche Situationen vermeiden!«

»Ich sage dir, was du wissen musst, und für den Rest der Zeit werde ich derjenige sein, der auf dich aufpasst. Ich werde dafür sorgen, dass du in keine Falle tappst.«

Ich schnaube, werfe die Decke beiseite und stehe auf. »Tu mir nur ja keinen Gefallen, Cam!«, schnauze ich, und er zuckt zusammen. »Was ist?«

»Du hast ihn Cam genannt«, sagt Jackson.

»Weil das monatelang das Einzige war, was ich von ihm wusste.« Ich zügele meine Wut, da meine Neugierde größer ist. »Wie ist dein Cousin überhaupt gestorben?«, frage ich in milderem Tonfall. »Dein Vater hat nur gesagt, dass er sein Leben verloren hat, als er zwei Jahre alt war. Was ist passiert?«

»Er hatte einen seltenen Herzfehler«, antwortet Kai. »Meine Tante hat ihn am Abend schlafen gelegt und am nächsten Morgen tot in seiner Wiege gefunden. Sie haben sich nie von diesem Verlust erholt und hatten zu viel Angst, um noch mehr Kinder zu bekommen.«

»Das tut mir leid, das ist sehr traurig.«

»Seine Identität anzunehmen, hat sich für mich nie richtig angefühlt.« Kai kommt näher, bis sein Oberkörper meinen streift. »Und es fühlte sich auch nie richtig an, vor dir zu verbergen, wer ich wirklich bin. Aber es gab gute Gründe dafür. Ich weiß, dass du sauer bist. Aber ich meinte es ernst, was ich dir in jener Nacht gesagt habe, Abby. Du bist *alles* für mich.« Er umschließt mein Gesicht mit den Händen und schaut mir tief in die Augen. »Und ich werde mich nicht für die Dinge entschuldigen, die ich getan habe, weil ich glaubte, sie wären richtig, um dich und unser ungeborenes Kind zu beschützen. Du musst mir einfach vertrauen.«

Ich nehme seine Hände von meinem Gesicht und trete einen Schritt zurück. »Wie könnte ich? Nach allem, was du vor mir versteckt hast. Und jetzt stehst du hier und gibst unverhohlen zu, dass du auch weiterhin Dinge vor mir verbergen wirst, und erwartest, dass ich dir vertraue?« Ich schüttle den Kopf. »Vertrauen muss man sich verdienen, *Kaiden*, und alles, was du dir verdient hast, ist meinen Zorn.« Ich gehe auf die Schiebetür zu und drehe mich in letzter Sekunde noch einmal um. »Und ich weiß sowieso nicht, ob es überhaupt möglich ist, das alles hinter uns zu lassen.«

12. KAPITEL

»Bitte lass mich ihn anrufen.« Ich sehe Sawyer mit Rehaugen an. »Ich weiß, dass ihr einen sichereren Kommunikationsweg habt. Xavier wird kurz vor dem Durchdrehen sein, weil er noch nichts von mir gehört hat.«

Kai kommt mit einer Schachtel in der Hand ins Wohnzimmer.

»Außerdem muss ich sichergehen, dass es Charlie gut geht. Ich mache mir Sorgen um meinen Verlobten.« In Wahrheit bin ich nur wegen meinem Freund beunruhigt, weil ich mir sicher bin, dass ihm der Bastard die Schuld dafür gibt, dass sie mich verloren haben. Das letzte Wort habe ich nur hinzugefügt, um Kai eins auszuwischen.

Vorhersehbarerweise wirft Kai den Karton auf den Wohnzimmertisch und blitzt mich wütend an. »Zum letzten Mal, du wirst dieses Arschloch nicht heiraten.« Er betrachtet den glitzernden Diamanten an meinem Finger. »Und nimm diesen verdammten Ring ab, ehe ich ihn dir gewaltsam vom Finger reiße.«

Ich habe ihn weiterhin getragen, um ihn aufzubringen, und es freut mich über alle Maße, dass es funktioniert. »Du bist an dieser Entscheidung nicht beteiligt.« Ich ziehe die Füße unter meinen Körper und lächle ihn süßlich an, während ich mich innerlich darauf vorbereite, ihm den Todesstoß zu versetzen. »Ich liebe ihn und ich werde ihn heiraten.« Ich zucke mit den Schultern, als wäre das keine große Sache. »Außerdem haben wir unsere Beziehung bereits im Bett besiegelt.«

Spannung legt sich über die Luft. »Das ist besser eine Lüge.«

»Ist es«, sagt Rick und sieht von dem Buch auf, in das er vertieft war. »Wir haben sie den ganzen Weg von Parkhurst aus verfolgt und sie kein einziges Mal aus den Augen verloren.«

»Es ist Freitagabend passiert, als er mit meinem Vater vor meiner Zimmertür auftauchte.«

»Du lügst.« Kais Kiefer ist bis aufs Äußerste angespannt und er sieht mich noch immer wütend an.

»Tue ich nicht.« Ich sehe ihm direkt in die Augen und lüge ihm eiskalt ins Gesicht. »Du warst jahrelang verschwunden und hast keine Ahnung, was wir einander bedeuten.«

»Dann klär mich mal auf«, sagt er und lässt seine Knöchel knacken.

»Er war mein erster Kuss«, gebe ich offen und ehrlich zu, »und ich habe Jahre damit verbracht, mir zu wünschen, dass mein Vater ihn für mich statt Trent ausgesucht hätte.«

Ebenfalls wahr.

»Außerdem habe ich immer heimlich gehofft, dass der Grund dafür, dass sich Charlie nie durch die Rydeville High gefickt und nie eine feste Freundin hatte, der war, dass er meine Gefühle erwiderte.«

Nun, dieser Teil ist definitiv eine Lüge.

Na ja, zumindest der Teil bezüglich meiner Hoffnung, dass das der Grund für sein Verhalten war. Nach Charlies Liebeserklärung neulich denke ich teilweise, dass es sich vielleicht tatsächlich so verhalten hat. Ob es die Wahrheit ist, ist allerdings unbedeutend. Allein, dass es eine logische Aussage ist, reicht, damit Kai es mir abkauft. Er stützt seine Arme links und rechts von mir ab und fixiert mich. »Charlie ist ein toter Mann, wenn er Hand an dich gelegt hat.«

»Vermutlich ist jetzt kein guter Zeitpunkt, um zu erwähnen, dass er sie geküsst hat. Mehrfach«, wendet Rick ein.

Kai reißt den Kopf hoch. »Und wann wolltest du mir davon erzählen?«

»Es ist offensichtlich, dass sie nicht auf ihn steht, von daher dachte ich nicht, dass es von Bedeutung wäre.«

»Ich stehe auf ihn«, stoße ich hervor. »Sehr sogar. Er ist der Einzige, den ich will.«

Kai schlägt auf die Couchlehne und eine Vene an seinem Hals beginnt zu pochen. »Du gehörst mir und wir beide wissen es.«

»Jetzt bin ich sein und ich war noch nie glücklicher.«

Kai schlägt mit der Faust gegen die Couch und beißt die

Zähne so fest aufeinander, dass es wehtun muss, während er über meine Worte nachdenkt. Warnend sieht er mich an, und ich habe ihn noch nie so wütend gesehen »Dieser verfickte, hinterhältige, zwei...«

»Wir haben zu wenig Zeit, um sie mit Charlie Barron zu verschwenden«, unterbricht Sawyer Kais Wortschwall. Er bedenkt ihn mit einem dieser intensiven Blicke, die ich zwischen den dreien schon mehrmals gesehen habe.

»Was ist los?«, frage ich. »Was kommuniziert ihr da schweigend?«

»Nichts.« Sawyer wischt meine Frage mit der Hand fort und mein Blut beginnt zu kochen.

»Gott, ihr treibt mich zur Weißglut.«

Kai stößt ein bellendes Lachen aus und richtet sich auf. »Du verarscht uns gerade, oder?«

»Fick dich«, entgegne ich, zeige ihm den Mittelfinger und stehe auf. Im Vorbeigehen ramme ich ihm meinen Ellenbogen in die Rippen.

»Wohin bitte sehr willst du gehen?«, hakt er nach und zieht mich an meinem Shirt zurück.

»In mein Zimmer.«

»Du meinst mein Zimmer?«, will er süffisant wissen. »Damit bin ich einverstanden.«

Ich lächle. »Soeben habe ich meine Meinung geändert. Ich werde in Jacksons Zimmer abhängen.« Ich zucke mit den Schultern. »Vielleicht gucken wir uns ein paar Pornos an oder spielen Strippoker.«

»Verfrachte deinen nervigen Hintern ins Auto«, knurrt er und packt meinen Ellenbogen.«

»Leck mich am Arsch.«

»Dieser Vorschlag mit dem Maulkorb klingt immer verlockender«, sagt Kai zu Sawyer. »Kannst du online einen bestellen und ihn hierhin liefern lassen?«

»Ich werde mich darum kümmern.« Sawyer grinst und ich zeige auch ihm den Mittelfinger.

Kai drückt mir die Schlüssel in die Hand. »Geh und warte auf mich.«

»Ich nehme keine Befehle von dir entgegen.« Er verpasst meinem Po einen festen Klaps und ich schreie auf, reibe mir die schmerzende Stelle und funkele ihn böse an. »Ich lasse mir noch immer nichts von dir befehlen.« Ich verschränke die Arme vor der Brust. Wehe, er schlägt mich noch einmal!

Macht er.

Dieses Mal sogar noch fester.

Ich ziele mit der Faust auf sein Gesicht, doch er fängt meinen Schlag ab, indem er mein Handgelenk packt. »Reiz mich lieber nicht, Baby. Tu, was man dir sagt, oder ich werde dir so heftig den Arsch versohlen, dass du eine Woche lang nicht sitzen kannst.«

»Ich hasse dich.«

»Gerade beruht das Gefühl auf Gegenseitigkeit. Warte im Auto auf mich.«

Ich stampfe aus dem Raum und murmle die ganze Zeit Obszönitäten vor mich hin. Auf halbem Weg zwischen dem Haus und der Garage entdecke ich Jackson. Er trägt seine Laufklamotten und joggt direkt auf mich zu. »Alles okay, Süße?«, keucht er und reißt sich die In-Ear-Kopfhörer aus den Ohren, als er mich erreicht.

»Du bist ohne mich gelaufen?«

Er streicht mit dem Arm über seine schweißnasse Stirn. »Hätte nicht gedacht, dass du in deinem Zustand dazu bereit bist.«

Ich schnaube. »Ich bin schwanger und nicht arbeitsunfähig. Und fit zu bleiben, ist wichtig.«

»Cool.« Er streicht sich eine feuchte Haarsträhne aus der Stirn. »Ich gehe jeden Morgen joggen, du kannst dich mir gern anschließen. Auf dem Gelände gibt es unzählige gute Strecken.«

»Abgemacht.«

»Was ist abgemacht?«, knurrt eine wütende Stimme in meinem Rücken.

»Dein fehlgeleiteter Besitzanspruch ist erbärmlich.« Höhnisch verziehe ich die Lippen. »Außerdem wirst du dir noch ein

Magengeschwür zuziehen, wenn du so weitermachst.«

»Das Einzige, was bei mir ein Magengeschwür verursacht, bist du«, erwidert er, packt meinen Unterarm und zieht mich von Jackson weg.

»Du tust ihr weh«, sagt Jackson und macht einen Schritt nach vorn.

»Nein, das tue ich nicht. Und selbst wenn es so wäre, geht es dich nichts an. Ich werde es dir nicht noch einmal sagen, Lauder. Halt dich verdammt noch mal da raus.«

»Jemand muss dich daran erinnern, dass du deinen Kopf aus deinem Arsch ziehen musst«, sagt Jackson. »Bevor du alles versaust.«

»Wer im Glashaus sitzt, sollte nicht mit Steinen werfen.« Kai hält mich fest gepackt, als er mich in Richtung Garage zerrt.

»Warum bist du sauer auf ihn?«, frage ich und schaue über meine Schulter.

Jackson hat sich nicht vom Fleck gerührt und beobachtet uns, während er an einer Flasche Wasser nippt und ihm quasi Dampf aus den Ohren quillt. Kais letzter Konter hat ihn scheinbar getroffen.

Kai ignoriert mich zuerst und schleppt mich zu einem großen Land Rover mit verdunkelten Fenstern. Er öffnet die Beifahrertür, packt mich an den Hüften und setzt mich auf den Sitz, bevor er mich anschnallt, als wäre ich ein kleines Kind und unfähig, einen Sicherheitsgurt anzulegen.

Dann rutscht er hinter das Lenkrad und knallt seine Tür mit mehr Kraft als nötig zu. Seine Knöchel treten weiß hervor, als er das Lenkrad fest umklammert und keine Anstalten macht, das Auto zu starten. »Warum bist *du* es nicht, ist die interessantere Frage.«

»Jackson hat mich nicht betrogen.«

»Tatsächlich?« Er dreht sich auf seinem Sitz zu mir um und sieht mich an. »Hunt und Lauder waren auch Teil des Plans. Beide haben dir Sachen vorenthalten, aber ich bin der Einzige, auf den du wütend bist.«

»Sie haben mir nicht ihre wahren Identitäten verheimlicht!

Und sie haben nachts nicht in meinem Bett geschlafen und mich in ihren Armen gehalten, als hätte das etwas bedeutet.«

»Natürlich hat es etwas bedeutet.« Er startet den Motor. »Und das weißt du verdammt noch mal auch.«

Ich werde diesen Satz nicht mit einer Antwort würdigen, also schweige ich, schmolle und plane Wege, wie ich ihn verletzen kann.

Gerade als Kai losfahren will, tritt Sawyer vor das Auto. Er kommt zu meinem Fenster und bedeutet mir, es herunterzufahren. Kai drückt den entsprechenden Knopf auf seiner Seite und lässt mein Fenster bis zum Anschlag hinunter. »Was?«, fauche ich.

»Wow, da hat ja jemand gute Laune.«

Ich verschränke die Arme und schaue ihn finster an. »Wolltest du irgendwas?«

»Ruf Xavier nicht von der Stadt aus an. Dein Vater spürt ihm wahrscheinlich nach und er kann den Anruf hierher zurückverfolgen. Ich weiß, dass du sauer auf Anderson bist, aber bring sein Leben nicht in Gefahr.«

»Ich würde sein Leben niemals in Gefahr bringen«, gestehe ich wahrheitsgemäß. »Egal, wie sauer ich auf ihn bin. Im Gegensatz zu dem, was ihr von mir zu denken scheint, nehme ich Gewalt und Mord nicht einfach stillschweigend in Kauf.«

Er legt mir eine Hand auf den Arm. »Das weiß ich, aber eine freundliche Erinnerung an all das, was auf dem Spiel steht, kann sicherlich nicht schaden.«

Ich nicke knapp. »Ich werde Xavier nicht anrufen. Versprochen.« Und diese Worte meine ich auch so.

Als wir uns vom Haus entfernen, erwarte ich von Kai einen Kommentar zu dieser Unterhaltung, aber er schweigt beharrlich. Wir sprechen überhaupt nicht, obwohl ich unbedingt wissen möchte, wohin wir fahren. Vermutlich nicht weit weg, daher werde ich ihm nicht die Befriedigung geben, danach zu fragen.

Wir gelangen von der langen Einfahrt auf die holprige, schmale Straße. Ich ziehe die Beine an meine Brust und schlinge die Arme um sie.

Kai wirft mir einen seltsamen Blick zu.

»Was ist?« Er ignoriert mich. »Warum hast du mich so angesehen?«, frage ich.

»Ohne Grund«, antwortet er kühl und ich schaue ihn finster an. Seine Lippen verziehen sich zu einem Lächeln. »Du hasst es, nicht zu wissen, wohin wir fahren, oder?«

»Würde es nicht jedem so gehen?«

Seine gute Laune lässt nach und er verstärkt seinen Griff um das Lenkrad. »Mir ist bewusst, dass du mich mit Barron fertigmachen willst, aber eine Sache möchte ich absolut klarstellen: Kein anderer Mann als ich zieht dieses Kind auf.«

Ich schnaube. »Weil du so qualifiziert dafür bist.«

Seine Nasenflügel beben. »Im Grunde genommen habe ich meine Brüder großgezogen und sie sind alle okay geworden.«

»Du bist kaum ein würdiges Vorbild«, spotte ich und verziehe angewidert das Gesicht.

Schlingernd kommt der Wagen am Straßenrand zum Stehen und ich werde dabei kurz in meinem Sitz auf und ab geschleudert.

»Was zum Teufel soll das heißen?«, stößt er hervor.

»Du bist nicht in der Lage, ein Kind großzuziehen. Du bist ein beleidigendes, mobbendes Arschloch, das lügt, als wäre das ganz selbstverständlich. Das ist kaum der solide moralische Kompass, den man einem Kind beibringen sollte, das leicht zu beeinflussen ist. Allein Gott weiß, auf wie viele Arten du deine Brüder beschissen hast. Sie tun mir leid.«

Er raucht förmlich vor Wut und seine Finger zucken, als sein Blick auf meinen Hals fällt. »Du willst deine Hände um meinen Hals legen, nicht wahr?«, höhne ich, während ich meinen Anschnallgut löse und über die Mittelkonsole klettere. »Tu es.« Ich strecke ihm meinen Hals entgegen und positioniere mein Gesicht ganz dicht vor seinem. »Ich weiß bereits, wer du bist. Tu es. Du hasst mich, weil ich lieber Charlie Barron küssen, ficken und heiraten würde, als ein Kind mit dir aufzuziehen.« Ich lecke über seine Wange. »Du willst mich verletzen«, flüstere ich in sein Ohr. »Ich sehe es in deinem Gesicht.« Ich fahre mit der Zunge über seine andere Wange und er umfasst das Lenkrad so fest, dass ich bezweifle, dass noch Blut in seinen Fingern fließt. »Ich sehe es daran, wie sich deine Muskeln unter deinem Hemd anspannen.« Ich lege meine Hand auf seinen Schoß und reibe die wachsende Ausbuchtung in seiner Hose. »Ich spüre es anhand deiner wachsenden Erektion.« Ich beiße in sein Ohrläppchen. »Du willst mich verletzen, also tu es.«

Er hat mich von seinem Schoß befördert, bevor ich auch nur blinzeln konnte. Wut geht von ihm aus. Ich kann förmlich sehen, wie sie in dicken Klumpen an ihm heruntertropft. »Du weißt nicht, was du da sagst.« Seine Stimme ist guttural und gefährlich leise. »Beachte diese Warnung, Abby.« Er packt mein Kinn und neigt meinen Kopf zurück. »Dies ist das letzte Mal, dass du davon sprichst, mir dieses Baby wegzunehmen.« Er verstärkt seinen Griff und es tut mir weh. Er knirscht mit den Zähnen und seine Brust hebt und senkt sich unter seinen angespannten Atemzügen. Ich habe definitiv einen Nerv getroffen. »Dafür will ich dir so unglaublich wehtun«, gibt er zu. Sein bedrohlicher Gesichtsausdruck und der tödliche Unterton in seiner Stimme zeigen dieses Mal Wirkung.

Jetzt habe ich Angst.

Aber ich entschuldige mich nicht.

Ich werde mich erst entschuldigen, wenn er es tut.

Er lässt mein Kinn los und ich widerstehe dem Drang, daran zu reiben. »Ich werde dieses Baby nicht verlieren.« Er sieht mich so eindringlich an, dass mich ein Schauder durchfährt. Mein Herz pocht wie wild in meinem Brustkorb und ich höre kurzzeitig auf zu atmen. »Niemand nimmt ihn oder sie mir weg.« Seine Augen funkeln dunkel, sein ganzer Körper zittert vor ungezügelter Wut und er wirkt, als würde er gleich sämtliche Kontrolle über sich verlieren. »Beweg dich nicht«, verlangt er, bevor er aus dem Auto steigt und die Straße überquert. Er verschwindet im Wald und ich stoße den Atem aus, den ich angehalten habe.

Adrenalin fließt noch immer durch meine Venen und Übelkeit macht sich in meinem Magen bemerkbar, aber meine Haut kribbelt überall und ein tiefes Verlangen pulsiert zwischen meinen Schenkeln.

Ich frage mich, ob sich Kai die ganze Zeit so gefühlt hat, als er mich bedrängte. Es ist eine seltsame Mischung aus Erregung und purem Terror, was sowohl aufregend als auch beschämend ist.

Ich schließe meine Lider, lehne den Kopf zurück und warte auf seine Rückkehr. Ich döse weg, werde aber irgendwann durch das laute Zuschlagen einer Autotür geweckt. Nachdem ich die Augen aufgemacht habe, betrachte ich ihn vorsichtig. Er hat wieder seine Maske aufgesetzt, als er den Motor startet und das Auto zurück auf die Straße manövriert. Er weigert sich, mich anzusehen oder mit mir zu sprechen, und das passt mir perfekt.

Mein Blick huscht zu seinen aufgerissenen, blutigen Fingerknöcheln, ehe ich mich dem Fenster zuwende, damit er mein Lächeln nicht sieht.

Meine Provokationen wirken ganz offensichtlich.

Und das fühlt sich gut an.

Scheiß aufs Unbehagen.

Jetzt ist nicht der richtige Zeitpunkt, um ein Gewissen zu entwickeln.

Nach all der Scheiße, die er mir angetan hat, habe ich Anspruch auf ein wenig Rache.

13. KAPITEL

Kai stellt das Auto auf dem Parkplatz eines kleinen Einkaufszentrums ab, steigt aus, ohne ein Wort zu verlieren, umrundet die Motorhaube und öffnet meine Tür. »Raus.«

»Ist das die Art und Weise, wie man mit der Mutter seines Babys sprechen sollte?«

»Du hast zehn Sekunden, um deinen Arsch aus dem Auto zu bewegen, oder ich drehe um und wir fahren zurück. Mir ist es scheißegal, ob du weiterhin Fayes Kram ausborgen willst oder nicht.«

Ich klettere aus dem Wagen und folge ihm zu einigen Läden. Es ist bitterkalt. Ein scharfer Wind umweht mich und lässt mich unkontrolliert zittern. Kai bleibt vor mir stehen, dreht sich zu mir um und öffnet den Reißverschluss seiner Jacke.

»Ich will nicht ...«

Er legt eine Hand auf meinen Mund und schlüpft aus seiner Jacke. »Provozier mich nicht.«

Schweigend lasse ich zu, dass er mir das Kleidungsstück überzieht und deren Reißverschluss bis zu meinem Kinn schließt, während ich gegen das herrliche Beben ankämpfe, das seine Berührung in meinem Körper auslöst. Anschließend nimmt er meine Hand und geht gezielt auf einen weiter entfernt gelegenen Laden zu unserer Rechten zu.

»Ich werde draußen warten. Gib mir Bescheid, wenn du fertig bist«, sagt er, ohne mich anzusehen, als wir unser Ziel erreichen. Er lehnt sich mit dem Rücken und ausgestreckten Beinen, die er an den Knöcheln überkreuzt, gegen die Scheibe des Damenbekleidungsgeschäfts, um zu warten.

Ich will gerade in den Laden gehen, als er eine Hand auf meinen Arm legt. »Hol dir eine warme Jacke. Die Wettervorhersage für die nächsten Wochen ist nicht besonders gut. Es wird sogar von Schnee gesprochen.«

Ich nicke, ehe ich durch die Doppeltür den Laden betrete, wo ich mir einen Einkaufswagen hole und das Nötigste hineinlege. Sie haben keine große Auswahl und die Klamotten sind bei weitem nicht Haute Couture, aber was der Laden herzugeben hat, ist stilvoll und von guter Qualität. Es sollte mir genügen, bis ich einen Weg gefunden habe, aus diesem Höllenloch zu entkommen. Zudem besorge ich noch etwas Make-up und weitere Toilettenartikel, ehe ich auf das Mädchen an der Kasse zugehe, um zu bezahlen. Mit Stielaugen betrachtet sie die Menge an Artikeln in meinem Einkaufswagen, was mich vermuten lässt, dass hier sonst eher kleinere Einkäufe über die Ladentheke gehen.

Ich stecke meinen Kopf aus der Tür. »Ich brauche Bargeld.«

Kai holt seine Brieftasche aus der Gesäßtasche seiner Jeans, nimmt einen Stapel Scheine heraus und drückt ihn mir in die Hand. »Wenn du mehr brauchst, sag Bescheid.«

Ich bezahle bei der hübschen Kassiererin, und als ich nach den Taschen greife, schwingt die Tür auf und ich kann förmlich spüren, wie er hereinkommt. Die Augen der Kassiererin leuchten interessiert auf. Sie öffnet ein paar Knöpfe ihrer Bluse und beugt sich vor, als Kai herüberkommt, um sicherzustellen, dass er eine perfekte Aussicht auf ihr Dekolleté hat.

Wenn ich nicht so sauer wäre, wäre ich möglicherweise beeindruckt. Das Mädchen hat es drauf. Und Eier, die so groß sind wie die eines jeden Typen, denn es ist klar, dass er wegen mir hier ist, aber das hindert sie nicht daran, sich den Arsch abzuflirten. »Hi.« Sie lächelt ihn strahlend an. »Kann ich dir mit irgendwas behilflich sein?«

»Ich weiß nicht«, sagt er und erwidert ihr strahlendes Lächeln. »Was hast du im Angebot?«

»Was auch immer du willst«, schnurrt sie als Antwort und ist scheinbar kurz davor, über die Theke zu springen und sich ihm an den Hals zu werfen.

Ich könnte genauso gut unsichtbar sein, was dafür sorgt, dass ich die Krallen ausfahre. »Tut mir leid, ich habe deinen Namen nicht mitbekommen«, sage ich, drehe mich um und inspiziere ihr Namensschild. »Candy.« Ich drücke Kai die Taschen an die Brust und stemme die Hände in die Seiten. »Jemand sollte mal ein Wörtchen mit deinen Eltern reden. Das ist ein viel zu süßer Name für eine dreckige kleine Schlampe.«

Ihr Gesichtsausdruck verändert sich und macht heftiger Empörung Platz. Sie richtet sich auf und versucht, von oben auf mich herabzusehen. »Wie bitte?«

»Ich frage mich, was dein Chef davon halten würde, wüsste er, dass du hier so unverblümt mit den Freunden der Kundinnen herumflirtest – und noch dazu ziemlich armselig, wenn ich das hinzufügen darf.«

Ihre Schultern werden steif. »Er hat mit mir geflirtet«, widerspricht sie selbstgefällig und herablassend. »Und ist das verwunderlich, wenn er so eine Bitch wie dich am Hals hat?«

Ich öffne den Mund, um etwas zu erwidern, als Kai die Tüten fallen lässt und sein Gesicht vor ihres schiebt. »Das ist die Mama meines Babys, die du da respektlos behandelst. Ich an deiner Stelle wäre also vorsichtig.« Eine gefährliche Aura geht von ihm aus und ich weiß einfach, dass er sie gerade mit einem seiner tödlichen Blicke bedenkt. Die Art von Blick, die dein Höschen feucht werden lässt und dir gleichzeitig eine Höllenangst einjagt.

Die Kassiererin ist völlig von der Rolle; öffnet und schließt ihren Mund wie ein Fisch auf dem Trockenen.

»Sind wir hier fertig?«, frage ich gelangweilt klingend und betrachte meine Nägel.

»Sind wir, Baby.« Kai stößt sich von der Ladentheke ab, umfasst mein Gesicht und drückt mir einen schnellen, harten Kuss auf die Lippen. In meinem Kopf dreht sich alles, als er einen Arm um meine Schultern legt und mich aus dem Laden führt.

»Ihr zwei Irren verdient einander«, schreit sie uns hinterher, und ich breche in schallendes Gelächter aus.

»Es hat noch nie jemand wahrere Worte gesprochen«, sagt Kai todernst und zwinkert mir zu, als wir Richtung Auto gehen. »Außerdem musste ich beweisen, dass ich recht hatte.«

»Okay, jetzt bin ich neugierig.«

»Du warst eifersüchtig, obwohl dir klar war, dass ich dich

provoziert habe.« Er festigt seinen Griff um meine Schulter.

»Vermutlich habe ich das verdient.« Schließlich habe ich ihn seit meiner Ankunft ständig eifersüchtig gemacht.

Er hilft mir ins Auto, schnallt mich an und streicht dabei absichtlich mit den Fingern über meinen Körper, was mich dazu bringt, ihm das selbstgefällige Lächeln am liebsten aus dem Gesicht wischen zu wollen.

Er steigt neben mir ein und schnallt sich ebenfalls an, fährt aber nicht direkt los. »Es war nicht aus den Gründen, die du denkst«, sagt er.

»Warum dann?«

»Ich wollte, dass du erkennst, dass du dich schon als die Meine siehst.« Mit einem weiteren selbstgefälligen Grinsen startet er den Wagen. »Du kannst es abstreiten, wie du willst, Abby. Aber wir beide kennen die Wahrheit. Du hast sie gerade bestätigt.«

»Was machen wir jetzt?«, frage ich, als Kai vor dem idyllischen Diner an der städtischen Hauptstraße hält.

Er schaltet den Motor aus und sieht mich durchdringend an. »Wonach sieht es denn aus?« Er verdreht die Augen.

»Verdreh nicht die Augen, wenn ich mit dir rede«, verlange ich, was er mit einem weiteren Augenrollen quittiert. Ich zeige ihm den Stinkefinger.

»Die Geste machst du viel zu gern, dabei ist sie unter deiner Würde.« Er greift um meine Hand, ehe ich ihm erneut den Mittelfinger entgegenstrecken kann, und küsst meine Fingerknöchel, bevor ich etwas dagegen einwenden kann. »Außerdem müssen wir uns beide zusammenreißen, wenn das Baby kommt.«

Mein Herz zieht sich wieder einmal zusammen und ich entreiße ihm meine Hand. »Hör auf, mich anzufassen.«

»Du magst es, wenn ich dich berühre«, sagt er und steigt aus dem Auto. Wie vorhin umrundet er die Motorhaube, öffnet meine Tür, packt mein Becken und hebt mich aus dem Wagen.

»Nein, mag ich nicht«, schmolle ich.

»Jedes Mal, wenn du es leugnest, beweist du nur, dass ich recht habe.« Er verschränkt seine Finger mit meinen und zieht mich auf den Bürgersteig. »Also lüg weiter, aber du bist nicht besser als ich.«

»Das ist nicht dasselbe, und das weißt du auch.«

Er dreht sich um, legt seine Hände auf meinen unteren Rücken und zieht mich an seinen Körper. »Jeder lügt, Abby. Besonders in unserer Welt. Aber es ist die Absicht dahinter, die zählt.«

»Das ist die größte Ladung Bullshit, die ich je gehört habe, und eine bequeme Ausrede, um sich dahinter zu verstecken.«

»Ich beschütze, was mir gehört, und dafür werde ich mich nie entschuldigen.«

»Du kannst mich nicht weiter anlügen, Kai, egal, aus welchem Motiv.«

Er beugt sich vor, um mich zu küssen, doch ich drehe meinen Kopf zur Seite. Seine Lippen berühren meine Wange und ich grinse, aber mein Sieg ist nur von kurzer Dauer. Er nimmt mein Gesicht in die Hände und hält mich fest, bevor er seinen Mund auf meinen senkt. Dieses Mal bin ich machtlos dagegen, ihn zu stoppen. Ich presse meine Lippen zusammen und weigere mich, seinen Kuss zu erwidern, was ihm ein Schmunzeln entlockt. »Du machst mich verdammt noch mal verrückt, Baby«, sagt er und stößt mir sein Becken entgegen. »Aber es macht mich so unglaublich an, das kannst du dir gar nicht vorstellen.« Seine Zunge verlangt Einlass in meinen Mund und meine Entschlossenheit wankt.

»Du bist krank im Kopf «, erwidere ich und erkenne meinen Fehler, sobald die Worte meinen Mund verlassen haben. Kai nutzt die Gelegenheit und schiebt seine Zunge in meinen Mund, während er den Kuss vertieft.

Und damit bin ich verloren.

Seine Küsse ziehen mich in ihren Bann und beanspruchen jeden Teil von mir.

Ich fühle die verführerische Liebkosung seiner Lippen in jedem Molekül meines Seins.

Sie erfüllt mich.

Macht mich heiß.

Bestätigt seine Wahrheit und macht mich zu einer Lügnerin, aber ich kann nicht aufhören.

Mein Körper verschmilzt förmlich mit seinem und meine Hände haben einen eigenen Verstand, als sie seine breite Brust hochkriechen und seinen Hals umschlingen. Unsere Küsse werden hektisch und ich kann nicht genug bekommen. Ich kralle mich an ihn, ziehe ihn näher und brauche diese Verbindung so sehr, wie ich die Luft zum Atmen brauche.

Wir verschlingen einander.

Auf dem Bürgersteig.

Am helllichten Tag.

Vor allen Leuten.

Ich weiß das alles. Aber ich kann nicht aufhören.

Niemand hat mich jemals so geküsst, wie es Kai tut.

Sein Mund kann mich gleichzeitig anbeten und bestrafen, und er entzündet mit jeder Bewegung seiner heißen Lippen ein Inferno in meinem Körper.

Ich reibe mich an ihm, als mich ein starkes Verlangen überkommt, und ich überlege, ob ich hier und jetzt über ihn herfallen soll, als ein lautes Kichern den lustverhangenen Nebel in meinem Gehirn durchbricht und mich wieder klar denken lässt.

Angewidert von mir reiße ich meinen Mund von seinem los.

»Junge Liebe.« Ein fülliger Mann mit einem grauen Haarschopf und einem dicken, buschigen Schnurrbart lächelt uns beide warm an. »Ich erinnere mich noch gut daran.« Sein glückliches Lächeln verblasst ein wenig. »Genießt es, Kinder, denn die Jahre vergehen wie im Fluge und ehe du dich versiehst, ist deine geliebte Person nicht mehr da und alles, was du noch hast, sind die Erinnerungen an ihren Kuss.«

»Ihr Verlust tut mir leid«, sage ich und verspüre ein überwältigendes Bedürfnis, ihn zu trösten.

»Du hast da ein gutes Mädchen, mein Junge«, wendet er sich

an Kai. »Halte sie fest.«

»Ich versuche es, Sir.« Kais Antwort erschreckt mich. »Aber sie macht es mir nicht gerade leicht.«

Der Mann grinst wieder, seine Melancholie ist vergessen. »Dann ist sie es definitiv wert, dass man um sie kämpft. Nun, ihr beiden, habt noch einen schönen Tag.« Er tippt gegen seinen Hut und geht davon.

Wir starren ihm hinterher, beide ein wenig durcheinander.

»Können wir einen Waffenstillstand schließen?«, fragt Kai, als wir ein paar Minuten später im Diner sitzen und der Kellnerin gerade unsere Bestellungen genannt haben.

»Warum sollte ich darauf eingehen?«

»Weil das ganze Streiten nicht gut für das Baby sein kann.«

»Woher weißt du, was gut für das Baby ist und was nicht?« Ich nippe an meinem Getränk.

»Ich hatte in den letzten Wochen viel Zeit und habe ein paar Schwangerschaftsbücher gelesen.«

Mir fällt die Kinnlade herunter und er lächelt.

»Ich bin mir sicher, dass ich einem Experten so nah komme, wie es nur möglich ist. Dein Glück.« Er wackelt mit den Augenbrauen, ehe er sein Glas anhebt und etwas daraus trinkt. Ich liebe es, wie sich sein Adamsapfel beim Schlucken bewegt – das ist höllisch sexy.

Kai schmunzelt und ich senke den Blick, innerlich fluchend. Ich kann mir jetzt keinen Schnitzer erlauben, aber vielleicht ist es an der Zeit für eine etwas andere Strategie.

»Wahrscheinlich habe ich wirklich Glück«, sage ich und sehe ihn mit Hundeaugen an. »Denn ich weiß praktisch nichts. Ich hatte keinen Zugang zum Internet oder zu Büchern, als ich in Parkhurst war, und niemanden, mit dem ich darüber hätte reden können.«

Kleine Falten bilden sich auf seiner Stirn. »Haben sie dich nicht untersucht?«

»Doch, haben sie«, sage ich schnell, rudere aber wütend

zurück. »Aber sie haben dort keine meiner Fragen beantwortet.«

»Wir müssen einen Termin beim Arzt ausmachen«, überlegt er.

»Dazu besteht kein Grund. Ich bin erst in der achten Woche und bis zur sechzehnten Woche machen sie selten einen Ultraschall, wir haben also noch viel Zeit.«

»Ich dachte, du wüsstest nichts«, wundert er sich und lehnt sich auf seinem Platz zurück, als die Kellnerin unsere Teller vor uns abstellt.

Ich warte, bis sie gegangen ist, und nutze die Gelegenheit, um mich zu beruhigen und einen kühlen Kopf zu bewahren. »Die Ärztin in Rydeville hat es mir gesagt. Sie meinte, sie würde einen Termin ausmachen.«

»Ich werde Rick darum bitten, was zu organisieren«, sagt er.

»Ich werde rechtzeitig zurück in Rydeville sein, um meinen Termin wahrzunehmen.« Trotzig recke ich das Kinn.

Er hält inne, den Burger mitten auf dem Weg zum Mund, und legt ihn zurück auf den Teller. »Du kannst nicht zurück nach Rydeville. Dort ist es nicht sicher.«

»Es ist sicherer, als auf der Flucht zu sein«, gebe ich zurück.

»Nicht, was deinen Vater betrifft.« Er nimmt einen riesigen Bissen von seinem Burger, während ich eine Fritte mit der Gabel aufspieße, sie mir in den Mund stecke und langsam kaue. »Und wir können nicht voneinander getrennt sein. Ich möchte nicht eine Sekunde deiner Schwangerschaft verpassen, sondern den ganzen Weg über an deiner Seite sein.«

Emotionen schnüren mir die Kehle zu und ich lege mein Besteck hin. Für den Fall, dass ich daran ersticke, kann ich nichts essen. »Warum?«, flüstere ich.

»Warum?«, wiederholt er, als wäre ich verrückt. »Du trägst mein Kind in dir. Es liegt in meiner Verantwortung.«

Eine andere Art von Schmerz fährt durch meine Brust. Die Art von Schmerz, die einem den gesamten Sauerstoff aus der Lunge saugt und einen förmlich verstümmelt. In meinem Inneren leide ich Höllenqualen und es ist zu viel Schmerz, um ihn noch weiter verbergen zu können.

Er greift über den Tisch und nimmt meine Hand. »Hör auf damit, Abby.«

»Womit?« Ich ziehe meine Hand zurück.

»Was auch immer dein verrücktes, hormongeplagtes Gehirn gerade sagt.«

»Mein verrücktes Gehirn sagt mir nichts. Du bist derjenige, der erklärt hat, dass es seine Verantwortung wäre.« Aufgebracht sehe ich ihn an. »Tu mir keinen Gefallen, Kai.«

Er umfasst meine Hand noch fester. »Das kam nicht so rüber, wie ich es gemeint habe. Ja, es ist meine Verantwortung, aber es ist noch so viel mehr als das.« Er beugt sich über den Tisch. »Sicherlich kannst du sehen, wie wichtig ihr mir seid. Noch nie zuvor habe ich so für eine Frau empfunden. Niemals.« Seine Nähe ist wie ein Feuer, das mich mit seiner intensiven Hitze verbrennt. »Von dem Moment an, seit ich dich getroffen habe, hast du meine Gedanken bestimmt. Du bist meine Welt, Abby. Ich will dieses Baby.« Seine Kiefermuskulatur spannt sich an und Entschlossenheit glänzt in seinem Blick. »Und ich will dich.«

»Das ist ...« Etwas macht mich hellhörig und ruckartig drehe ich den Kopf herum. Mir fallen fast die Augen aus dem Kopf, als ich zum Fernseher hochsehe. »Oh Scheiße«, wispere ich und starre schockiert mein Foto auf dem Bildschirm an. Mit zunehmender Beklemmung lese ich die Überschrift darüber.

VERMISSTE MANNING-ERBIN IN LEBENSGEFAHR. BETRÄCHTLICHE BELOHNUNG FÜR INFORMATIONEN, DIE ZU IHREM VERBLEIB FÜHREN.

14. KAPITEL

Kai folgt meinem Blick und Schock zeichnet sich auf seinem Gesicht ab. Er wirft ein paar Scheine auf den Tisch. »Wir müssen dich hier rausbringen. Sofort.« Nun erscheint auch sein Foto auf dem Bildschirm und mir dreht sich der Magen um, als ich dem Blick der Kellnerin begegne. Alles Blut weicht ihr aus dem Gesicht, als sie uns erkennt.

Kai nimmt meine Hand und eilt auf den Ausgang zu, aber ich ziehe an seinem Arm und halte ihn zurück.

»Abby«, zischt er, als ich mich der Kellnerin nähere. »Nicht.«

»Sie könnte uns verpfeifen!« Angst steigt in mir auf, als ich ihn ansehe. »Ich muss es versuchen.«

Er denkt ein paar Sekunden darüber nach und nickt dann knapp. Ich gehe zum Tresen und sie sieht mich misstrauisch an. »Bitte«, sage ich leise und verstecke mein Gesicht hinter meinen Haaren, da die anderen Gäste im Diner uns noch nicht erkannt zu haben scheinen. »Bitte verrate uns nicht.« Ernst blicke ich sie an. »Mein Vater ist ein Monster, das mich über Jahre hinweg misshandelt hat.« Ganz bewusst lege ich meinen Diamantring auf die Theke. »Ich bin weggelaufen, nachdem ich ihm gesagt hatte, dass ich schwanger und mit dem Mann verlobt bin, den ich liebe. Er ist jemand, den er nicht gutheißt, also hat er diese falsche Geschichte fabriziert, um uns zu finden.« Im Stillen bete ich um Vergebung, als ich meine Hand auf meinen Bauch lege. »Ich flehe dich an, das nicht zu melden, beim Leben meines ungeborenen Kindes.«

Kai schlingt von hinten seinen Arm um mich und lässt sein Kinn auf meinem Kopf ruhen. Ich lege meine Hand auf seine und sehe sie flehentlich an. Langsam nickt sie und ich sacke erleichtert gegen Kai.

»Ich habe euch draußen gesehen«, offenbart sie. »Und ich konnte erkennen, dass ihr euch wirklich sehr liebt.« Sie blickt Kai über meine Schulter hinweg an. »Aber du musst mir trotzdem in die Augen schauen und mir sagen, dass du ihr nichts zuleide tun willst.«

»Ich verspreche, ich werde ihr nicht wehtun. Ich möchte die beiden einfach nur beschützen. Falls ihr Vater uns findet, besteht die Chance, dass keiner von uns das überlebt.« Zwar kann ich sein Gesicht nicht sehen, aber sein Ton ist ruhig und aufrichtig.

»Ich glaube dir«, sagt sie und wirft einen nervösen Blick durch den Raum. »Ihr solltet jetzt gehen, bevor euch noch jemand anderes erkennt.«

»Danke.«

»Viel Glück euch beiden.«

Ohne zurückzusehen, eilen wir durch die Tür.

»Scheiße.« Rick schlägt mit der Faust gegen die Wand im Wohnzimmer. »Das ist ein Albtraum. Wohin zum Teufel werden wir nun gehen?«

»Wir gehen nirgendwohin«, antwortet Kai. »Wir werden hierbleiben, aber du musst Harley und Joaquin zurück nach Hause bringen und nach Harvard zurückkehren.«

»Was ist mit Dad?«, fragt Rick.

»Was soll mit ihm sein?«, zischt Kai. »Ihr drei werdet ihm nichts verraten. Wenn er nicht weiß, wo ich bin, kann er mich auch nicht erwischen.«

»Du weißt, dass das bei ihm nicht reichen wird.«

»Dann sag ihm, dass er für mich gestorben ist! Und dass es in seinem besten Interesse ist, mich in Ruhe zu lassen. Denn wer weiß, wozu ich in der Lage bin, wenn ich ihn in die Finger bekomme.« Reines Gift scheint aus Kais Mund zu kommen und ich bin schockiert darüber, es auf seinen Dad gerichtet zu sehen.

»Was, wenn die Kellnerin ihre Meinung ändert und meldet, dass sie euch gesehen hat?«, fragt Rick, der nun einen anderen Kurs einschlägt.

»Das wird sie nicht«, sage ich, auf der Kante der Couch sitzend. »Ich bin gut darin, Menschen zu lesen, und sie wird nichts sagen.«

»Da stimme ich dir zu.«

»Wow.« Jackson grinst und sieht zwischen uns hin und her. »Das ist mal ein Fortschritt.«

Ich strecke ihm die Zunge raus und er lacht.

»Das hast du gut gemacht, Abby«, meint Sawyer und hebt den Blick von seinem Laptop.

»Das hat sie mehr als gut gemacht«, bekräftigt Kai und ich höre ein Fünkchen Stolz in seiner Stimme. »Sie hätte uns verpfeifen können, mich verraten, aber das hat sie nicht.« Er starrt mich unablässig an und elektrische Funken bilden sich zwischen uns in der Luft.

»Ihr habt den Beweis, dass ihr mir vertrauen könnt«, sage ich und halte seinem Blick stand. »Jetzt seid ihr an der Reihe.«

Sawyer nickt respektvoll in meine Richtung. »Hierzubleiben ist unsere beste Option«, stimmt er zu und sieht dabei Rick an. »Manning hat überall Augen und Ohren, und das ist eine Falle. Er will, dass wir die Flucht ergreifen, damit er Kai finden und töten kann, sowie um Abby zurück nach Rydeville zu holen.«

Ich verspüre einen heftigen Schmerz in der Gegend meines Herzens, so als würden hundert kleine Messer auf einmal auf mich einstechen. Kai darf nicht sterben. So einfach ist das. »Das wäre absolut sein Modus Operandi, darum können wir hier nicht weg. Allerdings ihr Jungs auch nicht, denn wenn er euch lokalisiert, dann findet er auch uns.«

»Das Problem habe ich im Griff«, sagt Rick.

»Wie?«

»Der Typ, dem dieses Anwesen gehört, hat Zugang zu einem Privatjet. Man kann uns hier abholen und direkt zu Hause absetzen.«

Ich schüttle den Kopf. »Das wird nicht funktionieren. Der Pilot muss einen Flugplan eingeben und der lässt sich hierher zu uns zurückverfolgen.«

Rick lächelt. »Der Pilot ist sein Dad und sein Bruder ist FBI-

Agent mit wahnsinnigen IT-Skills, gegen die Sawyers Fähigkeiten nichts sind.« Sein Handy klingelt in seiner Hosentasche. »Wenn man vom Teufel spricht.« Grinsend entfernt er sich. »Ich muss den Anruf entgegennehmen. Ich werde alles in die Wege leiten.« Er wischt mit dem Finger über das Display, dreht sich um und geht zur Tür. »Hey, Mann, ich habe gerade von dir gesprochen.«

»Er klingt wie jemand, dessen Freundschaft sehr nützlich ist.«

»Von wegen«, grummelt Sawyer und hackt auf seine Tastatur ein, als hätte sie ihn persönlich verletzt.

Kai und Jackson grinsen sich an. »Keine Sorge, Kumpel«, sagt Jackson und klopft ihm auf die Schulter. »Du bist noch immer unsere Nummer eins.«

»Verpisst euch«, schnauzt Sawyer, und mein Mund formt sich zu einem überraschten O. Sawyer ist eine coole Socke und es sieht ihm gar nicht ähnlich, so die Fassung zu verlieren. Ich lege diese kleine Information für später zu meinen Unterlagen.

»Du sprichst nicht mit deinem Vater?«, frage ich Kai, ziehe meine Turnschuhe aus und schwinge meine Beine auf die Couch.

Er lässt sich auf das andere Ende fallen, hebt meine Beine an und legt meine Füße in seinen Schoß. »Dieses Arschloch ist für mich gestorben.« Ich ziehe eine Braue in die Höhe. »Schau mich nicht so an!«, brummt er.

»Warum?«

»Verdammt noch mal, was denkst du wohl, warum?« Er fährt sich mit einer Hand durchs Haar.

»Ich weiß es nicht. Deshalb frage ich ja.« Genau die gleichen Worte hat er mir schon einmal an den Kopf geworfen, und ich liebe es seit jeher, ihm diese bei Gelegenheit zurückzugeben.

»Weil er mich zum letzten Mal manipuliert hat. Ich bin mit seiner Scheiße fertig.« Durchdringend sieht er mich an. »Fertig damit, Entschuldigungen für den ganzen Mist zu finden, den er abgezogen hat.« Er hält kurz inne. »Was er dir angetan hat, was er uns angetan hat, ist unverzeihlich. Ich bin fertig mit alledem.«

Stille legt sich über den Raum und das Gewicht dessen, was

nicht gesagt wurde, erhöht die Spannung in der Luft.

»Kai.«

Sein Blick huscht wieder zu mir.

»Wo sind deine kleinen Brüder?« Jackson hat vor ein paar Tagen etwas angedeutet und das hat mich nachdenklich gestimmt.

Ich war erst sieben, als ich an der Beerdigung von Kais Mutter teilgenommen habe, und ich erinnere mich an seine kleinen Brüder. Sie waren nur etwa eins und zwei. Aber das hat mich etwas verwirrt, denn wenn wir als Kinder zusammen gespielt haben, war es immer die Anderson-Vier. Rick, Kai, Joaquin und Harley. In meinem Kopf ist alles durcheinander und ich hatte die anderen beiden vergessen, weil ich sie nur bei der Beerdigung gesehen habe. Emma hat sie zur Welt gebracht, nachdem sie sich mit meiner Mutter gestritten hatte, sodass ich die beiden Jüngsten nie kennengelernt habe. Die ganze Zeit habe ich gedacht, Kai hätte drei Brüder, aber er hat fünf.

Doch niemand hat sie erwähnt.

Nicht ein einziges Mal.

Und das ist komisch.

Sawyer und Jackson sehen Kai an. »Sag es ihr, Mann«, fordert Jackson, als Sawyer seinen Laptop schließt und aufsteht. Zusammen verlassen sie den Raum und lassen uns allein.

Kais Atmung geht stoßweise und der Drang, ihn zu trösten, ist fast übermächtig, aber ich halte ihm stand.

»Mein Vater hat sie zur Adoption freigegeben«, gesteht er nach ein paar Sekunden.

Ich bin völlig überrumpelt. »Was?«

Er reibt meine Beine auf und ab und starrt ins Nichts, scheinbar tief in Gedanken versunken. »Dad war völlig durch den Wind, nachdem deine Mom gestorben war.« Er sieht zu mir herüber. »Rick und ich dachten, es wäre eine verspätete Reaktion auf den Tod unserer Mutter, aber als wir älter wurden und seinen betrunkenen Tiraden zuhörten, haben wir festgestellt, dass Dad um eine andere Frau trauerte.« Wieder hält er inne. »Deine Mutter.« Er schüttelt den Kopf und schaut weg.

»Wie dem auch sei, Dad hat sich von allem zurückgezogen und es Rick und mir überlassen, auf unsere jüngeren Brüder aufzupassen. Wir hatten jedoch keine verfickte Ahnung, wie man Babys versorgt, und Rogan und Spencer waren ständig nur am Weinen. Dad hat uns angeschrien, dass wie sie ruhigstellen sollten, und wir haben es versucht, aber ...«

»Aber ihr wart selbst nur Kinder und es war unfair von ihm, euch mit dieser Bürde zu belasten.«

Er zuckt mit den Schultern. »Wir kamen eines Tages von der Schule nach Hause und sie waren weg. Einfach so.« Seine Brust bebt.

Ich krieche zu ihm und schlinge in einem temporären Waffenstillstand meine Arme um ihn. »Ich kann nicht glauben, dass er einfach zwei seiner Kinder aufgegeben hat. Was für ein Arschloch tut so etwas?«

»Ein Arschloch der Elite.« Kai zieht mich auf seinen Schoß, umarmt mich und legt sein Kinn auf meinen Scheitel. »Mir ist bewusst, dass du ebenfalls eine beschissene Kindheit hattest. Unsere Väter sind aus dem gleichen Holz geschnitzt. Sie sind beide narzisstische, arrogante Arschlöcher, die ihre Kinder dazu benutzen, ihre Ziele voranzutreiben.« Keuchend stößt er den Atem aus. »Ich habe zu lang die Augen davor verschlossen. Habe ihm gestattet, mich zu manipulieren. Mir die Vorstellung einzupflanzen, dass du zum Teil die Schuld an allem trägst.« Er hebt mein Kinn an. »Jetzt klingt es albern, aber wenn man Jahre mit jemandem zusammenlebt, der immer dieselbe Scheiße von sich gibt, beginnt sie irgendwann, vernünftig zu klingen.«

»Und es war nicht nur das«, sagt Rick, als er in den Raum geschlendert kommt. Ich frage mich, wie lang er schon zuhört. »Er war die ganze verdammte Zeit betrunken und dazu absolut besessen. Er hat ununterbrochen über deine Mutter gesprochen. Und er hat all seine Wut und Frustration in den Hass auf ein kleines Mädchen kanalisiert. Er hat dich für ihren Tod verantwortlich gemacht. Wir wussten nicht, dass sie Pläne hatten, gemeinsam wegzulaufen, bis er das im Ballsaal offenbart hat.« Reuevoll betrachtet er mich. »Ich hasse es, dass wir es ihm so lange Zeit abgekauft haben, aber es ist schwer zu beschreiben, was wir durchgemacht haben. Schwer, zu erklären, wie das alles zu etwas wurde, an das wir uns klammerten, um unserem Vater nah zu bleiben. Einem Mann, der weder unsere Unterstützung noch unsere Loyalität verdient hat.«

»Dein Vater hat dafür gesorgt, dass wir mittellos waren«, erklärt Kai weiter. »Wir hatten buchstäblich nichts.«

»Onkel Wes hat uns seine Wohnung in New York gegeben, aber das war auch schon die gesamte Hilfe, die wir bekommen haben«, sagt Rick. »Weil Wes bis vor einigen Jahren unseren Vater für den Tod seiner Schwester verantwortlich gemacht hat. Er wusste von seiner Affäre mit Olivia und glaubte fest daran, unsere Mutter wäre immer nur die zweite Wahl gewesen. Er dachte, sie hätte Selbstmord begangen, weil sie wusste, dass er in ihre beste Freundin verliebt war, und dass sie unglücklich war. Dad war fest davon überzeugt, dass Hearst sie ermordet hatte, aber Wes weigerte sich, das zu glauben.«

»Bis sich deine Tante gemeldet und ihnen erzählt hat, was sie wusste. Danach haben sich die Dinge geändert«, fügt Kai hinzu.

»Dad hörte auf zu trinken. Sie haben ihre Differenzen beigelegt und angefangen, Rachepläne zu schmieden«, erzählt Rick.

»Und den Rest kennst du«, murmelt Kai.

Ich schiebe alles in eine Ecke meines Hirns, um es später zu verarbeiten. »Wo sind Rogan und Spencer jetzt?«

Tränen bilden sich in Ricks Augen. »Wir wissen es nicht. Wir hatten kein Geld, um sie zu finden, und wir waren nur Kinder.«

»Onkel Wes war stinkwütend auf Dad, als er entdeckte, dass er sie zur Adoption freigegeben hatte. Ich weiß, dass er sie bei sich aufgenommen hätte, hätte Dad ihn gefragt. Aber Dad ist ein sturer und stolzer alter Scheißkerl. Als Wes ihm den Geldhahn zugedreht hat, hat er sich geweigert, ihn um Hilfe zu bitten«, berichtet Kai.

»Wes ist an dem Fall dran und Hunts Vater hilft ihm, aber die Adoption ist besiegelt und die Aufzeichnungen sind nicht öffentlich. Da außerdem Vernachlässigung durch die Eltern ein Faktor bei der Adoptionsentscheidung war, werden sie keine

Informationen an Dad weitergeben«, sagt Rick. »Also haben wir im Grunde keine Ahnung, wo sie sind.«

»Wir wissen nicht einmal, ob sie immer noch dieselben Vornamen tragen«, wirft Kai ein, und ich umarme ihn noch fester.

»Ich hätte nicht gedacht, dass es möglich wäre, deinen Vater noch mehr zu verabscheuen, aber genau das tue ich. Wie konnte er zwei seiner Kinder aufgeben?«

»Weil er ein herzloser Bastard ist«, presst Kai zwischen zusammengebissenen Zähnen hervor.

»Warum hast du ihn nicht dafür gehasst?«, frage ich, ehrlich verwirrt darüber, wie sie diesen Mann überhaupt noch bei irgendwas unterstützen konnten.

»Weil es sich wie unsere Schuld anfühlte.« Die Anspannung in Kais Stimme ist offensichtlich. »Wir haben immer geglaubt, wir hätten versagt, weil wir uns nicht richtig um sie gekümmert haben und sie uns weggenommen wurden.«

Ich umfasse sein Gesicht. »Hast du diese Schlussfolgerung gezogen oder wurde sie dir in den Kopf gesetzt?«

»Er hat uns die Schuld geben, wenn er besoffen war«, gibt Kai zu.

»Und doch habt ihr ihn bei seinem Plan unterstützt, meinen Vater zu Fall zu bringen. Bei seinem Plan, mich untergehen zu lassen.« Ich versuche, es zu verstehen, aber ich kann es nicht wirklich nachvollziehen.

»Weil wir es hammermäßig verbockt haben, Abby«, sagt Kai, hebt mich von seinem Schoß und setzt mich auf der Couch ab. Der schmerzhafte Ausdruck in seinem Gesicht deutet auf jahrelange innere Konflikte hin. »Und du tust das Richtige, wenn du Abstand von mir hältst, weil ich nicht gut für dich bin.«

Mit diesen Worten verlässt er den Raum und sieht dabei aus, als würde er das gesamte Gewicht der Welt auf seinen Schultern tragen.

15. Kapitel

Für den Rest des Abends bleibt Kai verschwunden, und auch wenn ich ihn trösten möchte, suche ich nicht nach ihm. Mein Kopf und mein Herz schmerzen, und zum ersten Mal, seit ich hierhergekommen bin, zweifle ich an dem, was ich tue.

Ein weibliches Lachen kitzelt mein Trommelfell, als ich am nächsten Morgen nach unten gehe. Ich biege um die Ecke in das schöne Wohnzimmer und bleibe abrupt stehen.

Kai hat es sich auf der Couch mit einer wunderschönen Brünetten gemütlich gemacht und sie lacht über etwas, das er gesagt hat. Er lächelt sie an, auf eine Art und Weise, die er normalerweise für mich reserviert hat, weshalb sich bei mir alle Nackenhaare aufstellen. Er sagt noch etwas zu ihr, zu leise, als dass ich es verstehen könnte, und sie bricht in Gelächter aus. Als sie ihre Hand auf seinen Unterarm legt, sehe ich rot, was sich noch verstärkt, als ich bemerke, dass er immer noch die gleichen Klamotten trägt, die er gestern anhatte.

Ist er ausgegangen und hat sich ein Flittchen für die Nacht besorgt? Und dann hat er den Mut, sie hierher zu bringen und mir zu präsentieren?

Ich stürme durch den Raum, meine Turnschuhe quietschen auf dem polierten Holzboden, während sich Wut wie ein Lauffeuer in meinem Inneren ausbreitet. Die Frau dreht ihren Kopf in meine Richtung, als ich um die Couch herumlaufe und vor ihnen stehenbleibe.

Ich habe mich geirrt.

Sie ist nicht nur einfach wunderschön.

Sie ist atemberaubend schön, und das sage ich nicht einfach nur so. Mit ihrem vollen Mund, den großen Augen, dem dichten, glänzenden Haar und der umwerfenden Figur ist sie wirklich atemberaubend schön. Sie kommt mir irgendwie bekannt vor, aber ich weiß nicht, warum. Ich stehe nicht auf Mädels. Aber für sie würde ich es in Betracht ziehen, lesbisch oder zumindest bi zu werden. Der Gedanke landet wie Sauermilch in meinem Magen und ich fühle mich durch und durch verletzt. Ich schiebe meine irrsinnigen Gedanken beiseite und fixiere Kai mit einem giftigen Blick. »Was zum Teufel machst du hier?«

Er lehnt sich zurück und legt seinen Arm hinter ihr auf der Couchlehne ab. Ich balle die Hände an meinen Seiten zu Fäusten. »Reden. Was geht dich das an?« Er grinst und ich möchte meine Faust in sein selbstgefälliges Gesicht rammen.

»Ich wusste, dass du ein Arschloch bist.« Ich sehe sie kurz an und ihre Brauen ziehen sich verwirrt zusammen. »Und ich habe es satt, deine Spielchen zu spielen. Ich gehe und es ist mir scheißegal, ob mein Vater dadurch euren Standort entdeckt. Er kann deinen betrügerischen Arsch meinetwegen mit einer Atombombe in die Luft jagen!« Mit einem letzten zornigen Schnauben in ihre Richtung stapfe ich davon.

Ich schaffe es fast bis zur Tür, bevor er mich hochhebt und über seine Schulter wirft.

»Lass mich runter, du Mistkerl!« Ich trommle mit meinen Fäusten gegen seinen Rücken, zappele und kämpfe, während er auf die Couch zugeht. »Au!«, schreie ich, als er mir hart auf den Hintern haut.

»Hör auf zu zappeln, oder ich werde dich noch einmal schlagen.«

»Das würdest du nicht wagen.«

Er schlägt mir ein zweites Mal auf den Hintern und ich raste aus. Dieses Mal trete, schreie und schlage ich nach ihm.

»Wow, das ist eine interessante Dynamik«, sagt eine tiefe Stimme, die ich nicht kenne. Kai lässt sich auf die Couch fallen und manövriert mich auf seinen Schoß.

Ich hebe die Hände, um ihn zu ohrfeigen, aber er hält meine Handgelenke zwischen unseren Körpern gefangen und versucht, mich zu beruhigen. »Hör verdammt noch mal auf, gegen mich zu kämpfen!«

»Du kannst mich mal, du Wichser.« Ich puste mir eine Haarsträhne aus dem Gesicht.

»Das ist ihre Version von Vorspiel«, erläutert Rick und ich wende mich ihm zu. Mir fällt die Kinnlade herunter, als ich den

Mann neben ihm entdecke, der mich amüsiert betrachtet.

Heilige Scheiße.

Ich erkenne ihn sofort.

Und dieser Typ ist verdammt heiß.

Die Bilder, die ich online von ihm gesehen habe, wurden ihm überhaupt nicht gerecht. Seine blassblauen Augen funkeln fröhlich und sein üppiger, leicht geöffneter Mund gibt den Blick auf eine Reihe perfekt weißer, gerader Zähne frei. Feine Stoppeln bedecken sein Kinn und sein Haar ist ähnlich wie das von Kai gestylt. Er trägt einen schwarzen Blazer über einem weißen Hemd mit dunklen Jeans und schwarzen Stiefeln, und sieht dabei zum Vernaschen aus.

»Oh mein Gott«, platzt es aus mir heraus. »Du bist Kyler Kennedy.«

»Ja, bin es persönlich«, erklärt er grinsend.

»Ich bin ein großer Fan deiner Mutter«, sage ich.

Wie auch von dir und deinen Brüdern.

Das ist ein irrsinnig heißer Genpool, denke ich, sage es aber nicht, obwohl ich es will, weil es Kaiden verärgern würde. Doch ich habe gerade herausgefunden, wer die Brünette ist, und ich möchte Kylers Frau nicht respektlos behandeln.

»Sie hat letztes Jahr unser Poolhaus neu designt«, erkläre ich, »und es hat mir unglaublich gut gefallen. Meine Mom hat Kennedy Apparel geliebt, und Alex verehrt. Ich wünschte, sie wäre immer noch am Leben, um zu sehen, was deine Mom daraus gemacht hat«, sprudelt es aus mir hervor. »Es ist wirklich mein liebster Ort im Haus«, fahre ich fort, ohne einmal zu Atem zu kommen, »und du musst ihr sagen, dass ich sie grüße, und ...«

Kai legt mir eine Hand auf den Mund und dämpft damit den Rest meines Satzes, was mich dazu veranlasst, ihn anzufunkeln. »Das war das Schlimmste an verbalem Dünnpfiff, was ich jemals ertragen musste. Der Maulkorb ist noch nicht eingetroffen, also musste dich jemand so zum Schweigen bringen.«

Wenn ich meine Hände frei hätte, würde ich ihm den Stinkefinger zeigen, aber er hält sie noch immer mit seiner anderen Hand fest. Also beiße ich stattdessen heftig in seine Hand, die meinen Mund bedeckt, und er zieht sie weg und guckt mich böse an.

»Du wagst es, mich zu beißen?« Sein Ton ist gefährlich ruhig, verspricht aber eine Welt voller Schmerz.

»Ich konnte verdammt noch mal nicht atmen, Arschloch.« Wieder versuche ich, mich aus seinem Griff zu befreien.

»Mach nur weiter so, wenn du willst, dass ich es dir besorge, bis dir Hören und Sehen vergeht.« Er grinst, während ich wünschte, der Boden würde sich auftun und mich verschlucken.

»Und du nennst mich peinlich!«

Kyler hustet, um sein Lachen zu verbergen, und ganz automatisch wandern meine Mundwinkel nach oben. Als sich unsere Blicke treffen, wackelt er mit den Brauen und grinst frech, was dafür sorgt, dass sich mein Herz in einer Pfütze auf dem Boden ergießt.

»Sag mal, geht es noch?«, knurrt Kai. »Du machst mich an, weil ich mich mit Faye unterhalten habe, und jetzt himmelst du Kyler wie ein vorpubertierendes Mädchen an, das ihre Tage hat.«

»Das tue ich nicht.« Entschuldigend lächle ich Faye an und fühle mich wie der letzte Arsch, weil ich voreilig falsche Schlüsse über sie gezogen habe. Ich hoffe, sie ist nicht angepisst, weil ich ein klein wenig für ihren Mann schwärme.

»Lüg nicht, Baby.« Er kneift mir in die Nase. »Denn ich merke es immer.«

»Du bist unerträglich.«

»Und du bist heiß, wenn du wütend bist.«

»Okay, genug.« Rick verdreht die Augen. »Es ist, als müsste man auf einen Haufen Katzenbabys aufpassen.«

»Du tust mir weh. Lass meine Handgelenke los.«

»Bitte mich freundlich darum.«

»Fick dich, Kaiden.«

»Erinnert dich das an irgendwen?«, wendet sich Faye grinsend an ihren Ehemann.

»Wow, du hast einen wahnsinnig tollen Akzent«, platzt es aus mir heraus, weil ich anscheinend mein inneres Fangirl nicht im Zaum halten kann.

»Danke, Abigail, aber ich verstehe trotzdem nicht, wie alle Amerikaner so fasziniert von einem irischen Akzent sein können.«

Kai lässt meine Handgelenke los und positioniert mich etwas akzeptabler auf seinem Schoß. Ich versuche, auf die Couch zu gelangen, aber er legt seine Arme um mich und hält mich fest, sodass ich schließlich aufgebe, gegen ihn anzukämpfen.

»Nenn mich Abby«, sage ich. »Und ich entschuldige mich dafür, falls ich eben unhöflich gewesen sein sollte.«

»Daran besteht kein Zweifel«, meint Kai gedehnt.

»Keiner hat dich Arschkrampe gefragt«, sage ich schnaubend. »Außerdem bist du der Inbegriff von schlechtem Benehmen.«

Kyler lacht. »Ich glaube nicht, dass wir so schlimm waren«, sagt er und bedenkt seine Frau mit einem heißblütigen Blick.

Sie verschränkt die Arme. »Erinnerst du dich an die Nacht, in der ich mir den Fuß verletzt habe, und du dich in der Küche an mich rangeschlichen hast?«

»Das war kein Schleichen, du warst einfach nur so laut wie eine Herde Elefanten«, antwortet er.

Seufzend rollt sie mit den Augen und zwinkert mir verschwörerisch zu. »Hiermit habe ich meine Beweisführung abgeschlossen.«

»Männer.« Ich schüttle den Kopf und sie lächelt.

Ein schick gekleideter, älterer Mann betritt den Raum und pustet seine Hände an. »Heiliger, ist das draußen kalt. Wie sieht es bei euch aus, Leute?«

»Ich hole meine Brüder, dann können wir los«, erklärt Rick und schüttelt dem Mann die Hand. »Danke, dass du das machst, James. Wir wissen es zu schätzen.«

Ich quietsche auf, als sein Name bei mir klick macht. »Oh mein ...«

Kai legt mir wieder seine Hand auf den Mund. »Entschuldige meine Freundin. Sie tappt von einem Fettnäpfchen ins nächste.« Rick verlässt schmunzelnd den Raum, zweifelsfrei, um

Harley und Joaquin zu finden.

Ich bin für einen Moment völlig überrumpelt, als Kais Worte in meinem Kopf nachhallen. Dass er mich als seine Freundin bezeichnet hat, bringt mich völlig aus dem Takt. Ich hasse es, dass ich mochte, wie es aus seinem Mund geklungen hat.

Zeit, die Kontrolle zurückzuerobern.

Ich ramme Kai meinen Ellenbogen in die Rippen und er zuckt zusammen, wobei er mich instinktiv loslässt. Ich springe auf, streiche die Vorderseite meines Kleids glatt, gehe auf Kylers Vater zu und strecke ihm meine Hand entgegen. »Ich bin Abigail Manning. Ich freue mich sehr, sie kennenzulernen, Mr Kennedy.« Er schüttelt meine Hand und schenkt mir ein warmes Lächeln. »Ich entschuldige mich für den Neandertaler da drüben.« Ich sehe Kai über meine Schulter hinweg scharf an. »Ich wollte nur sagen, dass Alex unser Poolhaus designt und dabei einen tollen Job gemacht hat. Ich bin ein großer Fan ihrer Arbeit.«

»Ich werde deine Komplimente an sie weiterleiten. Sie wird sich sehr darüber freuen.« Ich bin mir nicht sicher, ob sie noch verheiratet sind oder nicht, aber Alex und James Kennedy stehen einander immer noch nahe, obwohl sie schon seit Jahren getrennt sind. Nachdem ich sie nun beide kennengelernt habe, ist mir klar, woher ihre Söhne ihr gutes Aussehen und ihr Charisma haben.

Die Kennedy-Männer sind in der Umgebung von Boston berüchtigt und Geschichten ihrer Eskapaden sind in aller Munde. Sie haben schon so einige Familiendramen hinter sich und nicht gerade wenige Leichen im Keller, vermutlich helfen sie uns deshalb in unserer misslichen Lage.

»Wir sind aufbruchsbereit«, verkündet Rick, der mit seinen beiden jüngeren Brüdern im Schlepptau im Türrahmen erscheint.

»Prima, dann lasst uns los.« James nickt Kaiden zu. »Bleibt in Sicherheit, junger Mann.« Er lächelt mich an. »Und pass auf diese junge Dame hier auf.«

Kai kommt auf die Beine und nickt, ehe er hinüber zu seinen

Brüdern geht. James verabschiedet sich, um das Flugzeug startklar zu machen, und ich stehe einfach neben Faye und Kyler, ein wenig ehrfürchtig, wenn ich ehrlich bin.

Kyler zieht seine Frau an seine Seite und küsst sie auf die Schläfe. »Mir ist bewusst, dass die Umstände alles andere als ideal sind, aber ich hoffe, du genießt deinen Aufenthalt hier«, wendet er sich dann an mich.

»Ja, das tue ich. Danke, dass wir hier sein dürfen.« Ich sehe mich im Raum um. »Ihr habt ein wunderschönes Zuhause, und jetzt, wo ich weiß, wem das Anwesen gehört, kann ich Alex' Touch überall sehen. Mir ist nicht klar, warum ich es nicht schon vorher erkannt habe.«

»Sie hat tolle Arbeit geleistet«, sagt Faye in einem weichen, gefühlvollen Ton. »Sie hat ein wunderbares Auge für Einrichtung. Dies ist einer unserer liebsten Orte auf der ganzen Welt.«

»Darauf wette ich. Ihr seid beide ebenfalls in Harvard, oder? Daher kennt ihr Rick?« Die beiden nicken. »Es muss schön sein, einen Ort zu haben, an den man sich an den Wochenenden und während der Semesterferien flüchten kann.«

»Absolut, das ist auch der Grund, warum wir dieses Anwesen hier gekauft haben«, bestätigt Kyler. »Es ist ein wahres Geschenk des Himmels.«

Jetzt verstehe ich die Hightech-Sicherheitsmaßnahmen und die Lage ihres Rückzugorts. Ich dachte, in Rydeville im Rampenlicht zu leben, wäre schlimm, aber das ist nichts zu der Aufmerksamkeit, die die Kennedys erregen. Das muss an ihren Nerven zehren.

Kai taucht zusammen mit Sawyer und Jackson wieder auf und ich verabschiede mich von den Kennedys, um zu Joaquin, Rick und Harley zu gehen. »Passt auf euch auf«, Jungs. Ich umarme Joaquin und Harley und verkneife mir ein Lächeln, als ich sehe, dass sich Harleys Wangen rot verfärben.

»Ihr auch.« Rick hebt seine Reisetasche hoch. »Mach es ihm nicht so schwer.« Er nickt in Kais Richtung. »Er hat tiefe Gefühle, Abby, auch wenn er es nicht zeigt.« Ich gehe nicht auf diese Aussage ein, da ich keine Versprechen gebe.

Anschließend schlendere ich in die Küche, um zu frühstücken. Als ich vor der Kücheninsel sitze und etwas Toast esse, kommt Faye herein. »Hey, hast du ein paar Minuten, um zu reden?«, fragt sie, geht zur Kaffeemaschine und schenkt sich einen Becher voll.

Ich kaue zu Ende und lege meinen Toast auf den Teller. »Klar.«

Sie rutscht auf den Hocker neben mir. »Ich wollte nur nachschauen, ob es dir gut geht.« Sie blickt über ihre Schulter, aber wir sind allein. »Ich habe Kaiden heute das erste Mal getroffen, und obwohl er ein guter Kerl zu sein scheint, kann ich nicht wieder gehen, ohne mich zu vergewissern, dass du hier bist, weil du hier sein möchtest.« Sie blickt mir in die Augen. »Es wirkt, als wäre das zwischen euch sehr intensiv, und ich habe Erfahrung im Umgang mit hitzköpfigen Arschlöchern.« Ihr breites Lächeln ist warm und soll mich wohl beruhigen.

»Kyler war so?« Ich kann den Unglauben in meiner Stimme nicht verbergen, weil das nicht das Bild ist, das ich von ihm habe. Wenn die Medienberichte wahr sind, überrascht er Faye immer mit romantischen Gesten und wurde vor ein paar Jahren beim Versuch angeschossen, sie zu beschützen. Er ist echt zum Dahinschmelzen.

Sie grinst. »Er war ein totales Schwein, als ich ihn das erste Mal traf, und er hat ein paar Sachen gemacht, die mir wirklich wehgetan haben.« Sie verzieht das Gesicht. »Alles nur, weil er dachte, er würde mich beschützen.« Sie verdreht die Augen und ich schnaube.

»Jap. Einen von dieser Sorte habe ich auch.«

Sie nickt weise. »Das habe ich bemerkt.« Sie stützt ihre Ellenbogen auf der Kücheninsel ab und legt ihr Kinn in ihre Hände. »Aber was ich gelernt habe, ist, dass Männer wie Kyler und Kaiden aggressiv rüberkommen und dich möglicherweise in den Wahnsinn treiben, aber dass es niemand Loyaleren und Behütenderen gibt, wenn sie erst mal ihr Herz geöffnet haben.« Ein träumerischer Ausdruck tritt auf ihr Gesicht. »Es gibt nichts Intensiveres, als von solch einem Mann geliebt zu werden.«

»Er liebt mich nicht.« Ich schüttle den Kopf. »Und ich brauche und möchte die Schwierigkeiten nicht, die damit einhergehen, einen solchen Typen zu lieben.« Das ist kalt und entspricht nicht ganz der Wahrheit, aber ich sage, was ich sagen muss.

»Bist du dir da sicher?« Überraschung spiegelt sich auf ihrem Gesicht.

»Kaiden ist nicht zu romantischer Liebe fähig. Er ist zu verschlossen. Was auch immer er an Liebe im Herzen trägt, ist für seine Familie und seine Freunde reserviert. Nicht für mich.«

Sie mustert mich eine lange Zeit, öffnet und schließt ihren Mund in schneller Folge, während ihr Blick von meinem Gesicht zu meinem Ring und wieder zurückhuscht. Ich bezweifle, dass sie viel über meinen Hintergrund weiß, von daher nehme ich an, dass sie denkt, ich wäre mit Kaiden verlobt. Vielleicht wollte sie mich danach fragen, überlegt es sich dann aber doch anders. »Ich bin mir nicht sicher, ob das stimmt, aber du kennst ihn besser als ich.« Sie sieht auf ihr Handy. »Mist. Ich muss gehen, bevor James einen Suchtrupp losschickt.« Sie trinkt den letzten Rest ihres Kaffees aus. »Und du bist sicher, dass du bleiben willst?«

»Ja, ich komme klar, aber ich danke dir dafür, dass du gefragt hast.«

»Okay, na dann.« Sie steht auf und umarmt mich kurz. »Ich wünschte, wir hätten mehr Zeit zum Plaudern. Ich habe das Gefühl, dass wir uns blendend verstehen würden.«

»Ich auch.« Mein Lächeln ist echt.

Sie schiebt eine Karte in meine Hand. »Das sind meine Kontaktdaten. Ruf mich jederzeit an oder schreib mir eine E-Mail. Ich meine es ernst. Wenn du etwas brauchst oder Probleme hast, melde dich.«

»Vielen lieben Dank. Du weißt nicht, was mir das bedeutet.« Dass mir diese Fremde ein solches Angebot macht, erinnert mich daran, dass es auf dieser Welt gute, großzügige und freundliche Menschen gibt.

Bisher bin ich nicht auf viele von ihnen gestoßen.

Es erinnert mich auch an Jane und ich frage mich, wo sie ist und ob es ihr gut geht. Ich kann mir nicht vorstellen, dass sie ohne Drew gut zurechtkommt, und ich wünschte, ich wäre da, um ihr dabei zu helfen, mit ihrem gebrochenen Herzen umzugehen.

»Pass auch auf dich auf.« Sie umarmt mich ein letztes Mal, ehe sie geht. Ich drehe mich zum Waschbecken, spüle meinen Becher in Zeitlupe aus und warte darauf, dass er auf sich aufmerksam macht. Ich trockne meinen Becher ab und stelle ihn weg, als er nach vorn tritt.

Er hat die Maske aufgesetzt, die ich seit einiger Zeit nicht mehr gesehen habe, aber ich kenne sie gut. Er blickt angewidert drein und hat seine Emotionen weggesperrt, als er langsam auf mich zukommt. Ich wusste, dass er zuhört, und mir war klar, dass ihn meine Worte verletzen würden – jedoch nicht wie sehr. Ein Anflug von Reue trifft mich wie ein Schlag und es wird schwieriger, an meinem Zorn festzuhalten.

Kai geht mir unter die Haut und in meinem Kopf herrscht Chaos, jetzt, wo ich alles in Frage stelle, was ich tue, um mich an ihm zu rächen.

Dennoch bleibe ich stehen und weigere mich, mich einschüchtern zu lassen oder meine Worte zurückzunehmen.

Er hat es verdient, verletzt zu werden.

Um Gnade zu winseln.

Darum zu kämpfen, mir zu beweisen, dass seine Gefühle für mich echt sind.

Nichts anderes verlange ich.

So viel verdiene ich.

Er tritt näher, seine Brust streift meine, als er mich anstarrt. »Du weißt nicht, wozu ich fähig bin.« Sein Ton schreit nach Tod und Zerstörung. Mir rinnt ein Schauer über den Rücken, aber ich weiche nicht zurück und bewahre eine kühle Fassade. »Aber provozier mich weiter, und du wirst es vielleicht bald herausfinden.«

16. Kapitel

Ohne die Anderson-Brüder ist das Haus viel ruhiger, und in kürzester Zeit drehe ich vor Langeweile fast durch. Sawyer sperrt sich den größten Teil des Tages in seinem Büro ein, während Jackson zu seinen Kiffer-Gewohnheiten zurückgekehrt ist, doch jetzt, wo ich nicht mehr daran teilhaben kann, macht es nicht mehr so viel Spaß. Kaiden geht mir aus dem Weg und verbringt viel Zeit in dem beeindruckenden Fitnessstudio in einem der Nebengebäude. Den Rest der Zeit verschanzt er sich bei Sawyer. Jedes Mal, wenn ich vorschlage, dass ich helfen kann, wird mir die Tür buchstäblich vor der Nase zugeknallt.

»Hier.« Kai betritt das Schlafzimmer und drückt mir ein kleines Päckchen in die Hand. Seit die anderen gegangen sind, gibt es zwei freie Schlafzimmer, und er ist in eines der beiden gezogen, ohne dass ich ihn darum bitten musste. Meine Worte an Faye über seine Fähigkeit zu lieben scheinen einen Nerv getroffen zu haben. Er hält Abstand zu mir und ich bin Frau genug, um zuzugeben, dass ich es nicht aushalten kann, auch wenn ich diejenige war, die das Ganze angestoßen hat.

Ich weiß jedoch, dass er sich nachts immer noch in mein Zimmer schleicht, weil ich seine Anwesenheit sofort spüre. Er weiß nicht, dass ich es bemerkt habe, und dabei möchte ich es auch lieber belassen. Meine Gefühle sind ein episches Durcheinander katastrophalen Ausmaßes, und je mehr meine Wut nachlässt, desto mehr sehne ich mich nach ihm.

Ich weiß nicht, wie lang ich die Wahrheit noch verbergen kann.

»Was ist los?«, frage ich, nehme das Päckchen entgegen und ignoriere die Art und Weise, wie sich meine Haut erwärmt, als seine Finger meine berühren.

»Etwas, um deinem Gezicke und Gejammere ein Ende zu bereiten.« Er wendet sich ab und wie selbstverständlich zeige ich seinem Rücken den Stinkefinger, als er davongeht. »Das habe ich gespürt«, sagt er und ich strecke ihm meinen Mittelfinger jetzt erst recht noch ein paarmal hinterher.

Kaum ist er verschwunden, öffne ich die Schachtel und mein Herz schlägt höher, als ich einen Kindle-Oasis-E-Reader herausnehme. Das Gerät ist mit Kais Konto verknüpft und er hat ein Kindle-Unlimited-Abonnement für mich eingerichtet. Ein paar Schwangerschaftsbücher sind bereits auf das Gerät geladen. Mein Herz fühlt sich plötzlich an, als würde es versuchen, aus meinem Brustkorb zu springen. Ich lege das Lesegerät beiseite und gehe ihm nach. Als Erstes suche ich in seinem Schlafzimmer nach ihm.

Ich klopfe an die Tür und sie öffnet sich. Geräusche aus dem Badezimmer bestätigen, dass er unter der Dusche ist, also mache ich mich daran, sein Zimmer wieder zu verlassen, als ich den offenen Skizzenblock auf dem Bett erspähe. Ich bin von Natur aus neugierig, besonders, was Kais künstlerisches Talent angeht, und ich fühle nur einen kleinen Anflug von Schuldgefühlen, als ich auf das Bett zugehe. Ich setze mich, schnappe mir den Skizzenblock und schlage seine aktuelle Zeichnung auf.

Ein Druckgefühl bildet sich in meiner Brust, als ich jedes exquisite Detail der Skizze in mich aufnehme. Ein Foto mit Eselsohren ist oben auf der Seite mit einer Büroklammer befestigt, und Kais Replik sieht fast genauso wie die Abbildung aus. Er ist einfach so dermaßen gut.

Es ist Emma Anderson, Kais Mutter, und sie wiegt zwei Babys in ihren Armen. Das eine, das in ihrem linken Arm liegt, ist winzig und eindeutig ein Neugeborenes, das andere Baby ist älter, sitzt aufrecht auf ihrem Schoß und streckt die kleinen, dicken Finger nach seinem neuen Bruder aus.

Tränen brennen in meinen Augen, als ich mit den Fingern über die breiten Bleistiftstriche streiche und schnell die Seite umblättere, bevor meine Tränen das Bild zerstören können. Die nächste Zeichnung ist von mir. Ich schlafe im Hauptschlafzimmer, aber Kai hat seine Fantasie dazu genutzt, um ein Baby in meinen Armen hinzuzufügen. Ich bin zu einem Ball zusammengerollt, während sich unser schlafendes Kind an meinen

Körper schmiegt.

Schluchzer entringen sich meiner Seele. Ich lasse den Block fallen und flüchte zurück in mein Zimmer.

Der Schmerz in meiner Brust ist so stark, dass ich Mühe habe, zu atmen. In meinem Schlafzimmer sinke ich auf die Knie und schlinge meine Arme um mich, um mich mit tränennassem Gesicht hin und her zu wiegen. Auf allen vieren krieche ich zum Bett, vergrabe mich unter der Decke und weine mich in den Schlaf.

Als ich aufwache, ist es sowohl im Raum als auch draußen pechschwarz. Mein Hals ist so trocken wie die Sahara und ein heftiger Schmerz hält Herz gefangen; erinnert mich an vorhin.

»Abby.«

Beim unerwarteten Klang seiner Stimme schreie ich auf. Kai greift nach meiner Hand. »Beruhige dich, bevor du noch einen Herzinfarkt bekommst.«

»Du weißt, dass du mich nicht so erschrecken sollst!«

»Und du weißt, dass ich gern hier sitze und dir beim Schlafen zuschaue.«

»Mach dir keine Mühe, nett zu mir zu sein, obwohl du mich eigentlich wieder hasst.«

»Ich hasse dich nicht, Abby. Ich habe es nie wirklich getan«, gesteht er und fährt sich mit der Hand durch die Haare. »Es ist das, was du repräsentiert hast, aber ich bin Mann genug, um zuzugeben, dass ich mich geirrt habe.«

Übelkeit macht sich in meinem Bauch bemerkbar und Schuldgefühle drohen mich zu verzehren.

»Ich habe Pasta gekocht«, sagt er, ohne auf eine Antwort von mir zu warten.

Was gut ist.

Weil ich momentan keine Ahnung habe, wie ich auf ihn reagieren soll.

»Und ich habe etwas für dich aufbewahrt, weil du das Abendessen verpasst hast. Lass es mich für dich aufwärmen.«

»Warum bist du wieder nett zu mir?«

Er streicht mir durchs Haar. »Du bist nicht mein Feind,

Babe, und ich nicht deiner. Von denen haben wir genug, auch ohne uns gegenseitig an die Gurgel zu gehen.« Ich nicke, weil er recht hat. »Ich weiß, was du tust, aber es wird nicht funktionieren. Es macht mich vielleicht vorrübergehend wütend, aber ich meinte, was ich gesagt habe. Ich gehe nirgendwohin.« Er drückt mir einen Kuss auf die Haare und ich kämpfe gegen eine neue Welle von Tränen.

Ich muss es ihm sagen.

Aber ich weiß nicht, wie ich das tun soll.

Und sobald er weiß, was ich gemacht habe, wird er mich diesmal wirklich hassen.

Ich habe alles vermasselt.

Meine Unterlippe beginnt zu zittern und er bemerkt es. Er umfasst meinen Hinterkopf. »Pssst. Es ist okay, Baby. Lass einfach zu, dass ich mich um dich kümmere.«

Meine Augen verraten, was ich fühle. Er bückt sich und küsst mich sanft. Als er den Blick hebt, sehe ich seine Unsicherheit, die mich überrascht, bis er sich wieder hinabbeugt, um dieses Mal einen sanften Kuss auf meinen Bauch zu drücken.

Die zärtliche Geste macht mich innerlich fertig. Ich beiße mir auf die Innenseite meiner Wange und vergrabe meine Nägel in meiner Haut, um nicht daran zu zerbrechen.

»Bin gleich zurück«, flüstert er und küsst mich erneut.

Ich sehe ihm nach. Hasse, was ich getan habe, weil ich weiß, dass die Chance besteht, dass er mir nie vergeben wird.

»Ist ein imaginäres Monster hinter uns her oder warum rennst du, als würde dein Leben davon abhängen?«, fragt Jackson atemlos, als wir am nächsten Morgen den Weg durch den Wald neben dem See entlanglaufen.

»Jeder hat Monster, vor denen er davonzurennen versucht«, antworte ich keuchend und wische mir den Schweiß von der Stirn.

Ich liebe es, bei solchem Wetter Laufen zu gehen. Es ist kalt genug, dass einem die Eier abfrieren, wie Jackson es gern formuliert. Am Anfang ist es schwierig, warm zu werden, während man das Gefühl hat, die eigenen Gliedmaßen würden dank der bitteren Kälte gleich brechen und zersplittern. Doch sobald wir schneller werden, werden meine Beine lockerer und ich heiße den stechenden Schmerz der kristallklaren Luft auf meinen Wangen willkommen.

»Wie wahr«, sagt er, dieses Mal viel leiser, und ich verlangsame meine Schritte, um nach ihm zu sehen.

»Möchtest du den Rest des Rückwegs gehen?«, frage ich.

»Willst du damit sagen, ich sei nicht fit?«

»Du bist nicht fit. Du kannst deiner Marihuanasucht dafür danken.« Ich stupse ihn in die Seite. »Aber ich gebe dir zehn von zehn für deine Bemühungen.«

»Tatsächlich ein großes Lob«, meint er und stützt die Hände auf den gebeugten Knien ab.

Ich hole meine Wasserflasche aus meinem Rucksack und leere sie in einem Zug. Als ich fertig bin, hat er seine Atmung wieder unter Kontrolle und wir machen einen gemütlichen Spaziergang zurück. »In ein paar Wochen ist Weihnachten, oder?« Er nickt. »Also, fahrt ihr Jungs dann nach Hause, oder wie?«

»Wir können nicht nach Hause. Das wäre nicht sicher.«

»Wird deine Mutter sauer sein?«

»Jap. Ich habe Angst, sie diesbezüglich anzurufen.«

»Vielleicht könntet ihr James Kennedy bitten, euch ungesehen zu eurer Familie zu fliegen.

»Wir können es nicht riskieren. Dein Bastardvater wird erwarten, dass einer von uns während der Feiertage daheim auftaucht.«

»Es tut mir leid.«

»Das ist nicht deine Schuld, Süße.« Er legt einen Arm um meine Schultern und drückt einen Kuss auf meine Schläfe. »Wir feiern hier unser eigenes Weihnachtsfest. Ich habe bereits ein paar Ideen, wie ich es zu etwas Besonderem machen kann.«

»Lass mich raten.« Nachdenklich tippe ich mir mit einem Finger gegen das Kinn. »Haschkekse zum Frühstück, Mittag- und Abendessen und die abendliche Unterhaltung besteht darin, *Hot Cop Nails Naughty Mrs Claus Under the Christmastree* zu sehen.«

Lachend wirft er den Kopf zurück. »Das ist der Grund, warum du einer meiner Lieblingsmenschen bist.«

Grinsend versetze ich ihm einen Stoß mit der Schulter. »Du bist auch einer meiner Lieblingsmenschen.«

Er hebt den kleinen Finger. »Kleiner-Finger-Schwur?«

Lachend schüttle ich den Kopf, wickle aber meinen kleinen Finger um seinen. »Kleiner-Finger-Schwur.«

»Was hat es hiermit auf sich?«, fragt Sawyer ein paar Stunden später, als ich alle drei Jungs darum bitte, sich im Wohnzimmer zu versammeln. Ich habe die Sofas zur Seite geschoben, damit Platz für das Flipchart ist.

»Wir überlegen uns eine Strategie.« Ich zeige auf alle drei. »Setzt euch auf eure vier Buchstaben.«

Sawyer runzelt die Stirn. »Ist das mein Flipchart?«

»Ist es«, bestätige ich und drücke ihn auf die Couch.

»Wie bist du in mein Büro gekommen?«

»Ich habe das Schloss geknackt.«

Er sieht Kai an. »Vergiss den Maulkorb. Wir müssen sie ans Bett fesseln.«

»Bei dem Plan bin ich dabei«, meint Jackson und reibt vorhersehbar mit einer Hand über seinen Schritt.

»Fang nicht wieder damit an«, fordert Sawyer. »Wir haben endlich Frieden. Lass uns versuchen, es nicht zu ruinieren.«

»Genug mit dem Bullshit«, befehle ich. »Wir haben Väter zu besiegen und machen jetzt einen konkreten Plan.«

»Was glaubst du denn, was zur Hölle Kai und ich gemacht haben, seit du hier bist?«, fragt Sawyer und legt die Beine übereinander.

»Mich aus eurer Planung rauszuhalten, und das hört ab sofort auf. Das alles hat auch Auswirkungen auf mich, und wenn ihr mich nicht miteinbezieht, werde ich abtrünnig.« Kai grinst, was mir gegen den Strich geht. »Hast du etwas hinzuzufügen, du Neandertaler?«

»Ich frage mich nur, warum du so lange gebraucht hast, du Knalltüte.« Ich strecke ihm die Zunge raus und er lächelt. »Leg los, Babe.«

Ich klappe die Abdeckung zurück und decke das Blatt darunter auf, das ich vorbereitet habe. »Ich habe unsere Hauptfeinde in der Reihenfolge ihrer Priorität aufgelistet. »*Eins.* Michael Hearst. *Zwei.* Atticus Anderson.« Ich sehe Kai an, darauf wartend, dass er Einwände erhebt, aber er nickt nur. »*Drei.* Christian Montgomery. *Vier.* Trent Montgomery.«

Abermals warte ich darauf, dass einer von ihnen widerspricht, aber ich habe ihre volle Aufmerksamkeit, also fahre ich fort. Während ich rede, gehe ich im Raum auf und ab. »Es ist schwierig, meinen Vater zu Fall zu bringen, weil er wirklich an alles denkt und jede Menge Strafverfolgungsbehörden in der Tasche hat. Dennoch muss es einige Gerichtsbarkeiten geben, auf die sich sein Einfluss nicht erstreckt.«

»Das Problem dabei ist«, wirft Kai ein, »dass wir die Strafanzeigen in dem Staat stellen müssen, in dem sie die Straftat begangen haben.«

»Es muss irgendwo im Bundesstaat Massachusetts einen Richter geben, der nicht korrupt ist.«

»Darauf würde ich mich nicht verlassen«, erwidert Sawyer.

»Aber eure Väter sind höllisch einflussreich und wollen, dass mein Vater vor Gericht gestellt wird. Sicher gibt es etwas, was sie tun können, oder nicht?«

»Dad hat bereits Anklage gegen deinen Vater wegen des betrügerischen Diebstahls seiner Firma erhoben«, sagt Kai und erzählt mir damit etwas, von dem ich nichts wusste. »Allerdings ist es so, wie dein Vater und der Wichser Montgomery im Ballsaal gesagt haben: Sie überhäufen ihn bereits mit Bergen von

Bürokratie und bei dieser Geschwindigkeit wird es Jahre dauern, bis die Sache vor Gericht gelandet – wenn sie überhaupt jemals ans Licht kommt.«

Ich kratze mich am Kopf. »Also sind wir zurück bei den Mordvorwürfen. Wir müssen Beweise finden, dass er für den Tod meiner Mutter oder den eurer Mutter verantwortlich ist.«

Ein Muskel in Kais Kiefer zuckt. »Nur dass wir keine Ahnung haben, wo wir die Beweise finden können, die deine Mutter gestohlen hat, um belegen zu können, dass er meine Mutter ermordet hat. Wir waren uns so sicher, dass sie im Safe deines Vaters sein würden.«

»Und meine Tante wusste nicht, wo sie die Beweise versteckt hat?«

Er schüttelt den Kopf. »Deine Mutter hat es ihr nicht verraten, weil sie meinte, dass es nicht sicher wäre.«

»Vielleicht hat er sie gefunden und zerstört?«, überlegt Jackson. »So würde ich es machen.«

»Aber du bist kein Psycho.«

»Das ist fragwürdig«, sagt Sawyer und Jackson zeigt ihm den Mittelfinger.

»Mein Vater würde die Beweise wie eine Trophäe horten, weil sie der erste Beitrag zur Zerstörung deines Vaters waren«, wende ich mich an Kai. »Dieser Rachefeldzug, den sie gegeneinander führen, hat sie verzehrt. Mein Vater würde sich an diesen Unterlagen weiden und sie immer hervorholen, wenn er daran erinnert werden will, dass er der tollste Hecht von allen ist.«

Jackson lacht und nimmt einen langen Zug von seinem Joint.

»Wenn das der Fall ist, besitzt dein Vater mehr als nur die Beweise für den Mord an meiner Mutter«, sagt Kai und setzt sich auf.

»Er hat Beweise für all seine Verbrechen«, murmle ich aufgeregt. Natürlich hat er die! Warum bin ich noch nicht selbst darauf gekommen?

»Wo würde er sie aufbewahren?«, fragt Sawyer. »Denk gründlich nach, Abby.«

»Ich habe bereits darüber nachgedacht«, gebe ich zu, »und es gibt eine Menge Plätze in dieser gruseligen Villa, an denen er sie verstecken könnte.« Ich setze mich auf die Kante der Couch. »Aber ich glaube nicht, dass sie dort sind.« Drei Augenpaare richten sich auf mich. »Ich denke, sie befinden sich in Parkhurst.«

Sawyer und Kai starren sich an.

»Was ist?«, frage ich misstrauisch.

»Wir sind zu demselben Schluss gekommen«, gesteht Sawyer.

»Aber dieser Ort ist eine verdammte Festung«, wirft Kai ein. »Es gibt keinen Weg, unentdeckt rein- und wieder rauszukommen, selbst wenn wir wüssten, wo wir suchen sollten.«

»Für uns nicht«, bekräftige ich und lehne mich vor. »Aber für meinen Bruder vielleicht schon.«

17. Kapitel

»Wir müssen die Beziehung zu Drew und Charlie kitten und wieder als Team zusammenarbeiten. Xavier eingeschlossen«, erkläre ich, weil es der einzig logische Weg ist.

»Es ist zu riskant.« Kai rutscht auf der Couch herum und vermeidet es, mich anzusehen.

»Man kann ihnen nicht vertrauen«, stimmt Sawyer zu und wirft einen verstohlenen Blick in Kais Richtung, der mir nicht entgeht.

Warum sind sie so ausweichend? Wir haben zuvor schon mal alle zusammengearbeitet. Bis sie uns verarscht haben. Aber wir haben immer noch einen gemeinsamen Feind und eine Versöhnung ist nicht unmöglich.

»Ich sehe nicht, dass wir andere Optionen haben«, argumentiere ich. »Sich hier auf unbestimmte Zeit zu verstecken, ist keine gute Idee, denn dann geht nichts vorwärts. Es ist nur eine Frage der Zeit, bis uns mein Vater findet. Es wäre am besten, die Sache direkt anzugehen. Lasst mich Drew kontaktieren und schauen, ob er vielleicht mit meinem Vater einen Deal abschließen kann, wenn er dafür den Auftragskiller zurückruft, den er auf Kai angesetzt hat.«

»Auf keinen Fall.« Kai springt auf und geht auf mich zu. Seine Hände bewegen sich automatisch zu meinem Bauch. »Es ist nicht sicher für dich oder das Baby.« Seine Gesichtszüge werden weicher, wie es immer der Fall ist, wenn er über unser Kind spricht.

Es war sogar noch einfacher, als ich dachte.

Mein Magen beginnt, sich zu drehen, und ich wechsle schnell das Thema. »Mein Vater ist nicht der Einzige, der nach uns sucht. Da sind auch noch dein Vater und die Montgomerys. Wir sitzen hier rum wie wehrlose Opfer.«

»Dad ist besessen davon, seinen Grund und Boden sowie sein Geschäft wiederzugewinnen«, sagt Kai, »und er weiß, dass ich sauer bin. Er wird uns für eine Weile in Ruhe lassen.«

Das glaube ich nicht für eine Sekunde und ich bezweifle, dass er daran glaubt. »Komm schon, Kai. Hör auf mit den Versuchen, mich zu beschützen. Dein Vater hat meine Schwangerschaft orchestriert, um sie als Druckmittel zu benutzen. Er wird nicht aufhören, bis er uns wieder unter seiner Kontrolle hat.« Ich nehme seine Hände in meine. »Es ist nur eine Frage der Zeit, bis Harley einknickt und ihm sagt, wo wir sind. Dein Vater wird seine Gutmütigkeit ausnutzen und ihn irgendwie dazu manipulieren.«

»Abby hat recht«, meldet sich Jackson zu Wort und überkreuzt die Füße an den Knöcheln. »Unsere Uhr ist abgelaufen.«

Wir tauschen alle besorgte Blicke. Und obwohl es niemand bestätigt, wissen wir, dass unsere Tage hier gezählt sind.

Ich liege seit Stunden im Bett, kann aber nicht schlafen. Den Jungs habe ich gesagt, dass ich müde sei und früh zu Bett gehen würde, aber es war eine Lüge. Ich konnte nicht ertragen, Kai anzusehen und zu wissen, was ich getan habe und was ich noch tun muss. Es wiegt schwer auf meiner Seele und je mehr ich darüber nachdenke, desto mehr fühle ich all die Emotionen, die ich mir selbst verweigert habe. Ich bin kurz davor, zusammenzubrechen, und habe Angst. Ich war verletzt, als ich mich entschied, ihn in seinem eigenen Spiel zu schlagen. Ich wollte ihn für seinen Verrat bezahlen lassen, aber ich fürchte, dass ich mich stattdessen nur selbst verletzt habe.

Ich werde ihn verlieren und ich werde es verdienen.

Weil es eine verabscheuungswürdige Sache war. Und jetzt, wo ich wieder klarer denke, wünschte ich, ich wäre nicht so tief gesunken.

Ich möchte Kai nicht verlieren.

Weil ich ihn liebe.

Ich liebe ihn so sehr und ich wünschte, die Dinge wären anders.

Ich wünschte, ich müsste ihm nicht das Herz brechen.

Die Tür öffnet sich leise und mir stockt der Atem. Kai kommt auf das Bett zu, und ich verberge die Tatsache nicht, dass ich wach bin. Er setzt sich auf die Bettkannte und streicht mir die Haare aus dem Gesicht. »Was ist nicht in Ordnung?«

»Alles«, flüstere ich.

»Hey.« Er fährt mit seinem Daumen unter meinen Augen entlang und fängt die Tränen auf, die zu fließen begonnen haben. »Alles wird gut werden. Ich lasse nicht zu, dass dir etwas geschieht.«

Ich rutsche zur Seite und klappe die Decke zurück. »Kannst du mich halten?« Dies könnte meine letzte Chance sein, seine Arme um mich zu spüren.

Wortlos legt er sich neben mich und ich rolle mich auf die andere Seite, unfähig, ihn anzusehen. Er zieht mich an sich, bis mein Rücken eng an seine Brust gepresst ist, und ich schließe die Augen. Genieße das Gefühl seiner Arme, als er sie um meine Taille legt, und die wohlige Wärme, die von seinem Körper ausgeht. »Ich werde dich jede Nacht festhalten, wenn du es zulässt«, flüstert er an mein Ohr und sendet damit Schauer über meine Haut. Beschützend drückt er mich noch fester an sich und Tränen strömen mir die Wangen hinab.

Warum habe ich mir das verweigert? Warum habe ich mich an den Hass und den Verrat geklammert, statt ihm zu vergeben, als klar wurde, dass er ehrlich zu mir war?

Ich könnte es auf meine Hormone schieben.

Oder meine verkorkste Kindheit, die dazu geführt hat, dass ich tue, was auch immer nötig ist, um zu überleben.

Aber das zu verbergen, war erbärmlich. Grausam. Gezielt verletzend.

Und es scheint jetzt so sinnlos.

»Weine nicht, Baby. Ich weiß, dass du Angst hast, aber wir werden eine Lösung finden.«

Er glaubt, den Grund für diese Tränen zu kennen, aber er hat keine Ahnung.

»Deshalb haben wir uns in Hunts Büro verschanzt«, fährt er

fort. »Ich weiß, dass du denkst, dass ich dich ausgeschlossen habe, aber das habe ich nicht.« Seine Hände rutschen etwas tiefer und betasten meinen Bauch. »Du solltest dir keine Sorgen um diese Scheiße machen müssen. Deine einzige Priorität gilt unserem Baby.« Mit der Hand gleitet er über meinen Bauch und verbrennt mich förmlich durch mein dünnes Nachthemd hindurch. Er küsst federleicht meinen Nacken, und ein unvorstellbarer Schmerz breitet sich in meiner Brust aus. »Und ich möchte mit der Planung beginnen.« Seine Hand glüht auf meinem Bauch, als stünde meine Haut in Flammen. Ich kann damit nicht umgehen. »Ich habe mir einige Namen aufgeschrieben, die ich mag, und ich habe eine Idee, wohin wir gehen können, nachdem das Baby geboren wurde, um es von unseren Vätern fernzuhalten, und ich ...«

»Hör auf!«, schreie ich und winde mich aus seinen Armen. Herzzerreißende Schluchzer bahnen sich einen Weg direkt aus meiner Seele ins Freie und ich richte mich ruckartig im Bett auf. Mit tränenüberströmtem Gesicht sehe ich ihn an. »Sag kein weiteres Wort. Ich kann es nicht ertragen.«

Sorge schimmert in seinen Augen, als er sich aufsetzt und versucht, mich wieder an sich zu ziehen. »Was ist los, Baby?«

Ich befeuchte meine Lippen und wische die heißen Tränen fort, die mein Gesicht entlangrinnen. »Ich ... ich ... ich muss dir etwas sagen.«

»Okay.« Er rutscht näher und ich springe auf, unfähig, seine Berührung zu ertragen. Prüfend betrachtet er mein Gesicht, seine Atmung geht heftig. »Spuck es einfach aus.« Sein Ton ist ruhig, aber sein Gesicht verrät seine aufkeimende Angst.

»Ich hätte es dir sagen sollen, als ich ankam, aber ich wollte, dass du für alles bezahlst.«

Er mustert mich und beschwört mich mit seinem Blick, weiterzusprechen.

»Du hast mich angelogen, Kai! Du hast mich glauben lassen, du wärst jemand anderes, und wochenlang, als sie mich in Parkhurst eingesperrt haben, habe ich mich gefragt, ob alles eine Lüge war. Ob du am Schwangerschaftsplan beteiligt warst.«

»Ich habe dir gesagt, dass ich das nicht war. Ich würde dir das niemals antun.«

»Ich weiß«, flüstere ich und gehe vor dem Bett auf und ab. »Das weiß ich jetzt.«

»Was willst du mir damit sagen, Abby?« Er steigt aus dem Bett, hält aber Abstand und starrt mich verhalten an.

»Ich war immer noch so wütend. Ich wollte, dass du spürst, wie es sich anfühlt, betrogen zu werden. Zu glauben, dass du etwas hattest, dass am Ende aber nur eine komplette Lüge war.«

»Worüber hast du gelogen?« Er geht auf mich zu und ich mache instinktiv einen Schritt zurück. »Was hast du getan?«

»Es tut mir leid«, platzt es aus mir heraus und mein Schluchzen erfüllt den sonst stillen Raum um uns herum.

Die Gitterstäbe um mein Herz zerspringen und alles kommt raus.

Wochen uneingestandener Trauer.

Unerträglicher Verlust.

Heftiger Kummer.

Alles gipfelt in einem Schwall von inneren Schmerzen und Selbsthass.

Ich stoße einen Schrei aus und dieser kommt direkt aus meiner zerstörten Seele. Durch die Tränenflut hindurch kann ich ihn kaum sehen. »Ich wollte dich verletzen und das wird dich umbringen, aber es hat auch mich umgebracht!«

Seine Miene spiegelt seinen eigenen inneren Kampf wider und ich spüre, dass er zwischen dem Wunsch, mich zu trösten, und der Angst vor dem Unbekannten hin- und hergerissen ist. »Sag es mir, Abby.«

»Ich ...« Meine Stimme bricht, als mir weitere Tränen die Kehle zuschnüren. Mein Magen krümmt sich und der offen sichtbare Schrecken in seiner Miene lässt mich förmlich durchdrehen. »Es tut mir leid.« Rückwärts weiche ich Richtung Tür zurück. »Ich kann nicht.«

Ich renne aus dem Schlafzimmer, die Treppe hinunter und durch die Vordertür, laufe über das vordere Feld, richtungslos und ohne Plan. Ich weiß nur, dass ich vor dem gequälten Ausdruck auf seinem Gesicht flüchte.

Ich kann die Worte nicht laut aussprechen.

Weil es dann wahr wird.

Ich fühle kaum, wie die leichten Schneeflocken auf meinem Körper landen, während ich immer weiterrenne, die eisige Kälte unter meinen bloßen Füßen. Der Schnee bleibt nicht an ihnen haften, weil es zuvor geregnet hat, aber das Gelände unter mir ist weich und meine Füße sinken in den Boden ein. Matsch spritzt gegen meine Waden.

»Abby! Bleib stehen!«, ruft Kai und jagt mir nach.

Ich laufe weiter, obwohl ich weiß, dass es sinnlos ist.

»Halt an.« Er erscheint vor mir, wirbelt mich herum und hält meine Schultern fest, um mich am Weiterrennen zu hindern. »Bleib einfach stehen.«

»Du wirst mich hassen«, schluchze ich. »Ich weiß es, weil ich mich selbst hasse.« Ich sinke auf die Knie, vergrabe den Kopf in meinen Händen und weine mir das Herz aus dem Leib. Es gibt keine einzige Zelle in meinem Körper, die nicht wehtut, als der Schmerz von allen Seiten auf mich eintrommelt.

Er sinkt auf den schlammigen Boden vor mir. »Ich muss die Wahrheit wissen, Abby. Wenn es um das Baby geht ...«

»Es gibt kein Baby!«, schluchze ich und hebe den Kopf, um ihn anzusehen. Er hat es verdient, dies von Angesicht zu Angesicht zu hören. »Der Bastard hat sie mir weggenommen!« Ich kann kaum über das schwere Gewicht sprechen, das auf meine Brust drückt. Wie betäubt und gleichzeitig schockiert blickt er mich an. »Es waren Zwillinge«, flüstere ich.

Mein Schluchzen vermischt sich mit seinem schweren Atmen und klingt extrem laut in der ansonsten stillen Nachtluft.

»Erzähl mir alles.« Seine Stimme ist monoton, und wenn ich nicht seine gequälte Miene sehen würde, würde ich denken, er hätte keine Gefühle.

»Die ersten paar Wochen in Parkhurst habe ich ans Bett gefesselt und unter Betäubungsmittel verbracht, deshalb habe ich es nicht ganz verstanden«, erkläre ich mit zittriger Stimme.

»Bis mir mein Vater einen Umschlag gegeben hat. Darin befand sich ein medizinischer Bericht, der die erfolgreiche Abtreibung von Zwillingsföten bestätigte.« Noch mehr Tränen fließen meine Wangen hinab, aber ich zwinge mich, weiterzumachen, weil ich ihm das schulde. »Er hat auch eine Liste von allen, die ich liebe, beigefügt, mit dem Versprechen, dass er sie einen nach dem anderen töten würde, wenn ich mich nicht seinem Plan beugen würde.« Ich mustere ihn. »Du hast ganz oben auf der Liste gestanden.«

»Zwillinge?«, krächzt er. »Es waren Zwillinge?«

Ich nicke. Ich dachte, es wäre erblich, aber jetzt schätze ich, dass das Fruchtbarkeitsmedikament eine Rolle dabei spielte.

»Warum sollte er das tun?«, fragt Kai. »Dich und das Baby zu behalten – die Babys ...« Er korrigiert sich und Tränen schimmern in seinen Augen, die mich aufs Neue völlig fertigmachen. »Sie am Leben zu erhalten, war sein bestes Druckmittel. Er hätte dich nur davon abhalten müssen, mich zu heiraten, dann hätten ihm die Anteile gehört.«

»Ich habe einige Theorien«, offenbare ich schniefend. »Ich denke, dass es um mehr geht als nur Manning Motors. Das ist nur ein Teil von mehreren ineinandergreifenden Teilen, und es war wichtiger, dass ich kein uneheliches Kind bekomme.« Säure kriecht mir den Rachen hinauf. »Auf diese Weise hat er zudem jedes Hindernis aus dem Weg geräumt, dass ich Charlie heirate«, füge ich hinzu und wundere mich nicht über Kais düsteren Gesichtsausdruck. »Aber hauptsächlich glaube ich, dass er es getan hat, um deinen Vater zu verärgern. Um ihm seine Absicherung zu nehmen. Um sicherzustellen, dass er kein Enkelkind mit ihm teilt. Und ...« Keuchend atme ich aus. »Er hat es getan, um mich zu brechen. Um mir zu zeigen, dass er mich mit Leib und Seele besitzt und ich nichts dagegen tun kann.«

Ich umfasse meine größeren Brüste, als ein saurer Geschmack meinen Mund durchflutet. »Jahrelang wollte er, dass ich mich einer Brustvergrößerung unterziehe, aber ich habe mich immer geweigert.«

Kais Kiefermuskeln spannen sich an. »Er hat dir das angetan, als du betäubt warst?«

Ich nicke. »Zuerst gab es mir Hoffnung, weil ich dachte, es würde bedeuten, dass ich noch immer schwanger war, aber nachdem er mir bestätigt hatte, dass er eine Abtreibung erzwungen hat, wusste ich, was er getan hat.« Mein Herz versteinert und meine Tränen versiegen. »Ich bin nicht darauf gekommen, weil meine Brüste keine Narben aufwiesen, aber er hat mir gegenüber mal diesen Monolog über OP-Möglichkeiten gehalten, und mir fiel wieder ein, dass es ein selteneres Verfahren gibt, bei dem sie über die Achselhöhle gehen, von daher nehme ich an, dass es so gemacht wurde.«

Ich sehe auf sie hinab. »Ich hasse sie. Ich wollte nie größere Brüste, sondern war zufrieden mit denen, die ich hatte.« Wieder brennen Tränen in meinen Augen. »Am meisten hasse ich sie aber, weil sie mich jedes Mal, wenn ich sie anschaue, daran erinnern, was er getan hat.«

Mein Atem geht schwer und ich schlinge die Arme um meine Taille, wiege mich hin und her und ergebe mich den Tränen. Das ist die Quittung dafür, dass ich all meine Gefühle weggesperrt und meiner Trauer ein Ventil verweigert habe. »Er hat uns unsere Babys weggenommen, Kai!«, schluchze ich. »Er hat sie ohne Schuldgefühle oder Reue ermordet.«

Meine durchdringenden Schreie erfüllen die Luft und regen Kai zum Handeln an. Er nimmt mich in seine Arme, und ich klammere mich an ihn, weil ich seinen Trost brauche, während ich schreie und schreie und schließlich alles rauslasse.

Als meine Schreie nachlassen, lege ich meinen Kopf auf seine Schulter und schlinge meine Arme fester um seinen Hals. Sein holziger, zitrusartiger Duft umhüllt mich wie eine Wohlfühldecke. »Wenn er das kann, wird er vor nichts zurückschrecken. Ich habe schon immer gewusst, dass er ein Monster, ein Psychopath ist, aber das beweist, dass es buchstäblich nichts gibt, was er nicht tun wird, um seine Ziele zu erreichen.« Ich zittere, weiß aber nicht, ob es die dünne, feuchte Schneeschicht ist, die mich bedeckt, oder die Realität unserer Situation. »Es ist ihm egal, Kai.« Ich vergrabe mein Gesicht in seiner Halsbeuge.

»Und ich denke, dass er es vielleicht geschafft hat.«

Ich blicke Kai in die Augen. »Er hat mich zerstört und ich werde mich nie wieder davon erholen.«

18. Kapitel

Kaiden

Ich beuge mich über Abbys Bett, beobachte, wie sie schläft. Einerseits möchte ich sie trösten, gleichzeitig aber auch umbringen. Sie hat sich in meinen Armen in den Schlaf geweint und ich habe meine Emotionen im Zaum gehalten, aber sie brauchen ein Ventil. Oder ich werde sie verletzen.

Und obwohl ich außer mir vor Wut bin, möchte ich ihr nicht wehtun, weil sie sich bereits in ihrer ganz persönlichen Hölle befindet.

Dieser Kreislauf muss enden.

Aber zuerst muss ich mich mit meinen beschissenen Gefühlen auseinandersetzen.

Auf Zehenspitzen verlasse ich den Raum und schließe leise die Tür hinter mir. Dann gehe ich gezielt in die Küche, wo Hunt und Lauder auf mich warten. Abbys Schreien und Weinen im Schlafzimmer muss sie geweckt haben, sie sind nach mir nach draußen gekommen. Ich weiß es zu schätzen, dass sie sich zurückgehalten haben, aber mir ist auch klar, dass sie wissen wollen, was los ist.

»Geht es ihr gut?«, fragt Lauder sichtbar besorgt.

Meine Fäuste zittern, weil sich so viel Aggression in mir aufgestaut hat, und ich würde sie nur zu gern an seinem Gesicht auslassen. Er überschreitet eine Grenze bei ihr und er weiß es. »Sie schläft, aber es geht ihr nicht gut.«

»Was ist los?«, will Hunt wissen und reicht mir eine Flasche Bourbon.

Ich öffne die Flasche und trinke einige Schlucke. Das Brennen, das meinen Hals hinabläuft, ist mir willkommen, entspricht aber nicht annähernd dem Brennen in meinen Venen. »Ihr Vater hat die Babys abtreiben lassen, als sie nicht bei Bewusstsein war.«

Lauder lässt sein Glas fallen und es zerbricht in tausend Stücke auf dem Boden. »Babys?«, fragt er aschfahl.

Ich nicke. »Sie hatte Zwillinge im Bauch.« Ich trinke noch einen Schluck Whisky.

»Sie hat dich hintergangen.« Hunt sieht mich durchdringend an. »Warum?«

»Rache.« Ich kippe noch einen Schluck Whisky hinunter, ehe ich die Flasche auf der Kücheninsel abstelle. Auch wenn es verlockend ist, sich zu betrinken, ist es nicht das, was ich jetzt brauche.

»Ich kann nicht gerade sagen, dass ich es ihr verüble«, gibt Lauder zu, als er die Porzellanscherben seines Glases vom Boden aufhebt.

»Und mich wundert es nicht, dass du dich auf ihre Seite schlägst«, knurre ich.

»Ich verstehe es bis zu einem gewissen Punkt«, sagt Hunt. »Weil sie nicht wusste, ob du sie absichtlich geschwängert hast, aber sie hätte es dir gestehen sollen, sobald sie die Wahrheit wusste.« Er schüttelt den Kopf. »Ich bin enttäuscht von ihr.«

»Ich habe sie darüber angelogen, wer ich war, und wir haben alle schon Beweise für ihre Wut gesehen.« Ich stütze mich mit den Handflächen auf die Theke ab, als der Zorn in mir immer größer wird. Ich versuche, an diesem Gedanken festzuhalten, weil mir bewusst ist, dass ich sie verletzt und angelogen habe, und ich weiß, dass Abby auf diese Art mit so etwas umgeht. Sie nimmt es nicht einfach hin. Ihr Kampfgeist und ihr Überlebensinstinkt zählen zu den Dingen, die ich an ihr am meisten liebe.

Dennoch bin ich so verdammt in Rage darüber, dass sie mir etwas vorgemacht hat.

Die ganze Woche hat sie mich glauben lassen, sie wäre schwanger. Die ganze Woche über habe ich mir uns als Familie vorgestellt und aktiv Pläne in diese Richtung geschmiedet. Die ganze Woche habe ich eine Farce gelebt, weil nichts davon echt war.

»Das entschuldigt es nicht«, sagt Sawyer. »Sie hat sich alle Mühe gegeben, dich zu verärgern, seit du hier bist, und jetzt das?« Er zieht eine Braue nach oben und ein überwältigender Drang, sie zu verteidigen, überkommt mich.

»Sie hat gelitten, Hunt.« Ich versuche, den dumpfen Schmerz fortzutreiben, der sich in meiner Brust ausbreitet. »Überleg, was sie alles durchgemacht hat. Sie wollte mich verletzen und die Kontrolle wiedererlangen, und das kann ich ihr nicht vorhalten. Nicht nach all der Scheiße, die ich ihr angetan habe.« Die Worte prägen sich in mein Herz und meine Seele ein und lassen mich erkennen, dass mein Ärger fehl am Platz ist. Er nickt langsam, weil er es versteht.

Ja, ich bin wütend darüber, dass sie es getan hat. Und unser Verlust tut mir weh.

Aber es ist nicht sie, auf die ich zornig bin.

Die mörderische Wut, die ich gegenüber Michael Hearst empfinde, ist anders als alles, was ich jemals empfunden habe. Ich habe den größten Teil meines Lebens damit verbracht, ihn zu hassen, und sein Angriff auf Abby hat das nur noch verstärkt.

Aber diese Sache ...

Das ist ...

Ein zitternder Atemzug verlässt meinen Körper. Ich kann nicht in Worte fassen, wie abgrundtief ich diesen Mann verabscheue. Er wird leiden. Auch wenn ich sterben muss, um meine Rache zu bekommen.

»Dieser Bastard muss bezahlen«, sagt Lauder, als hätte er einen direkten Draht zu meinen Gedanken.

»Ich hätte in der Nacht, als ich bei ihm eingebrochen bin, abwarten und ihn verfolgen sollen, anstatt anzuhalten, um Louis anzugreifen.«

»Louis hat den Tod verdient.« Hunt packt mich an der Schulter. »Und wir alle wussten, dass es ziemlich aussichtslos war. Hearst ist gut geschützt. Du hattest keine wirkliche Chance, an ihn heranzukommen.«

»Ich muss hier raus«, stelle ich klar und sehe Hunt eindringlich an. »In Nexton, ein paar Städte weiter, gibt es einen Fightclub.«

»Es ist zu riskant, Kai.«

Ich lasse meine Knöchel knacken. »Mir bleibt keine Wahl.« Ich lasse die Dunkelheit durchscheinen, die mich von innen zerfrisst. »Ich muss jemanden zu Brei schlagen oder ich werde es an ihr auslassen.«

»Sie hat bereits genug erlitten.« Lauders Antwort war zu erwarten und stachelt mich nur noch mehr auf.

»Hör auf, dich einzumischen.«, zische ich. »Ich bin derjenige, der sich um sie zu sorgen hat, und ich weiß, dass sie leidet. Die Sache hat sie zu Grunde gerichtet.« Ich suche an der Kante der Kücheninsel Halt. »Warum zum Teufel, denkst du, riskiere ich es, entdeckt zu werden? Ich muss kämpfen oder ich werde etwas tun, was ich bereue. Ich möchte es nicht an ihr auslassen.«

Und während ein Teil von mir weiß, dass sie bestraft werden muss, damit sie nicht wieder irgendeine Scheiße vor mir zurückhält, kann ich kreativere Wege finden, um sie leiden zu lassen.

Hunt hat mich die ganze Zeit über nicht aus den Augen gelassen. »Okay.« Er richtet sich auf. »Aber wir müssen eher früher als später abhauen.«

»Einverstanden.« Ich blicke Hunt an. »Starte schon mal das Auto, ich komme gleich nach.«

Er geht und ich wende mich an Lauder. »Kann ich dir vertrauen, dass du auf sie aufpasst und sie nicht anfasst?«

Er baut sich vor mir auf und Wut strömt mir entgegen. Das erzwungene Marihuana-Verbot, das seit unserer Ankunft hier galt, hat mir bewusst gemacht, wie lang es her ist, dass ich einen echten Ausdruck in seinem Gesicht gesehen habe. Selbst in diesem Moment ziehe ich seinen Ärger seiner lässigen Kiffermiene vor.

»Ich habe sie nicht angefasst«, presst er zwischen zusammengebissenen Zähnen hervor.

»Aber du willst es«, sage ich herausfordernd.

»Das heißt nicht, dass ich es tun würde.«

»Pass auf, dass es dabei bleibt.« Ich funkle ihn an. »Sie gehört mir.«

»Sie hätte mir gehören können«, entgegnet er mutig und strafft die Schultern.

»Das wissen wir beide«, stimme ich zu. »Aber sie hat mich gewählt.« Seufzend gebe ich nach. »Ich will nicht gegen dich kämpfen. Und so sauer ich auch bin, ich möchte es auch nicht an ihr auslassen.«

»Das wirst du nicht. Und ich würde diese Grenze niemals überschreiten, Bro. Sie ist dein Mädchen und ich werde sie beschützen.« Er legt mir eine Hand auf die Schulter. »Geh.«

Ich nicke, lasse die Küche hinter mir und schnappe mir meine Jacke, bevor ich mich zum Gehen wende.

»Dieser Ort ist ein Drecksloch«, stellt Hunt fest, als wir die schäbige Bar am Rande der Stadt betreten. Die Beleuchtung ist schummrig, verbirgt aber nicht die heruntergekommene Einrichtung. Farbe blättert von den Wänden und der abgewetzte Holzboden hat schon bessere Tage erlebt. Die nicht zusammenpassenden Tische und Stühle ergänzen den Gesamteindruck und das Ambiente der Location noch. Als wir hereinkommen, wenden sich mehrere Köpfe in unsere Richtung, und wir werden misstrauisch beäugt.

»Das hier ist ein typischer Biker-Treff, was hast du erwartet?«, sage ich, als wir Richtung Bar gehen.

»Das ist weit entfernt von New York«, meint Hunt, wie immer gelassen.

»Diese Bar ist echter als die, in die wir früher immer gegangen sind«, stelle ich fest und lehne mich über den Tresen, um die Aufmerksamkeit der blonden Barkeeperin auf mich zu ziehen.«

»Hallo, du Hübsche.« Unverblümt zieht sie mich förmlich mit ihren Blicken aus, die sie über meinen Körper wandern lässt, doch sie macht mich kein bisschen an. In meiner Hose regt sich null. Ich hätte nichts gegen einen Fick einzuwenden, da der letzte bereits Wochen her ist, aber die einzige Frau, die ich unter mir haben möchte, ist die aktuelle Quelle meines Schmerzes. »Was kann ich euch bringen?«

»Ich suche nach Mike.«

Sie mustert mich mit noch größerem Interesse und fordert mich mit einer Bewegung ihres Fingers auf, näherzukommen. Ich stütze meine Ellenbogen auf die Theke und beuge mich vor. Ihr Atem stockt ein wenig und ihre Augen beginnen zu glänzen, aber ich bin nicht hier, um irgendein Mädchen zu ficken. Ich bin hier, um das Gesicht irgendeines Wichsers zu Brei zu schlagen, bis er kaum noch atmet. Nur so kann ich meine Wut unter Kontrolle bringen.

»Mike!« Ich schnippe mit den Fingern vor ihrem Gesicht herum.

»Ungeduldig?« Sie grinst unbeeindruckt, was bedeutet, dass ich scheinbar meine einschüchternde Wirkung verliere.

»Immer«, knurre ich. »Wo kann ich ihn finden?«

»Geht wieder raus, in die Gasse, und klopft an die braune Tür an der Rückseite des Gebäudes.«

Ohne ihr zu danken, marschiere ich los. Hunt folgt mir.

»Bist du sicher, dass du das machen willst?«, fragt Hunt und sieht sich im Raum um, sobald wir drinnen sind. Es ist ein viel kleinerer Veranstaltungsort als die üblichen Lagerhäuser, in denen ich sonst kämpfe, aber ich nehme, was ich kriegen kann.

Ein Ring bildet den Mittelpunkt des Raumes, in dem sich zwei kräftige Kerle die Scheiße aus dem Leib prügeln, beobachtet von ausgelassenen, betrunkenen Typen. Es gibt nicht viel Platz und die Menge tobt, schreit Obszönitäten und Ermutigungen.

Die Wetten sind lächerlich im Vergleich zu den Kreisen, die ich sonst kenne, aber das ist mir egal. Es geht mir nicht um Geld. Auch wenn ich früher gekämpft habe, um sicherzustellen, dass ich für die Versorgung meiner Brüder aufkommen konnte, ging es mir vordergründig immer um das mit dem Kampf verbundene High.

Ich weiß, dass ich krank bin.

Aber ich bin das Produkt meiner Erziehung.

Und dennoch – es könnte schlimmer sein.

Nach allem, was ich über Parkhurst gehört habe, denke ich, dass ich die bessere Karte gezogen habe. Keine Ahnung, wie verkorkst ich wäre, wären wir in Rydeville geblieben und hätten sie mich in diese verdorbene Welt gezwungen.

Ich funkle Hunt an und er lacht. »Versuch, ihn nicht umzubringen«, sagt er, als der Kampf endet und der bewusstlose Mann aus dem Ring gezogen wird.

»Ich mache keine Versprechungen«, entgegne ich, zerre mir mein Oberteil über den Kopf und reiche es ihm.

Der MC führt mich wenige Minuten später in den Ring, während ich meine übliche Maske aufsetze und meinen Gegner einschätze. Beim Kämpfen geht es nicht nur um rohe Gewalt oder Geschicklichkeit mit den Fäusten, es geht ebenso um geistige Einschüchterung.

Der Typ, gegen den ich antrete, hat mindestens dreißig Pfund und fünfzehn Jahre mehr auf dem Buckel als ich. Sein hartes Leben zeigt sich in jeder Falte seines gegerbten Gesichts. Sein Vollbart steht in direktem Kontrast zu seiner Glatze, und Tätowierungen bedecken seinen gesamten Oberkörper. Er ist kompakt gebaut, massig und seine Muskeln sind leicht definiert, allerdings verbringt er sicherlich nicht mehrere Stunden täglich im Fitnessstudio so wie ich. Dennoch ist er ein beeindruckender Gegner und nach seinem eingebildeten Blick nach zu urteilen, hält er seinen Sieg für eine sichere Sache.

Normale Typen hätten Angst.

Ich habe jedoch nie behauptet, normal zu sein.

Dieses arrogante Arschloch ist der perfekte Gegner für mich, um meine Aggressionen rauszulassen.

Die Vorstellungsrunde ist vorbei, und ich ignoriere die Rufe und Pfiffe, die gegen mich gerichtet sind. Sie werden eine andere Melodie singen, wenn der Kampf vorbei ist.

Die Glocke läutet und es geht los.

Ich tänzle durch den Ring, lasse meinen Gegner nach mir

schlagen und weiche geschickt aus, weil ich leichtfüßig bin. Ich sammle notwendige Informationen, während ich seine Bewegungen beobachte. Sobald die Menge buht und laut schreiend Blutvergießen fordert, boxe ich zu und lande einen kräftigen Treffer gegen seine linke Wange.

Wir schlagen aufeinander ein.

Er ist ein würdiger Gegner. Jeder Schlag gegen sein Gesicht oder seinen Oberkörper treibt das Adrenalin in meinen Adern nach oben. Seine Schläge fühle ich kaum, seit ich das Monster losgelassen habe, das in mir eingesperrt war, und ich all meine Frustration und Wut in den Kampf schütte. Schweiß rinnt mir über den Rücken und tropft mir von der Stirn in die Augen, aber das hält mich nicht auf. Unermüdlich teile ich Schläge aus, ohne viel zu Atem zu kommen.

Das Gesicht meines Gegners verblasst, und ich greife stattdessen Michael Hearst an, auf den ich mit all meinem Schmerz und all meiner Abscheu einprügle.

Der Typ wird müde, und als ich die Schwäche in seinen Augen sehe, stürze ich mich auf ihn. Ich stürme auf ihn zu und schlage wiederholt auf seinen Körper, sein Gesicht ein, während er sich bemüht, mich von sich wegzudrücken. Sein Atem geht mühsam und sein Wille, dies lebendig zu beenden, ist stärker als sein arrogantes Bedürfnis, zu gewinnen.

Als er zu Boden fällt, springe ich auf ihn und lasse meiner Wut mit jedem Schlag freien Lauf.

Schlage mit den Fäusten auf ihn ein.

Knochen knirschen.

Blut spritzt.

Schweißtropfen fliegen.

Dennoch höre ich nicht auf. Angetrieben von nackter Angst und roher Wut, wie ich sie noch nie zuvor gefühlt habe.

Als mich schließlich jemand von ihm runterzieht und mich als Sieger verkündet, fühlt es sich gut an. Meine Knöchel und mein Körper schmerzen, aber ich habe einige meiner inneren Dämonen rauslassen können.

»Besser?«, fragt Hunt und gibt mir mein Oberteil zurück.

Ich benutze es, um das Blut von meiner Brust und meinem Gesicht zu wischen, als ich aus dem Ring klettere.

»Ja.« Wir eilen durch den Raum, in dem sich eine feindliche Stimmung gegen uns zusammenbraut.

Das meiste Wettgeschäft wurde auf die lokale Legende gesetzt und soeben haben viele Männer jede Menge Geld verloren. Damit bin ich gerade zum Staatsfeind Nummer eins geworden.

So sehr mich der Gedanke an einen Gruppenkampf auch reizt, ziehe ich es vor, auf meinen Beinen rauszugehen, statt auf einer Trage oder in einem Leichensack getragen zu werden. Also halte ich den Kopf gesenkt und ignoriere den Hohn, der mir entgegenschlägt.

Wir bahnen uns einen Weg in die Gasse. Die kalte Luft wirkt wie ein Balsam auf meiner erhitzten Haut.

»Ich möchte Hearst, diesen Bastard begraben«, stoße ich aus, als wir wieder im Auto sitzen und uns Hunt nach Hause fährt. Ich knirsche mit den Zähnen und spanne die Fingerknöchel an, als ich die Wahrheit dieser Worte spüre, die in jedem Winkel meines Wesens mitschwingt. »Ich werde es genießen, ihn zu erledigen.« Ich lasse meinen Nacken knacken. »Er wird den Tag bereuen, an dem er mir etwas genommen hat.«

»Wusstest du davon?«, belle ich in dem Moment, als er ans Telefon geht.

Er seufzt. »Ja.«

»Danke für die Vorwarnung«, knurre ich.

»Es war nicht meine Aufgabe, es dir zu sagen. Das weißt du.«

»Deshalb hat dieser Wichser zugestimmt, sie zu mir kommen zu lassen, nicht wahr? Er wollte, dass sie mich bricht.«

»Ich bin mir nicht sicher, was seine Motivation ist«, gibt er seufzend zu. »Wir reden kaum noch miteinander und ich beziehe ihn nicht mehr in irgendwelchen Mist ein. Aber es spielt keine Rolle, denn ihr beide musstet gemeinsam heilen.«

Ich stoße ein bitteres Lachen aus. »Wie zum Teufel soll sie sich davon erholen?«

»Willst du damit sagen, dass du dich nicht um sie kümmern wirst?« Sein Ton wird eiskalt.

»Ich werde für sie da sein. Aber in diesem Fall kann man nicht einfach ein Pflaster auf eine Wunde kleben!«

»Lieb sie einfach, Kaiden. Zeig ihr, dass es einen anderen Weg gibt.« Ich antworte nicht. Nach einer Minute des Schweigens fügt er hinzu: »Lass mich meine Entscheidung nicht bereuen.«

»Das wirst du nicht«, bekräftige ich und seufze, während ich mir mit der Hand durch das Haar fahre. »Sie ist immer noch mein Ein und Alles. Auch wenn ich sie dafür erwürgen will, dass sie das gegen mich verwendet hat.«

Er lacht. »Ich kann nicht sagen, dass ich sonderlich überrascht bin.«

Ich teile seinen Humor nicht, und ich möchte das Ganze endlich hinter mich bringen. »Wir müssen von unserem Plan abrücken.«

»Warum?«

»Weil ich uns wahrscheinlich gerade in Gefahr gebracht habe.«

Er stößt einen frustrierten Laut aus. »Hast du etwas im Sinn?«

»Ja«, antworte ich und weihe ihn in meinen Plan ein.

19. Kapitel

Abby

Ich öffne die Augen. Dank der Heul-Schrägstrich-Zusammenbruch-Session der letzten Nacht sind meine Lider schwer und empfindlich. Ich fühle mich allerdings auch ein bisschen leichter. Oder vielleicht ist leichter das falsche Wort. Weil mein Verlust, *unser* Verlust, eine Narbe in meinem Herzen bedeutet, die niemals heilen wird. Dennoch hat es etwas Befreiendes, wenn man die Wahrheit erzählt und emotionale Qualen rauslässt.

Eine Bewegung im Raum erschreckt mich und ich drehe den Kopf zur Seite.

Licht strömt durch winzige Lücken in den Jalousien in den Raum und hebt seine Silhouette hervor. Auch wenn er in gekrümmter Haltung im Sessel sitzt, ist Kai hellwach. Mein Herz pocht erwartungsvoll, als ich mich aufrichte, über mein Gesicht reibe und ihn anblinzle. »Hasst du mich?«, platzt es aus mir heraus, weil mich die Angst beinah zerfrisst. Ich hasse es, wie verletzlich ich klinge, aber meine Enthüllung hat mich emotional entzweigerissen und ich könnte meine Gefühle nicht verschleiern, selbst wenn ich es versuchen würde.

Letzte Nacht hat er meine Bedürfnisse in den Vordergrund gestellt. Mich gehalten. Ist mit mir unter die Dusche gegangen, um den ganzen Schlamm abzuwaschen. Hat mich getröstet, während er meine Haare föhnte. Hat mich in seinen Armen gewiegt, bis ich eingeschlafen bin.

Aber ich bin nicht naiv. Er hat mir Trost gespendet, weil ich litt und er ebenfalls. Aber er hatte inzwischen Zeit, darüber nachzudenken. Zeit, in der die Wut über meine Täuschung in sein Gehirn vordringen konnte.

»Ich hasse dich nicht, Abby. Das habe ich dir schon gesagt. Und ich verstehe, warum du das getan hast.«

Erleichtert lasse ich mich gegen das Kopfende sinken, auch

wenn ich immer noch nicht weiß, wo wir stehen. »Warum bist du blutig und voller Prellungen?«, frage ich mit gerunzelter Stirn, als ich die aufgerissene Haut an seinen Knöcheln und die Verfärbungen an seinem Kinn und seinen Wangen wahrnehme. Ich vermute, dass die Verletzungen über sein Gesicht hinausgehen, und es ist offensichtlich, dass er in einen Kampf verwickelt war.

Er ignoriert mich, steht auf und geht zum Ende des Bettes. In einer blitzschnellen Bewegung wirft er die Bettdecke zurück, packt meinen Knöchel und zerrt mich rücklings auf die Matratze. Panik wechselt sich mit Aufregung ab, als er sich über mir aufbaut und in seinen Augen eine dunkle Bedrohung und heiße Versprechungen aufflammen.

»Was machst du da?«, stammle ich, als er meine Beine über die Bettkante zieht und meine Knie auseinanderstößt.

»Dich bestrafen«, presst er zwischen zusammengebissenen Zähnen hervor, und zieht mit seinen schwieligen Handflächen eine langsame, verführerische Spur über meine Beine.

Meine Mitte pocht und pulsiert, während flüssige Hitze in meine unteren Regionen strömt. »Du verlässt mich nicht?« Eindringlich und fragend sehe ich ihn an.

Kai positioniert sich über mir und stützt sich auf den Handflächen ab. Gefährliche Schwingungen gehen wellenartig von ihm aus. »So leicht wirst du mich nicht los.« Er senkt seinen Kopf und leckt an meiner Halsseite entlang.

Ein Wimmern entringt sich meinem Mund. »Aber ich habe dich angelogen.«

Er legt sich zu mir und drückt seinen Körper eng an meinen. Dann reißt er die Träger meines Nachthemds nach unten und kneift in meine Brustwarze.

Hart.

Und es tut verdammt weh.

Allerdings bevorzuge ich eine grobe Behandlung gegenüber einer zarten Berührung, weil ich diese neuen Brüste und alles, was sie darstellen, verabscheue. Wenn er sie berühren muss, ziehe ich es vor, dass er sie so behandelt. »Mach es noch einmal und ich werde mich nicht zurückhalten.« Seine Worte lassen Schauer meine Wirbelsäule hinunterlaufen. Ich biege meinen Rücken durch und drücke ihm meine Oberweite entgegen. »Versprich es mir.« Er zieht so fest an meiner anderen Brustwarze, dass Tränen in mir aufsteigen.

»Ich werde dir nie wieder etwas vorenthalten.«

Er senkt seinen Kopf, saugt einen meiner Nippel in seinen heißen Mund und entlockt mir damit ein lautes Stöhnen.

Ich hatte mich gefragt, ob ich nach der Brustvergrößerung die Empfindlichkeit meiner Brüste verlieren würde, und jetzt habe ich die Antwort. Kai hat einen sündhaften Mund, der dafür geschaffen wurde, intensives Vergnügen zu bereiten, und ich bezweifle, dass es einen Teil meines Körpers gibt, der auf seine Liebkosung nicht empfindlich reagieren würde.

Grob knetet er meine andere Brust, während er weiter in meinen Nippel beißt und daran saugt, bis ich vor Verlangen ganz feucht bin. »Du gehörst mir, Abigail.« Er rollt meinen Nippel zwischen seinen Zähnen hin und her, und die Mischung aus Vergnügen und Schmerz lässt mich aufschreien.

»Gehörst du mir?«, keuche ich.

Er hält in seinem Tun inne, hebt seinen Kopf und schaut mich finster an. »Du hast die Antwort auf diese Frage nicht verdient.«

»Dann hast du es nicht verdient, mich zu ficken«, gebe ich verärgert zurück und drücke gegen seine Schultern.

»Du denkst, du hättest eine Wahl?« Er hebt eine Braue an, lässt sich in eine sitzende Position zurückfallen und drängt den Saum meines Nachthemds nach oben. Dann reißt er mein Höschen entzwei und dringt mit zwei Fingern in mich ein. »Dein Körper hat sich bereits entschieden.«

Ich fauche ihn an, weil ich hasse, dass er recht hat.

Er zieht seine Finger aus meiner Pussy heraus, drückt meine Beine an meine Brust und spreizt sie dann so weit wie möglich. Anschließend rutscht er nach unten, legt sich flach auf den Bauch und öffnet meine Schamlippen. »Du musst für deine Sünden bestraft werden. Und zwar sofort.«

Seine Worte sorgen dafür, dass ich noch erregter und feuchter werde. Ich stütze mich auf meine Ellenbogen und beobachte sein Grinsen, ehe er meine Pussy entlangleckt. Ein gutturales Stöhnen erfüllt die Luft, als ich mich meinen fleischlichen Gelüsten hingebe. Es macht keinen Sinn, es abzustreiten, weil ich es genauso sehr will wie er. Er kann es Bestrafung nennen, wenn er möchte, aber wir wissen beide, was das hier ist.

»Hast du Schmerzen?«, fragt er mit etwas weicherer Stimme.

»Nein.« Ich schnappe nach Luft, als seine Zunge in mich eintaucht und er mich damit verwöhnt, während er mit zwei Fingern an meiner Klit reibt. Mein Becken zuckt und ich wölbe mich seinem Gesicht entgegen, in stummer Aufforderung, seine Finger schneller zu bewegen, weil sich mein Orgasmus immer mehr aufbaut.

Abrupt stoppt er und lässt von mir ab, nur Sekunden, bevor ich meinen Höhepunkt erreicht hätte. Frustriert kralle ich meine Finger in die Decke. »Du kommst nur, wenn ich es zulasse.« Herausfordernd sieht er mich an und ich beiße mir fest auf die Lippe, um zu verhindern, dass protestierende Worte meinen Mund verlassen.

Kai steht auf und ich starre ungeniert seinen durchtrainierten Körper an, während er sich auszieht. »Tut es weh?«, frage ich, setze mich auf und fahre mit meinen Fingern über die Blutergüsse an seinen Rippen.

»Ich mag die Schmerzen.« Er drückt mich auf das Bett zurück und zieht mich ein wenig näher an die Kante, bevor er mit einer Hand seinen harten Schwanz massiert und mit der anderen an meiner Klit spielt. »Nimm ein Kondom aus der Schublade«, verlangt er und deutet mit dem Kopf auf den Nachttisch.

»Ich dachte, du magst es, mich ohne zu ficken?«

»Ja, aber ich vermute, du nimmst gerade nicht die Pille und nach allem, was wir durchgemacht haben, denke ich, dass es sicherer ist, eins zu verwenden.«

Seine Bedachtsamkeit bringt mich beinah um den Verstand. Ich folge schweigend seiner Aufforderung und sehe zu, wie er es fachmännisch abrollt und sich an meinem Eingang positioniert. »Das hier wird keine sanfte Nummer werden.«

Mit einem Nicken stimme ich zu, und er dringt mit einem schnellen Stoß in mich ein, was mich zum Aufschreien bringt. Er legt meine Beine über seine Schultern und beginnt, mich in einem harten Rhythmus zu ficken. Mit einer Hand packt er meine Hüfte, mit der anderen Hand zwickt er in meine Brust, knetet sie und vergräbt seine Nägel in meinem weichen Fleisch.

Kai liebt wütenden Sex, aber das hier ist auf einer ganz anderen Ebene angesiedelt.

Adrenalin rast durch meine Adern. Wenn es sich so anfühlt, bestraft zu werden, lasse ich mich gern täglich von ihm züchtigen.

Er rammt seinen Schwanz tief in mich hinein, ehe er sich wieder langsam zurückzieht und in einer aggressiven Bewegung erneut zustößt. Mit einer Hand knetet er abwechselnd meine Brüste und er zieht immer wieder schmerzhaft an meinen Nippeln.

Mein Körper erzittert unter seinem und alle meine Nervenenden stehen in Flammen.

Das hier kann man nicht als Liebesspiel bezeichnen. Kai vermeidet es, mich zu küssen, dennoch kann ich nicht leugnen, dass ich jede Sekunde davon liebe. Ich erbebe unter ihm, als der Druck in meinem Körper wieder zunimmt und mein Bedürfnis, zu kommen, fast unerträglich wird. Wie von selbst wandern meine Finger nach unten, um an meinem Kitzler zu reiben.

»Nein.« Er schlägt meine Hand weg und ersetzt meine Finger durch seine. Er spielt mit mir, drückt hart meine Klit und lässt dann wieder von ihr ab, was mich vor Verlangen ganz verrückt macht.

Ich bin die ganze Zeit nah an einem Orgasmus, bereit, zu explodieren und in berauschende Höhen geschickt zu werden. Aber jedes Mal, wenn ich ganz kurz davor bin, zieht er sich zurück, indem er mir entweder seine Finger oder seinen Schwanz entzieht, bis ich mich frustriert unter ihm winde und darum bettle, kommen zu dürfen.

Er dreht mich um, packt mit einer Hand meinen Nacken und

drückt mein Gesicht in die Decke. Wieder spüre ich seinen Schwanz in mir, und er setzt seinen unbarmherzigen Rhythmus fort. Ich drücke ihm mein Becken entgegen, ziehe meine inneren Muskeln um seinen Schaft zusammen und genieße seine Stöße, während ich die ganze Zeit verzweifelt um Erlösung flehe.

»Wem gehörst du?«, knurrt er und lässt seine Hüften kreisen, sodass ich seinen Schwanz besonders tief spüre. Ein Wimmern entringt sich meiner Kehle.

»Dir«, keuche ich. »Immer nur dir.«

»Gutes Mädchen.« Er beugt sich über mich und verlangsamt seine Stöße. Mit einer Hand gleitet er zu meiner Brust und umfasst sie. »Ich sollte dich nicht kommen lassen«, flüstert er, während er an meinem Ohrläppchen knabbert, »aber ich bin in Gönnerlaune.« Er richtet sich auf und umklammert wieder meine Hüften, ehe er wie ein wildes Tier in mich hineinstößt und dabei stöhnend seinem eigenen Höhepunkt immer näherkommt.

Stürmisch reibt er meine Klit, während er mich so heftig fickt, dass ich Sterne sehe. In dem Moment, in dem er seinen kleinen Finger in meinen Po schiebt, jagt mein Orgasmus wie ein Tornado durch mich hindurch und ich schreie so laut, dass es Jackson und Sawyer auf jeden Fall hören müssen. Auch Kai brüllt seinen Orgasmus hinaus und stößt ohne Unterlass weiter in mich hinein, während wir beide zusammen auf den Wellen des Höhepunkts reiten.

Schließlich brechen wir in einem verschwitzten, müden Haufen auf dem Bett zusammen und kämpfen beide darum, unsere Atmung wieder unter Kontrolle zu bringen.

Ein paar Minuten später zerre ich ihn in die Dusche, weil wir beide mit seinem Blut überzogen sind und sauber werden müssen. Danach hilft er mir, die Bettwäsche zu wechseln, bevor wir erschöpft unter die Decke kriechen. Er zieht mich an seinen Körper, kuschelt sich von hinten an mich, und ich klammere mich an seine starken Arme und schließe die Augen.

Eine Welle der Zufriedenheit überschwemmt mich, als wir so

aneinander gekuschelt daliegen. Und das spricht Bände. Weil die Dinge zwischen uns immer noch nicht gänzlich gelöst sind. Ich bin immer noch für eine arrangierte Ehe mit einem Mann bestimmt, den ich nicht liebe. Und hinter Kai ist immer noch ein Auftragskiller her. Aber für diesen einen kostbaren Moment gibt es nur ihn und mich.

Und das ist alles, was zählt.

»Abby.« Er streicht mein feuchtes Haar beiseite und küsst meinen Nacken.

Ich drehe leicht den Kopf. »Ja?«

»Ich gehöre dir.« Er saugt stärker an meinem Hals. »Das habe ich schon immer.«

Seine Worte sind Musik in meinen Ohren. Ein riesengroßes Lächeln umspielt meine Lippen, ehe meine Augenlider schwer werden und ich einschlafe.

»Steht gefälligst auf!«, brüllt Sawyer und ich wache langsam auf.

Kai hält mich an seine Brust gedrückt und zieht die Decke über uns, um meinen nackten Körper vor fremden Blicken zu schützen. Sawyer ist jedoch zu beschäftigt, im Raum herumzurennen, um es zu bemerken. Er schnappt sich meine Tasche und beginnt, irgendwelche Sachen hineinzustopfen.

Ich habe Sawyer noch nie anders als cool und entspannt gesehen. Diese panische Version von ihm erschreckt mich.

»Was ist passiert?«, fragt Kai, der bereits aus dem Bett klettert.

»Wir wurden kompromittiert. Wir müssen gehen. Jetzt sofort!«

Ich rutsche aus dem Bett und wickle mir die Decke um den Körper. »Geh. Ich hole den Rest meiner Sachen.«

Sawyer nickt und ein paar dunkle Haarsträhnen fallen ihm in die Stirn. »Seid in fünf Minuten unten. Wir haben keine Zeit zu verlieren.«

Kai packt mein Gesicht und gibt mir einen kurzen, harten Kuss. »Beeil dich, Babe.«

Ich ziehe mir Jeans und einen Pullover an, bevor ich in meine Turnschuhe schlüpfe. Ich schließe gerade meine Tasche, als Kai mit einer grauen Reisetasche über seinen Schultern zurückkommt. »Fertig?«

Ich nicke und er schnappt sich meine zusammengepackten Sachen, bevor wir aus dem Raum rennen.

Als wir nach draußen treten, stehen zwei Land Rover mit abgedunkelten Scheiben vor dem Haus. Sawyer drückt Kai Schlüssel, ein Handy und eine Waffe in die Hand. »Es ist am besten, wenn wir uns aufteilen. Nehmt den Hinterausgang. Wir werden den Haupteingang nehmen und sie hoffentlich von euch ablenken.

»Hast du die Kennedys informiert?«

Sawyer nickt. »Ich habe den Notfallcode über das System gesendet, das Keven Kennedy vorbereitet hat, und Kyler direkt eine Nachricht zukommen lassen. Er schickt mehrere Männer her, die das Grundstück sichern.«

Kai fährt sich mit der Hand durchs Haar und nickt. »Gut.«

»Fahr so weit weg, wie du kannst, ohne anzuhalten«, rät Sawyer, »und sobald du dir sicher bist, dass ihr nicht verfolgt werdet, ruf Drew über diese Leitung an. Sie ist sicher.«

»Warte, was?«, frage ich und sehe verwirrt zwischen den beiden hin und her.

»Ich erkläre es dir später«, sagt Kai und stupst mich an. »Steig ein.«

Sawyer zieht mich in eine Umarmung. »Passt auf euch auf.« Sein Blick wandert über meine Schulter hinweg zu Kai. »Keine Heldentaten, Kai. Auf dich ist immer noch ein Killer angesetzt. Ruf Drew an und er wird sich darum kümmern, dass ihr auf sicherem Weg das Land verlassen könnt.«

»Ich weiß, was zu tun ist«, erwidert Kai.

Ich löse mich aus Sawyers Umarmung, als sich die Fahrertür des anderen Land Rovers öffnet, dann wieder schließt und Jackson mit einer Waffe erscheint. Er bietet sie mir an. »Ich hoffe, du brauchst sie nicht, aber nimm sie.«

Ich überprüfe, ob die Waffe gesichert ist, und schiebe sie mir in den hinteren Hosenbund meiner Jeans. »Vielen Dank. Passt auf euch auf.« Ich umarme ihn. »Ich möchte nicht, dass einem von euch etwas passiert.«

»Wir kommen zurecht. Bring einfach unseren Jungen in Sicherheit und versteckt euch.«

Ich will mich von ihm losmachen, doch er zieht mich näher zu sich heran. »Das mit den Babys tut mir so leid«, flüstert er an meinem Ohr.

Ein großer Kloß an Gefühlen schnürt mir die Kehle zu und mein Magen gerät in Aufruhr, doch ich nicke einfach. Daran kann ich jetzt nicht denken.

»Wir müssen gehen.« Kai zieht mich zurück und führt mich zum Auto. Ich steige ein und beobachte, wie er seine Freunde umarmt. Ich verstaue die Waffe im Handschuhfach, wische meine feuchten Hände an meiner Jeans ab und bete, wie ich noch nie zuvor gebetet habe.

Wenn wir kompromittiert wurden, kann das nur bedeuten, dass uns der Bastard gefunden hat und auf dem Weg ist, um meinen Freund zu töten und mich nach Hause zu schaffen. Ich möchte nicht nach Rydeville zurück und ich will Kai nicht verlieren, also hoffe ich, dass wir den Plan umsetzen können, den er im Kopf hat.

Reifen quietschen und Staub- und Kieswolken wirbeln auf, als beide Autos in verschiedene Richtungen davonfahren. Kai rast über das Feld auf der rechten Seite des Grundstücks und ich halte mich am Türgriff fest, weil ich hin- und hergeschleudert werde. Ich beschwere mich nicht und stelle auch keine Fragen, obwohl ich so viele habe.

Ich beobachte immer wieder aufmerksam die Umgebung und achte über den Rückspiegel auf den Bereich hinter uns, während Kai das Auto über unebenes Gelände manövriert. Wir fahren über Felder, der Boden wird immer holpriger, bis wir an einen schmalen Feldweg gelangen. Die Bremsen quietschen, als Kai eine scharfe Kurve nimmt, und mein Magen rutscht mir in die Kniekehlen. Ich umfasse den Türgriff noch fester. Kai ergreift meine freie Hand und drückt sie kurz, ehe sich unsere Blicke für eine flüchtige Sekunde treffen. Ich erwidere seine Geste und lasse ihn wissen, dass es mir gut geht.

Wir fahren ein paar Kilometer, bis wir zu einem doppelflügeligen Tor kommen. Es ist kleiner als das am offiziellen Eingang des Grundstücks, besteht jedoch aus dem gleichen stabilen Holz. Auch hier befindet sich ein Keypad. Kai gibt einen Code ein und fährt vorsichtig hindurch. Wir beugen uns beide nach vorn und schauen die Straße hinauf und hinunter, aber es ist kein Mensch in Sicht.

Kai biegt nach rechts ab und tritt das Gaspedal bis zum Boden durch, als wir uns rasend schnell von Kylers und Fayes Haus entfernen.

Es bringt mich fast um, nicht nach Drew zu fragen, aber Kai muss den Wagen lenken und einen kühlen Kopf bewahren. Ich werde nichts tun, was unsere Flucht torpedieren könnte, also hebe ich mir meine Fragen für später auf.

Wir fahren stundenlang irgendwelche entlegenen Straßen und Abzweigungen entlang, vermeiden den Highway, so gut es geht, und ich döse immer wieder weg. Als das Auto abrupt zum Stehen kommt, wache ich auf. Blinzelnd betrachte ich das Schild eines Motels im dämmrigen Abendlicht. »Wo sind wir?«

»Maine.« Kai schnallt sich ab und reibt sich über den Nacken. »Geht es dir gut?«

»Mir geht es gut.« Ich drehe mich um und schaue aus dem Heckfenster. »Uns ist niemand gefolgt?«

Er schüttelt den Kopf. »Ich habe niemanden entdeckt. Den Jungs sind nach ihrer Abfahrt ein paar Autos begegnet, die gerade in Mistbury ankamen, und sie haben absichtlich ihre Aufmerksamkeit erregt.«

Mein Herzschlag beschleunigt sich und mir stockt der Atem. »Sind sie ...«

»Alles ist okay«, versichert er mir eilig, um mich zu beruhigen, und verschränkt seine Finger mit meinen. »Jackson hat ein paar ausgefeilte Fähigkeiten und er ist ihnen entkommen. Sie sind in Sicherheit.« Er drückt einen Kuss auf meine Stirn. »Übernimm du schon mal den Check-in, während ich den Anruf tätige.«

Mein Blick trifft den seinen. »Ich möchte mit meinem Bruder reden.«

Er denkt eine Minute darüber nach, bevor er nickt. Dann holt er seine Brieftasche heraus und reicht mir einen Haufen Bargeld. »Trag uns unter falschen Namen ein und gib keine persönlichen Daten preis.«

Ich funkele ihn an. »Ich bin keine Idiotin. Ich weiß, was zu tun ist.«

Er drückt mir einen harten Kuss auf die Lippen. »Ich weiß Baby. Aber ich liebe es einfach, dich aufzuziehen.«

Ich strecke ihm die Zunge raus und der Anflug eines Lächelns huscht über sein Gesicht. Er schlüpft aus seinem Hoodie und reicht ihn mir. »Zieh den an, setz die Kapuze auf und halte den Kopf gesenkt. Benimm dich unauffällig. Wenn du glaubst, dass dich jemand erkannt hat, verschwinde sofort wieder.«

Ich folge seiner Aufforderung, während immer mehr Adrenalin durch meine Adern pumpt. Kai gibt mir einen Klaps auf den Hintern, was mich zum Stolpern bringt, und ich zeige ihm den Stinkefinger.

Kichernd komme ich fünf Minuten später mit unserem Zimmerschlüssel zum Auto zurück. Kai trommelt ungeduldig mit den Fingern auf dem Lenkrad herum, als ich seine Tür öffne. »Was?«

»Ich warte darauf, dass mich Drew zurückruft. Warum lächelst du so?«, fragt er und steigt aus dem Auto.

Ich folge ihm zum Kofferraum. »Das wird euch allen nichts sagen, aber ich habe uns als Cole Reynolds und Austin Lowes registriert.«

Er holt unsere Taschen aus dem Kofferraum und wirft mir dabei einen Blick zu.

»Es sind Charaktere aus einem Buch namens *I Dare You*«, erkläre ich. »Es ist eines meiner absoluten Lieblingsbücher überhaupt. Cole verkörpert den ultimativen superscharfen Bösewicht und Austin ist diese wilde Protagonistin, die sich von niemandem etwas gefallen lässt, besonders nicht von ihrem Freund.«

»Hm.« Er schließt das Auto ab und wirft sich beide Taschen über die Schulter, ehe er meine Hand nimmt und mich mit einem sarkastischen Grinsen bedenkt. »Klingt nach uns. Gute Idee, Babe.«

Das Zimmer ist einfach, aber es riecht sauber und frisch, und das ist das A und O. Ich lasse mich aufs Bett fallen, als Kai unsere Taschen auf den Boden wirft, und unterdrücke ein Gähnen. Ich frage mich, ob die Nachwirkungen all der Eingriffe, die mir mein Bastardvater aufgezwungen hat, der Grund sind, warum ich müder bin als sonst. Ein stechender Schmerz durchbohrt mein Herz und ich schließe die Augen, um einen Anflug von Emotionen abzuwehren.

Das Bett gibt unter seinem Gewicht ein wenig nach, als sich Kai zu mir setzt. »Rede mit mir.«

Ich sehe zu ihm und schaffe es dabei nicht schnell genug, meinen Schmerz zu verbergen. Er zieht mich in eine tröstliche Umarmung. »Es tut mir so leid, Abby«, flüstert er und streicht mir mit einer Hand über den Rücken.

»Was tut dir leid?«, frage ich überrascht, weil sich Kai normalerweise nicht entschuldigt.

»Die Dinge, die du ertragen musstest. Dass ich angekündigt habe, dich fertigzumachen. Dass ich mich von meinem Zorn habe überwältigen lassen. Dass ich nicht da war, um dich und unsere Babys zu beschützen.«

Ich lege meinen Kopf auf seine Brust und meine Arme um seine Taille. »Zuerst war ich geschockt, als ich herausgefunden habe, dass ich schwanger war, aber die Liebe, die ich empfunden habe, war sofort da«, gebe ich mit einem Kloß im Hals zu. Ich reibe meine Hand über seine Brust. »Ich wollte deine Babys haben. Und ich hasse diesen Bastard, weil er uns das genommen hat.«

»Ich auch. Mir ist bewusst, dass wir jung sind und in einer

beschissenen Welt leben, aber ich war nicht unglücklich darüber. Und wie du habe ich sie bereits geliebt.« Er drückt einen Kuss auf meinen Kopf und mein Herz schmilzt bei seinen Worten. »Es tut mir leid, dass ich dich im Stich gelassen habe«, fügt er mit erstickter Stimme hinzu. Ich schaue in seine schönen braunen Augen und erkenne den Schmerz darin. »Wenn ich dir in der Nacht des Saferaubs alles erzählt hätte, hättest du das Haus nicht verlassen, und ich hätte dich in Sicherheit bringen können.«

Ich umfasse sein Gesicht. »Du bist nicht dafür verantwortlich, Kai. Es ist nicht deine Schuld.«

Er öffnet den Mund, um etwas zu sagen, aber das Klingeln seines Handys unterbricht ihn. Er holt es aus der Tasche und ich strecke ihm meine Hand entgegen. Herausfordernd blicke ich ihn an. Wehe, er lässt mich nicht mit Drew telefonieren!

Ohne Widerworte übergibt er mir das Handy und ich nehme den Anruf entgegen.

»Anderson.« Die tiefe Stimme meines Bruders ist zu hören.

»Ich bin es«, sage ich ruhig. »Wir müssen reden.«

20. Kapitel

»Geht es dir gut? Passt er auf dich auf?«, fragt Drew besorgt.

»Mir geht es gut, und ja, das macht er.« Ich sehe hinüber zu Kai. »Was ist los, Drew?«

»Wir arbeiten zusammen, um dich zu beschützen und Dad aus dem Verkehr zu ziehen.«

Ich bin froh, dass er nicht lügt oder versucht, mir eine manipulative Antwort zu geben, denn dann würde ich ihm das Fell über die Ohren ziehen. Beiden. Kai steht auch wieder auf meiner schwarzen Liste, weil er mir nichts davon erzählt hat.

»Wie lange schon?«

»Nach der Schießerei haben wir uns dazu entschlossen.« Er atmet hörbar aus. »Mir ist klar, dass du jede Menge Fragen hast. Anderson sollte sie dir beantworten können, aber jetzt muss ich mit ihm reden. Auch wenn die Leitung sicher ist, gehe ich ungern ein Risiko ein. Ich muss mit ihm den Plan besprechen.«

»Du weißt, dass ich es hasse, wie eine schwache Prinzessin im Dunkeln gelassen zu werden, die nicht auf sich selbst aufpassen kann.«

»Niemand denkt so über dich. Hier geht es um etwas viel Größeres, Abby. Du hast Parkhurst gesehen. Vielleicht hast du jetzt eine Ahnung, wie krank das alles ist.«

»Es geht hierbei um Parkhurst?«

»Um Parkhurst und Dad. Ich werde dich einweihen, wenn wir uns sehen. Versprochen. Aber jetzt muss ich mit Kaiden reden.«

»Wann werde ich dich wiedersehen?«

»Ich weiß es nicht, aber hoffentlich bald.«

»Okay.«

»Abby.«

»Was?«

»Ich vertraue Kaiden, dass er dich beschützt. Du kannst ihm auch vertrauen.«

»Ich weiß.«

»Gut. Wir hören in Kürze wieder voneinander. Ich liebe dich.«

»Ich dich auch«, sage ich und gebe das Handy widerwillig an Kaiden weiter.

Ich höre mir ihre Unterhaltung an, aber sie ist hauptsächlich einseitig und ich finde wenig Neues heraus. Ich versuche, mich in Geduld zu üben, während Kai die ganze Zeit irgendeinen unleserlichen Scheiß auf einen Notizblock kritzelt, gebe aber schließlich auf und gehe stattdessen duschen.

Als ich aus dem Badezimmer komme, lehnt er mit dem Rücken an der Kopfstütze des Bettes und trägt nichts als eine Jeans. Ich versuche, seinen beeindruckenden Oberkörper nicht anzustarren, aber es ist eine Herausforderung, der ich nicht gewachsen bin. Mit feuchten Haaren und in ein Handtuch gewickelt, klettere ich auf das Bett. Er lässt seinen Blick über mich schweifen und lächelt. »Du siehst wunderschön aus.«

»Danke, aber deine Schmeicheleien werden dir nicht helfen, der anstehenden Fragerunde zu entkommen.«

Er zwickt mir in die Nase. »Ich habe nicht versucht, abzulenken, sondern nur meine Meinung kundgetan.« Er küsst mich sanft, bevor er sich erhebt. »Zuerst muss ich duschen, aber wenn ich fertig bin, beantworte ich alle deine Fragen.«

»Kai«, rufe ich und er bleibt in der Badezimmertür stehen. »Es wird alles gut werden, oder?«

Er kommt zu mir zurück und umfasst mein Gesicht. »Darauf kannst du dich verlassen.« Dieses Mal ist sein Kuss lang und tief, und mit jeder Bewegung seiner Lippen und jeder Berührung seiner Zunge beruhigt er mich. »Okay?« Mit seinem Daumen reibt er über meine geschwollene Unterlippe.

»Okay.« Ich knie mich hin, lege meine Hände um seinen Nacken und ziehe ihn für einen weiteren Kuss zu mir herunter. Als wir unsere Lippen voneinander lösen, legt er seine Stirn an meine und die berühmten drei Worte liegen mir auf der Zunge. Ich möchte ihm sagen, dass ich ihn liebe. Dass er mir das Gefühl gibt, sicher zu sein. Und dass ich mich beschützt fühle, wenn ich bei ihm bin. Aber etwas hält mich zurück.

Er schlendert zum Badezimmer. Ich betrachte seinen straffen Rücken und bestaune, wie sich seine Muskeln beim Gehen bewegen. Meine Libido ist seit unserer heißen Sex-Session heute Morgen wieder richtig erwacht.

Ich schlüpfe in eine saubere Jeans, ein Oberteil und Kais Hoodie, bevor ich zur Rezeption gehe, wo ich ein paar Getränke, Pommes und Sandwiches hole. Kai sitzt nur in Boxershorts auf dem Bett, als ich zurückkomme, und ich lecke mir über die Lippen, während ich meinen Blick über seinen ganzen Körper wandern lasse. Ich erinnere mich, wie es sich anfühlte, als er mich vor ein paar Stunden besinnungslos gefickt hat, und wie kleine Schweißperlen auf seiner tätowierten Brust glänzten.

»Wenn du mich weiterhin so ansiehst, kannst du deine Fragen vergessen und liegst unter mir, ehe du auch nur blinzeln kannst.«

»Vielleicht solltest du einfach etwas mehr Klamotten tragen«, schlage ich vor und wackele mit den Brauen, während ich einige meiner Einkäufe hervorhole und sie ihm reiche. »Wenn ich mal zur Abwechslung Hunger habe, musst du bereits am Verhungern sein.«

»Ich bin völlig ausgehungert«, erwidert er, betrachtet aber nicht die Speisen.

Ich sollte ihn nicht ärgern, aber es liegt nicht in meiner Natur, moralisch vollkommen zu handeln, also ziehe ich mich vor ihm aus, bis ich nur noch in meinem Höschen vor ihm stehe, ehe ich in Schlafshorts und ein Top schlüpfe.

»Wenn du versuchst, mich zu foltern, dann funktioniert es«, gibt er zu und streichelt seine Erektion, die sich unter seiner Boxershort abzeichnet.

Ich klettere neben ihm auf das Bett und grinse selbstgefällig. »Iss, du musst für mein Verhör gewappnet sein«, weise ich ihn an, bevor ich dicht an seinem Ohr hinzufüge: »Und wenn du ein guter Junge bist und alle meine Fragen beantwortest, darfst du mich danach vernaschen.« Ich ziehe die Beine unter und kämpfe gegen das pochende Verlangen an, das sich zwischen meinen Schenkeln regt.

»Klingt nach einem fairen Deal, der allerdings einer Änderung bedarf«, meint er und bedenkt mich mit einem wölfischen Grinsen, während er mit dem Saum meines dünnen Tops spielt. »Es muss ein nacktes Verhör sein.«

Ich verdrehe die Augen. »Wenn ich dich nackt befrage, werden wir nicht viel reden.«

Er legt seine Hand auf meinen bloßen Oberschenkel und sofort wird mir heiß. »Klingt nach keiner so schlechten Idee.« Er leckt sich die Lippen und meine Pussy zieht sich zusammen.

Ich schiebe seine Hand weg, weil ich weiß, dass sie mich nur ablenken wird. »Wie ist es dazu gekommen, dass ihr wieder mit meinem Bruder zusammenarbeitet? Und sind Charlie und Xavier auch daran beteiligt?«

»Als du verschwunden bist, bin ich bei euch zu Hause eingebrochen, um deinen Vater zu ermorden.«

Ich ersticke beinah beim Kauen. »Ich kenne meinen Vater. Die Sicherheitsmaßnahmen müssen nach dem Schusswechsel drastisch verstärkt gewesen sein. Wie zur Hölle bist du reingekommen?«

»Wir haben deinen Tunnel benutzt.«

Mir fällt die Kinnlade herunter und ich blinzle heftig. »Woher wusstest du davon?«

»Drew hat uns davon erzählt.«

Erneut bin ich völlig überrascht. »Woher wusste er davon?«

Kai zuckt mit den Schultern und trinkt ein paar Schlucke Wasser. Ich vermeide es, darauf zu achten, wie sexy er dabei aussieht, um meine Konzentration nicht zu verlieren. »Da musst du Drew fragen. Ich weiß nur, dass er uns in der Nacht vor dem Überfall davon erzählt hat – für den Fall, dass wir einen Fluchtweg brauchen würden.«

Drew hatte den Tunnel nicht bauen können, weil er schon länger als wir beide existiert. Aber war er derjenige, der für die Modernisierung des Tunnels und des hinteren Ausgangs verantwortlich ist? Und wenn ja, warum hat er das veranlasst? Es ist längst überfällig, dass mein Bruder und ich uns unterhalten, daher füge ich die gerade neu entstandenen Fragen den anderen hinzu, die ich ihm stellen muss.

»Was ist passiert?«

»Nun, wir sind aus zwei Gründen nicht in die Nähe deines Vaters gekommen.« Sein ganzer Körper spannt sich an. »Der erste war dieses Arschloch, Louis.«

Mir dreht sich der Magen um und ein saurer Geschmack füllt meinen Mund. »Was hat er getan?«

»Nichts, denn ich habe ihm eine Kugel in den Schädel gejagt, ehe er auch nur einen Muskel bewegen konnte.«

Ich starre Kai an, lege mein Sandwich weg und krieche auf seinen Schoß. Dann küsse ich ihn. »Danke, Baby. Du bist mein Held.«

»Ich sollte deine Antwort verstörend finden, aber ich glaube, ich bin genauso verkorkst wie du, denn stattdessen turnt mich das einfach nur an.« Er drückt mir sein Becken entgegen und ich spüre die wachsende Beule in seinen Boxershorts an meinem Hintern.

»So sehr ich auch auf deinem Schwanz reiten will«, gebe ich zu und reibe mich an ihm, »brauche ich dennoch dringend mehr Antworten. Also erzähl weiter.« Ich klettere von ihm runter und nehme mein Sandwich wieder in die Hand.

Amüsiert sieht er mich an.

»Ich wünschte, er wäre nicht so schmerzlos gestorben«, fährt er fort. »Ich habe mich auf seinen Leichnam gestürzt und auf seinen Schädel eingeschlagen, ohne dass es mir überhaupt bewusst war. Lauder und Hunt haben versucht, mich von ihm runterzuziehen, aber ich war in einem Anfall von Wut gefangen, und wenn Drew nicht mitgekommen wäre, wären wir höchstwahrscheinlich von den Männern eures Vaters erwischt worden.«

»Drew hat euch geholfen.«

Er nickt. »Drew hat die Leiche beseitigt und Xavier die Kameraaufzeichnungen gelöscht. Dann haben wir uns zu sechst getroffen und alles ausdiskutiert.«

»Was habt ihr besprochen?«, frage ich, da dies keine zufriedenstellende Antwort ist.

»Wir haben zugegeben, warum wir die Dokumente aus dem Safe versteckten, allerdings hatten sich die drei aufgrund der Geschehnisse am Abend der Schießerei schon alles zusammengereimt.« Er schiebt sein Sandwich und sein Getränk beiseite und sieht mich an. »Ich habe ihm erklärt, dass ich von der Sabotage deiner Empfängnisverhütung keine Ahnung hatte, und ich nicht Teil des Plans war, dich zu schwängern. Er glaubte mir, besonders, als ich ihn anflehte, mir zu sagen, wo du bist.«

»Und hat er es dir verraten?«

»Drew wusste nicht, wo du warst, auch wenn Charlie und er vermuteten, dass dich dein Vater nach Parkhurst gebracht hatte. Sie wollten dich genauso retten wie wir. Deshalb haben wir uns darauf geeinigt, zusammenzuarbeiten.«

Einzelne Puzzleteile fügen sich aneinander. »Daher wusste Xavier, dass ihr mich entführt habt. Und Charlie wusste, dass mich deine Brüder kidnappen würden. Darum hat er es gesagt«, sinniere ich.

»Was gesagt?«, hakt Kai sofort alarmiert nach.

»Äh, nichts.« Ich versuche, abzuwiegeln, aber das lässt er nicht zu.

»Diese Wahrheitssache ist keine Einbahnstraße.« Er deutet zwischen uns hin und her. »Unsere Beziehung funktioniert nicht, wenn wir uns nicht bedingungslos vertrauen. Dazu gehört, dass wir einander alles sagen. Also, spuck es aus.«

»Wir sind in einer Beziehung?«, platzt es aus mir heraus.

Er umfasst meinen Nacken. »Du bist mein und ich bin dein. Wie würdest du es sonst nennen?«

Ich klettere zurück auf seinen Schoß. »Ich kann nicht glauben, dass du mir so einfach vergeben hast.«

Er packt meine Pobacken und drückt sie. »Warum denkst du, dass dir vergeben wurde?« Er schlägt mir hart auf den Hintern. »Dieser Morgen war nur der Beginn deiner Bestrafung. Du wirst leiden, weil du mich betrogen hast, aber ich bin fertig damit, mich selbst zu bestrafen.« Er zieht meinen Kopf zu sich heran und küsst mich mit besitzergreifender Intensität. »Du gehörst mir und ich lasse dich nicht wieder gehen.«

»Es gibt da nur ein kleines Problem«, erinnere ich ihn, wenn auch wirklich ungern. »Technisch gesehen bin ich mit Charlie verlobt.« Ich befeuchte meine trockenen Lippen. »Und kurz bevor er an diesem Tag aus dem Auto stieg, offenbarte er mir, dass er mich lieben und mich wirklich heiraten wollte. Er bat mich, mir meine Optionen offen zu halten, und sagte, dass du nicht die einzige Wahl wärst.«

Seine Augen werden beinah schwarz und ein Muskel in seinem Kiefer beginnt zu zucken. »Ich wusste es, verdammt noch mal! Es war offensichtlich, jedes Mal, wenn er dich angesehen hat.« Er packt grob mein Gesicht. »Ich werde dich das nur einmal fragen. Liebst du ihn?«

Ich schüttle den Kopf. »Nicht auf diese Art und Weise.« Kais Augen verengen sich und ich funkele ihn an. »Lass das. Er ist einer meiner besten Freunde und ich liebe ihn genauso wie Jane und Xavier. Rein platonisch.«

Ich möchte hinzufügen, dass er der Einzige ist, den ich liebe, aber ich bin am Arsch, wenn ich mich so verletzlich mache.

Er kann es zuerst sagen, dann werde ich es erwidern.

Kai verzieht das Gesicht und eine Vielzahl von widersprüchlichen Emotionen schimmert in seinen Augen. Seine Gesichtszüge werden weicher, als er seinen Griff lockert und über meine Wange streichelt. »Ich muss dir etwas über Charlie erzählen. Das lässt mich wie ein eifersüchtiges Arschloch klingen, aber es ist mehr als das. Ich wollte es dir die ganze Woche über schon sagen, aber es bedeutet, dass ich dich einer Gefahr aussetze.«

Er beißt sich auf die Lippe und macht eine Pause.

»Hinterfrag deine Entscheidung nicht. Wir haben uns darauf geeinigt, keine Geheimnisse mehr voreinander zu haben. Sag es mir einfach.« Ich beuge mich vor und küsse ihn.

»Charlie ist der Grund, warum du ...«

Mit einem lauten Knall kracht die Tür zum Hotelzimmer auf und schneidet Kais Worte ab. Ich springe von seinem Schoß und greife nach der Waffe auf dem Nachttisch, als eine vertraute Gestalt in den Raum stürmt, flankiert von zwei bewaffneten

Schlägertypen.

»Ich habe sie gefunden«, murmelt Charlie in sein Handy und runzelt die Stirn, als sein Blick auf meinen halbnackten Körper und meine Brüste fällt, die sich ohne BH unter meinem Top abzeichnen. »Ich werde deine Tochter vor Mitternacht wieder nach Rydeville bringen.«

21. KAPITEL

»Was hast du getan?« Schockiert starre ich Charlie an und frage mich, ob ich ihn je wirklich gekannt habe. Langsam bewege ich mich auf den Nachttisch zu, als sich Kai erhebt, den Blick unverwandt auf Charlie gerichtet.

Charlie deutet mit dem Kinn auf Maurio und Benjamin. Mir wird klar, dass es eine Warnung ist, vorsichtig mit dem zu sein, was ich vor den Bodyguards meines Vaters von mir gebe. »Dein Vater möchte nur dein Bestes«, sagt Charlie. »Genau wie ich. Darum wirst du auch mit mir nach Rydeville zurückkehren.«

»Nur über meine Leiche«, knurrt Kai und geht mit mörderischen Absichten auf Charlie zu.

Im selben Moment, in dem Maurio und Benjamin ihre Pistolen ziehen und sie auf Kai richten, schnappe ich mir meine Waffe. Ohne Zögern stelle ich mich schützend vor Kai und richte die Waffe nach vorn. »Gebt auf oder ich schieße.« Ich deute mit dem Lauf auf Benjamins Brust und halte angestrengt meine Hand ruhig. Ich will ihn nicht erschießen, würde es aber tun, um Kai zu beschützen.

»Wartet draußen«, befiehlt Charlie in autoritärem Ton.

»Unsere Instruktionen besagen, dass wir die ganze Zeit an deiner Seite bleiben sollen«, erwidert Maurio ruhig.

»Mir ist egal, was eure Instruktionen sind«, erklärt Charlie und starrt ihn nieder. »Ich habe hier das Sagen. Verschwindet. Und zwar sofort.« Sein kalter Tonfall passt zu der drohenden Miene, die er aufgesetzt hat. Maurio überlegt einen Moment lang, sieht kurz zu mir und ich bemerke seine Unschlüssigkeit. Doch dann gibt er nach. Er lässt die Waffe sinken und schiebt sie zurück in sein Halfter. »Du hast fünf Minuten.« Die beiden verschwinden und mein Stresslevel sinkt ein wenig.

Charlie verschließt die Tür hinter ihnen und tritt vor mich. »Du kannst die Waffe jetzt runternehmen, Abby.«

Ich mache einen Schritt auf ihn zu und drücke ihm die Mündung gegen die Brust, direkt auf die Stelle, wo sich sein Herz befindet. »Kann ich das?«

Kai legt von hinten seinen Arm um meine Schulter und hält mich fest. Doch ich lasse die Waffe nicht sinken. »Ich werde dich nicht verletzen und ich bin nicht auf der Seite deines Vaters«, fügt Charlie leise hinzu. »Ich stand immer nur auf deiner Seite.«

Kai schnaubt. »Bullshit.«

Charlies Augen verdunkeln sich, als er Kai über meine Schulter hinweg anfunkelt. »Ich ärgere mich bereits darüber, dass ich deinen Arsch gerettet habe, also strapaziere dein Glück nicht.«

»Was soll das bedeuten?«, frage ich.

»Es bedeutet, dass hinter ihm nicht länger ein Killer her ist.« Er schürzt die Lippen. »Gern geschehen.« Seine Stimme trieft förmlich vor Sarkasmus.

Ich lasse den Arm sinken, halte die Waffe aber weiter fest. »Und der Preis dafür ist, dass ich nach Rydeville zurückkehre und dich heirate?«, vermute ich, und er nickt. »Meinem Vater kann man nicht vertrauen. Woher sollen wir wissen, dass er den Mordauftrag wirklich zurückgezogen hat?«

»Er wird unsere Ehe nicht torpedieren, weil sie zu wichtig ist.«

»Warum?«

»Das ist Sache der Elite. Ich habe nicht die Erlaubnis, dir das zu erzählen.«

»Kannst du nicht oder willst du nicht?«, fragt Kai, manövriert uns ein paar Schritte rückwärts und bringt etwas Abstand zwischen uns und Charlie.

»Das ist eine Parkhurst-Regel. Abigail versteht das.« Er betrachtet mich von oben bis unten. »Zieh dich an und hol deine Sachen. Wir müssen los, bevor dein Vater seine Meinung ändert.«

»Sie wird nicht mit dir gehen.« Kais Ton ist mehr als nur besitzergreifend.

Ich lege die Waffe auf das Bett und drehe mich zu ihm herum. »Babe.«

»Nein«, würgt er mich ab, ehe ich noch mehr sagen kann.

»Niemand nimmt dich mir wieder weg.« Er zieht mich näher zu sich heran. »Insbesondere nicht dieses Arschloch«, betont er, und mir ist nicht klar, ob er meinen Vater, Charlie oder beide meint.

»Er wird dich umbringen, wenn wir zusammenbleiben.« Mein Herz pocht bei dem Gedanken an eine Trennung schmerzhaft, aber scheinbar haben wir keine große Wahl. Wenn ich nicht in den nächsten Minuten im Auto sitze, werden Maurio und Benjamin ohne Zweifel dem Befehl meines Vaters Folge leisten, Kai zu ermorden und mich gewaltsam zurückzubringen.

»Ich lasse es darauf ankommen.« Stur presst er die Lippen zusammen.

»Das werde ich nicht zulassen. Dein Leben bedeutet mir mehr.«

Zorn flammt in seinen Augen auf. »Mein Leben bedeutet rein gar nichts ohne dich.«

»Jetzt wird er plötzlich romantisch.« Ich verdrehe die Augen, in dem Versuch, die angespannte Atmosphäre etwas aufzulockern, auch wenn mein Herz bei seinen Worten vor Freude singt.

»Abby.« Dieses eine Wort ist eine Warnung.

»Vertrau mir«, forme ich mit den Lippen. »Du weißt, dass es so sein muss«, gebe ich dann laut von mir, damit Charlie es hört.

Ohne Vorwarnung presst Kai seinen Mund auf meinen, verschlingt mich mit seinem Kuss. Er sagt mir damit alles, was er nicht in Worte fassen kann. Ich will das, was nun kommt, genauso wenig wie er, aber wir wissen beide, dass es der einzige Weg ist.

Charlie räuspert sich. »Wir müssen jetzt gehen, Abby«, sagt er kurz angebunden und sein Missfallen ist nur allzu deutlich.

Widerwillig löse ich mich von Kai und ignoriere das panische Flattern in meiner Brust und mein schmerzendes Herz. Die Qual in seiner Miene spiegelt wider, wie ich mich fühle. Mir ist speiübel, als ich mir ein paar Klamotten schnappe und ins Badezimmer renne, um mich umzuziehen. Zwei Minuten später tauche ich wieder auf und finde die Jungs in angespannter Kampfposition vor.

»Behalte deine Hände bei dir«, warnt Kai.

»Sie ist meine Verlobte«, sagt Charlie und tut wenig, um sein selbstgefälliges Lächeln zu verbergen. »Und ihr Vater erwartet Liebesbeweise. Es ist ein schmutziger Job, aber jemand muss ihn tun.«

Kai rammt seine Faust in Charlies Gesicht und landet einen harten Schlag gegen seine Nase. Blut spritzt aus der Wunde. Charlie boxt zurück und streift Kais Kiefer. Doch das war erst der Startschuss, denn nun gehen sie aufeinander los und schlagen in rascher Abfolge aufeinander ein.

»Hört auf!« Ich erwache aus meiner kurzfristigen Benommenheit und zwänge mich zwischen die beiden. »Das hier hilft niemandem.«

»Du wirst es nicht tun«, zischt Kai und zieht mich an seine Seite, während er sich das Blut von der Unterlippe wischt. »Ich vertraue ihm nicht.«

»Das hast du nicht zu bestimmen«, entgegnet Charlie und tupft an seiner blutenden Nase herum. »Wenn wir nicht in wenigen Minuten losfahren, jagen sie dir eine Kugel in den Kopf. Ist es das, was du für Abby willst? Dass sie damit leben muss?«

Kai drückt mich an seine Brust. »Ich weiß, was du tust, und ich werde dich im Auge behalten«, droht er Charlie.

»Oh, ich habe vergessen, ein wichtiges Element dieses Plans zu erwähnen«, sagt Charlie und kämpft gegen ein Grinsen an. »Halt dich von ihr fern oder der Deal ist vom Tisch.«

Das schockiert mich nicht. Ich habe von meinem Vater nichts anderes erwartet. Ich drehe mich in seinen Armen um. »Du musst mich gehen lassen«, flüstere ich, doch in meinem Inneren tobt eine ganz andere Emotion. »Wir haben immer gewusst, dass es dazu kommen würde.« Ich nehme seine Hand und lege sie auf die Stelle über meinem Herzen. »Du bist der Einzige, dem mein Herz gehört. Für immer.«

Er legt seine Stirn an meine und drückt mich noch einmal

ganz fest. »Ich liebe dich«, flüstert er an meinem Mund und sein warmer Atem streicht dabei über mein Gesicht. Es ist erstaunlich, wie diese drei Worte mein Herz gleichzeitig in die Höhe segeln und zusammenschrumpfen lassen.

»Ich liebe dich auch«, sage ich, jedoch viel lauter, weil ich möchte, dass Charlie es hört.

Wir lösen uns voneinander und stimmen dem Plan stumm mit unseren Blicken zu. Kai zieht sich seine Jeans an und beobachtet mit gequältem Gesichtsausdruck, wie ich meine Toilettenartikel und meinen Schlafanzug in meine Tasche stopfe. Anschließend hole ich die Schachtel mit meinem Verlobungsring hervor und schiebe sie in meine Hosentasche. Charlie wirft sich meine Tasche über die Schulter, bevor er meine Hand nimmt und mich zur Tür führt.

Ich werfe Kai über meine Schulter hinweg noch einen Blick zu.

»Pass auf dich auf«, formt er mit seinen Lippen und kämpft hart darum, seinen Ärger und seine Frustration im Zaum zu halten.

»Gleichfalls.«

Charlie zieht mich vorwärts und ignoriert Kai, als er die Tür hinter uns schließt und mich zum Auto geleitet.

Ich ignoriere Charlie die ganze vierstündige Fahrt zurück nach Rydeville, sehr zu seinem Bestürzen. Kais Worte verweilen in meinem Kopf. Er wollte mir etwas über Charlie erzählen, aber Charlie hat uns unterbrochen, bevor er die Chance dazu bekam. Eindeutig zu erkennen ist, dass Charlie etwas im Schilde führt und ich ihm nicht vertrauen kann. Ich glaube nicht, dass er mich verletzen würde, aber sein Liebesbekenntnis hat sein Urteilsvermögen getrübt, und das macht mir Angst. Mehr als das, es tut weh. Weil Charlie einer von den wenigen Menschen war, auf die ich mich wirklich verlassen konnte, doch mittlerweile ist mir klar geworden, dass ich den echten Charlie überhaupt nicht kenne. Ich sitze aufrecht in meinem Sitz, als wir um eine Kurve biegen und Kurs auf mein Zuhause nehmen. »Warum sind wir hier?«, frage ich sofort misstrauisch. »Ich dachte, du sagtest, wir würden bei dir wohnen?«

»Dein Vater will mit dir reden und du musst den Rest deiner Sachen packen. Mrs Banks hat bereits den größten Teil deiner Kleidung in mein Haus gebracht, aber ich habe darauf bestanden, dass sie deine persönlichen Besitztümer zurücklässt, damit du sie selbst durchsehen kannst.«

»Wenn du dir von mir Dankbarkeit erhoffst, kannst du lange warten.« Galle steigt mir die Kehle hinauf, als wir die Auffahrt zu dem Mausoleum hinauffahren, das sich noch nie wie ein Zuhause angefühlt hat. Schweren Herzens nehme ich den Verlobungsring aus der Schachtel. Als ich ihn auf meinen Finger schiebe, tue ich so, als würde ich Charlies fröhliches Lächeln nicht sehen.

Er parkt vor dem Haus, während die Bodyguards das Auto, in dem sie uns gefolgt sind, in die große Garage fahren. Charlie schaltet den Motor ab und dreht sich zu mir. »Du bist sauer, das verstehe ich. Aber nur so konnte er am Leben bleiben.«

»Tu das nicht«, fauche ich. »Tu nicht so, als hättest du das für ihn getan.«

»Das gebe ich gar nicht vor«, erwidert er ausdruckslos. »Ich habe es für dich getan.«

»Warum?«

»Weil ich dich liebe, und weil er dir, aus mir unerfindlichen Gründen, wichtig ist.« Er zuckt mit den Schultern und wirkt gleichgültig, aber er ist äußerst angespannt und presst die Zähne aufeinander. »Noch.«

»Hast du nicht gehört, was ich vorhin gesagt habe?«

»Natürlich habe ich das, aber die Menschen verändern sich. Gefühle verändern sich. Und ich weiß, dass du Gefühle für mich hast.«

»Nicht die Gefühle, die du meinst.« Ich sehe ihn aufrichtig an. »Ich liebe dich nicht, Charlie. Ich liebe Kaiden. Mich von ihm fernzuhalten, wird das nicht ändern.«

»Tja, dann musst du wohl so tun, als ob«, knurrt er. »Denn dein Leben und seins hängen davon ab, dass dein Vater an unsere Verlobung glaubt.« Er seufzt und fährt sich mit einer Hand durch sein dunkles Haar. »Hör zu, ich bin ja nicht dumm. Mir ist bewusst, dass ihr euch liebt. Aber es gibt kein Szenario, in dem dein Vater eure Liebe jemals zulassen wird.« Er nimmt meine Hand und malt mit dem Finger kleine Kreise auf meiner Haut. »Er ist mit mir einverstanden und ich kann für dich sorgen. Ich werde dir ein gutes Leben bieten und dich so behandeln, wie du es verdienst. Mit der Zeit wirst du lernen, mich zu lieben.«

Er ist wirklich völlig durchgeknallt, aber ich werde nicht länger darüber diskutieren. Denn eine Menge von dem, was er gesagt hat, stimmt. Kaidens Überleben bedeutet, dass ich mit Charlie zusammen sein muss. Zumindest, bis wir einen Weg aus dieser Misere gefunden haben. Wenn Charlie möchte, dass ich seiner phantasievollen Vorstellung Glauben schenke, und das der beste Weg ist, um Kais Leben zu schützen, dann werde ich es tun.

»Also gut.«

Er zieht eine Braue nach oben. »Also gut?«

»Aber ich tue das nur für Kai«, betone ich, bevor er aus dem Wagen steigt.

Er tritt hinter mich und legt eine Hand auf meinen unteren Rücken. Ich entferne mich aus seiner Reichweite und schenke ihm einen warnenden Blick. »Ich werde in der Öffentlichkeit tun, was ich tun muss, aber ansonsten keine Berührungen, es sei denn, es ist absolut notwendig.«

Beschwichtigend hebt er die Hände. »Wie auch immer du willst.« Sein Ton ist freundlich, aber mir entgeht das entschlossene Glimmen in seinen Augen nicht.

Innerlich fluchend, betrete ich zum ersten Mal seit Wochen das Haus. Offenbar befinde ich mich ab sofort in einem weiteren Kampf.

Einem Kampf um mein Herz.

22. Kapitel

»Ich vertraue darauf, dass du zur Vernunft gekommen bist, Abigail«, sagt der Bastard, als wir das formelle Wohnzimmer im Westflügel des Hauses betreten.

Charlie legt seinen Arm um meine Taille und ich lehne mich an ihn, als wir über den gemusterten Teppich zum lodernden Feuer gehen. Äußerlich ist Charlie der Inbegriff von Coolness, Ruhe und Gelassenheit, aber jeder Muskel in seinem Körper ist angespannt und bei jedem Schritt, den wir auf meinen Vater zugehen, verströmt er eine gefährliche Aura.

Ich habe sie schon früher einmal an ihm wahrgenommen – diese tödliche Ruhe, die das wilde Tier in seinem Inneren verbirgt.

Sofern er es zu meinen Gunsten verwendet, habe ich kein Problem damit, dass er es rauslässt. Ich bin jedoch keine naive kleine Prinzessin. Ich weiß, dass sich seine Vorstellung davon, was in meinem besten Interesse ist, nicht mit meiner Interpretation deckt. Charlie hat das Potenzial, ein gewaltiger Feind zu sein, und wenn ich das Spiel nicht richtig spiele, werde ich genau das zu spüren bekommen.

»Du sagst das, als ob ich entführt werden wollte«, erwidere ich kühl und setze mich neben Charlie auf die harte Ledercouch meinem Vater gegenüber.

Er hat es sich mit seinem üblichen Whisky in der Hand bequem gemacht und sieht uns entspannt an. »Sei nicht sarkastisch.« Er nippt an seinem Getränk und mustert mich über den Rand des Glases hinweg. »Wir wissen beide, dass du es geliebt hast, wieder bei diesem Verbrecher zu sein.«

»Wenn er ein Krimineller ist, ist es deine Schuld, weil du sein Leben in Stücke gerissen hast«, fauche ich und lasse mich von meiner Wut überwältigen. Charlie kneift mir warnend in die Seite, aber ich ignoriere ihn. »Indem du seine Mutter ermordet, seinem Vater alles gestohlen und sie in Armut verrotten lassen hast. Kein Wunder, dass sie auf Rache aus sind.«

Sein Glas zerschmettert auf dem Boden und zerbricht in winzige Scherben, als er auf mich zustürmt, mein Kinn packt und meinen Hals schmerzhaft nach hinten drückt. »Du scheinst deinen Platz vergessen zu haben, Tochter, und es ist an der Zeit, dass ich dich daran erinnere.« Er krallt seine Hand in meinen Pullover und zieht mich auf die Füße. Er mustert mich angewidert von Kopf bis Fuß. »Du siehst aus wie eine gewöhnliche Proletin.«

»Mr Hearst.« Charlie erhebt sich.

»Wähle deine nächsten Worte lieber äußerst vorsichtig, Charles«, warnt ihn der Bastard.

Ich traue mich nicht, Charlie anzusehen, also kann ich nicht sagen, welcher Ausdruck auf seinem Gesicht liegt, als er entgegnet: »Sie ist meine Verlobte. Ich werde derjenige sein, der sie diszipliniert.«

Was zum Teufel? Ich dachte, er würde versuchen, ihn aufzuhalten, aber nein, er macht mit. Innerlich sehe ich rot, aber ich sage nichts und behalte eine neutrale Miene bei, obwohl ich beide Männer ermorden möchte.

Charlies Aussage beruhigt ihn ein wenig. »Gab es Ärger?«, fragt er, kurzzeitig abgelenkt von Charlies geschwollener Nase.

»Nichts, mit dem ich nicht fertig werden könnte«, antwortet er kühl.

Vater stößt mich meinem Verlobten entgegen und richtet sein Hemd und seine Krawatte, bevor er seinen widerlichen Mund zu einem vertrauten spöttischen Grinsen verzieht. Panik steigt mir den Hals hinauf. »Mal sehen, ob ich die richtige Wahl getroffen habe.« Er bedenkt Charles mit einem bedrohlichen Blick.

Ich bemühe mich, mir nichts anmerken zu lassen, weil ich mich weigere, Angst vor ihm zu zeigen. Stattdessen klammere ich mich an meinen Hass und nutze ihn, um meine Entschlossenheit zu bekräftigen, ihn zu besiegen, koste es, was es wolle.

Er hat meine Babys ohne meine Zustimmung aus meinem Körper gerissen. Hat mir diese abscheulichen Brustimplantate einsetzen lassen, obwohl er wusste, dass ich sie nicht wollte.

Und jetzt zwingt er mich über Erpressung in eine andere arrangierte Ehe.

Er wird mir diesen Scheiß nicht länger antun.

Er wird dafür bezahlen.

Dieses Mantra wiederhole ich immer wieder in meinem Kopf und benutze es, um mich von dem abzulenken, was gleich passieren wird.

»Zwanzig Schläge auf ihren nackten Arsch. Genau hier. Genau jetzt.«

Ich koche innerlich, als Charlie mich herumdreht und fordert: »Jeans aus. Sofort.« Sein Gesicht ist eine Maske aus kalter Gleichgültigkeit und ich kann nicht sagen, ob es nur Show ist oder nicht.

Ich klammere mich an meine Wut und meinen Hass, ziehe meine Jeans aus und lege sie vorsichtig beiseite. Dann richte ich mich auf, recke das Kinn und sehe ihn herausfordernd an. Soll er doch das Schlimmste mit mir machen. Charlie setzt sich wieder auf die Couch und tätschelt seinen Schoß.

»Höschen runter«, befiehlt mein Vater und ich weiß, dass ihm bei dieser kranken Scheiße einer abgeht.

Ich hake meine Daumen in den Bund meines Höschens und bin bereit, es zu entfernen, als Charlie meine Hüften packt und mich mit dem Gesicht nach unten über seinem Schoß positioniert. Als ich ausgestreckt auf ihm liege, mein Gesicht in die Armlehne der Couch gedrückt, und mein Hintern leicht in die Luft ragt, zieht er mir mein Höschen aus und schiebt es bis zu meinen Knöcheln hinunter.

Ein unfreiwilliger Schrei entschlüpft mir, als sich mit seinem ersten Schlag ein stechender Schmerz über meinen Po ausbreitet. Ich beiße mir fest auf die Lippe, während Charlie keine Zeit damit verschwendet, meine Bestrafung auszuteilen, und mir in schneller Folge auf den Hintern schlägt. Ich möchte glauben, dass er dies so schnell tut, um es hinter sich zu bringen, anstatt absichtlich, denn es tut mehr weh, wenn es keine Verschnaufpausen zwischen den Schlägen gibt.

Mit geschlossenen Augen ignoriere ich den Schmerz und die

Demütigung, konzentriere mich auf meinen Zorn und meine Wut und festige meine Entschlossenheit, ihn zu Fall zu bringen, nur noch mehr.

»Gute Arbeit«, sagt der Bastard. »Mir gefällt ein gesunder Rotton auf der Haut meiner Frauen.«

Ich schlucke meinen Ekel hinunter und bin erleichtert, als ich spüre, wie Charlie mein Höschen wieder nach oben zieht.

»Nein.« Charlie hält angesichts des Befehls meines Vaters inne. »Lass sie aufstehen und sich das Höschen selbst wieder hochziehen.«

Sein unverhohlener Wunsch, meine nackte Pussy zu sehen, sorgt dafür, dass meine Lippe zu zittern beginnt und mich intensive Angst überkommt.

Mein Vater hat mich noch nie auf sexuelle Art und Weise angesehen oder in dieser Hinsicht Hand an mich gelegt, aber ich habe immer gewusst, dass er dazu in der Lage ist. Ich weiß nicht, was in seinem Sexkerker vor sich geht, aber ich bezweifle, dass es legal oder für die Frauen in irgendeiner Weise angenehm ist.

»Nein.« Charlies Stimme ist resolut, als er sich meinem Vater widersetzt und mein Höschen wieder hochzieht. »Niemand außer mir bekommt ihre Pussy zu sehen.« Mein Magen schmerzt und ich zucke zusammen, als ich die Beule in seiner Hose streife. Mir gefällt das Wissen nicht, dass ihn das, was er mir eben antat, erregt hat.

Was für ein Spiel spielt Charlie, und bin ich der ultimative Preis oder spielt er um höhere Einsätze?

Mein Vater lacht amüsiert, was mich schockiert. Denn jedes Mal, wenn Drew seine Position behauptet, sieht er sich wütenden Fäusten gegenüber.

Charlie packt meine Hüften und stellt mich auf meine Füße. Er schnappt sich meine Jeans und reicht sie mir, ohne den Blickkontakt zu meinem Vater zu unterbrechen, als er aufsteht.

»Wie möchtest du das mit deinem neu gewonnenen höheren Status erreichen, nachdem du verheiratet bist?«, fragt der Bastard.

Während ich meine Jeans anziehe, stütze ich mich mit einer Hand an der Couch ab, um das Gleichgewicht nicht zu verlieren, und täusche Gleichgültigkeit vor, obwohl ich ihre Unterhaltung begierig verfolge.

»Ich teile sie nicht.« Charlie verschränkt stur die Arme vor der Brust.

»Ich sollte wahrscheinlich noch erwähnen, dass ich meine Hände ausgiebig an ihren Titten hatte.« Mein Vater lacht höhnisch und ich kämpfe darum, meinen Mageninhalt bei mir zu behalten.

»Ich hoffe, das war ein Witz«, faucht Charlie.

Ein grausames Funkeln flammt in den Augen meines Vaters auf und seine Mundwinkel wandern nach oben. »Nach einer Brustvergrößerung ist es wichtig, die Brüste täglich zu massieren, damit sie nicht verhärten oder in die falsche Position rutschen. Da du bewusstlos warst, haben Wyatt und ich das für dich übernommen.« Amüsiert richtet er seinen Blick auf meine Brust. »Gern geschehen.«

Ich fühle mich aufs Neue völlig missbraucht.

Ich habe keine Ahnung, was Charlie mit Wyatt gemacht hat, aber in diesem Moment hoffe ich, dass er ihm eine Kugel durch den Kopf gejagt hat. Worte der Vergeltung liegen mir auf der Zunge, als mich Charlie in seine Arme zieht und einen Kuss auf meinen Kopf drückt. »Der einzige Mann, der sie von nun an berührt, bin ich.«

Mein Vater lacht dröhnend auf. »Für gewöhnlich hast du kaum Probleme damit, irgendwelche Frauen zu teilen.« Er zieht eine Augenbraue hoch, und ich spüre wieder dieses kranke Gefühl in meinem Bauch. Ich vermeide es absichtlich, Charlie anzusehen, weil mich Vater aus der Fassung bringen will, aber diese Befriedigung werde ich ihm nicht geben.

»Huren sind was anderes«, erklärt Charlie und ich muss gleich wirklich kotzen. »Sie wird meine Frau sein und ich beabsichtige, sie zu respektieren.«

Der Bastard schlägt ihm auf die Schulter. »Welch edle, wenn auch fehlgeleitete Ziele.«

Ich riskiere einen heimlichen Blick in Charlies Richtung. Er wirkt gelassen, aber die pochende Vene an seinem Hals besagt etwas anderes. Er ist kurz davor, zu explodieren. Interessant. Ihm gefällt dieser Gesprächsverlauf nicht, was bedeutet, dass alles Teil der Show ist. »Mein Vater vermeidet es bei meiner Mutter.«

Das amüsierte Grinsen meines Vaters verschwindet. »Und das ist einer der Gründe, warum er niemals weiter vorankommt, aber du, mein Junge«, mein Vater packt grob seine Schulter, »du bist für größere Dinge bestimmt.«

»Ich werde sie nicht teilen«, wiederholt Charlie und ich bin überrascht, dass er meinen Vater derart herausfordert und noch immer am Leben ist.

Der Bastard mustert Charlie abschätzig. »Diese Unterhaltung ist ein wenig verfrüht, findest du nicht? Ihr seid ja noch nicht mal verheiratet. Vielleicht wirst du deine Meinung noch ändern.« Er grinst mich anzüglich an und mir kommt erneut die Galle hoch.

Charlie legt besitzergreifend den Arm um mich und ich zittere unkontrolliert, als sich heftige Furcht in meinem Inneren ausbreitet.

Vater sieht auf seine *Rolex*. »Ich habe noch was vor, also lass uns unser Geschäft abschließen.«

Charlie setzt mich wieder auf die Couch, legt seinen Arm um meine Schulter und hält mich fest. Ich kaue auf der Innenseite meiner Wange herum, um nicht zusammenzucken, als mein schmerzender Hintern auf das harte Leder trifft. Aus meinem tiefsten Inneren beschwöre ich Zurückhaltung herauf und grabe meine Nägel in meine Seiten, um mich nicht auf Charlie zu stürzen und damit eine weitere Strafe zu kassieren.

»Du wirst niemandem sagen, dass du schwanger warst«, sagt mein Vater und sieht mich warnend an. »Und soweit alle wissen, bist du noch Jungfrau und wirst bis zu deiner Hochzeitsnacht eine bleiben.«

Ich möchte wissen, warum das so wichtig ist, aber es macht keinen Sinn, eine Frage zu stellen, auf die ich keine Antwort bekommen werde.

»Wie willst du das geheim halten, wenn es seit dem Abend der Verlobungsparty Menschen gibt, die wissen, dass ich keine Jungfrau mehr bin?«, frage ich.

»Dafür wurde gesorgt. Alles, worum du dich kümmern musst, ist, dich als pflichtbewusste, jungfräuliche Braut zu präsentieren.«

»Das tue ich. Unter einer Bedingung.« Ich straffe den Rücken. »Du wirst weder Kaiden Anderson noch seine Brüder oder jemanden auf dieser Liste anrühren, verletzen oder töten. Weder durch deine eigene Hand noch durch jemanden, den du dafür bezahlst.«

Mein Vater schmunzelt. »Es ist amüsant, dass du denkst, du hättest irgendwelche Verhandlungsmacht.«

»Es ist amüsant, wie leichtfertig du mich übergehst.« Ich beuge mich vor. »Wenn mir, Kai oder jemand anderem, den ich liebe, etwas zustößt, wird automatisch ein Statement an jeden Reporter und jede Strafverfolgungsbehörde in den USA gesendet, in der alles steht, was du mir und anderen angetan hast.«

Sein Grinsen wird nur noch breiter. »Die meisten dieser Leute habe ich in der Tasche. Ich kann das mit einem Fingerschnippen aus der Welt schaffen.«

»Du hast nicht alle in der Tasche, und es wird ausreichen, um Argwohn aufkommen zu lassen.«

»Du denkst, die wahnhaften Anwandlungen eines jungen Mädchens würden wirkliches Interesse heraufbeschwören?«

»Ich denke, dass die Leute, denen du etwas vorzumachen versuchst, aufhorchen und nachhaken würden.« Ich bluffe, weil ich bisher noch nichts Dergleichen arrangiert habe, was ich aber auf jeden Fall nachholen will. Obwohl noch unklar ist, dass ich mit meinem Instinkt richtigliege, behauptet Drew, dass es um etwas Größeres als Manning Motors geht, und ich weiß, dass es mit Parkhurst zu tun hat. Betrachtet man dazu noch die Tatsache, dass der Bastard so wahnsinnig viel Wert auf den Anschein nach außen legt, muss es jemanden geben, den er zu beeindrucken oder zu blenden versucht. »Außerdem hast du mich als vermisst gemeldet und mein Gesicht nationalweit in die Nachrichten gebracht, falls du das vergessen hast.«

»Das ist kein Thema mehr. Wir haben die Medien darüber informiert, wie sehr ich mich über dein Wiederauftauchen gefreut habe.«

»Du hast mich ins Rampenlicht gestellt, Vater. Das reicht, um von den Medien Beachtung zu bekommen, wenn ich ein Statement veröffentliche.«

Die Tür wird geöffnet und Mrs Banks steckt ihren Kopf ins Zimmer. »Ihr Gast ist da, Sir.«

»Bringen Sie sie zu mir«, sagt er, ohne unsere Haushälterin eines Blickes zu würdigen.

»Sie wird deine Geduld in einer Tour auf die Probe stellen.« Mein Vater sieht Charlie an. »Bist du sicher, dass du damit klarkommst?«

»Ich bin anwesend«, protestiere ich.

»Halt deinen Mund, Abigail.« Er ballt die Hände zu Fäusten und ich realisiere, dass ich bei ihm einen Nerv getroffen habe. Ich füge diese Information meinen gedanklichen Notizen hinzu, um sie später zu analysieren.

Ich setze dazu an, etwas Bissiges zu erwidern, aber Charlie kneift mir warnend in den Arm und ich klappe meinen Mund wieder zu. »Sie wird sich unterwerfen und ich werde sie unter Kontrolle behalten.«

»Sieh zu, dass du das tust.« Er erhebt sich und auch wir stehen auf.

»Ich gebe dir mein Wort, dass diesem Kriminellen nichts passieren wird«, erklärt er und funkelt mich an. »Aber wenn du mich hintergehst, sind alle Deals vom Tisch und er ist der Erste auf meiner Liste. Hast du das verstanden?«

»Ja, ich habe verstanden.«

»Gut.«

Die Tür öffnet sich wieder und eine hochgewachsene, dünne Blondine mit großen Lippen und noch größeren Brüsten betritt den Raum. Sie trägt ein winziges weißes Minikleid und himmelhohe Stilettos. Diamantschmuck hängt um ihren Hals und ihre schlanken Arme. »Liebling.« Sie schmiegt sich an meinen Vater und ich bin nicht schnell genug, um den Anflug von Ekel in meinem Gesicht zu verbergen. Sie sieht aus, als wäre sie nur ein paar Jahre älter als ich, was einfach falsch ist.

Er packt sie an den Handgelenken, zieht sie zu sich heran und leckt seine Lippen, während er sie begierig ansieht. »Zieh dich aus und geh auf die Knie.«

Er ignoriert sie, als sie ohne Widerworte den Saum ihres Kleides hebt, und konzentriert sich stattdessen auf mich. »Du wirst die Nacht über hierbleiben. Dein Bruder hat dich vermisst.«

Er fragt nicht. Aber ich möchte Drew trotzdem sehen, also nicke ich.

»Und ich erwarte euch beide jeden Sonntag hier zum Abendessen.«

»Wir werden da sein«, sagt Charlie und wendet seinen Blick ab, als die Frau ihren BH auszieht und nur noch in Höschen und High Heels vor uns steht.

»Willst du uns nicht vorstellen?«, spotte ich.

»Sie ist niemand«, erwidert er und öffnet die Schnalle an seinem Gürtel. Seine Mundwinkel zucken, als ich das Gesicht verziehe. »Bleib, wenn du zuschauen willst«, fügt er hinzu und fordert mich mit einem wissenden Blick heraus. Sein lautes Lachen folgt mir, als ich mit Charlie auf den Fersen zur Tür eile.

Sobald die Tür geschlossen ist, drehe ich mich um und pike ihm gegen die Brust. »Du kannst gehen.« Ich sehe ihn wütend an, da mein Hintern noch immer von seinen Schlägen brennt.

»Ich hatte keine Wahl.«

»Man hat immer eine Wahl«, widerspreche ich und erinnere mich daran, dass Sawyer einmal genau das zu mir gesagt hat. »Und du hattest kein Problem damit, ihm bei der Sache mit dem Teilen die Stirn zu bieten.« Ein Schauder durchrieselt mich bei dem Gedanken daran, was das für Folgen haben wird.

»Ich weiß, wie ich mit deinem Vater umgehen muss.«

»Weil du verstehst, wie sein Verstand funktioniert?«, hake ich nach. Insgeheim frage ich mich, ob Charlie ähnliche psychopathische Eigenschaften hat. Immerhin scheint er schon länger ein bisschen durch den Wind zu sein und ich kann ihn oder sein Vorhaben nicht gänzlich durchschauen.

Charlies Blick wandert nach oben zu der Stelle, an der eine der versteckten Kameras an der Wand montiert ist. »Nicht hier. Lass uns in deinem Schlafzimmer reden.«

Er greift nach meiner Hand und ich ramme ihm meinen Ellenbogen in die Rippen. »Fass mich ja nicht an.«

Er packt meinen Unterarm und zieht mich den Flur entlang. Dann drückt er seinen Mund an mein Ohr und flüstert: »Wir müssen für die Kameras eine Show hinlegen oder willst du, dass dein Freund getötet wird?«

Das nimmt mir den Wind aus den Segeln und ich höre auf, mich ihm zu widersetzen. Ich lasse ihn meine Hand halten, aber in dem Moment, als wir hinter verschlossenen Türen in meinem Zimmer stehen, stoße ich ihn von mir weg. »Fang an zu reden.«

»Es tut mir leid, dass das passieren musste, aber es wird nicht die letzte unangenehme Sache sein, zu der ich gezwungen bin, wenn du ihn weiterhin beschimpfst.« Er geht auf mich zu.

Abwehrend hebe ich eine Hand. »Komm nicht näher, es sei denn, du willst ein blaues Auge kassieren. Ich bin verdammt sauer.«

»Nein, wirklich? Ist mir ja noch gar nicht aufgefallen.«

»Mach dich nicht über mich lustig.«

»Meine Güte, du gibst aber ein hartes Publikum ab.«

»Charlie«, knurre ich und raufe mir frustriert die Haare.

Er geht zu meinem Bett, setzt sich darauf und klopft auf den Platz neben sich. »Bitte setz dich.«

»Hast du nicht gehört, was ich gerade gesagt habe?«

»Ich gehe das Risiko ein.« Er klopft erneut auf das Bett.

Ich lasse mich so weit wie möglich von ihm entfernt nieder und er blickt traurig drein. »Ich bin auf deiner Seite, Abby. Und ich tue alles, was in meiner Macht steht, um dir zu helfen. Warum zum Teufel sollte ich einen Deal mit deinem Vater aushandeln, der Kais Leben rettet, wenn es nicht darum ginge, dir zu helfen? Es ist nicht so, dass ich das Arschloch mag. Er hat dich mir vor der Nase weggeschnappt, bevor ich dir zeigen konnte, wie gut wir zwei zusammenpassen könnten.«

»Tu das nicht.« Ich kann momentan nicht mit emotionaler Erpressung umgehen.

Er rutscht ein wenig näher. »Es ist die Wahrheit.« Seine Hände zucken an seinen Seiten und mir ist klar, dass er mich berühren möchte, sich aber zurückhält. »Ich liebe dich und ich möchte mein Leben mit dir verbringen. Wenn er jedoch deine Wahl ist, werde ich dich gehen lassen.«

Ich sehe ihn prüfend an und suche in seinem Gesicht nach Beweisen dafür, dass er die Wahrheit sagt. »Ich dachte, du wolltest mich heiraten und mir ein gutes Leben schenken.«

»Das ist noch nicht vom Tisch. Und das können wir in Rydeville oder weit weg von hier. Wir können heiraten und verschwinden, wenn du das willst.«

»Du würdest deine Familie zurücklassen, um mit mir wegzulaufen?« Skepsis liegt in meinen Worten.

»Ja.« Er zögert nicht mit seiner Antwort. »Es ist das, was ich in der Nacht der Schießerei vorhatte.«

»Du sagtest, Oscar hätte mich an diesem Abend zu Xaviers Lagerhaus bringen und wir hätten nach Europa fliehen sollen. Wie konntest du das im Voraus planen?«

»Ich wusste, es würde nicht lange dauern, bis du es herausfindest.« Er fährt mit einer Hand durch sein schwarzes Haar und Sorgenfalten bilden sich auf seiner Stirn.

»Wenn du willst, dass ich dir vertraue, Charlie, musst du ehrlich zu mir sein.«

»Wenn ich dir das sage, bist du in noch größerer Gefahr, aber ich sehe jetzt keine Möglichkeit mehr, dich davor zu schützen.« Er rückt näher, bis es nur noch eine kleine Lücke zwischen uns gibt. Seine smaragdgrünen Augen sehen mich eindringlich an. »Fast alles, was vor sich geht, hängt mit Veränderungen innerhalb des Ordens und in Parkhurst zusammen.«

»Was ist der Orden?«

»Es ist die Hierarchie innerhalb der amerikanischen Eliten-

Struktur. Drew kann dir mehr darüber erzählen, aber es kommt zu Veränderungen, und mein Vater will da raus, bevor es dazu kommt. Vor ein paar Jahren hat ihn eine Fraktion innerhalb der Elite kontaktiert, die besorgt über die Agenden deines Vaters und den Grad an Unterstützung war, den er erlangt hatte. Sie baten um seine Hilfe und versprachen im Gegenzug, ihm seine Freiheit zu gewähren. Dass er die Elite verlassen könnte. Dass er Rydeville verlassen und alles hinter sich lassen könnte.«

»Warum möchte dein Vater das?«

»Weil er nie ein Teil davon sein wollte. Er hat es geerbt. Es war ein Vermächtnis, aber es war nie das, was er für seine Familie wollte. Er hat sich extrem bemüht, Mom vor den schlimmsten Exzessen des Ordens zu schützen, und gelegentlich hat er die archaischen Regeln missachtet, obwohl es riskant war.«

Er verschränkt die Knöchel übereinander. »Als dein Vater und Christian Montgomery Atticus Andersons Tod inszenierten, erkannte Dad, dass er gefangen war. Dass es keinen Ausweg gab, und er versuchte, sich einzufügen. Aber dein Vater ist machtgierig, und je mehr er gewinnt, desto schlimmer wird er. Als das Angebot aus dem feindlichen Lager kam, hat es nicht lange gedauert, bis er sich entschloss, ihnen zu helfen.«

In meinem Kopf geht eine Glühbirne an und ich reiße die Augen auf. »Heilige Scheiße. Dein Vater hat mit Atticus Anderson zusammengearbeitet, oder?«

Charlie nickt.

»Und das heißt ...«

»Dass ich von Anfang an mit der neuen Elite zusammengearbeitet habe.«

23. KAPITEL

Das muss es sein, was Kai mir im Hotel erzählen wollte. Ich kralle meine Nägel in die Decke. »Ihr seid alle verfickte, verlogene Wichser.« Jeder Muskel in meinem Körper spannt sich an. »War Drew auch hierin eingeweiht?«

»Nein, Drew wusste von nichts, bis sie dich nach Parkhurst gebracht haben und ich es ihm anvertraut habe. Das ist einer der Gründe, warum er sauer auf mich ist. Warum ich jetzt nicht im Abseits stehe.«

»Du wusstet, dass es an diesem Abend auf der Party eine Konfrontation geben würde.«

»Ja, und mir war klar, dass es unschön werden würde, also habe ich Oscar zuvor beiseitegenommen und ihm alles erklärt. Er hat zugestimmt, sein Auto in der Nähe des alten Hinterausgangs abzustellen und dich in Sicherheit zu bringen, bis ich dich holen kommen könnte.«

»Warum hast du mir nichts davon gesagt?«

»Ich konnte es dir nicht sagen, ohne die ganze Wahrheit zu offenbaren, und es war immer sicherer, wenn du sie nicht kanntest.«

Und das ist immer wieder das alte Lied. »Ich schwöre, dass die nächste Person, die diesen Satz zu mir sagt, eine Kugel in den Kopf bekommt.« Innerlich kochend funkele ich ihn an. »Und wie zur Hölle kannst du behaupten, es war sicherer, mich im Dunkeln zu lassen?«, fauche ich, stehe auf und beginne, hin und her zu wandern. »Du hast dafür gesorgt, dass sie mich schikanieren und demütigen konnten!«

Ich stürze mich auf ihn und ein lauter Knall hallt durch den Raum, als meine Handfläche auf seine Wange trifft. »Du hast das alles ermöglicht, indem du hinter meinem Rücken mit ihnen zusammengearbeitet hast.«

»Das habe ich verdient«, sagt er ruhig, gibt aber sonst nichts preis.

Etwas anderes kommt mir in den Sinn und ich verenge die

Augen. »Wusstest du von dem Schwangerschaftsplan?«

Er schüttelt vehement den Kopf. »Ich wusste nicht einmal, dass du schwanger warst. Genauso wenig wie mein Vater. Wie sich herausstellte, war Atticus nicht so mitteilsam wie wir.«

»Daher kannten sich die Jungs hier bei uns zu Hause aus. Daher wussten sie, dass es Kameras im Hauptwohnzimmer gibt, und von dem Safe.« Ich klettere zurück auf das Bett, lehne mich gegen das Kopfende und ziehe die Knie an meine Brust. »Dein Vater hat ihnen alles erzählt.«

Dieser Hurensohn. Meine Wut steigert sich nur noch. Ich wusste, dass sein Mitgefühl zu gut war, um wahr zu sein. Dass er es nicht aus reiner Herzensgüte getan hat. Ich werde ihn zu meinem Vater und den Montgomerys auf die Liste der grausamen, skrupellosen, ichbesessenen Bastarde setzen.

»Das hat er, aber Atticus hat sein Vertrauen missbraucht, indem er die wahre Natur seiner Pläne verheimlicht hat.« Er dreht sich um, sodass er mich ansehen kann. »Mein Vater liebt dich wie eine Tochter. Ich hoffe, das weißt du. Außerdem wusste er immer von der Tiefe meiner Gefühle für dich. Er hätte sich nie damit einverstanden erklärt, mit Atticus, Wes und ihren Kumpanen zusammenzuarbeiten, hätte er gewusst, dass sie dich als Schachfigur missbrauchen würden.«

»Aber du wusstest, was die neue Elite vorhatte.«

»Es war geplant, dass sie ankommen würden, während wir in Parkhurst wären. Sie sollten dich manipulieren, um dein Vertrauen zu verdienen, damit sie ohne Verdacht Zugang zum Haus erhalten könnten. Ich war wütend, als ich herausfand, was sie dir angetan hatten. Sawyer hatte versprochen, dass du mit Respekt behandelt würdest, aber er ist ein verdammter Lügner, weil er nichts getan hat, um seine Freunde davon abzuhalten, dich zu misshandeln.«

Mein Kopf ist überlastet und ich versuche, die unzähligen Fäden darin zu entwirren. Ich erinnere mich an Sawyers offensichtlichen Ekel an dem Tag, als mich Kai in der Cafeteria zu seinen Füßen knien ließ. Seinen Zorn, als er in mein Wohnzimmer kam und sah, dass mich Kai und Jackson begrapschten.

Seine Frustration über sie in der Nacht, als sie mich benutzten, um mit meiner Hilfe in das Büro meines Vaters einzubrechen.

»Er hat es versucht«, gebe ich zu. »Aber niemand sagt Kaiden Anderson, was er zu tun und zu lassen hat.«

»Und dennoch liebst du ihn immer noch.« Er knirscht mit den Zähnen und spannt den Kiefer an. »Vielleicht sollte ich dich schikanieren und dich wie Scheiße behandeln. Vielleicht würdest du dich dann in mich verlieben.«

»Er behandelt mich nicht wie Scheiße, und er hat noch so viel mehr zu bieten.«

»Er hat dich ständig angelogen, Abby.« Eine gehörige Portion Frustration schwingt in seiner Stimme mit.

»Genau wie du. Genau wie so ziemlich jeder. Ich sollte aus Rydeville verschwinden und meinen Vater euch alle töten lassen. Ich weiß nicht, warum ich loyal bin, wenn mir im Gegenzug keine Loyalität entgegengebracht wird.«

»Aber dir wird doch Loyalität entgegengebracht«, höre ich eine vertraute Stimme sagen und ich wende mich zur Tür. Als ich Drew sehe, springe ich auf. »Alle Jungs in deinem Leben opfern sich für dich. Sie würden sterben, bevor dir etwas zustieße.«

Ich renne durch den Raum und werfe mich in seine Arme, viel zu froh, ihn zu sehen, um wütend zu sein. Er zieht mich an sich und wir halten einander ewig fest.

Ich lege meinen Kopf auf seine Brust und er drückt mir einen Kuss ins Haar. »Hab dich vermisst, A.«

»Hab dich auch vermisst, D.«

Als er mein Kinn anhebt und mich dadurch zwingt, ihn anzusehen, unterdrücke ich ein schockiertes Keuchen. Erst jetzt registriere ich seinen Zustand.

Sein normalerweise frisiertes Haar ist gewachsen und kräuselt sich um seine Ohren und den Nacken. Obenauf ist es ganz wuschelig, ähnlich wie Jacksons Haar. Eine dichte Schicht Stoppeln bedeckt sein Kinn und seine Wangen. Tiefe, dunkle Ringe liegen unter seinen blutunterlaufenen Augen. »Du siehst scheiße aus.« Mein Blick wandert zu der gezackten Narbe über seiner Lippe und ich entdecke noch eine weitere ähnliche, direkt über seiner Augenbraue.

»Ich fühle mich auch scheiße«, räumt er ein, was mich überrascht, da ich mit einer bissigen Erwiderung gerechnet hatte.

Ich nehme seine Hand und ziehe ihn zur Couch.

»Ich sollte gehen«, sagt Charlie, steht auf und umrundet das Fußende.

»Ja, das solltest du.« Drews kalter Ton passt zu seinem kritischen Gesichtsausdruck.

»Ich werde dich morgen Früh abholen, um mit dir zur Schule zu fahren«, informiert mich Charlie. »Anschließend können wir dann noch mal herfahren, um den Rest deiner Sachen zu holen.«

»Okay.«

Er verlässt den Raum und Drew geht zur Tür, um in den Flur zu sehen, ehe er sie zumacht und abschließt. »Ich vertraue ihm nicht. Wir haben ihn aus unserem Kreis geekelt und ich dachte, er würde sich dagegen zur Wehr setzen, aber das hat er nicht. Das macht mich misstrauisch.«

»Ich vertraue niemandem und misstraue allen.«

»Das ist verständlich.«

»Freut mich, dass du es genauso siehst.« Ich schürze die Lippen.

»Abby.« Mitgefühl legt sich über sein Gesicht. »Es tut mir leid, was dir der verfickte Bastard angetan hat. Wenn ich nicht zwei Wochen beinah komatös im Krankenhaus gelegen hätte, hätte ich etwas unternommen. Vermutlich hätte es keinen großen Unterschied gemacht, aber ich hätte es versucht.«

Ich will ihm glauben, aber ...

»Geht es dir gut?« Ich fahre mit meiner Fingerspitze über die Narbe oberhalb seiner Lippe. »Hat er das getan?«

Drew nickt. »Ich dachte, er würde mich dieses Mal töten. Ich habe mich gewehrt, aber er hat vier seiner Männer hinzugeholt und fünf gegen einen ist keine gute Quote.«

»Wir müssen ihn loswerden, Drew. Ich kann mein Leben nicht so leben. Ich *werde* mein Leben nicht so leben.«

»Da bin ich ganz auf deiner Seite, A. Das bin ich schon lange.«

»Du hast einen Plan.« Es ist eher eine Aussage als eine Frage.

Er nickt.

»Wirst du ihn mir verraten?«

Er nickt erneut.

»Ich hoffe du meinst das ernst, denn ich will nicht in gegnerische Teams, Drew. Wir werden keinen Erfolg haben, wenn wir nicht zusammenarbeiten, und das bedeutet, dass du aufhören musst, mich abzuschirmen.«

»Ich weiß.«

Die Wahrheit scheint aus jeder seiner Poren zu dringen, und ich denke, dass wir so vielleicht etwas erreichen könnten. »Du wirst keine weitere Chance bekommen, D. Das verstehst du, oder? Wenn du mich wieder im Stich lässt, gibt es kein Zurück mehr.«

»Ich werde dich nicht wieder im Stich lassen.« Stählerne Entschlossenheit glänzt in seinen Augen. Ich hoffe aufrichtig, dass er es ernst meint und davon nicht mehr abrückt.

»Wie hast du es geschafft, dass er wieder gut auf dich zu sprechen ist?«

»Ich habe ihm gesagt, dass ich ein doppeltes Spiel mit der neuen Elite spiele. Dass ich den Diebstahl aufgezeichnet habe und sie damit hinter Gitter bringen wollte. Dass sie mir Dokumente übergeben sollten und ich sie verwahrt hätte. Ich habe ihm erklärt, dass ich beweisen wollte, dass ich die Dinge regeln kann, ohne gleich zu ihm zu rennen. Gott sei Dank wurde mein Handy während der Schießerei irreparabel zerstört, sodass er es nicht bestätigen oder zurückweisen konnte.«

»Und du glaubst, er hat dir das abgekauft?« Ich bin äußerst skeptisch.

»Er ist hin- und hergerissen, aber ich bin sein einziger männlicher Erbe und das Timing ist kritisch. Er hat also keine andere Wahl, als im Zweifelsfall zu meinen Gunsten zu entscheiden.« Sein Gesicht wird blass, sein Mund verzieht sich zu einer Grimasse. »Ich arbeite mir den Arsch ab, um meine Loyalität zu beweisen, aber ich bin immer noch auf Bewährung. Eine falsche Bewegung. Ein Hinweis, dass ich dieses Spiel spiele, und es wird äußerst unangenehm.«

Die Angst um meinen Bruder verwandelt das Blut in meinen Adern zu Eis. Wenn der Bastard herausfindet, was er vorhat, wird er ihn töten.

Es kommt zu einer bedeutungsschweren Pause zwischen uns, und es gibt so viele Dinge, die ich meinem Bruder sagen möchte, dass ich nicht einmal weiß, wo ich anfangen soll. Ich möchte ihn fragen, was er tut, um seine Loyalität unter Beweis zu stellen, aber ich habe das Gefühl, dass ich besser dran bin, wenn ich es nicht erfahre. »Wo ist Jane?«, frage ich stattdessen.

Sein Gesicht verzieht sich vor Schmerz. »Ich habe keine Ahnung.«

»Wie kann das sein?«, jammere ich. »Sie war die Liebe deines Lebens!«

»*Ist*. Sie ist die Liebe meines Lebens, und dass ich sie so sehr liebe, ist der Grund, warum ich sie weggeschickt habe. Ich habe versucht, euch beide zu beschützen, aber alles, was ich getan habe, ist, euch ständig in Gefahr zu bringen.« Niedergeschlagen lässt er die Schultern hängen.

»Was hast du zu ihrem Vater gesagt, damit sie fortgehen?«

Er lässt sich auf die Couch fallen und vergräbt den Kopf in seinen Händen. Ich setze mich neben ihn und lege meinen Arm um seinen Rücken. »Ich habe ihm einige Wahrheiten über Parkhurst, den Orden und Vaters Pläne erzählt und ihm ausgemalt, welche Art von Leben Jane führen müsste, wenn sie dort einheiraten würde. Ich riet ihm, mit ihr zu fliehen, niemals zurückzuschauen und nie wieder zurückzukommen.« Seine Stimme bricht. »Weniger als vierundzwanzig Stunden später waren sie fort.«

»Ich bin stolz auf dich, Drew.«

»Nicht.« Er hebt den Kopf. »Sei nicht stolz auf mich, es sei denn, ich habe etwas getan, was deinen Stolz verdient. Aber das habe ich nicht.« Der qualvolle Ausdruck auf seinem Gesicht bringt mich fast um.

»Was ist, wenn Vater ihnen nachstellt? Sie waren Teil der Elite und hätten nicht weglaufen sollen.«

»Er jongliert mit zu vielen Bällen und sie sind im großen Ganzen gesehen unwichtig.«

»Er wird es nicht vergessen.«

»Nein.« Er fährt sich mit einer Hand über sein stoppeliges Kinn. »Das wird er nicht. Aber ich bin für den Notfall gewappnet.« Feuer lodert in seinen Augen auf. »Er wird nicht in ihre Nähe kommen.«

»Das sehe ich ganz genauso.«

Drew seufzt und lächelt mich zögerlich an. »Es ist schön, dich wiederzuhaben.«

»Ich würde gern sagen können, dass es gut ist, wieder zu Hause zu sein, aber dem ist nicht so.« Ich lasse meinen Blick durch den Raum gleiten und fühle mich wie eine Fremde in meinem eigenen Zimmer. »Und dabei werde ich nicht einmal hier leben.«

»Das könnte zu unserem Vorteil sein.«

Ich sehe ihn an. »Wie?«

Er steht auf und zieht mich mit sich hoch. »Ich sage es dir, wenn wir da sind.«

»Wo?«

»In Xaviers Lagerhaus. Die anderen treffen uns dort in einer Stunde, dann werden wir dich über den Rest in Kenntnis setzen.«

Ich schalte den Motor der *Kawasaki* aus, als wir Xaviers Lagerhaus erreichen. Es ist aufregend, zum ersten Mal seit Monaten wieder auf offener Straße zu fahren, und hebt meine Stimmung.

Drew springt zuerst vom Motorrad und hält es fest, bis ich abgestiegen bin. »Ich kann das allein.«

»Ich weiß, aber ich versuche, ein Gentleman zu sein.«

»Du versuchst, mir Honig um den Mund zu schmieren.« Ich

versetze ihm einen Stoß gegen die Brust. »Weil du weißt, dass ich immer noch kurz davor bin, dir den Arsch aufzureißen.«

»Da gibt es auch noch diesen Punkt, ja.« Er grinst, und es ist schön, ihn lächeln zu sehen.

Ich stehe unter der Kamera an den Wellblechtüren und strecke die Zunge heraus. Eine Millisekunde später öffnen sich die Türen. Ich laufe ins Lagerhaus und überlasse es Drew, das Motorrad hinter mir hereinzurollen.«

Xavier kommt durch den Raum auf mich zu. Sein Gesicht ist voller Emotionen und mein Herz macht einen Freudensprung. Ich renne auf meinen mir noch gebliebenen besten Freund zu, springe hoch und wickle meine Beine ein wenig zu enthusiastisch um seine Taille, als wir schließlich aufeinandertreffen. Er verliert das Gleichgewicht und fällt mit mir zu Boden.

»Uff.« Er kneift eine Minute lang die Augen zusammen und ich weiß, dass die Landung scheiße wehtat, aber er jammert nicht. »Ich habe dich vermisst. Du verrückte Bitch«, sagt er, zieht meinen Kopf zu sich und drückt mir einen dicken Schmatz auf die Lippen.

»Ich habe dich auch vermisst, du betrügerischer Bastard«, erwidere ich und ziehe an dem Ring, der in seiner Augenbraue steckt.

»Au.« Schmollend reibt er sich mit seinen Fingern über die Stelle.

Ich lehne auf meine Knie zurück, die ich zu beiden Seiten seines Körpers abgestützt habe. »Du hast Glück, dass ich nicht an deinem Penisring gezogen habe.«

»Du hast einen Penisring?«, stottert Sawyer, der gerade in einem günstigen Moment in den Raum gekommen ist.

»Es ist ein Prince-Albert-Piercing«, bestätigt Xavier und zwinkert ihm zu.

»Warum heißt das so?«, frage ich.

»Es ist nach Prinz Albert benannt, der sich das Piercing angeblich kurz vor seiner Hochzeit mit Königin Victoria im Jahr 1825 hat stechen lassen.«

»Ich mag es, wie beiläufig du immer die merkwürdigsten Fakten einstreust«, offenbare ich. »Und ich liebe deine neuen roten Haare«, füge ich hinzu und zupfe an dem stacheligen Irokesenschnitt. »Du siehst tough aus.«

»Ich wüsste gern, woher du von seinem Schwanzpiercing weißt«, meldet sich Drew zu Wort und klingt dabei nicht sonderlich glücklich.

»Das würde ich auch gern wissen«, sagt eine mir vertraute tiefe Stimme hinter mir. »Und warum denkst du, dass es akzeptabel ist, einen anderen Typen zu besteigen, wenn du mir gehörst?« Kai hebt mich von Xavier herunter.

»Das war mal ein Auftritt, Süße«, gibt Jackson schwärmerisch von sich, an einer Kiste lehnend und mir einen Luftkuss zupustend.

Kai wirbelt mich in seinen Armen herum und ich vergesse, zu atmen. Wir sind erst seit ungefähr sieben Stunden getrennt, aber es fühlt sich wie eine Ewigkeit an, seit ich ihn gesehen habe. Der missbilligende Zug um seinen Mund verspricht, dass ich dafür bezahlen werde, dass ich auf Xaviers Schoß gesessen habe. Allein der Gedanke daran sorgt dafür, dass ich innerlich in Flammen aufgehe. Ich fahre mit meinen Fingern über sein wunderschönes Gesicht und schmelze unter seinem Blick.

Er ist verdammt sexy mit seinen dunklen Haaren, seinen dunklen Augen, seinen gepflegten Bartstoppeln, seinen vollen Lippen und seinem durchtrainierten Körper, und ich kann nicht glauben, dass er mir allein gehört. Die Erinnerung an unsere Liebeserklärungen im Hotel ist noch frisch. Ich lege meine Arme um seinen Hals und drücke meinen Mund auf seinen, ohne darauf zu achten, dass wir Zuschauer haben.

Kai neigt seinen Kopf und übernimmt die Führung, während seine Zunge in meinen Mund eindringt. Ein Feuerwerk explodiert in meinem Inneren. Ich vergesse, wo wir sind und dass ich wieder sauer auf ihn bin. Er reißt meinen Körper an sich und legt seine Handflächen auf meinen Po, während ein besitzergreifendes Knurren aus seiner Kehle dringt.

»Wenn du nicht willst, dass ich dir den Arsch aufreiße, entfernst du deine Zunge aus dem Mund meiner Schwester und deine Hände von ihrem Hintern.«

Kai grinst, als er seine Lippen von meinen löst und absichtlich seine Handflächen auf meinem Po belässt.

»Rache ist süß«, erwidere ich, meinen Bruder neckend, bis ich mich wieder daran erinnere, dass Jane weg ist. Drews Gesicht verwandelt sich in Stein. »Scheiße, es tut mir leid, D.«

»Gewöhn dich dran«, sagt Kai und zieht mich an sich.

Ich lächle zu ihm hoch, als ich mein Knie anhebe und es in seine Eier ramme. Er krümmt sich im Schritt, umfasst sein Gemächt und verzieht gequält das Gesicht.

»Was zum Teufel ...?«, krächzt er.

»Das ist dafür, dass du mir nichts von Charlie erzählt hast.«

»Ich war kurz davor, als er in den Raum gestürmt kam!«, protestiert er keuchend.

»Nicht ausreichend.« Ich bedenke auch Jackson und Sawyer mit einem giftigen Blick. »Und das gilt auch für euch beide.«

»Sie verdienen auch ein Knie in die Kronjuwelen«, ergänzt Xavier und legt seine Arme um meine Schultern. »Wir können die Sache gemeinsam angehen. Ich beanspruche Hunt.«

Jackson grinst. »Dafür hast du ja auch lang genug gebraucht.«

Sawyer drängt Jackson hinaus. »Geh und rauch einen Joint oder spring vom Dach oder so.«

»Sensibles Thema, Kumpel?« Jackson schlägt ihm auf den Rücken.

»Ist irgendjemand hier ernsthaft daran interessiert, meinen Vater zu Fall zu bringen, oder sind wir nur hier, um Spaß zu haben?«, fragt Drew und seine Ungeduld ist deutlich spürbar.

»Kein Grund, sich aufzuregen.« Xavier lässt seine Arme sinken und nimmt meine Hände in seine.

»Er muss mal wieder flachgelegt werden«, meldet sich Jackson wenig hilfreich zu Wort. Das ist seine Standardantwort, wenn jemand griesgrämig ist, aber Drew schmeckt sie ganz und gar nicht. Wenn Blicke töten könnten, würde Drew ihn jetzt lebendig begraben. Er stürmt in Richtung Xaviers Büro davon und ich funkele Jackson an. »Das war gemein.«

»Ich habe nie so getan, als wäre ich nett«, entgegnet Jackson schulterzuckend.

Kai kugelt mir fast den Arm aus, als er mich von Xavier wegreißt. »Dafür sollte ich dich übers Knie legen und dir den Hintern versohlen.«

»Du wärst zu spät«, ruft Drew ihm über seine Schulter hinweg zu und ich fixiere ihn mit einem Blick, der besagt, dass er bloß die Klappe halten soll. »Charlie ist dir bereits zuvorgekommen.«

Tödliche Stille folgt auf seine Aussage und ich seufze. »Woher wusstest du überhaupt davon?«

Drew wirft mir einen entschuldigenden Blick zu. »Ich habe mir den Kamerafeed angesehen. Aber ich habe es ausgeschaltet, bevor er deine Strafe ausgeteilt hat.«

»Herrgott, dadurch fühle ich mich so viel besser.«

Kai packt mich an den Schultern und wir bleiben stehen. »Was ist passiert?«

Ich berichte ihm die Kurzversion.

»Das war's. Er ist bereits so gut wie tot, und er gehört mir«, knurrt Kai.

Drew ist so blass wie ein Geist. »Scheiße«, sagt er und kommt auf mich zu. »Dad hat dich lüstern angesehen?« Ich nicke. »Du musst dich vom Haus und von ihm fernhalten. Ich meine es ernst. Du hast keine Ahnung, wie durchgeknallt er wirklich ist.«

»Aber du schon?«

Er schließt für einen Moment die Augen. »Geh ihm einfach aus dem Weg, Abby. Versprich es mir.«

»Das ist ein einfaches Versprechen. Du weißt, wie sehr ich ihn verachte.«

»Was ist danach passiert?«, fragt Kai und verschränkt seine Finger mit meinen, darum bemüht, seinen Ärger und seine Frustration unter Kontrolle zu bekommen.

»Gehen wir in mein Büro«, sagt Xavier. »Da ist es sicher und ich würde mich dort wohler fühlen.«

Wir alle trotten hinter ihm her und setzen uns an den runden Tisch, während Xavier die Tür absperrt und uns in seinem undurchdringlichen Versteck einschließt. Die Reihe an Hightech-Monitoren und Bildschirmen an der vorderen Wand ist ausgeschaltet, mit Ausnahme der Bildschirme, die an das Sicherheitssystem angeschlossen sind. Sie senden in Rotationsschleife verschiedene Bilder von der Außenseite des Lagerhauses.

»Okay, leg los und verschweige uns nicht ein winziges Detail«, fordert Kai, stützt sich auf dem Tisch ab und sieht mich warnend an.

»Erstens, ihr seid alle total bescheuert, weil ihr mit Charlie und seinem Vater zusammengearbeitet und es mir nicht erzählt habt.« Sawyer öffnet seinen Mund, um etwas zu sagen, aber ich hebe meine Hand, um ihn zu stoppen. »Ich bin nicht daran interessiert, mehr Lügen oder die üblichen Bullshit-Ausreden zu hören. Ihr seid alle immer noch auf meiner schwarzen Liste«, erkläre ich und schaue nacheinander jeden eindringlich an, »aber ich entscheide mich dazu, das zu vergessen. Denn je mehr wir über die Dinge nachdenken, die passiert sind, Dinge, die wir nicht ändern können, desto weniger diskutieren wir darüber, was wir mit meinem Vater tun sollen. Aber genau auf Letzteres will ich mich konzentrieren.«

Sie alle nicken.

»Darüber hinaus endet sämtliche Geheimhaltung hier und jetzt«, stelle ich klar. »Keine Geheimnisse mehr. Keine Lügen mehr. Kein Schutz mehr vor der Wahrheit. Wir stecken zusammen in dieser Sache drin und ich bin ein gleichwertiges Mitglied dieser Runde oder ihr seid alle für mich gestorben.« Ich lasse meinen Blick zwischen ihnen hin und her wandern und richte ihn dann auf Kai. »Ich mache keine Witze. Ich werde verschwinden und keiner von euch wird mich jemals finden.«

Auf Kais Gesicht spiegelt sich eine Vielzahl widersprüchlicher Emotionen. Er mag es, dass ich für mich selbst einstehe, hasst es aber, dass ich ihm immer noch nicht ganz vertraue. Außerdem hat er offenkundig Angst, dass ich meine Drohung wahrmachen werde.

»Wir sind ein Team«, bekräftigt Kai und mustert mich. »Und niemand enthält dir nochmal etwas vor. Ich gebe dir mein

Wort.«

Ich starre ihn an, bevor ich meine Aufmerksamkeit auf die anderen lenke, um sicherzustellen, dass ich die gleiche Verbindlichkeit in ihren Augen sehe.

»Gut.« Ein Teil meines Stresses lässt nach, aber wir haben noch einen langen Weg vor uns. Sie haben mich alle betrogen und müssen mein Vertrauen zurückgewinnen. Im Moment bin ich allerdings damit zufrieden, dass wir auf derselben Seite sind.

»Was genau hat Charlie gesagt?«, fragt Sawyer und hilft dadurch, das Gespräch wieder in die Richtung zu lenken, in die es laufen muss.

Ich wiederhole es wortwörtlich und bemerke, wie Kai krampfhaft die Armlehnen seines Stuhls umfasst, als ich erzähle, wie mir Charlie gestanden hat, dass er mich liebt.

»Und er hat gesagt, er würde dich gehen lassen, wenn Kai deine Wahl wäre?«, fragt Drew und zieht die Brauen bis zum Haaransatz hoch.

»Ja.«

»Das kaufe ich ihm nicht ab«, meint Jackson. »Es ist offensichtlich, dass er heiß auf dich ist, und kein Mann gibt einfach so auf.«

Kai sieht ihn beängstigend lang an, und für ein paar Sekunden liefern sie sich ein stummes Gefecht.

»Ich auch nicht«, mischt sich Drew ein, um eine weitere Konfrontation zu vermeiden. »Und ich vertraue ihm nicht mehr. Er führt etwas im Schilde.«

»Ich stimme dir zu«, sagt Sawyer. »Auch ich glaube nicht, dass er aufgibt. Ich denke, das ist alles Teil seiner Strategie.«

»Zumindest kann ihn Abby auf diese Weise im Auge behalten und herausfinden, was er vorhat«, entgegnet Drew.

»Mir gefällt nicht, dass du bei ihm bist.« Kai schaut mir tief in die Augen. »Wer weiß, was er dir antun könnte?«

»Er wird mir nichts antun.«

»Da wäre ich mir nicht sicher« Kai greift nach der Tischkante und ein Muskel in seinem Kiefer pocht.

»Kaiden.« Drew wirft Kai einen wissenden Blick zu, der eine

versteckte Botschaft zu beinhalten scheint.

»Nein.« Kais Stimme ist so scharf, dass man damit Glas schneiden könnte. »Scheiß drauf. Sie verdient es, es zu erfahren, und ich bin fertig damit, irgendwelche Geheimnisse vor ihr zu haben.« Er verschränkt seine Finger mit meinen. »Abby kann auf sich selbst aufpassen.«

»Das weiß ich, aber es wird ihre Aufgabe noch schwieriger machen«, argumentiert Drew.

»Oder leichter«, kontert Xavier.

»Erzählt es mir einfach«, seufze ich, auch wenn ich innerlich schreie.

Immer wieder komme ich an einen Punkt, an dem ich denke, dass es keine Geheimnisse und Lügen mehr gibt, nur um zu entdecken, dass ich kaum damit begonnen habe, die ganzen Schichten abzutragen.

»Babe.« Kai drückt meine Hand ein wenig fester und dreht mein Gesicht zu sich herum, damit ich ihm meine ganze Aufmerksamkeit schenke. »Charlie war derjenige, der deine nicht mehr vorhandene Jungfräulichkeit ausposaunt hat. Er ist der Grund, warum sie dich misshandelt haben.«

24. KAPITEL

Ich bin völlig fassungslos. Wütend. Verletzt. Verwirrt. Schockiert. Und fühle noch ungefähr hundert andere Emotionen. »Wie? Warum?«, frage ich zwischen zusammengebissenen Zähnen hindurch.

»Es war nicht absichtlich«, erklärt Drew.

»Zumindest glaubst du das«, erwidert Kai.

»Ich kenne ihn schon mein ganzes Leben lang.«

»Niemand weiß, wer er ist. Das hast du gerade zugegeben«, kontert Kai.

Drews Nasenflügel beben. »Ich weiß, dass er Abby seit Ewigkeiten liebt, und dass er das niemals mit Absicht getan hätte.«

»Wie ist das passiert?«, hake ich nach.

»Charlie hat uns darüber reden gehört und die Informationen an seinen Vater weitergegeben«, sagt Sawyer.

»Und Charlies Arschlochvater hat es seinem Arschlochvater erzählt«, erklärt Xavier weiter und deutet mit dem Finger auf Kai.

»Warum sollte mir Charles Barron das antun?« Von allen Männern der Elite war er mir gegenüber stets am freundlichsten und mitfühlendsten. Aber es war alles eine Lüge. Das Erreichen seiner eigenen Ziele war alles, was zählte. Ich wette, sogar sein Versuch, einzugreifen, war nur halbherzig. Höchstwahrscheinlich zu Charlies Gunsten gedacht, nicht zu meinen.

»Weil er Plan B kannte. Kai sollte dich verführen und offenbar fand er interessant, dass Kai seinem Vater nicht die Wahrheit gesagt hatte«, erklärt Jackson.

»Aber er wusste nicht, wie weit Atticus gehen würde«, wirft Drew ein. »Er wusste auch nichts von der Schwangerschaft.«

Stille umgibt uns. Kai zieht mich an seine Seite und drückt mir einen Kuss auf die Schläfe. Tränen brennen mir in den Augen, als ich den nackten Schmerz in seinem Gesicht sehe. Er legt seine Stirn an meine und ich lasse mich von ihm trösten.

Die anderen schweigen während dieses Moments zwischen uns beiden, und als wir uns voneinander lösen, bin ich schockiert, als ich bemerke, dass Tränen über Xaviers Gesicht rinnen. Er umrundet den Tisch, hockt sich vor mich und nimmt meine Hände. »Es tut mir so leid, Sweetheart.« Er schaut über meine Schulter zu Kai. »Euer beider Verlust tut mir leid. Er hatte kein Recht dazu. Sie hatten kein Recht, irgendetwas davon zu machen.«

Schmerz schnürt mir die Kehle zu und ich schlucke heftig. »Danke«, flüstere ich. Kai legt seinen Arm um meine Schulter und küsst mich auf die Wange.

»Wir konnten auch nicht mit dir reden, Süße«, sagt Jackson und Mitgefühl schimmert in seinen Augen.

»Wir finden furchtbar, was er dir angetan hat. Er wird dafür seinen Untergang erleben«, verspricht Sawyer.

Ich kämpfe darum, meine Emotionen unter Kontrolle zu halten, habe aber keine Ahnung, ob ich in diesem Augenblick damit umgehen kann.

»Genug«, gibt Kai mit erstickter Stimme von sich. »Wir wissen es zu schätzen, aber ...«

Er braucht nichts anderes zu sagen.

Jeder versteht es.

Xavier kehrt zu seinem Platz zurück und ich räuspere mich. »Ich nehme an, ihr wisst davon, weil ihr mit Charlie gesprochen habt«, mutmaße ich.

»Ja«, bestätigt Drew. »Obwohl er erst mit der Sprache rausgerückt ist, nachdem sie dich entführt hatten. Er hat den Part, den er dabei gespielt hat, seit diesem Tag im Büro unter den Teppich gekehrt.«

»Deshalb können wir nicht mit Sicherheit sagen, dass es so abgelaufen ist«, wirft Kai ein. »Und das ist auch der Grund, warum ich nicht mag, wenn mein Mädchen Zeit mit ihm verbringt, geschweige denn mit ihm zusammenlebt.«

»Dort wohnen auch seine Eltern und seine Schwester.«

»Sein Zuhause ist eine verdammte Villa. Sie könnten genauso gut unsichtbar sein«, zischt Kai und ich streichle in einer beruhigenden Bewegung mit meinem Daumen über seine Handfläche.

»Gebt mir ein Handy und eine Waffe, und ich kann auf mich selbst aufpassen.«

»Und du wirst sie in der Schule sehen«, erinnert ihn Jackson.

»Was das angeht ...« Drew beugt sich auf seinem Stuhl vor. »Denk daran, ich bin nur der Überbringer dieser Nachricht und habe keinerlei Schuld daran.« Seine Augen richten sich auf Kai. »Charlie wird in der Schule in einer Tour an Abby hängen und sie anfassen, aber du darfst nicht eingreifen und du darfst nicht mit ihr sprechen oder sie auch nur ansehen.«

Kai kocht förmlich vor Wut und er sieht aus, als würde er Drew am liebsten Stück für Stück auseinanderreißen wollen. »Hey.« Ich umfasse sein Gesicht und zwinge ihn, mich anzusehen. »Du bist der Einzige, den ich will, aber Drew hat recht. Der Bastard hat versprochen, sich von euch allen fernzuhalten, wenn ich bei dieser jungfräulichen Brautkacke mitspiele, vorausgesetzt niemand erfährt etwas von meiner Schwangerschaft. Ich muss eine Rolle spielen, das ist alles, Kai.« Ich streichle seine Wange. »Es ist eine Rolle. Nichts als Theater. Außerdem geht es um mehr, als nur darum, die Öffentlichkeit zu überzeugen. Ich muss ihn auch überzeugen.«

Kai springt auf und rauft sich die Haare. »Auf keinen Fall.«

»Doch, genau so. Es steht zu viel auf dem Spiel, um das zu vergeigen. Nichts davon wird real sein.«

Er stützt sich mit den Handflächen zu beiden Seiten meines Stuhls ab und positioniert sein Gesicht so nah vor meinem, dass uns nur noch wenige Zentimeter voneinander trennen. »Du erwartest, dass ich dasitze und nichts tue, nichts sage, wenn er dich anfasst und küsst?«

»Das musste ich mir wochenlang gefallen lassen, als du jeden Tag diese Schlampe Rochelle auf deinem Schoß hast reiten lassen. Außerdem hast du ihr deinen Schwanz in den Mund gesteckt!«

»Das ist nicht dasselbe!«, erwidert er.

Ich drücke gegen seine Brust. »Du hast recht. Das ist es

nicht. Weil du das nur getan hast, um mich wütend zu machen. Und ich tue das, um dein Leben zu schützen!«, rufe ich und verliere endgültig die Kontrolle über meine Gefühle, die schon zuvor nur noch an einem seidenen Faden hing.

»Kommt gefälligst wieder runter«, fordert Drew ruhig und erscheint hinter mir. »Ich meine es ernst, Alter. So wirst du nicht mit meiner Schwester sprechen.«

»Verpiss dich, Drew.«

Drew nimmt ihn in einer blitzschnellen Bewegung, die niemand von uns kommen sah, in den Schwitzkasten. »Hör auf zu meckern und zu jammern. Du hast noch immer deine Frau und sie ist bereit, alles zu tun, um dich zu schützen und sicherzustellen, dass ihr zusammen sein könnt. Du hast keinen Grund, dich zu beschweren.«

Kai rammt Drew seinen Ellenbogen in den Magen und entzieht sich seinem Griff. »Tu nicht so, als wüsstest du, was ich fühle, denn du weißt einen Dreck.«

Ich stehe auf. »Kai.« Ich lege meine Arme um seinen Nacken. Als er versucht, mich wegzustoßen, klammere ich mich nur noch fester an ihn und fixiere ihn mit einem bitterbösen Blick. »Ich lasse mich nicht von ihm berühren oder ficken.« Kai sieht aus, als würde er gleich explodieren. »Ich habe Trent zwei Jahre lang aus meinem Bett ferngehalten, da kriege ich das mit Charlie locker hin.« Ich packe seinen Nacken noch fester und drücke meinen Körper an seinen. »Und wenn er mich küsst, sind es deine Lippen, die ich mir vorstelle.«

Jemand macht ein würgendes Geräusch.

»Reich den Kotzeimer in diese Richtung weiter, wenn du fertig bist«, ruft Xavier und grinst Jackson an. »Ich habe gerade in meinen Mund gekotzt.«

»Ich weiß, dass ich ein Heuchler bin«, sagt Kai, blendet die anderen aus und konzentriert sich nur auf mich. »Aber der Gedanke, dass dich irgendein Mann berührt, bringt mich dazu, einen Mord begehen zu wollen.«

»Bewahre diese Gefühle für meinen und deinen Vater sowie Charles Barron auf, weil sie der wahre Feind sind.« Ich drücke ihm einen flüchtigen Kuss auf die Lippen. »Und wir werden damit umgehen können, wenn es bedeutet, dass wir dauerhaft zusammen sein können, sobald alles vorbei ist.«

Langsam nickt er und stößt einen resignierten Seufzer aus. »Verdammt, ich hasse die ganze Situation, aber du hattest vorhin recht. Wir dürfen unseren Fokus nicht verlieren.«

»Na endlich, danke dafür«, sagt Drew.

Wir nehmen unsere Plätze wieder ein und ich sehe meinen Bruder direkt an. »Charlie erwähnte etwas über Veränderungen rund um den Orden und deutete an, dass alles damit zusammenhängt. Wir müssen wissen, was es damit auf sich hat.«

Drew nickt und blickt kurz auf die Uhr. »Lasst mich euch einige Hintergrundinformationen geben. Ich denke, ihr wisst einiges von der Scheiße, die in Parkhurst abgeht«, schildert er und beäugt Sawyer, Jackson und Kai, »aber das ist nur die Spitze des Eisbergs.« Er greift über den Tisch und schnappt sich eine Flasche Wasser aus der Ansammlung in der Mitte des Tisches.

»In jedem Bundesstaat der USA gibt es Eliten und Städte wie Rydeville. Es gibt immer die gleichen Autoritätsebenen: Gründerfamilien, die die oberste Gewalt ausüben, und andere Familien, die aus vererbtem Wohlstand entstammen und den inneren Kreis bilden. Parkhurst ist das Regierungsorgan der gesamten Elite. Aber nur die Gründungsväter und ihre Nachfolger sind Mitglieder; allerdings haben alle Eliten Zugang zu den Einrichtungen.«

Er sieht mich an, als er den Verschluss seiner Flasche öffnet. »Du warst in der medizinischen Einrichtung, aber sie haben noch andere. Bildung. Sport. Recht. Verteidigung. Sie bieten der Elite im ganzen Land Unterstützungsdienste an, und im Gegenzug halten sich die Eliten an die vom Rat festgelegten Regeln und offerieren über ihre Unternehmen Vorzugspreise für Schlüsseldienstleistungen und -produkte an. Hinzu kommen noch andere Dinge, auf die ich lieber nicht eingehen möchte.«

»Du kannst nicht irgendwelchen Mist zurückhalten«, maule ich. »Du hast es eben erst versprochen.«

»Wenn ich alles erklären würde, was an diesem Ort vor sich geht, wären wir zu dem Zeitpunkt, an dem wir hier fertig sind, alt und grau. Ich werde euch erzählen, was für euch relevant ist, aber nicht mehr.«

Ich mache mir nicht die Mühe, mit ihm zu streiten, weil ich ihm in den kommenden Wochen auf den Zahn fühlen werde. Im Moment möchte ich einfach die Dinge hören, die er bereit ist mitzuteilen. »Mach weiter«, sage ich daher nur knapp, was ihn zu überraschen scheint.

»Innerhalb von Parkhurst gibt es eine Hierarchie, die von deinem Status abhängt. Erben, die erst noch die Kontrolle übernehmen und ihr Vermächtnis erfüllen müssen, wie Trent, Charlie und ich, befinden sich am Ende der Nahrungskette.«

»Vater hat vorhin erwähnt, dass Charlie seit kurzem einen *erhöhten Status* hat. Diesen Teil hast du ausgespart. Was bedeutet das?«

Schock breitet sich auf Drews Gesicht aus. »Bist du sicher?«

»Ja. Ich habe genau gehört, was sie gesagt haben.«

»Es bedeutet, dass ihm Vater etwas versprochen hat. Und er hat etwas getan, um die Beförderung zu garantieren.«

Bei dem Gedanken, was er getan haben könnte, weicht mir sämtliches Blut aus meinem Gesicht. »Glaubst du, es hat etwas mit mir zu tun?«

Drew zuckt mit den Schultern. »Wahrscheinlich, aber es könnte alles Mögliche sein.«

»Es untermauert nur, wie gefährlich Charlie ist«, meint Kai. »Und wie vorsichtig du sein musst.«

Ich drehe meinen Kopf zu ihm. »Ich weiß.«

»Ich werde sehen, ob ich etwas herausfinden kann«, schlägt Drew vor, »aber machen wir weiter im Text.« Er richtet sich etwas auf. »Wie ich schon sagte, gibt es eine Hierarchie. Unten stehen die Erben, die noch keine Kontrolle übernommen haben. Am anderen Ende der Skala haben wir den Rat. Er setzt sich aus den ranghöchsten Elitemitgliedern innerhalb des Ordens und des Landes zusammen. Der Rat besteht aus einem Präsidenten, einem Vizepräsidenten, einem Vorsitzenden und fünf leitenden Sachbearbeitern. Sie regieren mit eiserner Faust, und was sie sagen, ist Gesetz. Sie haben die Obergewalt über die gesamte Elite und beträchtlich viel Macht und Einfluss im politischen System der USA. Der derzeitige Ratsvorsitzende geht aus gesundheitlichen Gründen in den Ruhestand und es ist das erste Mal seit zwanzig Jahren, dass diese Position zur Wahl steht.«

»Vater denkt, er hätte eine Chance, diese Position zu bekleiden«, mutmaße ich.

Drew trinkt ein paar Schluck Wasser. »Leider hat er mehr als nur eine Chance darauf. Er wirbt seit Jahren hinter den Kulissen für sich, was einige glauben lässt, dass er hinter der plötzlichen Krankheit des derzeitigen Präsidenten steckt.« Drew zuckt mit den Schultern. »Ich würde es ihm zutrauen. Aber ob er darin involviert ist, spielt keine Rolle. Er hat genug Stimmen auf seiner Seite, um dieses Ding zu gewinnen, und das ist etwas, was keiner von uns sehen möchte. Wenn sie ihn zum Präsidenten des Rates wählen, ist er unantastbar, und unser Leben wird die Hölle auf Erden werden.«

»Darum geht es hier? Es ging nie um Manning Motors und das Auto-Drive-Programm?«

»Es hängt alles zusammen. Vater muss hierfür mehrere Kriterien erfüllen. Ein erfolgreicher Geschäftsmann in Bestform zu sein, ist nur ein Teil davon. Er muss die richtigen Kontakte haben. Seine Kinder müssen standesgemäß heiraten. Und vor allem müssen wir uns an die Regeln halten. Ihr wisst bereits, dass es für Frauen verpönt ist, vor der Heirat Sex zu haben. Es war bisher noch nie der Fall, dass die Tochter eines Präsidenten an ihrem Hochzeitstag keine Jungfrau mehr war.«

»Heilige Scheiße«, ruft Xavier und spielt an seinem Lippenring herum. »Ich könnte mir diese Kacke nicht ausdenken, selbst wenn ich es versuchen würde.«

»Es ist die archaischste Regel von allen«, stimmt Drew zu.

»Weiß keiner von diesen Leuten, dass wir im 21. Jahrhundert leben und Frauen die gleichen Rechte wie Männer haben?«

»Ihr habt gehört, dass Vater ständig davon spricht, dass

Frauen schwach wären. Doch es ist nicht nur ein Satz, den er von sich gibt, um andere zu amüsieren. Er glaubt das wirklich. Wie die meisten hochrangigen Männer in der Elite. Sie geilen sich an der Macht auf, die sie über ihre Frauen und ihre Töchter ausüben. Sie zwingen ihre Frauen, Scheiße mitzumachen, die kein normaler Ehemann oder Vater jemals einem geliebten Menschen antun würde.«

Mein Magen verknotet sich bei seinen letzten Worten. Ich brauche keine übermäßige Vorstellungskraft, um einige der Dinge zu erraten, die er damit andeutet.

»Weiß dein Vater davon?«, fragt Sawyer an Kai gerichtet.

»Ich weiß es nicht, aber wenn ich raten müsste, würde ich Ja sagen.« Er trommelt mit den Fingern auf dem Tisch herum und starrt ins Leere. »Er war Teil dieser Welt, bevor sie ihn verstoßen haben, nachdem Hearst ihm alles gestohlen hatte. Der Typ, der ursprünglich meinen Vater kontaktiert hat, ist ein Mitglied der Elite. Jemand, dem er in der Vergangenheit nahestand. Ein anderer Gründervater aus einem anderen Staat. Aber das ist alles, was ich weiß, weil Dad seine Identität sorgfältig unter Verschluss gehalten hat.« Kai sieht Drew an. »Ich weiß nur, dass er ein großes Interesse daran hat, dass Hearst erledigt wird. Ist es möglich, dass diese Fraktion, die sich hinter den Kulissen gegen deinen Vater einsetzt – die Gruppe, die sich an meinen Vater und Wes gewandt hat –, versucht, ihn davon abzuhalten, die Rolle des Präsidenten zu übernehmen?«

»Genau das« sage ich. »Charlie hat es mir nahezu bestätigt. Er sprach davon, dass sein Vater deshalb zugestimmt hat, ihnen zu helfen.«

»Jetzt macht es mehr Sinn«, bekräftigt Sawyer.

»Mir sind erste Unzufriedenheitsbekundungen zu Ohren gekommen, aber als Erbe bin ich nicht in viele Vorgänge eingeweiht«, sagt Drew. »Aber die politischen Machenschaften funktionieren auf die übliche Art und Weise, und es wird immer Dissidenten geben, egal, wie beliebt Vater in der Hierarchie ist.«

»Warum ist er überhaupt beliebt?«, frage ich. »Sieht niemand, was für ein Psycho er ist?«

»Liebling, die Hälfte dieser Arschlöcher sind Psychos«, stellt Xavier klar. »Ich muss Parkhurst nicht besuchen, um das zu wissen.«

»Xavier hat recht«, bestätigt Drew. »Sie fressen seinen Bullshit und sind ihm hörig. Du musst daran denken, dass diese Leute zu den reichsten und arrogantesten Wichsern der Welt gehören und von der Macht und Kontrolle über andere leben. Sie haben keine Moral und keine Skrupel. Sie tun, was sie wollen, und empfinden dabei nicht ein Fünkchen Reue. Sie herrschen durch Angst und Gewalt, und die meisten der Elitemitglieder innerhalb dieser Ordnung sind ohne Ausweg darin gefangen. Ich weiß nicht, aus wem diese gegensätzliche Gruppe besteht, aber sie sind verdammt mutig, denn wenn Vater es herausfindet, wird er sie vernichten, um an ihnen ein Exempel zu statuieren.«

»Wenn sie die Regeln und Traditionen so hochschätzen, wie ist es dann möglich, dass Vater überhaupt für die Position in Frage kommt? Er ist nur durch seine Ehe ein Mitglied der Elite geworden. Sicherlich würden sie ein reines Blaublut für die Rolle des Präsidenten bevorzugen, oder nicht?«

»Das würden sie, aber nichts in den Regeln besagt, dass er sich nicht für diese Position bewerben kann. Er ist immer noch Teil der Elite und kraft seiner Ehe der Nachfolger eines Gründervaters.«

»Weil Mom und Genevieve nicht mehr leben oder weil sie Frauen waren?«, frage ich, obwohl ich die Antwort natürlich erahnen kann.

»Weil sie weiblich waren.« Ich schüttle frustriert den Kopf, während mich Drew mitfühlend ansieht und mit den Fingern auf dem Tisch herumtrommelt. »Ungewöhnlich ist die Tatsache, dass er den Großteil der Unterstützung erlangt hat, doch es gibt wenig, was der scheidende Präsident oder die bestehenden Ratsmitglieder dagegen tun können. Die Mehrheit der Stimmen wird den neuen Präsidenten wählen und Vater ist der Spitzenreiter.«

»Wir müssen herausfinden, wer diese Gruppe ist«, sage ich.

»Die, die sich hinter Atticus, Wes und Charlie verstecken.«

»Verdammt noch mal, Abby, nein.« Drew schlägt mit seinen Fäusten auf den Tisch. »Du wirst eine Million Kilometer von den Mitgliedern der Ordnung entfernt bleiben.«

»Hör gefälligst auf, mir zu sagen, was ich tun soll.«

»Weißt du, wie sauer du über das warst, was an diesem Tag im Büro passiert ist?«, knurrt er zurück. Ich knirsche mit den Zähnen. »Nun, für diese Männer ist das nichts! Es ist nicht einmal ein Ausrutscher im Vergleich zu den Dingen, die sie Frauen antun. Ich bin mir sicher, dass ich es nicht ausdrücklich sagen muss, aber wenn du in den Angelegenheiten dieser Typen herumschnüffelst, kann dich keiner von uns beschützen. Und vertrau mir, wenn sie dich in die Hände bekommen, wirst du dich nie wieder davon erholen. Sie werden dich für immer ruinieren.«

Ein Stuhl knallt, als Jackson aufspringt und aus dem Raum eilt. Kai und Sawyer tauschen einen bedeutungsvollen Blick, bevor Sawyer aufsteht und ihm nach draußen folgt.

»Was hat es damit auf sich?«, fragt mich Xavier leise und ich zucke mit den Schultern.

»Ich werde vorsichtig sein«, verspreche ich. »Ich kann die Gelegenheit mit den Barrons nutzen, um mehr herauszufinden. Das ist nicht so riskant.«

»Ich sehe das genauso wie dein Bruder«, erklärt Kai und umfasst mein Gesicht. »Du wirst dich in dieser Sache nicht einmischen. Stell Charlie keine Fragen. Wir können ihm nicht vertrauen. Es besteht das Risiko, dass er sie an deinen Vater weiterleitet.« Ich öffne den Mund, um zu protestieren, doch er lässt mich nicht zu Wort kommen. »Wenn ich meine Gefühle bezüglich deiner falschen Verlobung beiseitelegen kann, dann wirst du dich in diesem Fall auch beherrschen können.«

»Ich werde sehen, was ich herausfinde«, sagt Drew, »aber du hältst dich da raus.«

Wir werden sehen.

»Dann sind wir wieder bei unserem ursprünglichen Plan«, gebe ich nach. »Dass wir versuchen, Beweise für Vaters dunkle

Machenschaften auszugraben, und ich habe da auch schon eine Idee.«

»Okay.« Drew trinkt den Rest seines Wassers aus und wirft die leere Flasche über den Tisch hinweg in den Mülleimer. »Wie sieht diese aus?«

»So viel davon hängt mit der Elite, den Regeln und der Vergangenheit zusammen, und es muss etwas geben, das wir gegen ihn verwenden können. Atticus hat uns im Ballsaal viele wertvolle Informationen gegeben, aber gewisse Dinge über die Beziehung der beiden zu Mom passen nicht zusammen. Ich habe Fragen und es gibt nur eine Person, die diese vielleicht beantworten würde.«

»Trents Mom.« Drew kapiert schnell. Sylvia Montgomery war seit Kindheitstagen die beste Freundin von Emma Anderson und meiner Mom. Sie ist die Einzige, die weiß, was wirklich vorgefallen ist.

»Auf keinen Fall«, protestiert Kai, und Xavier lacht.

Ich verdrehe die Augen in Richtung Decke. »Schluss mit dieser Neandertaler-Nummer oder wir werden uns immer weiter im Kreis drehen.«

»Du gehst nicht in die Nähe dieses Arschlochs.«

»Einverstanden.« Ich lächle ihn lieblich an. »Sylvia besucht jeden Dienstag um siebzehn Uhr einen Seelenklempner in der Stadt. Ich werde draußen warten und sie zwingen, mit mir zu sprechen.«

»Ich dachte, sie verlässt niemals das Haus«, wendet Xavier ein, sich an gewisse Dinge erinnernd, die ich ihm einmal erzählt habe.

»Sie tut es selten, aber jeder, der das Pech hat, mit diesen beiden Wichsern zusammenzuleben, braucht psychiatrische Hilfe.«

»Okay, also gut«, stimmt Drew zu, schaut auf seine Uhr und steht auf. »Das klingt nach einem guten Ausgangspunkt.« Er wirft mir einen entschuldigenden Blick zu. »Wir müssen los.«

»Wir sind noch nicht fertig.« Ich habe noch eine Reihe weiterer Fragen.

»Ich habe noch etwas zu erledigen und darf nicht zu spät

kommen«, sagt Drew kryptisch.

»Glaubst du, dass die Beweise, die Mom gefunden hat und die belegen, dass Dad Kais Mutter ermordet hat, in Parkhurst sind?«, frage ich und ignoriere eiskalt seine letzte Aussage.

Drew schüttelt den Kopf. »Ich nehme an, dass Dad die Beweise nie gefunden hat und sie noch immer dort sind, wo Mom sie versteckt hat.«

»Irgendwelche Ideen, wo das sein könnte?«

Er zuckt mit den Schultern. »Ich habe genauso wenig eine Ahnung wie du.«

»Wir müssen sie finden.«

»Und zwar schnell«, bekräftigt Kai. »Denn wenn sie deinen Vater als Ratspräsidenten gewählt haben, bringt es nichts mehr.«

»Denken wir einfach mal scharf darüber nach«, meint Drew und nimmt seine Jacke von der Lehne seines Stuhls. »Und dann schließen wir unsere Köpfe zusammen und schauen, ob uns ein paar Möglichkeiten einfallen.«

»Warte«, rufe ich, als er auf die Tür zugeht. »Es gibt noch eine Sache, die ich wissen muss.« Ich stehe auf, da ich bei dieser Frage nicht sitzen bleiben kann. Kai erhebt sich ebenfalls und beobachtet mich genau. »Wie lang arbeitet ihr schon zusammen?«, frage ich und schaue zwischen Xavier und Drew hin und her.

Xaviers Beunruhigung ist offensichtlich und Drew stößt keuchend den Atem aus, was meinen Verdacht bestätigt. Man sollte meinen, ich wäre mittlerweile taub für jeglichen Verrat, aber ich fühle ihn in jedem Teil meines Wesens.

Jeder einzelne Mensch in meiner Welt hat mich betrogen und ich fühle mich einsamer und verletzlicher als je zuvor. Sogar Jane hat mich enttäuscht, obwohl ich nicht so emotional bin, dass ich nicht verstehe, dass es unfreiwillig war.

Die einzige Person, auf die ich mich wirklich verlassen kann, bin ich.

Die anderen müssen mein Vertrauen zurückgewinnen, bevor ich wieder voll an sie glaube. Zu sagen, dass sie für mich sterben würden, beweist nichts, denn es sind nur Worte. Ihre Handlungen in den kommenden Wochen werden beweisen, ob sie aufrichtig sind.

Bis dahin liegt mein Überleben in meinen eigenen Händen.

Und ich werde Entscheidungen treffen, die mir zugutekommen.

Der Gedanke an eine Flucht ist verlockend und ich bin nicht ganz davon überzeugt, dass ich nicht einfach davonlaufe. Doch erstmal werde ich mich an den Plan halten. Aber wenn sie mich wieder im Stich lassen, bin ich weg.

Kai schlingt von hinten seine Arme um mich. Ich lehne mich an ihn und lasse die Wärme seines Körpers die bittere Kälte vertreiben, die sich in jeder Faser meines Körpers ausgebreitet hat. »War irgendetwas davon echt?«, frage ich Xavier, wobei mein Kummer deutlich in meiner Stimme zu hören ist.

»Ja, all das, was von Bedeutung war, war echt.« Er tritt auf mich zu und sieht mich flehend an. »Ich liebe dich, Abby. Du bist meine beste Freundin und *I'd catch a grenade for ya*«, zitiert er einen seiner Lieblingssongs von Bruno Mars. »All das ist wahr.«

»Wie und warum?«, wende ich mich an meinen Bruder.

»Als du von Tante Genevieves Beerdigung zurückkamst, hatte sich etwas in dir verändert. Ich konnte es spüren.« Er sieht Kai an. »Ich hatte keine Ahnung, was passiert war, aber ich wusste, dass du etwas plantest, und das hat mir Angst gemacht.« Er tritt näher. »Ich hatte Mom bereits verloren«, flüstert er. »Dich konnte ich nicht auch noch verlieren.«

»Was hast du getan?« Meine Stimme ist emotionslos.

»Ich habe Xavier beauftragt, dich zu hacken, weil ich wusste, wie du reagieren würdest. Seitdem bezahle ich ihn dafür, mit dir zusammenzuarbeiten.«

25. KAPITEL

Mir fällt die Kinnlade herunter und mir blutet das Herz. »Ich kann nicht glauben, dass du mir das angetan hast.«

Drew macht einen Schritt auf mich zu und ignoriert Kais warnendes Knurren. »Ich werde mich nicht dafür entschuldigen, dass ich dir auf die einzige Art und Weise geholfen habe, wie ich dir helfen konnte. Ich musste raffiniert vorgehen, für den Fall, dass Vater es herausgefunden hätte, denn dann wäre alles, woran ich arbeitete, umsonst gewesen. Ich habe die Grundrisspläne des Hauses studiert und den Tunnel entdeckt. Ich habe ihn ausgeräumt und gesäubert, die elektrischen Leitungen verstärkt und den Hinterausgang repariert. Anschließend habe ich versucht, einen geschickten Weg zu finden, dir von dem Tunnel zu erzählen. Doch dann bist du von allein drüber gestolpert.«

Ich bin gerade hin- und hergerissen. Einerseits kann ich nicht leugnen, dass es mein Herz erwärmt, zu wissen, dass mein Zwilling solch krasse Maßnahmen ergriffen hat, um mich zu unterstützen. Zu wissen, dass ich mich nicht in seinen Absichten oder seiner Liebe zu mir getäuscht habe. Zu verstehen, dass dies Teil eines größeren Plans war, an dem er arbeitet. Andererseits bringt mich die Art, wie er es gemacht hat, beinah um. Ich wurde in einer Tour hintergangen und ich war blind dafür. »Wie konntest du mich so anlügen? Wir haben uns doch immer alles erzählt!«

»Dies war der beste Weg, um dir bei der Flucht zu helfen und sicherzustellen, dass du in Sicherheit wärst. Mom starb, weil sie nicht gerissen genug war. Du hingegen bist das. Das weiß ich, Abby. Aber ich wollte sicherstellen, dass du so viel Unterstützung wie möglich findest, auch wenn mir klar war, dabei mitzuwirken, dass du mich verlässt.« Er nimmt meine Hand in seine. »Ich möchte das beste Leben für dich und ich weiß, dass das nicht hier ist. Nicht verheiratet mit Barron.«

Er mustert Kai. »Ich habe immer vermutet, dass ihr beide

zusammenkommen würdet, und ich vertraue sie dir an. Aber lass dir eins gesagt sein, wenn du noch einmal etwas tust, um sie zu verletzen, werde ich dich jagen, deine Innereien mit meinen Zähnen herausreißen und dir ein ekelhaftes Stückchen nach dem anderen in den Hals stopfen.«

»Du hast kein Recht, ihn zu bedrohen. Du hast mich ebenfalls verletzt.« Ich verschränke die Arme. »Ihr alle habt mich verletzt.«

»Ich übernehme gleichermaßen die Verantwortung dafür«, entgegnet Drew.

»Ich habe es verstanden«, sagt Kai ausdruckslos. »Und du hast vor mir nichts zu befürchten. Wir wollen beide dasselbe.«

Drew nickt. »Mir ist bewusst, dass du viele Fragen hast und verletzt bist, Abby, aber das muss warten. Wir müssen gehen.« Weder seine Miene noch sein Ton dulden Widerspruch.

»Abs«, ruft Xavier in meine Richtung.

Ich starre ihn an. Sehe die Reue und die Angst in seinem Gesicht, aber damit kann ich gerade nicht umgehen. »Ich brauche Zeit.«

»Du bist mein Mädchen«, sagt er. »Das wird sich niemals ändern.«

Ich erwidere nichts und lasse mich von Kai aus dem Raum führen.

Drew rollt das Motorrad nach draußen, während mich Kai hinüber zur Wand zieht und mich zwischen seinen muskulösen Armen gefangen nimmt. Sawyer und Jackson sind wie vom Erdboden verschluckt. »Ich werde dich vermissen«, murmelt Kai und streicht mir das Haar über die Schulter.

»Ich dich auch.«

Er reibt mit dem Daumen über meine Unterlippe. »Hältst du noch durch?«

»Gerade so«, gebe ich wahrheitsgemäß zu. »Ich denke immer wieder, dass ich am Ende bin. Dass ich alles weiß, was es zu wissen gibt, aber es gibt immer noch mehr.«

»Es ist wahrlich ein verdammtes Chaos«, bestätigt Kai und küsst meine Nasenspitze. »Aber ich bin für dich da.«

»Nur, dass du es nicht wirklich bist.«

Er holt etwas aus der hinteren Tasche seiner Hose hervor und gibt es mir. »Ich habe dir ein neues Prepaidhandy besorgt.« Er hakt seine Daumen in den hinteren Saum meiner Jeans und zieht mich an seinen heißen Körper. »Ruf mich jeden Abend an, bevor du zu Bett gehst. Und wenn irgendwas passiert, kontaktiere mich als Erstes.« Er hebt mein Kinn an. »Okay?«

»Okay.« Ich umarme ihn und lege meinen Kopf an seine Brust. Das beruhigende Klopfen seines Herzens dringt an mein Ohr. »Sag mir, dass wir das schaffen und gewinnen können«, verlange ich und sehe zu ihm hoch, weil ich dringend Bestärkung brauche.

»Verlieren ist keine Option. Für uns steht zu viel auf dem Spiel«, erwidert er, ehe er seine Lippen auf meine senkt. Sein Kuss ist zärtlich, liebevoll und völlig gegensätzlich zu dem, wie er mich sonst küsst, als würde er instinktiv wissen, dass ich das gerade brauche. Ich schmelze förmlich unter seinen Berührungen und es tut sowohl körperlich als auch emotional weh, mich von ihm zu lösen, als Drew ungeduldig meinen Namen ruft.

»Ich möchte nicht auf Wiedersehen sagen.« Traurig lächle ich ihn an.

»Dann lass es.« Er presst einen harten, verzweifelten Kuss auf meinen Mund. »Schreib mir, wenn du im Bett liegst, und wir sehen uns morgen, auch wenn es nur von unterschiedlichen Seiten der Cafeteria ist.«

Ich umarme und küsse ihn leidenschaftlich, bis Schritte näher kommen.

»Leute«, drängt Drew. »Es tut mir leid, aber wir müssen los.«

Kai beendet unseren Kuss und streicht mir über das Gesicht, bevor er mich loslässt. »Bis dann, Knallbonbon.«

Er schlägt mir auf den Hintern und ich wirble zu ihm herum. Rückwärtsgehend werfe ich ihm einen Luftkuss zu. »Bis dann, Neandertaler.«

Drews Mundwinkel zucken, als er mir wortlos meinen Helm reicht und wir auf mein Motorrad steigen. Dann starte ich den Motor und gebe Vollgas.

»A.« Drew ruft nach mir, als ich den Flur hinunter in mein Zimmer gehe.

Ich drehe mich um und lehne mich gegen die Wand, als er auf mich zukommt. Schweigend starre ich ihn an.

»Mir ist klar, dass du viel zu verdauen hast und dass du sauer bist, aber ich hatte die besten Absichten.«

»Ich weiß«, gebe ich seufzend zu, und dem ist wirklich so. Außerdem weiß ich instinktiv, dass Drew noch mehr tut, daher ist mein Problem nicht seine Motivation. »Aber es sind die Geheimniskrämerei und die Lügen, die mir an die Nieren gehen; sowie die Tatsache, dass ich dachte, ich hätte einen wahren Freund in Xavier gefunden.«

»Das hast du, Abby. Du bist diesem Kerl verdammt wichtig. Ich hoffe, du kannst ihm verzeihen, denn er ist einer der Guten.« Er bedenkt mich mit einem ernsten Blick. »Und davon gibt es leider nur wenige.«

Nachdem er gegangen ist, wird mir klar, dass er gar nicht um Vergebung für sich selbst gebeten hat.

Ich habe mich gerade erst ins Bett gelegt, als mein Magen knurrt und mich daran erinnert, dass ich seit Stunden nichts zu mir genommen und das Abendessen verpasst habe. Ich könnte mir etwas aufs Zimmer bringen lassen, aber es ist spät und ich möchte mich nicht wie eine verwöhnte Göre benehmen, also stehe ich auf. Ich wickle meinen Seidenmantel um meinen Körper, schlüpfe in meine rosafarbenen, flauschigen Pantoffeln und verlasse mein Schlafzimmer.

Gähnend gehe ich die Treppe hinunter, als eine Bewegung weiter vorn meine Aufmerksamkeit erregt. Ich will schon nach Drew rufen, als ich seine Kleidung bemerke. Ich runzele die Stirn, als ich den stilvollen schwarzen Anzug, das weiße Hemd und die flotte rote Krawatte wahrnehme. Ich verlasse die Treppe und verstecke mich rasch, kurz bevor er sich umdreht. Ich beobachte den Anflug eines Stirnrunzelns, als er zur Treppe hochschaut.

Er ist glatt rasiert und hat Gel verwendet, um sein Haar aus dem Gesicht zu streichen. Sein Parfum kann ich von hier aus riechen.

Was zum Teufel hat er vor und wohin geht er nachts um diese Uhrzeit?

Es ist fast Mitternacht.

Mitten unter der Woche, wenn wir am nächsten Tag Schule haben.

Alle meine Sinne beginnen zu prickeln.

Auf Zehenspitzen folge ich ihm, halte dabei jedoch einen angemessenen Abstand und drücke mich mit dem Rücken an der Wand entlang, falls er sich umdrehen und mich entdecken sollte. Aber das tut er nicht. Abgelenkt und nervös geht er durch das Haus zur äußersten Westseite des Grundstücks.

Ich halte eine Hand vor meinen Mund, um mein schockiertes Keuchen zu unterdrücken, als er einen Code an der Geheimtür eingibt und den verbotenen Kerker betritt.

Übelkeit regt sich in meinem Magen und mein Puls pocht wie wild. In Sekundenbruchteilen treffe ich eine Entscheidung und hoffe, dass ich es nicht bereue. Ich stürze nach vorn und halte die Tür auf, kurz bevor sie sich schließt.

Ich schlüpfe hinein und warte oben auf der dunklen, schmalen Treppe, um sicherzustellen, dass Drew die Stufen hinabgestiegen ist. Die Tür schließt sich hinter mir, bevor ich etwas dagegen tun kann. Leuchtröhren zu beiden Seiten der Treppe sind die einzige Lichtquelle im ansonsten dunklen Raum und mein Puls hämmert so schnell wie noch nie, während ich einen Fuß vor den anderen setze. Als ich die letzte Stufe erreicht habe, biege ich um die Ecke und erkenne einen weiteren dunklen Gang mit den gleichen Leuchtröhren zu beiden Seiten. Ein unangenehmes Flattern macht sich in meiner Brust breit und mir ist übel, als ich vorwärtsgehe und den dunklen Flur nach Anzeichen von Kameras absuche. Doch ich sehe keine.

Ganz bewusst vermeide ich es, zu untersuchen, was im Kerker meines Vaters vor sich geht, aber ich weiß, dass dies nicht der offizielle Eingang ist. Es gibt einen weiteren, beschränkten Eingang auf der linken Seite unserer Auffahrt, der durch hohe schmiedeeiserne schwarze Tore gesichert und mit einem monatlich wechselnden Code versehen ist, durch den die geladenen Gäste gehen. Über diese Information verfüge ich dank Oscar, aber er weigerte sich, mir weitere Fragen darüber zu beantworten, was da unten vor sich geht. Er nahm mir das Versprechen ab, dass ich mich niemals hierherwagen würde.

Die Gedanken an Oscar sorgen dafür, dass ich gelobe, herauszufinden, wo er ist, und ihn so bald wie möglich zu besuchen. Ich fühle mich wie ein Stück Scheiße, weil ich Drew nicht nach ihm gefragt habe. Von Charlies Erzählungen weiß ich nur, dass er im Koma liegt und gut versorgt wird.

Aber angesichts dessen, was ich jetzt über Charlie weiß, kann ich nicht einmal darauf vertrauen, dass das der Wahrheit entspricht.

Als ich das Ende des Ganges erreiche und vor einer einzelnen schwarzen Tür stehe, schiebe ich meine Gedanken beiseite. Rhythmische Beats dringen an mein Ohr und eine Gänsehaut breitet sich auf meinen Armen aus.

Mit verschwitzten Handflächen und einem Herzen, das versucht, aus meiner Brust zu springen, drehe ich den Griff und bete, dass sie mich nicht in ein Riesendurcheinander führt. Ich betrete einen weichen schwarzen Teppich und gehe auf den gewellten schwarzen Vorhang zu, der sich sanft vor mir hin und her wiegt. Die Musik ist hier viel lauter, aber die Beats scheinen eher Hintergrundmusik zu sein. Tapfer hole ich Luft und spähe durch den Vorhang. Meine Augen weiten sich vor Schock.

Ein Seil ist quer vor dem Vorhang gespannt. Ein Schild mit der Aufschrift *Eingeschränkter Zugang* hängt von oben herab und bestätigt, dass es sich um einen abgesperrten Bereich handelt. Doch das beruhigt mich kaum, als ich die Szenerie vor mir betrachte.

So stelle ich mir einen erstklassigen Sexclub oder einen Stripladen in Vegas vor. Ich befinde mich in einem riesigen Raum, der so groß wie der Ballsaal im Haus ist, wenn nicht sogar größer, und opulent in Rot-, Gold- und Schwarztönen dekoriert wurde. Ein paar strategisch platzierte Kronleuchter hängen verstreut im Raum herum.

Eine kreisförmige, sich drehende Bar nimmt das Zentrum des Raumes ein. Vor der Theke steht eine Reihe Barhocker. Die meisten der Stühle werden von älteren Männern in formeller Kleidung besetzt. Im hinteren Teil des Raumes befindet sich eine große Bühne mit einer Ansammlung von Tischen und Stühlen. Ein stark geschminktes Mädchen kreist nackt um eine Polestange und wird von einer Menge älterer Männer beobachtet. Viele von ihnen haben die Hände vorn in ihrer Hose.

Ich ignoriere das üble Gefühl in meiner Magengrube und sehe mich im Rest des Raumes um.

Auf der linken Seite befindet sich eine rechteckige Erhebung mit acht goldverzierten Stühlen. Eine Gruppe von Männern steht plaudernd und trinkend um das Podium herum. Mein Vater sitzt auf einem der goldenen Stühle und spricht mit dem grauhaarigen Mann, der neben ihm sitzt. Je eine nackte Frau kniet vor den Männern und lutscht dessen Schwanz, während sich die Männer lässig unterhalten, so als wäre es üblich, einen Blowjob zu bekommen, während man Geschäftliches miteinander bespricht.

Wahrscheinlich ist es hier unten sogar so.

Als ich mich angewidert abwende, erblicke ich Drew, der mit einer Gruppe von vier Männern spricht. Zwei von ihnen sehen aus, als wären sie in unserem Alter, und die anderen beiden wirken älter. Drew hat einen Becher in der Hand, wirft lachend den Kopf zurück und sieht dabei im Grunde genommen so aus, als würde er hierhergehören. Aber die Anspannung in seinen Schultern, seine starre Haltung und das leichte Zucken an seinem Kiefer sprechen eine andere Sprache.

Das hilft.

Wenn auch nur ein bisschen.

Als ich meine Aufmerksamkeit auf die andere Seite des Raumes lenke, schlage ich mir eine Hand vor den Mund, um mein schockiertes Keuchen zu unterdrücken, während ich darum kämpfe, die Situation zu verstehen, die sich vor mir abspielt. Das Deckenlicht ist gedämpft, aber große Lampen erhellen die vielen offenen Kabinen und offenbaren die schmutzigen Akte, die darin in vollem Gange sind.

In der ersten Kabine schluchzt eine ältere Lady mit fließenden blonden Locken, als ein Mann von hinten seinen Schwanz in ihren Arsch rammt. Er hat eine Hand fest um ihren Hals gelegt und ihr Gesicht verfärbt sich allmählich bläulich. Ein anderer Mann schaut von einem Lehnstuhl aus zu und lacht und scherzt mit dem Mann, der sie verletzt, während er seinen Schwanz massiert. Er streckt den Arm aus, packt das Kinn der Frau und leckt ihr übers Gesicht, als wäre er ein Hund.

In der zweiten Kabine sitzt ein Mädchen mit langen, dunklen, gewellten Haaren auf einem älteren Mann und reitet pflichtbewusst auf seinem Schwanz, während ein anderer Mann ihren Arsch von hinten fickt und ein dritter Mann ihren Mund. Der Typ hinter ihr reißt ihren Kopf an den Haaren zurück, was mir einen direkten Blick auf ihr Gesicht und ihren Oberkörper gewährt.

Eine Träne rollt mir über die Wange angesichts des glasigen, gleichgültigen Blicks in ihren Augen, der bestätigt, dass sie auf irgendwelchen Drogen ist.

Aber sie ist so jung, und das bricht mir das Herz.

Sie kann erst vierzehn oder fünfzehn sein, wenn überhaupt.

Ein stechender Schmerz durchzuckt meine Brust, als ich meine Augen auf die nächste Kabine richte.

Diesmal ist es ein anderes junges Mädchen, das einen ähnlich geistesabwesenden Ausdruck aufweist, aber an eine Vorrichtung festgebunden ist. Sie hat ein Halsband um den Hals und Fesseln an beiden Knöcheln. Ihre Arme sind über ihrem Kopf gefesselt und die Beine weit gespreizt auseinandergebunden, sodass sie der Gruppe von Männern, die um sie herumsteht, voll und ganz ausgeliefert ist. Einige von ihnen sind nackt und umfassen ihre Schwänze. Andere tragen noch ihre Anzüge, trinken etwas und scherzen, während sie weiteren Männern dabei zusehen, wie sie das Mädchen begrapschen und abwechselnd ihre Pussy ficken.

Ich wende mich ab, doch in der letzten Sekunde entdecke ich ein vertrautes Gesicht und mir wird speiübel. Bis aufs Äußerste angewidert sehe ich dabei zu, wie Trent seinen Schwanz massiert und über etwas lacht, das der Typ neben ihm sagt, während sie darauf warten, dass sie an der Reihe sind. Trent knetet eine ihrer Brüste und kneift in ihre Brustwarze, auf eine Art und Weise, von der ich weiß, dass es weh tut, weil er mit mir früher das Gleiche gemacht hat.

Die Kabinen erstrecken sich bis ans andere Ende des Raumes, aber ich habe genug gesehen. Ich kann das nicht länger mit angucken.

Ich muss hier raus.

Bevor ich mir an Ort und Stelle die Seele aus dem Leib kotze.

Und bevor mich Trent entdeckt.

Dieser Gedanke versetzt mich in Bewegung und ich mache auf dem Absatz kehrt, bereit, diesem schrecklichen Ort zu entfliehen, als ich gegen eine warme, feste Brust stoße und große Hände nach mir packen.

Panik jagt durch meine Venen.

26. Kapitel

»Was zur Hölle machst du hier?«, verlangt Charlie zu wissen und gräbt seine Nägel in meine Arme, die er unbarmherzig festhält.

»Ich könnte dich dasselbe fragen«, zische ich.

Charlie ist ein Meister der Diskretion und normalerweise ist es schwierig, ihn zu lesen.

Aber nicht jetzt.

Wut und Furcht zeichnen sich nur allzu deutlich in seinem Gesicht ab und er zittert vor Zorn am ganzen Körper, während er mich aus dem Raum zerrt, zurück in den nur spärlich beleuchteten Korridor und die Treppe hinauf. Er tippt den Code in das an der Wand angebrachte Keypad ein und die Tür öffnet sich mit einem Klicken. Dahinter ist der leere Flur im Erdgeschoss zu sehen.

Er sagt nicht ein einziges Wort, als er mich hinter sich durch den Flur in den anderen Flügel des Hauses und den zum Security-Raum führenden Korridor schleift. Feindseligkeit und Wut gehen in Wellen von ihm aus und sorgen dafür, dass sich all die kleinen Härchen in meinem Nacken aufstellen. Er lässt mich los, um das Schloss zu knacken, stößt schwungvoll die Tür auf und zieht mich nach drinnen. »Lösch den Kamerafeed«, fordert er mich auf.

Ich bin versucht, ihm zu sagen, dass er mich mal kreuzweise kann, aber die Intensität seiner Emotionen verängstigt mich ein wenig. Außerdem ist das Letzte, was ich im Moment gebrauchen kann, dass der Bastard entdeckt, dass ich sein krankes Geheimnis kenne. Also logge ich mich ins System ein und lösche mit fliegenden Fingern die Aufnahmen, ehe ich die Bilder so manipuliere, dass es nicht auffällt.

»Erledigt«, bestätige ich und richte mich auf.

Charlie ergreift meinen Ellenbogen, zieht mich aus dem Raum und stellt sicher, dass er wieder vernünftig abgeschlossen ist, ehe er mich Richtung Treppe zerrt.

»Lass mich los.« Ich versuche, mich aus seinem Griff zu befreien, aber er packt nur noch fester zu. Er war bisher nie grob zu mir und diese Version von Charlie erschrickt mich. »Hör auf, mich so unsanft zu behandeln. Du tust mir weh.«

»Provozier. Mich. Nicht.« Mit angespannter Miene zwingt er mich die Stufen hinauf.

Ausnahmsweise leiste ich keinen Widerstand und warte, bis wir in der sicheren Umgebung meines Zimmers sind, bis ich ihn von mir stoße. Mein Sieg ist jedoch nur von kurzer Dauer, denn ich habe gerade meinen Arm befreit, als er mich rücklings gegen die Wand drückt und mich mit seinen muskulösen Armen und seinem durchtrainierten und vor Wut bebendem Körper einkesselt. Mein Atem geht stoßweise, als ich ihn dabei beobachte, wie er darum kämpft, nicht die Kontrolle zu verlieren. »Hast du irgendeine Vorstellung von der Gefahr, in der du gerade geschwebt hast?«, knurrt er und ich realisiere sein Bemühen, mich nicht anzuschreien.

»Ich wollte wissen, was dort unten vor sich geht.«

»Und fühlst du dich jetzt besser mit dem Wissen? Sicherer? Weniger ängstlich?« In seinen Augen lodern viele verschiedene Emotionen.

Ich beiße mir auf die Lippen und senke kurz die Lider, ehe ich den Kopf schüttle.

»Was hättest du getan, wenn ich nicht aufgetaucht wäre?« Seine grünen Augen funkeln mich herausfordernd an.

»Ich wollte gerade wieder gehen.«

Unerwartet schlägt er mit der Faust gegen die Wand über meinem Kopf und ich zucke heftig zusammen. »Ohne den Code wärst du auf keinen Fall da rausgekommen.«

Er hat recht. Aber das wusste ich nicht, als ich Drew folgte. Ich nahm an, dass sich die Tür von innen wie jede andere öffnen lassen würde, aber ich hätte es besser wissen müssen. Normalerweise bin ich klüger und mein unvorsichtiges Verhalten hätte mir eine Menge Schwierigkeiten einbrocken können.

Natürlich gebe ich das nicht zu.

»Drew musste ja irgendwann wieder zurückkommen, er hätte

mich rausgelassen.«

»Und was, wenn stattdessen dein Vater zuerst zurückgekehrt wäre?« Er packt mein Kinn und drückt mein Gesicht nach oben. »Was dann, Abby? Wie hättest du ihm deine Anwesenheit erklärt?«

»Von meinem Standort aus wirkte es nicht so, als würde Vater irgendwann in Kürze den Raum verlassen.«

»Dein Vater ist alles andere als vorhersehbar. Du weißt das am besten.« Er reibt mit dem Daumen über meine Unterlippe und sein Blick verdunkelt sich auf eine Art und Weise, die mir vertraut ist. Ein deutlich sichtbarer Schauer erfasst ihn. »Wenn sie dich in die Finger bekommen hätten.« Er sieht für einen Moment weg.

»Ich muss eine Jungfrau bleiben«, sage ich. »Er hätte nicht zugelassen, dass sie mich ficken.«

Er schnaubt. »Es gibt jede Menge anderer kreativer Wege, dich zu verletzen, Abby. Verdammt.« Wieder schlägt er gegen die Wand. »Du bist zu schlau, um solch unvorsichtige Scheiße abzuziehen.« Er lehnt seine Stirn gegen meine. Instinktiv will ich ihn von mir wegschieben, aber dann fällt mir ein, dass ich eine Rolle zu spielen habe.

»Ich habe nicht nachgedacht, aber mir ist nichts passiert. Niemand hat uns gesehen und wir haben unsere Spuren beseitigt.«

»Du musst mir versprechen, dass du nicht noch einmal in die Nähe dieses Ortes gehst.«

Ein bitterer Geschmack flutet meinen Mund. »Vertrau mir, ich verspüre keinerlei Verlangen, noch mal dort runterzugehen.« Ich umfasse sein Gesicht und zwinge ihn, mich anzusehen. »Warum warst du da?«

Sofort setzt er eine Maske auf. »Es ging um Elite-Angelegenheiten.«

Ich schnaube erneut und schubse ihn von mir weg. Erst jetzt fällt mir der maßgeschneiderte Anzug auf, den er trägt. »Das ist wirklich komisch.« Ich schüttle den Kopf. »All dieser Bullshit über deine Liebe zu mir und deinen Wunsch, mich zu beschützen, und dann warst du auf dem Weg, um Sex mit minderjährigen Mädchen zu haben?«

Er überbrückt die Distanz zwischen uns, presst seinen Körper an meinen und drückt meinen Rücken wieder gegen die Wand. »Ich war nicht dort, um Sex zu haben.« Sein Mund ist auf meinem, bevor ich Zeit hatte, sein Vorhaben zu erkennen. Ich halte meine Lippen versiegelt und weigere mich, seinen Kuss zu erwidern. Nicht, weil ich Kai nicht betrügen will, obwohl ich das natürlich nicht will, sondern weil es in diesem Szenario einfach natürlich ist.

Ich drücke gegen seine Schultern und seine Nasenflügel beben, als er gezwungen ist, den einseitigen Kuss zu beenden.

»Für wie dumm hältst du mich?«, fauche ich. »Ich habe gesehen, was sie da unten gemacht haben. Willst du mir wirklich weismachen, dass du mit diesen Arschlöchern nur ein bisschen was trinken und irgendwelche Scheiße mit ihnen belabern wolltest?« Ich stemme die Hände in die Seiten. »Das ist genau wie während meiner Verlobung mit Trent.« Ich verenge die Augen. »Du hast keine Intention, mir treu zu sein, oder? Und wenn du deinen Schwanz schon während unserer Verlobung nicht in der Hose lassen kannst, dann hast du ganz sicher nicht vor, mir gegenüber loyal zu sein, wenn wir verheiratet sind.«

»Vergleich mich ja nicht mit ihm. Ich bin absolut nicht wie Trent!«, brüllt er, und ich bin irgendwie stolz darauf, dass ich den sonst so zurückhaltenden Charlie aus seiner Reserve gelockt habe.

»Wer's glaubt, wird selig.« Ich entferne mich von ihm. »Du widerst mich an.« Bilder von diesen armen Mädchen kommen mir in den Sinn und mir wird speiübel. »Ich kann nicht glauben, dass du so etwas tun würdest. Wie kannst du mit jemandem, der so jung ist, Sex haben? Insbesondere, wenn sie ganz offensichtlich unter Drogen gesetzt wurden, um zu kooperieren?«

Er dringt wieder in meine Komfortzone ein. Seine vorige Frustration ist verschwunden, ersetzt durch eine leicht arrogante Miene.

Erfreut ihn meine Reaktion?

»Die einzige Person, die ich begehre, bist du. Die einzige Frau, mit der ich Sex haben möchte, bist du.« Gesprochen wie ein echter Politiker. Der Frage ausweichen und erwarten, dass das genügen wird.

»Du darfst mich bis zu unserer Hochzeitsnacht nicht anrühren.«

Er wandert mit einer Fingerspitze meinen Arm rauf und runter, was bei mir eine Gänsehaut verursacht. »Wir wissen beide, dass das nicht wahr ist. Dein Vater glaubt bereits, dass wir Sex haben.«

»Das wird nicht passieren.« Ich funkle ihn böse an und er gibt nach, tritt zurück und bringt etwas Distanz zwischen uns. Er sieht zerknirscht aus, ich weiß jedoch nicht, ob es echt ist oder nicht.

»Ich entschuldige mich dafür, dass ich dich ohne deine Erlaubnis geküsst habe. Du weißt, dass ich dich nie zu etwas zwingen würde, das du nicht willst.«

»Ich weiß gar nichts mehr, Charlie«, entgegne ich aufrichtig, gehe zur Couch hinüber und lasse mich in die Polster fallen. Ich kicke mir die Plüschhausschuhe von den Füßen, ziehe meine Knie an die Brust, lege mein Kinn darauf ab und sehe ihn von der Seite an, als er sich neben mich setzt. »Ich vertraue dir nicht. Ich vertraue niemandem außer mir selbst.«

»Ist noch etwas anderes passiert?« Er wendet sich mir zu und zieht eine Braue in die Höhe.

»Nur, dass ich herausgefunden habe, dass mich alle angelogen haben und ich niemandem vertrauen kann.«

»Mir ist bewusst, dass ich dein Vertrauen zurückgewinnen muss, aber ich werde dir zeigen, dass ich aufrichtig bin.«

Ich hebe den Kopf und suche in seinem hübschen Gesicht nach Hinweisen. »Wenn du das ernst meinst, kannst du damit anfangen, mir zu erzählen, was zur Hölle da unten abgeht.«

»Willst du das wirklich wissen?«

Ich nicke. »Ich kann nicht mehr rückgängig machen, dass ich es gesehen habe, und ...« Ich schließe die Augen und verabscheue die Bilder, die wie ein Film vorbeiziehen. Ich blinzle und die Wut von vorhin kehrt zurück. »Es ist widerlich und so verdammt falsch. Mir wird schlecht bei dem Gedanken, dass das schon seit Jahren im Keller meines Zuhauses vor sich geht, während ich hier oben geschlafen habe, unwissend, was für kranke Scheiße unter diesem Dach abläuft.«

»Das ist die Welt, in der wir leben«, entgegnet er ohne viel Emotionen. »Und ich habe schon viel Schlimmeres gesehen.«

»Was meinst du damit?«

»Was denkst du, was wir all die Jahre in Parkhurst getan haben, Abby?« Er schlüpft aus seinen eleganten Schuhen, zieht seine Füße an und lehnt sich an die Armlehne, sodass er mich wieder ansehen kann.

»Trainieren? Lernen, wie man das Familiengeschäft übernimmt?« Erst jetzt höre ich, wie naiv das klingt. Die Wahrheit ist, dass ich gedacht habe, dass sie genau das tun würden, wenn sie jedes Jahr dorthin fuhren.

Inzwischen weiß ich es besser.

»Ja, wir trainieren, aber das beinhaltet viel mehr als nur Selbstverteidigung oder Geschäftsmanagement.«

»Was zum Beispiel?«

»Zum Beispiel, wie man einen Menschen tötet. Wie man eine Frau fickt. Wie man Macht kontrolliert und über jene ausübt, die weniger wert sind als wir.«

»Hast du schon mal jemanden getötet?« Ich weiß, dass er geschickt im Umgang mit einer Waffe ist. Wie wir alle. Und nach der Schießerei im Ballsaal weiß ich, wie erfahren die Jungs alle sind, was das Schießen angeht.

Er nickt.

»Hast du deine Unschuld in Parkhurst verloren?«, frage ich, weil es die nächstlogische Frage zu sein scheint.

Wieder nickt er.

»Wie alt warst du?«

»Dreizehn?«

Mir fällt die Kinnlade herunter. »Aber du warst noch ein Kind.«

»Innerhalb des Ordens bist du mit dreizehn ein Mann. In

diesem Alter die eigene Unschuld zu verlieren, gehört zum Erwachsenwerden und ist eine der Initiationsaufgaben.«

»Initiationsaufgaben?« Ich fühle mich, als wäre ich zwischen den Seiten eines Dark-Romance-Buchs gelandet.

»Wir müssen mehrere Stufen bewältigen, bevor wir achtzehn werden. Erst, wenn wir sie erfolgreich absolviert und unseren Highschoolabschluss in der Tasche haben, können wir in der Hierarchie aufsteigen und vollwertige Mitglieder von Parkhurst werden.«

»Was würde passieren, wenn du es nicht tust?«

»Sie würden mich töten.«

Ich blinzle heftig und möchte das Ganze als Bluff enttarnen, aber wir reden hier von der Elite, und keine ihrer Traditionen oder Regeln hat je sonderlich viel Sinn für mich gemacht. »Kannst du nicht so tun, als ob?«

Er schüttelt den Kopf. »Es findet eine öffentliche Zeremonie statt.«

Ich reiße meine Beine herum und nehme an meinem Ende der Couch die gleiche Position ein wie er an seinem. »Sagst du mir gerade, dass du deine Unschuld bei einer öffentlichen Zeremonie verloren hast, bei der Leute zugeguckt haben?« Meine Stimme klingt schrill.

»Jap.« Er sieht leicht amüsiert aus.

»Es freut mich, zu sehen, dass es dich nicht beeinflusst hat.« Ich schaue ihn finster an und mein Magen reagiert erneut mit Übelkeit.

»Ich habe dafür monatelang trainiert«, offenbart er und mein Schrecken nimmt nur noch mehr zu.

Sie haben sie dazu gezwungen, als sie zwölf waren?

»Meine Hormone liefen Amok und ich wurde ein wenig süchtig danach. Zwar war ich nicht scharf darauf, dass jemand zuguckte, insbesondere mein Vater, aber es war lästige Pflicht.«

»Was gehörte zum Training?«, frage ich, auch wenn ich mir unsicher bin, ob ich das wirklich wissen will.

Seine Mundwinkel wandern nach oben. »An deinem zwölften Geburtstag wird dir eine Frau als sexuelle Mentorin zugewiesen.

Imelda war meine Mentorin. Sie war zweiundzwanzig und verflucht heiß. Ihre Aufgabe war es, mich in allem zu unterrichten, was mit Sex zu tun hatte. Sie hat mir alles beigebracht, was ich weiß.«

Mir bleibt der Mund offen stehen. Was zum Teufel? Ich bin wieder absolut angeekelt. Nicht nur, weil es moralisch verwerflich und Kindesmisshandlung ist, sondern auch, weil die Art und Weise, wie Charlie darüber redet und fast damit prahlt, auf so vielen Ebenen falsch ist. Was haben sie den Jungs angetan, um das akzeptabel zu machen?

»Aber du hast gesagt, dass du deine Unschuld nicht verloren hast, bis du dreizehn warst. Das verstehe ich nicht«, sage ich, weil seine Aussage widersprüchlich ist.

»Penetrativer Sex war bis zur Zeremonie verboten, aber sie zeigte mir, wie man es einer Frau oral macht und wie sich ein Blowjob anfühlt. Ich habe ihre Pussy und ihren Arsch mit meinen Fingern und Vibratoren gefickt. Wir haben uns Pornos angesehen, mit Spielzeug experimentiert und ich war im Zimmer, als sie mit anderen Männern Sex hatte, damit ich mir Notizen machen konnte.«

»Das ist ... verstörend, widerlich und krank.« Ich schmecke Galle auf meiner Zunge. »Wie zur Hölle wird jemand überhaupt sexuelle Mentorin?« Gern würde ich wissen, wo sie diese kranken Schlampen auftreiben.

»All die Frauen, die eine Rolle innerhalb von Parkhurst innehaben, wurden entweder gründlichst überprüft oder stammen aus einer Elite-Familie.«

»Warum würde jemand aus der Elite Parkhurst seine Tochter als sexuelle Mentorin überlassen?«

»Weil es eine große Ehre ist.«

Ich kann den Schock nicht aus meinem Gesicht verbannen, als ich höre, wie lässig er darüber redet, als Kind missbraucht worden zu sein. Denn nichts anderes war das, das steht fest.

»Einige Männer bieten auch ihre Ehefrauen dafür an«, fügt Charlie hinzu. »Trents Mentorin war fünfunddreißig und Drew und ich haben ihn gern deswegen aufgezogen.«

Ich schweige, zu entsetzt, um Worte zu finden. »Oh mein Gott«, murmle ich nach ein paar Sekunden der Stille, als mich die Erkenntnis trifft. »Trents Mentorin muss es hart gemocht haben, und auf keinen Fall will ich etwas über die Mentorin meines Bruders hören. Können wir dieses Thema begraben, ehe ich mir die Seele aus dem Leib kotze?«

Charlie rutscht vorwärts und drückt seinen Mund an mein Ohr. »Ich weiß, dass es dir zuwider ist, aber ich bin ein geschickter Liebhaber, und wenn ich dich in meinem Bett habe, wirst du die ganze Nacht meinen Namen schreien.«

Das ist vielleicht die kränkste Aussage von allen. Wie kann er stolz auf seine Fähigkeiten sein, wenn er weiß, dass sie daher stammen, dass er als Kind sexuell missbraucht und öffentlich erniedrigt wurde?

Näherkommende Schritte sind das Einzige, was Charlie vor einem Knie in seinen Eiern bewahrt. »Scheiße«, zischt er und schaut auf seine Uhr. »Wehr dich nicht, mach einfach mit.« In seinen Augen steht eine stumme Warnung.

Ich habe keine Zeit, zu antworten, bevor er mich unter sich schiebt und sich auf mich legt. Wieder senkt er seine Lippen auf meine und dieses Mal erwidere ich seinen Kuss, ignoriere die protestierenden Schreie in meinem Kopf, als er hektisch meinen Bademantel löst, ihn von meinen Schultern drängt und seine Hand unter mein Oberteil schiebt. Mit der anderen Hand zieht er mein Bein hoch und legt es sich um seine Taille. Dann beginnt er, sein Becken an meinem zu reiben, gerade, als die Tür zu meinem Schlafzimmer auffliegt.

Ein tiefes Glucksen hallt durch den Raum und ich täusche meine Schreckstarre nicht vor. Charlie zieht seine Hand unter meinem Oberteil hervor und löst sich von mir. Er setzt sich auf, richtet seinen Anzug und grinst, als er meinen Vater ansieht.

»Ich dachte mir schon, dass ich dich vielleicht hier finden würde«, sagt der Bastard.

»Massagepflicht«, scherzt Charlie und tut so, als würde er imaginäre Brüste kneten. Dafür möchte ich ihn im Schlaf ersticken. »Jemand muss es tun.« Er schlüpft in seine Schuhe und bindet die Schnürsenkel zu.

Ich ziehe mein Oberteil nach unten und wickle meinen Morgenmantel um mich, ehe ich mich ebenfalls aufsetze und mir ein falsches Lächeln ins Gesicht zaubere. »Sehr witzig«, sage ich trocken und beuge mich vor, um ihn zu küssen. Jede Sekunde ist mir dabei ein Graus. »Danke, dass du vorbeigekommen bist. Wir sehen uns morgen Früh.«

Er steht auf, zieht mich in seine Arme und beugt mich nach hinten, während er mich innig küsst, so wie er es in dieser Nacht auf der Bühne getan hat. Nur sehe ich diesmal keine Sterne durch den roten Nebel der Wut, der meine Sicht verschleiert.

27. KAPITEL

Die Schule am nächsten Tag ist eine seltsame Erfahrung ohne Jane an meiner Seite. Den ganzen Tag kommen Schleimer auf mich zu und eröffnen mir, wie glücklich sie seien, dass ich wieder da bin. Meine Verlobung mit Charlie ist in der ganzen Schule Thema und einige der Mädchen werfen mir neidische Blicke zu, als sie den riesigen Diamanten an meinem Ringfinger entdecken.

Charlie wartet vor meiner Klasse, um mich in die Cafeteria zu begleiten. Die Aussicht, Kai zu sehen und nicht mit ihm sprechen zu können, macht mich nervös. Jackson war in einer meiner morgendlichen Unterrichtsstunden und es kostete mich eine Menge Mühe, ihn zu ignorieren. Die Elite hat überall in der Schule Spione, also kann ich nicht einmal den geringsten Blick riskieren, weil ich befürchte, dass Charlie es erfährt.

Oder Trent.

Er wird sich an mir rächen wollen, und mich bei meinem neuen Verlobten und meinem Vater in Schwierigkeiten zu bringen, wäre genau sein Ding.

Charlie nimmt meine Tasche und legt seinen Arm um meine Schulter, als wir durch den überfüllten Flur in Richtung Cafeteria gehen. Die Leute machen uns Platz, und ich zwinge ein selbstgefälliges Lächeln auf mein Gesicht, während ich innerlich berechne, wie viele Tage es noch bis zu den Weihnachtsferien sind.

Ich verberge meine Überraschung, als Charlie uns zu unserem alten Tisch führt. An diesem sitzt Trent mit Shandra Farrell an seiner Seite. Drew schaut auf, ein aufrichtiges Lächeln auf dem Gesicht, als wir uns nähern. Er zieht den Stuhl neben sich für mich hervor, und ich gehe um den Tisch herum, während ich meinen Ex und sein neues Spielzeug ignoriere. Allerdings muss ich gestehen, dass ich von Shandra überrascht bin. Sie gehört zum inneren Kreis einer angesehenen und beliebten Familie; ist superklug und sehr karriereorientiert. Sie ist nicht der Typ, der am Arm eines Typen hängt, insbesondere nicht, wenn es sich um einen Trottel wie Trent handelt.

»Ich hole dir dein Mittagessen«, sagt Charlie, als ich mich neben meinen Zwilling setze.

»Danke, Schatz.« Er küsst mich kurz auf die Lippen und geht dann zur Theke.

»Na sieh einer an, was haben wir denn da!«, ruft Trent aus, stützt seine Ellenbogen auf den Tisch und funkelt mich an.

»Aww, hast du mich vermisst, kleiner Schwanz?« Die Erwähnung seines Schwanzes weckt Erinnerungen an gestern Nacht, und all meine gute Laune schwindet. »Oder warst du zu beschäftigt damit, dich unschuldigen Mädchen aufzuzwingen?«

Drew kneift mir unter dem Tisch in den Oberschenkel, aber ich ignoriere ihn.

Trent grinst. »Ich muss mich niemandem aufzwingen.« Er greift sich in den Schritt. »Die Frauen stehen Schlange, um meinen Schwanz zu reiten.«

»Danke dafür«, sagt Shandra trocken und sticht auf ein Stück Salat ein, als wünschte sie, es wäre sein Kopf.

Trent packt sie an den Hüften und schiebt sie auf seinen Schoß. »Sie wollen mich, aber sie können mich nicht haben«, erklärt er. »Ich habe dir gesagt, dass das zwischen uns exklusiv ist, und das habe ich auch so gemeint.«

Ich huste. »Bullshit.«

»Hast du was gesagt, du Hure?«, knurrt Trent, als Charlie zurückkommt.

Charlie stellt ein Tablett auf den Tisch, bevor er sich kühl an Trent wendet. »Willst du mir das nochmal ins Gesicht sagen?

Alle die winzigen Haare an meinen Armen und in meinem Nacken stellen sich auf und die Atmosphäre im Raum verändert sich. Es liegt allerdings nicht daran, dass Charlie und Trent kurz davor sind, sich an die Gurgel zu gehen. Es liegt daran, dass die neue Elite gerade die Cafeteria betreten hat, den gesamten Sauerstoff aufzusaugen scheint und die ganze Aufmerksamkeit im Raum beansprucht. Ich schaue nicht zur Tür, weil ich unsicher bin, ob ich stark genug sein kann, Kaidens

Anziehungskraft zu widerstehen. Und ich brauche keine visuelle Bestätigung, um zu wissen, dass er hier ist, da ich seine Anwesenheit spüre, sobald er einen Raum betritt. Vielleicht ist es unsere starke Verbindung oder seine intensive Aura, oder aber das hörbare Keuchen, das im Raum ertönt, vielleicht auch die subtile Luftverschiebung – was auch immer es ist, ich würde immer und überall sofort wissen, wenn er da ist.

Drew greift warnend nach meiner Hand und ich blicke ihn frustriert an. Mit meinem Blick signalisiere ich ihm, dass er von mir ablassen soll, denn ich weiß, was zu tun ist.

Während ich meinen Gedanken nachgehangen habe, hat sich die Situation verändert. Charlie hat Trent von seinem Stuhl gerissen, ihn am Hemd gepackt und knurrt ihn an: »Du wirst dich entschuldigen oder ich donnere dein Gesicht gegen die nächste Wand.«

»Ich werde mich entschuldigen, wenn sie es tut. Sie hat versucht, mich vor meiner Verlobten in Verlegenheit zu bringen«, erwidert Trent.

Ruckartig drehe ich den Kopf und betrachte Shandras Hand. Keine Ahnung, wie mir der riesige pinkfarbene Diamant an ihrem Finger entgehen konnte. »Du bist verlobt?«, kreische ich, auch wenn es natürlich offensichtlich ist.

»Eifersüchtig?«, fragt Trent grinsend.

Ich ignoriere ihn und fixiere Shandra mit einem aufrichtig mitfühlenden Blick. »Mein Beileid.«

»Verdammte Schlampe«, schnauzt Trent.

Charlie zerrt ihn über den Boden und knallt ihn gegen die nächstgelegene Wand.

Man könnte eine Stecknadel im Raum fallen hören.

»Hör gut zu, Montgomery. Du sprichst nie wieder so mit meiner Verlobten. Du behandelst sie gefälligst nicht respektlos und siehst sie verdammt noch mal nicht einmal an, denn ansonsten bekommst du es mit mir zu tun.«

Trent schubst Charlie von sich. »Ich mache mir förmlich in die Hosen.« Er sieht ihn abfällig an, während er sich an ihm vorbeischiebt. »Und um deine werte Verlobte musst du dir keine Sorgen machen. Ich bin durch mit dieser Schlampe.«

»Muss ich dich an das Gespräch erinnern, das wir letzte Woche mit unseren Vätern hatten?«, wendet sich Drew seelenruhig an Trent, als sich dieser wieder auf seinen Platz neben Shandra setzt.

Trent presst die Lippen aufeinander und seine Fingerknöchel werden weiß. »Ich brauche keine Erinnerung.«

»Gut.« Drew lehnt sich entspannt auf seinem Stuhl zurück. »Denn ich würde meinen Vater nur ungern darüber informieren, dass du bereits jetzt gegen die Abmachung verstößt.«

Charlie lächelt Drew selbstgefällig an, als er auf meiner anderen Seite Platz nimmt und seinen Arm um meine Schulter legt.

Shandra räuspert sich, in ihren Augen blitzt der Schalk. »Ich habe gehört, dass Beileidsbekundungen auch bei dir angebracht sind«, neckt sie und mustert mich dabei.

»Charlie ist der Fang des Jahrhunderts.« Ich lächle ihn verliebt an. »Ich habe keinerlei Beschwerden.« Ich bedenke sie mit einem durchdringenden Blick. »Im Gegensatz zu dir, du Ärmste.«

Charlie grinst, erfreut von meiner fingierten Aussage, und küsst mich. Ich weiß nicht, ob er meine Worte wirklich glaubt oder einfach nur mitspielt.

Im Hintergrund bricht eine Rauferei aus. Ich löse mich von Charlie, greife nach einigen Gegenständen vom Tablett und tue so, als wäre mir nicht bewusst, was passiert.

»Nimm deine gottverdammten Hände weg.« Kais wütender Ton fährt wie ein Dolch mitten durch mein Herz, weil ich weiß, dass er das gerade gesehen hat. Ich möchte so dringend aufschauen, erinnere mich aber daran, warum wir das tun, und halte an meiner Entschlossenheit fest.

Trent grinst und das bedrohliche Glitzern in seinen Augen macht mir Sorgen. »Ich schätze, Anderson hat das Memo nicht erhalten.« Er stopft sich eine Portion Nudeln in den Mund und kaut langsam, während ich im Geiste eine Liste mit Möglichkeiten zusammenstelle, ihn umzubringen. »War die Ermordung seiner beiden kleinen Bastarde zu subtil für ihn?«, fügt er hinzu, als er fertig ist, und ich explodiere.

Ich springe auf den Tisch, stürze mich auf Trent und wir krachen in einem Gewirr aus Armen und Beinen zu Boden. Ich spüre nicht einmal den Aufprall, als der Stuhl unter unserem Gesamtgewicht nachgibt und wir auf festen Grund treffen. Ich packe seinen Kopf und donnere ihn mehrmals gegen den harten Fußboden, ehe er mich abwirft.

Starke Hände greifen von hinten um mich herum und versuchen, mich hochzuheben, aber meine Reflexe sind schnell. Ich stürze mich erneut auf Trent, fahre mit meinen Nägeln durch sein Gesicht und bin enorm zufrieden, als er vor Schmerz aufbrüllt. Wieder greift jemand nach mir, doch ich reiße meinen Stöckelschuh von meinem Fuß und lande damit zwei gute Treffer gegen Trents Kopf, bevor mich Charlie über seine Schulter wirft.

Blut strömt aus einer Wunde an Trents Schläfe und seiner verletzten Wange, aber es ist nicht genug. Ich will ihm seinen Schwanz abschneiden und diesen an ihn verfüttern, bevor ich ihn in kleine Stücke schneide und seinen abgetrennten Kopf an die Wand nagele. Wie kann er es wagen, das zu mir zu sagen!! Ich trommle mit den Fäusten gegen Charlies Rücken. »Lass mich runter! Ich will ihn umbringen!«, schreie ich.

»Dafür wirst du büßen«, droht Trent und drückt ein Papiertuch gegen die Wunde an seiner Schläfe.

»Wenn du das petzt, wird es das Letzte sein, was du tust«, sagt Drew und geht um den Tisch herum. Er funkelt Trent an. »Das hast du verdient. Und wenn du jemals diesen Kommentar wiederholen oder noch mal irgendwelche Bemerkungen dieser Art Abby gegenüber machen wirst, dann bringe ich dich persönlich um.« Drew baut sich vor Trent auf. »Das ist deine letzte Warnung.« Drew kommt zu uns herüber. »Bring Abby hier raus.«

Charlie nickt und geht, mich immer noch über seiner Schulter tragend, zum Ausgang. Aus dem Augenwinkel sehe ich Jackson und Sawyer, die einen vor Wut kochenden Kai gewaltsam zurückhalten. Unsere Blicke treffen sich über den Raum hinweg, und ich spüre das Bedürfnis in mir hochkommen, zu ihm zu gehen. Besonders nach Trents grausamen Worten, denn die einzigen Arme, von denen ich mich jetzt trösten lassen möchte, sind seine.

Aber ich werde nicht egoistisch sein.

Wir kommunizieren stumm miteinander. Ich empfinde denselben Schmerz, dieselbe Angst und dieselbe Sehnsucht, aber wir können nicht schon bei der ersten Hürde zu Boden gehen. Wir sind stärker als das. Ich schüttle leicht den Kopf, kurz bevor Charlie mit mir die Cafeteria verlässt und das Chaos im Raum hinter uns verstummt.

»Ich sage nicht, dass er es nicht verdient hat«, meint Charlie, als wir ein paar Minuten später draußen in seinem Auto sitzen. »Aber du kannst nicht herumgehen und Leute angreifen. Dein Vater würde mir den Arsch aufreißen, weil ich offiziell für dich verantwortlich bin.«

»Trent wird nichts sagen, weil er sich selbst in Schwierigkeiten bringen würde, wenn er es täte.«

»Du hast recht, aber du musst innehalten und nachdenken, bevor du reagierst, Abby.«

»Warum sitzen wir überhaupt an diesem Tisch?«, frage ich und zucke zusammen, als ein Schmerzensstich durch meine Hüfte schießt. Mir tun einige Stellen am Körper ein wenig weh, aber Trent hat den größten Teil unseres Sturzes abgefedert, also werde ich es überleben. Ich wette, dass sein Rücken morgen schwarz und blau sein wird; niemand hätte es mehr verdient.

»Dein Vater hat die Dinge mit den Montgomerys in Ordnung gebracht, und wir haben strenge Anweisungen erhalten, dass alles wieder zur Normalität zurückkehren soll.«

Ich füge meiner mentalen Checkliste eine Notiz hinzu, Drew zu fragen, wie der Bastard die Wogen zwischen sich und Trents Vater wieder geglättet hat.

»Es ist mir nicht entgangen, dass die neue Elite zurückgekehrt ist«, fügt er hinzu und ich werde stocksteif.

»Na und?«

»Ich habe Kaiden gesagt, dass sein Fernbleiben Teil des

Deals wäre.«

»Du hast Kai angewiesen, dass er sich von mir fernhalten soll«, korrigiere ich ihn. »Du hast nichts darüber gesagt, dass er nicht an die Schule zurückkehren darf.«

Er mustert mich prüfend. »Halte dich von ihm fern, Abby.« Ein Muskel an seinem Kiefer zuckt. »Du bist jetzt meine Verlobte und ich werde mich nicht zum Narren halten lassen.«

Ich gehe zu meiner letzten Unterrichtsstunde des Tages, als ich seitwärts in ein Zimmer gezerrt werde. Kais heißer Mund liegt auf meinem, bevor ich Zeit habe, einen Schrei auszustoßen. Seine Zunge plündert meinen Mund wie ein wildgewordener Wikinger und nimmt sich mit Brutalität und Gewalt, was er will. Ein metallischer Geschmack sickert in meinen Mund, als er hart auf meine Lippe beißt und ich zu bluten beginne.

Ich schiebe ihn von mir weg. »Was soll das?«, zische ich. Charlies Drohung ist immer noch zu frisch in meinem Kopf und das hier ist riskant ohne Ende.

Kai bedenkt mich mit einem amüsierten und selbstgefälligen Grinsen, auf das Jackson stolz wäre. Kai schließt die Tür ab und pirscht sich an mich heran. »Wonach zum Teufel sieht es denn aus?«

»Als ob du so verrückt wärst und Todessehnsucht hättest«, sage ich und weiche vor ihm zurück.

Seine Augen sind voller Verlangen, sein Körper voller Wut, und er trägt Letztere stolz wie eine Rüstung.

Ich winde mich zwischen den Tischen hindurch, um nicht von ihm eingefangen zu werden. Doch er geht ohne Umschweife weiter auf mich zu. Bedrohlich und als wolle er mich unbedingt bestrafen.

Flüssiges Verlangen rast durch mich hindurch und meine Mitte pulsiert vor verzweifelter Begierde.

Ich liebe es, wenn er so ist.

Mich ansieht, als würde er mich heftig ficken wollen.

Mein Körper summt vor Erwartung, als mein Rücken gegen ein festes Hindernis stößt. Ich weiß, dass ich krank und verkorkst bin, aber ich denke, das ist der Grund, warum wir so gut zusammenpassen.

Er möchte mich bestrafen und ich möchte bestraft werden.

Kai packt meine Hüften, zieht mich an seinen Körper und reibt sein Becken an meinem. Seine Erektion drängt sich gegen meinen Unterleib und sorgt dafür, dass mein Höschen feucht wird. »Scheinbar musst du daran erinnert werden, dass du mir gehörst.«

»Ja«, keuche ich zustimmend, obwohl ich mit Haut und Haar sein bin und wir beide das wissen.

Seine Lippen kollidieren wieder mit meinen und wir verschlingen uns, als würden wir uns nie wieder küssen können. Gierig lasse ich meine Hände seinen Rücken auf- und abwandern, packe seinen Hintern und ziehe ihn näher zu mir; dabei spreize ich meine Beine, um Platz für seinen Körper zu machen. Ich reibe mich an ihm, während er durch mein Oberteil hindurch in meine Brüste zwickt.

Ohne Vorwarnung dreht er mich um, fegt die Sachen mit einer Handbewegung vom Tisch und beugt mich darüber. Er zieht meinen Rock bis zur Taille hoch, schiebt mein Höschen zur Seite und lässt drei Finger in mich gleiten.

Ich stoße eine Reihe von Flüchen aus, und er lacht.

»Dein schmutziger Mund macht mich an.«

»Dein dreckiger Schwanz turnt wiederum mich an«, entgegne ich rau.

Er rammt seine Finger in mich hinein und streichelt mich in schnellen Bewegungen, die beinah schmerzhaft sind. Doch als er sich zurückzieht, wimmere ich angesichts des Verlusts. Das verräterische Geräusch seines Reißverschlusses, gefolgt vom Zerreißen einer Verpackung, ehe er ein Kondom über seinen Schwanz rollt, lässt mich vor Vorfreude aufstöhnen.

»Halt dich fest, Baby.«

Das ist die einzige Warnung, die ich bekomme, ehe er in

einem schnellen Stoß in mich eindringt und sich ein Schrei aus meiner Kehle löst, den ich nicht aufhalten kann. Kai bedeckt meinen Mund mit seiner Hand, packt meine Hüfte mit seiner anderen und zieht mich seinen Stößen entgegen.

Er fickt mich hart und schnell über das Lehrerpult gebeugt, keucht und flucht, während er es mir besorgt. Seine Hand bewegt sich von meiner Hüfte zu meinem Kitzler. Er reibt meinen empfindsamsten Punkt mit festen Bewegungen, bis mein Orgasmus aus dem Nichts über mir hereinbricht. Ich hebe ihm meine Hüfte entgegen und greife nach seinem Schwanz, als sich meine inneren Wände unkontrolliert verkrampfen. Kai beißt mir in die Schulter, dämpft seine eigenen Schreie, als er kommt. Sein warmer Körper bedeckt meinen Rücken, während ich langsam wieder zur Besinnung komme.

Wortlos hilft er mir, mich mit ein paar Taschentüchern aus seiner Jackentasche zu säubern, ehe er sich selbst sortiert und den Reißverschluss seiner Hose hochzieht.

Er beugt sich vor und presst seine Lippen in einem letzten Kuss auf meine. »Pass auf dich auf, Babe.«

»Immer.«

»Warte eine Minute, dann folge mir nach draußen«, instruiert er mich, durchquert den Raum und verlässt ihn, ohne einen Blick zurückzuwerfen.

Ich nutze die Zeit, um mein Make-up aufzufrischen und meine Haare zu bürsten. Anschließend gehe ich hinaus in den Gang. Ich sehe nach links und rechts, um sicherzustellen, dass der Korridor menschenleer ist, ehe ich verspätet und mit einer Entschuldigung auf den Lippen in mein Klassenzimmer schlüpfe.

28. KAPITEL

Die nächsten Tage vergehen ohne Zwischenfälle und es entwickelt sich eine vertraute Routine. Mit den Barrons zu leben, erweist sich als in Ordnung. Ich habe mein eigenes wunderschönes Zimmer, das Elizabeth, Charlies Mutter, speziell für mich professionell renovieren hat lassen.

Sie ist sehr aufgeregt wegen der Hochzeit, plant bereits einen üppigen Empfang, und diese ist alles, worüber sie jeden Abend am Esstisch sprechen möchte. Normalerweise schmerzt im Anschluss mein ganzes Gesicht von all dem erzwungenen Lächeln und der fingierten Schwärmerei. Charlie ist erfreut, dass ich mich darauf einlasse, aber ich fühle mich schlecht, weil ich sie anlüge. Ich bringe es nicht übers Herz, ihr zu erklären, dass alles vergeblich ist, weil ich diese Scharade aufrechterhalten muss.

Charlie fährt mich zur Highschool, holt mich wieder von dort ab und ist zu jeder Zeit aufmerksam und rücksichtsvoll – der perfekte Freund. Wir sitzen in der Schule immer noch am Elite-Tisch, aber Trent ignoriert uns, was die Angelegenheit weniger schlimm macht. Chad hat mich über all den Klatsch und Tratsch in Kenntnis gesetzt, den ich während meiner Abwesenheit verpasst habe, und Drew verbringt die meisten Mittagsstunden schweigsam und nachdenklich.

Ich mache mir Sorgen um ihn, aber jedes Mal, wenn ich mich erkundige, versichert er mir, dass es ihm gut gehe. Ich möchte zum Haus unseres Vaters fahren, um mit ihm zu sprechen, aber ich möchte den Ort auch genauso gern meiden. »Kannst du mich nach der Schule zum Ballett bringen?«, flüstere ich Drew während der Mittagspause zu. »Ich muss mit dir reden.«

»Klar. Vielleicht können wir vorher noch was essen gehen.«

»Perfekt.« Ich küsse ihn auf die Wange. »Ich warte bei deinem Auto auf dich.«

»Ich sehe keinen Grund, warum ich nicht mitkommen soll«, schmollt Charlie nach der Schule, als ich ihm die Neuigkeit verkündet habe, dass ich mit meinem Bruder fahren werde.

»Ich möchte Zeit mit meinem Bruder verbringen und du kannst mich nicht überallhin verfolgen«, stelle ich klar, schließe meinen Spind und stopfe meine Bücher in meine Tasche.

»Dein Vater hat sich nur bereit erklärt, auf den Leibwächter und den Fahrer zu verzichten, weil ich ihm versichert habe, dass ich dich beschützen werde«, sagt er und nimmt meine Hand, als wir zum Ausgang gehen.

Ich verdrehe die Augen. »Mein Bruder ist wohl kaum eine Bedrohung.«

Charlie öffnet die Tür. Ich gehe nach draußen und ziehe den Kragen meines Mantels hoch, um den eiskalten Wind abzuwehren. Wir sind dem Schnee in Connecticut entkommen, aber es sieht so aus, als ob er uns hierher gefolgt ist. Die Wettervorhersage für das Wochenende kündigt Schnee an und ich bereite mich auf ein kaltes Wochenende vor.

»Ich mag es nicht, von dir getrennt zu sein«, sagt Charlie und zieht mich auf dem Treppenabsatz in seine Arme.

Elektrizität knistert in der Luft und mein Körper folgt einem eigenen Willen, als ich meinen Kopf zur Seite neige und auf die beiden Typen hinabschaue, die uns vom Bordstein aus beobachten.

Kais Blick trifft den meinen und hält ihn gefangen. Ich ziehe scharf die Luft ein. Ich schwöre, dass er jedes Mal heißer wird, wenn ich ihn sehe. Meine Finger zucken vor Verlangen, ihn zu berühren, sehnen sich danach, durch sein seidenweiches Haar zu fahren und jeden Zentimeter seiner tätowierten Haut zu erkunden. Die feurigen Tiefen seiner Augen bestätigen einen ähnlichen Hunger, aber sein Blick enthält auch ein dunkles Versprechen.

Ich zittere, als ich mich daran erinnere, wie er mich kurz vor dem Mittagessen besitzergreifend gegen die Wand der Hausmeisterkammer gefickt hat. Jeden Tag findet er eine Gelegenheit, mich zu entführen, und der Sex zwischen uns ist immer wild und hektisch. Es heimlich zu treiben, ist ziemlich riskant, und wir sollten es nicht tun. Aber ich würde lügen, wenn ich behaupten würde, dass mich die verbotene Natur unserer Beziehung nicht erregt.

Charlie ist allerdings dreister geworden. Er zieht mich auf seinen Schoß und küsst mich, wann immer er die Gelegenheit dazu hat. Ich weiß, dass er es tut, um Kaiden zu testen, und ich hasse es, aber wir müssen uns an den Plan halten.

Ich starre Kai an und weiß, dass ich das nicht sollte, aber es tut weh, meinen Blick abzuwenden. Sawyer nickt mir vorsichtig zu, als Charlie mein Gesicht zu seinem hebt. »Du bist meine Verlobte«, zischt er empört. »Und du hast ihn gerade förmlich mit deinen Blicken gefickt, während es alle mitbekommen konnten.«

»Es tut mir leid«, murmle ich, stelle mich auf die Zehenspitzen und küsse ihn, während ich hoffe, dass mir Kai vergeben kann. »Ich bemühe mich.«

»Tja, dann bemüh dich etwas mehr«, knurrt er, nachdem er seinen Mund von meinem gelöst hat. »Es sei denn, du würdest ihn gern sterben sehen.«

»Ich weiß nicht, wie lange ich das noch schaffe«, gestehe ich Drew, als wir eine halbe Stunde später in unserem Essen im Diner herumstochern. »Ich fühle mich jedes Mal wie eine betrügerische Schlampe, wenn ich mich von Charlie küssen lasse. Und ich weiß, dass er mich in der Öffentlichkeit küsst, um Kai wütend zu machen, was wiederum funktioniert.«

»Kai muss darüber hinwegkommen«, sagt Drew mit monotoner Stimme.

»Würdest du genauso empfinden, wenn ich Jane wäre und du einen anderen Kerl dabei beobachten müsstest, wie er sich über mich hermacht?«

Er schiebt seinen Teller weg. »Das war ein Schlag unter die

Gürtellinie.«

»Ich weiß, aber ich habe bemerkt, wie schroff du dich gegenüber Kai verhältst. Liegt das an mir oder gibt es dafür einen anderen Grund?«

Seufzend lehnt er sich zurück und starrt an die Decke. »Ich bin immer noch wütend darüber, dass er seine Identität vor mir verborgen hat.«

»Hey.« Ich versetze ihm einen Stupser. »Ich war diejenige, die mit ihm geschlafen hat. Wenn ich ihm vergeben kann, kannst du das auch.«

Drew sieht mich an. »Er war jahrelang mein bester Freund und ich habe mich oft gefragt, wo er war. Was er vorhatte.«

»Du solltest die Sache zwischen euch bereinigen. Er wird in meinem Leben sein, was bedeutet, dass er auch in deinem sein wird.«

»Ich weiß«, sagt er und zieht durch den Strohhalm an seinem Getränk. »Aber ich denke, ich werde ihn noch ein bisschen mehr ins Schwitzen bringen.«

Fast wäre ich bei seinen Worten an meinem Burger erstickt, aber ich bin froh, wieder etwas Leben im Gesicht meines Bruders zu sehen. Ich senke meine Stimme. »Wie geht es dir wirklich, Drew? Du warst so still. Ich mache mir Sorgen.«

»Verschwende deine Energie nicht damit, dich um mich zu sorgen.«

»Das ist faktisch unmöglich, und das weißt du.« Ich greife nach seiner Hand. »Sprich mit mir. Du kannst nicht alles in dich reinfressen.«

»Ich vermisse sie«, flüstert er. »Ich vermisse sie so sehr.«

»Ich weiß. Ich vermisse sie auch.«

»Es ist, als hätte ich die Hälfte meines Selbst verloren, und ich weiß nicht, wer ich ohne sie bin.« Er stützt seine Ellenbogen auf dem Tisch ab und legt sein Gesicht in seine Hände. »Vielmehr noch«, fügt er hinzu und durchbohrt mich mit einem ernsten Blick, »habe ich Angst, wer ich ohne sie werden könnte.«

»Du bist immer noch du.« Ich drücke seine Hand. »Und du

bist einer der besten Menschen, die ich kenne.«

Ein gequälter Ausdruck huscht über sein Gesicht und er entzieht mir seine Hand. »Das würdest du nicht sagen, wenn du wüsstest, was ich getan habe.«

Ich erinnere mich an Charlies Erklärung bezüglich ihrer Unschuld und frage mich, was sie sonst noch tun mussten. Ich glaube nicht, dass ich es wissen will. »Wenn sie dich gezwungen haben, Dinge zu tun, um zu überleben, würde ich dir das niemals vorhalten.«

»Ab wann musst du von etwas ablassen und Verantwortung für dein Handeln übernehmen – auch wenn es etwas ist, das dir technisch gesehen aufgezwungen wurde? Wenn du die Person bist, die eine Tat begangen hat, trägst auch du die Schuld.«

»Ich weiß nicht, D. Ich habe Dinge getan, auf die ich nicht stolz bin, aber wir befinden uns in einer Welt, in der es um Leben oder Sterben geht, und ich werde immer kämpfen. In meinem Herzen weiß ich, dass ich ein guter Mensch bin.« Ich mache eine Pause. »Ein guter Mensch muss schwierige Entscheidungen treffen. Ist gezwungen, schlechte Dinge zu tun. Aber ich zweifle nie daran, was in meinem Herzen ist.«

»Das habe ich auch nicht, bis ich meine andere Hälfte verloren habe.«

Als ich nach dem Unterricht das Ballettstudio verlasse, denke ich noch immer über seine Worte nach.

Drew ist am Ertrinken und ich weiß nicht, wie ich ihn retten kann.

Ein schwarzer Land Rover mit getönten Scheiben hält am Bürgersteig und eins der Fenster wird heruntergefahren, als ich auf den Wagen zugehe. »Na komm, Schnarchnase«, sagt Drew und schenkt mir ein liebevolles Lächeln. »Hüpf rein«, ergänzt er und zwinkert mir zu.

Ich nähere mich dem Auto und frage mich, was er vorhat. Ich öffne die Hintertür und steige ein. Als ich Kai erblicke, der auf dem Rücksitz auf mich wartet, breitet sich ein breites Grinsen auf meinem Gesicht aus.

Ich bewege mich in dem Moment auf ihn zu, als er nach mir greift, und ich verschmelze mit seinen Armen, als sich unsere Münder treffen. Er umfasst mein Gesicht mit seinen großen Händen und küsst mich, bis mir Hören und Sehen vergeht. In diesem Moment könnte ich nicht glücklicher sterben.

»Schnallt euch an, ihr Turteltauben«, verlangt Drew und lässt ungeduldig den Motor aufheulen.

»Was ist los?«, frage ich und löse mich widerwillig von Kai, um meinen Sicherheitsgurt anzulegen. Er schnallt sich ebenfalls an, dann legt er einen Arm um mich. »Und warum bist du hier?« Ich sehe zu ihm hoch.

»Freust du dich nicht, mich zu sehen, Baby?«

Ich streiche über seine Wange. »Natürlich freue ich mich, dich zu sehen, aber ich erinnere mich noch daran, dass dir dein Bruder eingeschärft hat, dich von mir fernzuhalten.« Ich starre Drew durch den Rückspiegel an. »Was hat sich geändert?«

»Nichts«, antwortet Drew und wirft mir einen kurzen Blick zu, während er sich in den Verkehr einfädelt. »Aber wir müssen etwas unternehmen und ich ging davon aus, dass es sicher wäre, Kai mitzubringen. Ich weiß, wie es ist, sich nach der Person zu sehnen, die man liebt. Ich kann nichts wegen Jane machen, aber ich konnte das hier für dich tun.«

Ich löse meinen Gurt und beuge mich nach vorn, um meinen Bruder auf die Wange zu küssen. »Danke. Ich liebe dich.«

»Ich dich auch, Sis.«

»Setz deinen Hintern wieder hin«, sagt Kai, packt meinen Pullover und zieht mich daran zurück auf den Sitz. »Und schnall dich wieder an.«

»Zufrieden?« Ich ziehe eine Braue in die Höhe, nachdem ich gemacht habe, was er verlangt, und lehne mich wieder an ihn.

»Mit dir in meinen Armen immer.«

Drew tut so, als müsse er sich übergeben.

»Halt die Klappe. Ich vermute, du warst zehn Millionen Mal schlimmer«, entgegnet Kai.

»Das waren sie wirklich«, sage ich. »Ich fand allerdings immer wunderschön, wie sehr sie sich geliebt haben.« Tränen brennen mir in den Augen, als mich ein Wirbel aus Emotionen durchströmt. Mir war nicht klar, dass ich so lange nach dem ... noch so hormonell sein würde. Ich verdränge den Gedanken bewusst, da ich nicht mal in der Lage bin, die Worte in meinem Kopf auszusprechen.

Ich packe Kai fester am Arm, froh, dass er hier ist. Als er wissen wollte, was Trent an jenem Tag in der Cafeteria zu mir gesagt hat, das mich so durchdrehen ließ, weigerte ich mich, es ihm mitzuteilen. Sehr zu seiner Enttäuschung, die er am nächsten Tag an meinem Körper ausließ, als er mich in einen anderen Klassenraum zog.

Aber ich konnte es nicht aussprechen.

Er würde Trent ohne zu zögern ermorden. Doch ich setze mich nicht dieser ganzen Scheiße aus, um ihn zu beschützen, nur um ihn dann wegen meines beschissenen Exfreundes zu verlieren.

Die Fahrt dauert über eine Stunde. Zufrieden liege ich in Kais Armen, während er immer wieder Küsse über mein Gesicht verteilt. Drew beobachtet uns lächelnd durch den Rückspiegel, und ich bin froh, dass er mit uns beiden einverstanden ist.

»Wo glaubt Charlie, dass ich bin?«, frage ich, als Drew die nächste Highway-Ausfahrt nimmt.

»Er weiß, wo du bist. Er weiß nur nicht, dass Anderson bei uns ist.«

Ich starre aus dem Fenster auf die unbekannte Straße und frage zum x-ten Mal, wohin wir unterwegs sind. Aber wie immer verraten die Jungs kein Wort.

Ein paar Minuten später biegen wir in den Eingang eines privaten Krankenhauses ein und ich glaube zu wissen, wo wir sind. Ruckartig richte ich mich auf und sehe zwischen meinem Bruder und meinem Freund hin und her. »Oscar«, flüstere ich, und Drew nickt.

Mein Herz pocht wie wild in meinem Brustkorb und ich umklammere Kais Hand mit eisernem Griff, als wir den Flur zu Oscars Zimmer hinunterschreiten.

»Das ist es«, sagt Drew und bleibt vor Zimmer vierhundertachtzehn stehen.

»Möchtest du, dass ich mit dir reinkomme, Baby?«, fragt Kai, und es klingt verlockend.

»Nein. Ich muss da allein durch.« Im Aufzug hat mir Drew erklärt, dass Oscar noch immer im Koma liegt. Ich schaue zwischen den beiden hin und her, unsicher, ob sie Bescheid wissen. »Er hat versucht, Louis aufzuhalten, damit ich entkommen kann.«

»Das wissen wir« sagt Kai. »Wir sind ihm etwas schuldig.«

»Er ist mein Held«, fügt Drew hinzu.

»Meiner auch«, flüstere ich.

Kai küsst mich liebevoll. »Nimm dir all die Zeit, die du brauchst. Wir warten hier draußen.« Er zeigt auf eine Stuhlreihe an einer Seitenwand.

Ich nicke, ehe ich meine Hand um den Türgriff lege und das Zimmer betrete.

»Abigail!« Julie, Oskars Frau, eilt auf mich zu und umarmt mich herzlich. »Oh, mein süßes Mädchen.« Sie umfasst meine Wange mit ihrer kleinen Hand. »Oscar würde sich so freuen, dich hier zu sehen.« Sie zieht mich zum Bett. »Liebling, Abigail ist hier, um dich zu sehen, und sie sieht so schön aus wie immer.«

Ein Knäuel an Emotionen schnürt mir die Kehle zu, als ich Oscars Körper in dem Bett vor mir liegen sehe. Schläuche ragen aus seinen beiden Armen und er ist an eine Maschine angeschlossen. Die Decke ist knapp über seiner Taille gefaltet und er wirkt so dünn und gebrechlich. Sein Gesicht ist entsetzlich fahl und er sieht so alt aus.

»Du kannst mit ihm reden«, ermuntert mich Julie. »Ich weiß

nicht, ob er es hört, aber ich mag den Gedanken, dass er es tut.«

»Hey, Oscar.« Meine Stimme bricht, als ich mich dem Bett nähere und seine Hand in meine nehme. Sie fühlt sich warm an, was unerwartet, aber auch beruhigend ist. »Es tut mir leid, dass ich so lang gebraucht habe, aber mein Vater hat mich in Parkhurst weggesperrt und ich bin erst diese Woche in die Stadt zurückgekehrt.«

Julie sieht mich entsetzt an. Ich hätte wahrscheinlich umsichtiger sein sollen. Wie ich Oscar kenne, hat er ihr nicht viel über das beschissene Treiben bei den Mannings erzählt.

»Er hat in jener Nacht versucht, mich zu retten«, erzähle ich zu ihr. »Und ich finde es furchtbar, dass er wegen mir hier ist.«

»Oh nein, Liebes.« Sie erhebt sich und legt ihren Arm um meine Taille. »Oscar liebt dich, und selbst wenn er das nicht überlebt, weiß ich, dass er nicht bereuen würde, für deinen Schutz gestorben zu sein.«

»Was haben die Ärzte gesagt?«

»Nicht viel. Sein Körper ist geheilt, sein Verstand jedoch nicht. Sie wissen nicht, wie lang er in diesem Zustand bleibt, und je länger es dauert, desto größer ist die Wahrscheinlichkeit, dass das Gehirn Schaden nimmt.«

Ich hasse den Gedanken, dass Oscar so leiden muss. »Kann ich irgendetwas tun? Vielleicht eine zweite Meinung einholen? Und ich bitte Sie, lassen Sie mich seine Arztrechnungen bezahlen.«

»Du hast schon so viel für uns getan, ich kann dir nicht genug danken.«

Verblüfft starre ich sie an, weil ich absolut nichts gemacht habe. Es war keine Zeit.

»Ich weiß nicht, was wir getan hätten, wenn du den jungen Mann und seine Freunde nicht geschickt hättest, um uns zu helfen. Drew natürlich auch.«

»Ich verstehe nicht.« Verwirrt ziehe ich die Brauen zusammen.

»Oh. Oh.« Ihr scheint etwas klar zu werden. »Ich hatte einfach angenommen, dass du sie geschickt hättest.«

»Das hätte ich, wenn ich hier gewesen wäre. Oscar ist für mich mehr ein Vater, als mein Vater es je gewesen ist.«

»Er liebt dich.« Sie drückt meine Taille. »Und angesichts der Tatsache, wie ihr euch alle zusammengetan habt, um uns zu helfen, kann ich verstehen, warum.«

»Was genau haben meine Freunde getan?«

»Drew hat Oscar hierher verlegen lassen, nachdem dein Vater seine Anstellung beendet hat und wir unsere Krankenversicherung verloren haben. Dann ist dein Freund mit Sawyer und Jackson vor meiner Haustür aufgetaucht. Kaiden hat uns zwei Meilen von hier ein Haus angemietet, damit wir näher bei Oscar sein können. Er hat sogar veranlasst, dass die Mädchen vorübergehend eine neue Schule besuchen. Und er hat viel zu viel Geld auf mein Bankkonto eingezahlt.« Tränen sammeln sich in ihren Augen. »Sawyer hat ein neues Sicherheitssystem im Haus installiert und Jackson ist mit mir gekommen, um ein neues Auto zu kaufen, weil Oskars Wagen verschwunden ist.«

»Es sieht so aus, als hätten sich mein Bruder und meine Freunde um alles gekümmert«, sage ich und bin kaum in der Lage, beim Sprechen den Kloß in meinem Hals zu überwinden.

»Das haben sie, und ich bin so dankbar.« Sie sieht ihren Ehemann mit neuen Tränen in den Augen an. »Jeden Tag hier mit ihm zu verbringen und zu wissen, dass ich keine anderen Sorgen oder Nöte habe, ist mehr, als ich mir je erhofft hätte. Und das verdanke ich alles dir.«

Ich schüttle den Kopf. »Ich habe nichts gemacht.«

»Das hast du.« Sie drückt einen Kuss auf meine Wange. »Diese Jungs haben keine Verbindung zu meinem Mann. Die meisten von ihnen kennen ihn nicht einmal.« Sie schaut mir direkt in die Augen. »Ihre Loyalität gilt dir. Sie haben das für *dich* getan.«

29. KAPITEL

Ich lasse Julie mit ihrem Mann allein und schlüpfe in den Flur. Drew und Kai haben die Köpfe zusammengesteckt und unterhalten sich leise. Ich unterbreche ihre wieder erblühende Bromance nur ungern, aber mein Herz ist kurz davor, zu zerspringen, und ich kann mich nicht zurückhalten. Ich lasse mich auf Kais Schoss fallen, lege einen Arm um seinen Hals, den anderen um meinen Bruder und ziehe sie beide eng an mich. »Danke für das, was ihr für ihn gemacht habt.«

»Geht es dir gut?«, fragt Kai.

»Mir geht es gut. Ich bin traurig, weil ich ihn so sehen muss und den Gedanken furchtbar finde, dass er vielleicht gar nicht mehr oder nur mit Folgeschäden aus dem Koma erwacht. Aber immerhin lebt er noch.«

»Ich habe Rick angerufen, während du bei Oscar warst. Einer seiner Professoren in Harvard ist Neurologe. Er wird mit ihm sprechen und gucken, ob er jemanden empfehlen kann, der für einen weiteren Befund herkommt.«

Ich gebe meinen Bruder wieder frei und schlinge beide Arme um Kais Nacken. »Ich liebe dich wahnsinnig.« Ich verteile Küsse auf seinem Gesicht. »Und dafür wirst du so was von flachgelegt.«

Drew reibt sich mit der Hand über sein Gesicht. »Das hätte ich wirklich nicht hören müssen.«

»Komm damit klar, D. Immerhin musst du nicht zuhören, wenn wir es miteinander treiben.« Ich erschaudere, als ich an die Nächte zurückdenke, in denen ich Janes Schreie bis in mein Schlafzimmer gehört habe.

»Es sei denn, wir treiben es auf dem Rücksitz.« Kai wackelt mit den Brauen und ich muss lachen, als ich den absolut geschockten Ausdruck im Gesicht meines Bruders sehe.

»Er macht nur Witze?«

»Tue ich das?«

Drew steht auf und packt Kai bei der Schulter. »Gerade, als

ich dabei war, dich wieder zu mögen, Kumpel.« Er schüttelt den Kopf.

»Mein Schwanz macht deine Schwester sehr glücklich«, wirft Kai wenig hilfreich ein. »Du solltest einen Freudentanz aufführen.«

»Wenn du deinen Schwanz und meine Schwester noch mal zusammen in einem Satz erwähnst, werde ich dich unangespitzt in den Boden rammen.«

Kai lacht und stellt mich auf die Füße. Er steht auf und legt seinen Arm um meine Schulter. »Ich würde nur zu gern sehen, wie du es versuchst.«

»Kai ist eine Legende im Ring«, offenbare ich. »Und er hat in der Untergrundszene einen ziemlichen Namen, zumindest habe ich mir das sagen lassen.«

»Wer hat das behauptet?«, fragt Kai, als wir auf den Fahrstuhl zugehen.

»Xavier hat es mir in der Nacht erzählt, als wir euch ins Grid gefolgt sind.« Trauer macht sich in mir breit, als ich an meinen besten Freund denke. Ehemaliger bester Freund? Ich weiß es nicht.

Drew bleibt abrupt stehen. »Er hat dich ins Grid mitgenommen?« Sein Kiefer knackt und in seinen Augen ist zu lesen, dass er Xavier am liebsten ermorden würde.

»Er hat dir nichts davon erzählt?«

»Wie es scheint, hat Xavier das meiste für sich behalten, wenn es um dich geht.«

Das hilft.

Aber ich muss mit Xavier reden und es aus seinem Mund hören. Bisher habe ich ihn gemieden und all seine Anrufe auf die Mailbox umgeleitet, weil ich versuche, mich darauf vorzubereiten. Ich habe furchtbare Angst, dass sein Geständnis das Fass endgültig zum Überlaufen bringen wird.

Dass es mir endgültig den Rest gibt.

Mich endgültig zerstört.

»Woher weißt du, dass Sylvia mit dir sprechen wird?«, fragt Sawyer am Sonntagabend, als wir uns alle im Lagerhaus versammelt haben, um Neuigkeiten auszutauschen.

»Zur Not werde ich sie erpressen«, antworte ich ruhig.

»Wie?«

»Sie hatte letztes Jahr hinter Christians Rücken eine Affäre mit ihrem Personal Trainer. Ich werde ihr damit drohen, es ihrem Ehemann zu erzählen, wenn sie nicht kooperiert.«

Jackson lacht und legt seine Füße auf die Tischplatte. »Ich habe deine hinterhältige Art vermisst.«

»Nur, weil du nicht das Ziel davon warst«, sagt Kai und seine Stimme trieft vor Sarkasmus.

»Ich muss doch sehr bitten!« Xavier beäugt Jacksons Füße, als wären sie giftig. »Ich esse an diesem Tisch.«

»Sehe ich so aus, als würde mich das kümmern?« Theatralisch überkreuzt Jackson seine Füße an den Knöcheln.

»Kein Problem, Mann«, sagt Xavier nonchalant und ein langsames Grinsen breitet sich auf seinem Gesicht aus. »Ich habe auf diesem Tisch auch schon Sex gehabt. Viele Male. Ungefähr da, wo deine Füße gerade liegen.«

Jackson lässt seine Füße so schnell vom Tisch gleiten, dass er das Gleichgewicht verliert und der Stuhl gefährlich wackelt. Sawyer hält den Sessel fest, bevor er umfallen kann, und verdreht die Augen. »Kinder. Werdet erwachsen. Oder verlasst den Raum, damit die Erwachsenen miteinander reden können.«

Xavier zeigt ihm den Mittelfinger. »Du bist nur stinkig, weil du dir jetzt vorstellst, wie mich ein heißer Kerl nackt mit einem Monsterschwanz besteigt.«

»Heilige Scheiße.« Kai vergräbt seinen Kopf in den Händen.

»So genau wollte das niemand wissen, Alter«, sage ich und versuche ein schnaubendes Lachen zu unterdrücken. Es ist fast unmöglich, an meinem Ärger festzuhalten, weil Xavier wirklich einer meiner liebsten Menschen im ganzen Universum ist.

»Ich bin sprachlos«, murmelt Sawyer.

»Das liegt daran, dass ich recht habe«, scherzt Xavier, reibt sich den Schritt und stößt sein Becken nach vorn. »Aber du wirst es nicht bestätigen.«

»Also gut. Die Comedy-Stunde ist vorbei«, mischt sich Drew ein. »Wir müssen Arschlöcher vernichten und Pläne schmieden.«

Alle werden ernst, ich freue mich jedoch über das fröhliche Geplänkel, denn es erinnert mich daran, wer diese Jungs sind. »Ich muss etwas auf den Tisch bringen.« Ich räuspere mich und bereite mich darauf vor, zu Kreuze zu kriechen. »Werde nicht wütend, aber ich bin dir letztes Wochenende in den Sexkerker gefolgt und habe all das gesehen, was ich nicht sehen sollte.« Ich rattere diese Worte in einem Affentempo herunter, ehe ich noch kalte Füße kriege und doch kein Geständnis ablege.

»Du hast was?«, brüllt Drew und schlägt mit den Händen auf den Tisch.

»Moment mal«, sagt Xavier. »Du hast dich in *den* Sexkerker geschlichen?«

»Wie viele andere Sexkerker kennst du?« Ich hebe abwehrend die Hand, als er den Mund öffnet, um etwas zu entgegnen. »Nein, beantworte das nicht. Und ja, ich rede von dem kranken Sexclub meines Erzeugers im Keller unseres Hauses.«

Xavier grinst von einem Ohr zum anderen, überaus erfreut, dass ich wieder mit ihm rede. Doch das ist unwichtig, denn wir haben immer noch einigen Mist zu besprechen.

»Warum zur Hölle bist du dort reingegangen?«, fragt Kai und sein Gesichtsausdruck ist nahezu identisch mit dem meines Bruders.

»Weil ich wissen wollte, warum mein Bruder angezogen war, als würde er ausgehen, obwohl wir am nächsten Tag Schule hatten.«

»Ist nichts von dem, was wir das letzte Mal hier besprochen haben, in deinem Sturschädel hängen geblieben?«, brüllt Drew, und ich habe ihn noch nie so wütend gesehen. »Verdammte Scheiße, A!« Er rauft sich sein dunkles Haar und beginnt, auf und ab zu wandern. »Wenn sie dich dort drinnen erwischt hätten ...« Er zittert unkontrolliert.

»Nun.« Ich wische mir meine feuchten Hände an meiner Jeans ab und versuche, mich innerlich auf die zweite Bombe vorzubereiten. »Ich wollte gerade gehen, als mich Charlie geschnappt hat.« Die letzten Worte sage ich so schnell, dass man sie kaum versteht.

Drew stürmt wie ein Verrückter durch den Raum, rennt zur gegenüberliegenden Wand und schlägt mit den Fäusten auf sie ein. Xavier stellt ihn nicht wegen des Schadens zur Rede, den er anrichtet, offenbar fürchtet er Drew gerade selbst ein bisschen.

Jackson und ich tauschen einen ähnlich gequälten Blick.

Kai steht auf, geht zu Drew und sie unterhalten sich in leisen Tönen.

»Worüber flüstern sie?«, frage ich Jackson leise in sein Ohr.

»Keine Ahnung«, erwidert er genauso gedämpft.

»Während sie gerade abgelenkt sind«, flüstere ich erneut und drücke meinen Mund noch enger an seine Ohrmuschel. »Hast du Weed dabei?«

»Ist das eine ernste Frage?«

»Nun ja, weil ich dich nicht mehr viel rauchen sehe.«

»Ich versuche, meinen Konsum etwas einzudämmen, aber das heißt nicht, dass ich nichts dabeihabe.« Er zieht einen Joint aus seiner hinteren Hosentasche und schiebt in mir unauffällig zu.

»Bevor mich jemand damit erwischen kann, habe ich ihn schon längst geraucht.« Ich brauche nur etwas, um mich ein wenig zu betäuben, wenn ich abends gelangweilt und allein in meinem Zimmer sitze.

»Worüber redet ihr?«, fragt Kai und lässt sich wieder auf seinen Stuhl fallen.

Ich küsse ihn zur Ablenkung, während ich den Joint in die Tasche meines Hoodies gleiten lasse. »Das Gleiche haben wir uns bei euch beiden auch gerade gefragt.«

Drew hat sich wieder hingesetzt. Auch wenn er wirkt, als hätte er sich wieder unter Kontrolle, sieht er noch immer aus, als würde er mich am liebsten erwürgen.

»Wir haben uns darüber ausgetauscht, wie stur du bist.« Kai fixiert mich mit einem strengen Blick.

»Wir haben uns darüber unterhalten, wie übertrieben behütend ihr seid«, kontere ich und lächle ihn süßlich an.

»Wir können unser Treffen hiermit auch für beendet erklären«, meint Sawyer, verschränkt die Arme und seufzt ungeduldig.

»Ich persönlich finde es sehr unterhaltsam.« Xavier kratzt sich seinen Kopf mit den blutroten Haaren und zwinkert Sawyer zu.

»War ja klar.«

»Genug«, donnert Drew und sieht mich eindringlich an. »Erzähl mir alles und lass nicht ein Fitzelchen aus.«

Genau das mache ich und es dauert nicht lang, bis auch der Rest der einst heiteren Stimmung verschwunden ist.

»Scheiße, A.« Drew greift sich fassungslos an den Kopf, seine Atmung geht stockend. Kai hat seine Finger mit meinen verschränkt. »Ich wollte nicht, dass du jemals irgendetwas davon zu Gesicht bekommst.«

»Ein Teil von mir wünschte, er hätte es nicht gesehen, aber ein anderer Teil ist froh, dass es passiert ist. Jetzt bin ich noch entschlossener, ihn fertigzumachen, als zuvor. Und ich denke, wir müssen den Orden und Parkhurst ebenfalls auf unserer Liste ergänzen.«

»Bist du wahnsinnig oder nur naiv?«, bellt Drew.

»Ich bin verdammt noch mal nicht naiv«, schnauze ich zurück. »Oder verrückt. Ich bin nur angewidert ohne Ende.« Ich stehe auf, stütze meine Hände auf dem Tisch ab und beuge mich zu ihm. »Wie kann es dich nicht absolut krank machen, was da unten abgeht?«

»Vertrau mir, es macht mich krank!«, knurrt er. »Denkst du, ich wollte dort sein?«

Ich erinnere mich an seine stocksteife Haltung. »Ich weiß, dass du dich nicht an diesem Ort aufhalten wolltest, aber wie könnt ihr nichts dagegen unternehmen?«

»Weil es nichts gibt, was man dagegen tun kann, A. Du verstehst nicht, wie mächtig diese Leute sind. Sie sind praktisch unantastbar. Und wir müssen gründlich überlegen, welche Kämpfe wir ausfechten. Vater ist unsere Priorität und das dürfen wir nicht aus den Augen verlieren.«

»Die Mädchen waren so jung, D«, wispere ich und sacke auf meinem Stuhl zusammen. »Wie können wir die Augen davor verschließen?«

»Ich bitte dich, es fürs Erste zu ignorieren«, erklärt er, dieses Mal wieder in normaler Lautstärke.

»Wer sind diese Mädchen? Gehören sie zur Elite?«

»Manche von ihnen.«

»Warum sollten die Männer der Elite ihre Töchter anderen Elitemitgliedern überlassen, um sie zu degradieren und sie derart zu missbrauchen?«, fragt Kai. Er hält die Lehne seines Stuhls so fest umklammert, dass fast kein Blut mehr durch seine Hände fließt.

»Manche machen es für einen kurzen Zeitraum, um ihre Töchter für Ungehorsam zu bestrafen«, erklärt Drew. »Andere lassen sie dort, wenn sie sie aus irgendeinem bescheuerten Grund aus ihrer Familie verbannt haben.«

»Zum Beispiel?«

»Sie haben eine Erkrankung oder sind nicht intelligent genug, oder sie weigern sich, die Traditionen und Regeln zu befolgen.« Er sieht mich bedeutungsschwer an. »Oder sie haben versucht, zu fliehen.«

»Scheiße.« Kai zieht mich auf seinen Schoß und ich kuschle mich an ihn.

»Aber die meisten sind Mädchen, die sie von der Straße holen« fährt Drew fort. »Ausreißer und Waisenkinder, Kinder aus Pflegefamilien. Mädchen, und Jungen, die vermutlich nicht vermisst werden. Wenn sie älter werden, machen sie aus ihnen Rekrutierungsmanager, die sie dafür bezahlen, ihnen neue junge Mädchen und Jungen zu besorgen.«

Meine Nasenflügel zucken und der Geruch von Marihuana erfüllt den Raum. Ich sehe zu Jackson hinüber, der hektisch an seinem Joint zieht, als wäre er die Luft, die er zum Atmen braucht. Drew öffnet den Mund, um etwas zu sagen, aber Sawyer hält ihn mit einem scharfen Blick davon ab.

»Wer waren diese Männer? Denn nicht alle von ihnen waren von hier«, bohre ich nach.

»Sie sind alles hochrangige Mitglieder der Elite, die aufgrund einer Einladung dort sind. Leute, mit denen sich Vater gern vernetzen oder die er manipulieren will. Im ganzen Raum befinden sich Kameras. Sie zeichnen die Männer gezielt bei unangemessenen Handlungen auf, um sie dann zu erpressen. Niemand redet davon, weil sie zu beschämt sind, und so tappen immer noch mehr Männer in die Falle.«

»Willst du damit sagen, dass Vater seinen Kerker benutzt, um andere Mitglieder der Elite unter Druck zu setzen, damit sie nach seiner Pfeife tanzen?«

»Genau das will ich damit sagen. Du weißt, wie er arbeitet. Er findet Schwächen und beutet sie aus.«

»Wir werden niemals in der Lage sein, so jemanden zu besiegen«, sagt Jackson, und seine Frustration spiegelt sich deutlich in seinen herabhängenden Schultern.

»Doch, das werden wir.« Entschlossenheit erfasst mich. »Wir finden seine größte Schwäche und werden sie ausbeuten, bis er ein für alle Mal erledigt ist und sich davon nicht mehr erholen kann.«

30. Kapitel

»Können wir reden?«, fragt Xavier, als das Treffen zu Ende ist.

»Ja, gib mir nur eine Sekunde, um mich zu verabschieden.« Er nickt und ich gehe zu Kai, der am Türrahmen lehnt, und beobachtet, wie Sawyer Jackson halb zum Auto trägt. »Geht es ihm gut?«, hake ich nach, da mir die letzten Wochen über aufgefallen ist, dass irgendwas mit Jackson nicht stimmt.

»Der Todestag seiner Schwester steht vor der Tür«, erklärt Kai und zieht mich in eine Umarmung. »Da ist er immer ein wenig neben der Spur.«

»Kann ich irgendwas machen, um ihm zu helfen?«

Kai streicht mir eine Haarsträhne hinters Ohr. »Es gibt nichts, was irgendjemand tun könnte. Er muss da einfach durch.« Er vergräbt sein Gesicht in meiner Halsbeuge. »Ich hasse diesen Teil.«

»Ich auch.« Ich streiche ihm über den Rücken. »Ich finde es furchtbar, dass wir immer nur zwischendurch ein paar gestohlene Momente miteinander verbringen können.«

»Wir müssen etwas finden, mit dem wir deinen Vater zu Fall bringen können. Und zwar bald.«

»Hoffentlich wird meine Unterhaltung mit Trents Mom ein paar Hinweise liefern.«

»Anderson«, ruft Sawyer in scharfem Tonfall. »Wir müssen los.« Er deutet in Richtung des Wagens.

Ich stelle mich auf die Zehenspitzen und küsse Kai.

»Ich liebe dich«, flüstert er an meinem Mund. »Pass auf dich auf.«

»Ich liebe dich auch.« Ich umarme ihn ein letztes Mal innig, bevor ich ihn loslasse.

»Ruf mich später an.«

Ich nicke. Die abendlichen Telefonate mit ihm sind stets das Highlight meines Tages. Ich werfe ihm einen Luftkuss zu, ehe ich Sawyer winke und dann wieder nach drinnen gehe, um mich mit Xavier zu unterhalten. »Ist es okay für dich, ein paar Minuten hier zu warten?«, frage ich Drew, als ich an ihm vorbeigehe. Er hat seine Nase in seinem Handy vergraben und hämmert auf die Tastatur ein.

»Ich habe es nicht eilig. Gerade habe ich Charlie geschrieben, um ihn zu informieren, dass wir nach dem Film noch etwas essen werden. Also lass dir ruhig Zeit.«

Ich gehe in den Hauptraum des Lagerhauses und Xavier schließt die Tür hinter mir. Er sieht nervös aus und ringt seine Hände. »Ich habe mir solche Sorgen gemacht, dass du nie wieder mit mir reden würdest«, platzt es aus ihm heraus. »Vor lauter Angst, ich hätte alles kaputtgemacht, habe ich die ganze Woche kaum geschlafen oder gegessen.«

»Wie konntest du mir das antun?« Ich setze mich auf die Tischkante und verschränke die Arme vor der Brust.

»Ich hatte keine Wahl«, gesteht er vorsichtig. »Als ich den Job angenommen habe, dachte ich, dass es ein Kinderspiel wird. Doch dann habe ich dich näher kennengelernt und war von dir verzaubert.«

Ich schürze die Lippen. »Der Versuch, mit mir zu flirten, wird nicht funktionieren.«

Er stößt sich von der Wand ab und kommt auf mich zu. »Ich flirte nicht, sondern bin ehrlich. Dich zu lieben, ist leicht, Abby. Das habe ich dir schon mal gesagt, und es stimmt. Es ist sogar noch leichter, dich zu mögen, und mir wurde bereits innerhalb der ersten Woche klar, dass ich knietief in der Scheiße steckte.« Nervös spielt er mit der Zunge an seinem Lippenpiercing. »Aber mit der Zeit habe ich mir selbst versichert, dass ich ja nicht wirklich etwas falsch machte.«

»Wie bist du zu diesem Schluss gekommen?«

»Weil dich Drew nur beschützen wollte und ich ihm dabei geholfen habe. Mir war klar, dass du sauer sein würdest, wenn du es irgendwann herausfändest. Zugleich habe ich aber gehofft, dass die Tatsache, dass du mir wirklich wichtig bist und ich ihm nicht viel erzählt habe, es dir leichter machen würde, mir zu verzeihen.« Er sieht mich flehend an. »Und? Ist dem so?«, fragt er, und mir gefällt seine Direktheit.

»Mir ist bewusst, dass ihr beide dachtet, ihr würdet das Richtige tun, aber du hättest ehrlich zu mir sein müssen, Xavier. Du warst der Letzte, der Einzige, von dem ich dachte, ich könnte ihm hundertprozentig vertrauen. Der Einzige, der mich nicht getäuscht hatte.« Ein schmerzhafter Stich durchzuckt meine Brust. »Aber dann habe ich entdeckt, dass das nur eine Lüge war und du genau wie alle anderen warst.«

»Nein, Babe.« Zögernd umfasst er mein Gesicht. »Ich bin nicht wie alle anderen. Ich bin dein bester Freund. Nichts von dem, was passiert ist, ändert etwas daran. Du wirst mir immer wichtig sein und ich werde stets alles dafür tun, dass du in Sicherheit bist.«

»Hast du ihm von Kai und mir erzählt?«

Er schüttelt den Kopf und lässt mein Gesicht los. »Ich musste es nicht. Er konnte es selbst sehen. Aber ich hätte es ihm gesagt, wenn er es nicht herausgefunden hätte, weil du mit Kai so viel riskiert hast.« Ich atme scharf ein. Es freut mich, dass er ehrlich zu mir ist, aber es tut auch weh.

Man kann sehen, wie angespannt er ist, und ich erkenne in seinem Gesicht echte Reue. »Ich habe versucht, dein Vertrauen nicht zu verraten, und Drew nur das Nötigste erzählt, weil du es verdient hast, glücklich zu sein, und du warst glücklich mit Kai. Also habe ich alles in meiner Macht Stehende getan, um sicherzustellen, dass er keine Bedrohung für dich darstellt. Ich habe Drew nur die Dinge berichtet, von denen ich dachte, dass er sie wissen muss. Nur Dinge, die deine Sicherheit beeinträchtigten. Ich schwöre es.«

Er reibt sich die Stelle zwischen seinen Brauen. »Nachdem du ihm von dem Grid erzählt hast, hat er mir den Hintern aufgerissen. Er wollte wissen, was ich sonst noch geheim gehalten hatte, aber ich habe ihm nichts weiter erzählt, und er hat kein Recht, jetzt noch etwas von mir zu verlangen.«

»Warum nicht?«

»Weil ich nicht mehr für ihn arbeite. Ich habe am Morgen nach der Schießerei damit aufgehört. Als ich entdeckt habe, dass du vermisst wirst und dich keiner dieser Deppen beschützt hatte.« Seine Nasenflügel weiten sich. »Haben dir die Wichser erzählt, dass sie mich praktisch gefangen gehalten haben? Ich habe einen Flug gebucht, als Drew mir erzählte, du wärst in Parkhurst, aber sie haben mich nicht weggelassen.« Eine Tatsache, die ihn offenkundig überaus frustriert. »Mir war der Scheiß egal, den sie mir erzählten. Ich wollte dich einfach nur da rausholen.«

Ich kämpfe darum, all meine Gefühle einzudämmen. Wenn Xavier nach Parkhurst gekommen wäre, wäre er jetzt tot. Er ist klug genug, das auch zu wissen, aber er war dennoch bereit dazu, und das spricht Bände. Ich möchte ihn umarmen, aber ich kann nicht vergessen, dass er mich monatelang belogen hat.

Es ist so schwer, standhaft zu bleiben.

Die Lügen und den Betrug der anderen konnte ich hinter mir lassen, also sollte ich in der Lage sein, dasselbe auch bei Xavier zu tun. Aber es ist etwas anderes. Sowohl auf gute als auch schlechte Weise. Einerseits, weil er – neben Jane – mein engster Freund ist, was es einfacher macht, ihn zu verstehen und ihm zu vergeben.

Andererseits ist das auch der Grund, warum es schwieriger ist. Er war, *ist*, mein bester Freund, sodass der Verrat noch tiefer geht.

Aber genauso verhielt es sich auch mit Kai. Und ihm gebe ich auch eine zweite Chance.

Xavier verdient das auch.

»Dir ist klar, dass du mein Vertrauen zurückgewinnen wirst müssen?«, frage ich.

Er nickt heftig. »Ich werde alles tun, was nötig ist. Schreib mich nur nicht ab.«

»Du versprichst, dass es keine weiteren Geheimnisse und Lügen geben wird?«

»Ich verspreche es.« Er sieht mich aufrichtig und erwartungsvoll an.

Ich höre auf, mich dagegen zu wehren, und ziehe ihn an mich. Er erwidert meine Umarmung und ich schließe meine Lider, klammere mich an meinen Freund und bete, dass wir einen Weg dorthin zurück finden, wo unsere Beziehung einst war. Mir bedeutet seine Freundschaft so viel. Und ich möchte ihn nicht verlieren.

Wir halten einander noch eine Weile fest, bis ich mich schließlich von ihm löse und ihn vorsichtig ansehe. »Deine Täuschung hat mir wehgetan, Xavier. Sehr sogar. Ich bin von Menschen umgeben, die ich als Freunde und Familie betrachtet habe, von denen mich aber alle hintergangen und betrogen haben. Doch ich habe diese Gefühle gegenüber den anderen beiseitegeschoben, also werde ich das auch bei dir machen.«

Er streckt seine Hand nach mir aus, aber ich entziehe mich ihm und hebe abwehrend die Hand. »Aber das heißt nicht, dass ich vergesse oder vergebe. Es bedeutet, dass ich dir die Chance gewähre, es wiedergutzumachen. Aber wenn du es verbockst und mir wieder irgendwelchen Mist vorenthältst, dann war es das mit unserer Freundschaft. Sie wird so tot sein wie mein Vater, wenn wir mit ihm fertig sind.«

»Du bleibst im Auto«, sage ich und funkele Drew an. »Sie wird wahrscheinlich dichtmachen, wenn sie dich sieht.«

»Es ist nicht sicher für dich, hier draußen allein rumzuhängen.«

Ich verdrehe die Augen. Ernsthaft, es ist, als würde man mit einer Steinmauer reden. »Du wirst unmittelbar in meiner Nähe sein. Außerdem ist zu dieser Uhrzeit niemand mehr unterwegs.« Ich werfe meine Hände in die Luft und deute auf die ruhige Straße draußen. »Zudem wird mich Sylvia nicht verletzen.«

»Das weißt du nicht.«

»Sie war eine der besten Freundinnen meiner Mom.« Ich werfe ihm einen Blick zu, der besagt, dass er am Boden bleiben soll. »Sie wird mir nichts antun.« Ich strecke ihm meine Hand entgegen. »Aber wenn du dich dann besser fühlst, gib mir deine Waffe.« Alle Mitglieder der Elite tragen stets eine Waffe bei sich. Immer. Wahrscheinlich wurde ihnen das in Parkhurst eingetrichtert. Seit ihrem zehnten Lebensjahr antrainiert, als sie zum ersten Mal dorthin mussten.

Er fischt eine Waffe aus dem Handschuhfach und gibt sie mir. Ich überprüfe, ob sie gesichert ist, und stecke sie hinten in den Bund meiner schwarzen Jeans, ehe ich die Autotür öffne.

Drew zieht an meinem Ellenbogen. »Sei vorsichtig.«

Ich sehe ihn über meine Schulter hinweg an. »Sylvia ist so harmlos wie eine Fliege.«

»Ich habe gelernt, niemanden zu unterschätzen. Das solltest du auch nicht.«

Das ist ein kluger Rat. »Zur Kenntnis genommen. Aber jetzt lass mich gehen, bevor ich sie noch verpasse.«

»Ich werde dir folgen, aber wenn irgendwelche Probleme auftreten, schreib mir.«

»Verstanden.« Ich drücke ihm einen Kuss auf die Wange. »Hör auf, dir Sorgen zu machen.«

Er zieht an meiner Hand und verschränkt für einen Moment unsere Finger miteinander. »Du bist alles, was ich noch habe, Abby. Ich kann den Gedanken nicht ertragen, dass dir etwas zustoßen könnte.«

»Mir wird nichts passieren. Ich kann auf mich selbst aufpassen, aber ich weiß deine Sorge zu schätzen.« Ich küsse ihn noch einmal auf seine Wange. »Jetzt entspann dich. Wir sehen uns in Kürze.«

Ich steige aus dem Auto, schließe die Tür und beobachte, wie Drew weiter die Straße runterfährt und den Wagen ein Stück entfernt am Bordstein parkt, wo er nicht so auffällt. Ich möchte Trents Mutter nicht verschrecken, bevor ich mich erklärt habe, denn ich muss unbedingt ein paar Informationen aus ihr rausholen.

Ich warte zehn Minuten vor dem Büro des Seelenklempners, bis sie auftaucht. Sie entdeckt mich sofort. »Abigail?« Ihre Stimme klingt klar, was ungewöhnlich ist, weil sie normalerweise zugedröhnt mit Drogen oder Alkohol ist, oder mit beidem. Ich vermute, dass sie zu ihren Therapiesitzungen gern in einem Zustand erscheint, der den Eindruck erweckt, als hätte sie alles im Griff.

Allerdings war ich oft genug in ihrer Nähe oder musste mir Trents Beschwerden über sie anhören, um zu wissen, dass das nicht die Norm ist.

»Hi, Mrs Montgomery«, begrüße ich sie und gehe lächelnd auf sie zu.

»Ich bevorzuge Sylvia«, sagt sie, und diese Aussage bedarf keiner Erklärung.

»Ich hatte gehofft, dass Sie ein paar Minuten Zeit hätten, um mit mir einen Kaffee trinken zu gehen. Es gibt da einige Dinge, die ich sie fragen möchte.«

Misstrauisch sieht sie sich nach allen Seiten um. »Die Elite weiß nicht, dass ich hier bin«, beantworte ich ihre unausgesprochene Frage. »Außer Drew.« Ihre Augen weiten sich alarmiert. »Er wird niemandem von unserem Treffen erzählen«, versichere ich ihr eilig. »Drew folgt mir nur, um sicherzustellen, dass mir nichts zustößt. Er hat nicht vor, Ihnen irgendwelche Schwierigkeiten zu bereiten.«

»Ist das die Wahrheit?«

Ich kann ihr ihre Vorsicht nicht verübeln. »Ja.« Ich trete näher an sie heran und bin erleichtert, als sich ihre Schultern entspannen. »Sie waren eine der besten Freundinnen meiner Mutter, was mich zu dem Schluss kommen lässt, dass ich Ihnen vertrauen kann. Kann ich das, Sylvia? Kann ich Ihnen Fragen über meine Mutter stellen und darüber, wie sie meinen Vater kennengelernt hat, und mich darauf verlassen, dass sie das nicht an ihren Ehemann, ihren Sohn oder ihren Vater weitergeben?«

Ihre Augen beginnen zu lodern. »Ich würde niemals eine andere Frau auf diese Weise verraten. Und ich vermeide es, mit diesen Männern zu reden, wann immer ich kann.« Sie drückt den Entriegelungsknopf an ihrem Autoschlüssel und strafft die Schultern. »Komm. Es gibt ein abgelegenes Café hier in der Nähe. Lass uns dort reden.«

Ich dachte, ich müsste sie erpressen, damit sie mit mir spricht, aber das wird nicht notwendig sein. Vielleicht liegt es daran, dass sie nüchtern ist, oder einsam. Vielleicht hat sie auch einfach nur darauf gewartet, dass ich sie wegen meiner Mutter anspreche. Was auch immer der Grund dafür ist, ich bin dankbar, dass sie bereit zu sein scheint, sich mir zu öffnen.

»Ich habe gehört, wie mein Mann und mein Sohn über Elite-Angelegenheiten gesprochen haben«, sagt sie, als wir im Auto sitzen und zum Café fahren. »Und ich bin überrascht, dass Drew hier ist, um dich zu unterstützen.« Sie sieht mich kurz an. »Angenehm überrascht«, fügt sie hinzu. »Aber dennoch überrascht.«

»Er steht hinter mir und will mich beschützen.« Zum ersten Mal sage ich diese Worte mit Überzeugung in der Stimme.

Sie drückt mein Knie und lächelt. »Ich bin froh, dass ihr zwei euch noch nahesteht und dass er nicht vergessen hat, wer er ist. Dass er auf dich aufpasst.«

»Wir wollen beide etwas über unsere Mutter erfahren. Wir wissen, dass sie mit Atticus Anderson fliehen wollte und dass unser Vater sie dafür getötet hat.«

Angespannte Stille umgibt uns und sie umfasst das Lenkrad fester. »Ich habe gehört, was im Ballsaal passiert ist«, sagt sie, als ein paar Sekunden vergangen sind und sie die nächste Kurve nimmt. Sie sieht mir direkt in die Augen. »Ich habe dich erwartet.«

Wir sprechen erst wieder, als wir an einem kleinen Tisch im hinteren Bereich des unauffälligen Cafés sitzen. »Drew kann sich uns anschließen, wenn er möchte«, bietet sie an, nachdem wir unsere Bestellung aufgegeben haben.

»Danke, aber ich denke, es ist das Beste, dass er von außen Wache hält. Nur für den Fall.«

»Okay.« Sie faltet ihre Hände auf dem Tisch und fixiert mich mit ihren durchdringenden blauen Augen. Es ist schwer, in ihr Gesicht zu blicken und die Ähnlichkeit mit Trent nicht zu bemerken. »Was möchtest du wissen?«

»Was ist mit dem Kind passiert, das meine Mutter erwartet hat? Es war diese Schwangerschaft, die ihr Schicksal besiegelt und sie zur Heirat mit meinem Vater gezwungen hat – richtig?«

»Wie viel möchtest du wissen, Abby? Denn manche dieser Dinge sind unschön.«

Die Kellnerin serviert uns unseren Kaffee sowie Kuchen und ich warte, bis sie wieder gegangen ist, ehe ich antworte. »Ich möchte alles wissen, Sylvia. Behalten Sie nichts für sich. Ich weiß, wie die Elite funktioniert, und ich bezweifle, dass Sie mich mit Ihren Erzählungen noch besonders schockieren können.«

»Das zu hören, tut wahrlich weh«, gibt sie zu und legt ihre Hände auf meine. »Deine Mutter hat so hart darum gekämpft, euch beide zu beschützen. Sie wollte, dass ihr nicht dieselben Dinge durchmachen müsst, die sie zu ertragen hatte.« Sie stößt zittrig die Luft aus und schaut einen Moment ins Leere.

»Was ist mit dem Baby passiert?«, frage ich und halte gespannt den Atem an.

Sie bedenkt mich mit einem mitleidigen Blick und drückt meine Hand. »Das Baby wurde tot geboren.«

31. KAPITEL

»Ich habe mich schon gefragt, ob das der Fall war oder ob wir irgendwo dort draußen noch einen Bruder oder eine Schwester haben«, offenbare ich und spüre einen Stich der Trauer in meinem Herzen.

»Als euer Vater erfuhr, dass das Kind von Atticus war, hat er Olivia so heftig verprügelt, dass sie das Baby verloren hat.«

Tränen brennen in meinen Augen und ich schlucke hart gegen den schmerzhaften Kloß in meinem Hals an.

Er hat ihr ebenfalls ein Baby genommen.

Wieder drückt sie meine Hand. »Deine Mutter wusste, dass das Baby gestorben war, weil er aufgehört hatte, sich in ihr zu bewegen, aber dein Vater weigerte sich, sie ins Krankenhaus zu bringen.«

»Es war ein Junge?«, flüstere ich.

Sie nickt. »Sie war nur noch vier Wochen von ihrem Entbindungstermin entfernt, und dieser Bastard schloss sie in ihrem Schlafzimmer ein, bis sie Wehen bekam.«

Meine Hand zittert, als ich den Becher an meine Lippen führe. Ich nippe an der heißen Flüssigkeit und fühle kaum, wie sie meine raue Kehle verbrennt, während ich mir den Horror vorstelle, dies zu durchleben. Zu wissen, dass dein Ehemann dein Kind getötet hat, und dazu gezwungen zu werden, damit zu leben, bis die Geburt in Gang kam, muss die reinste Hölle gewesen sein. Unvorstellbar diesen Schmerz durchzumachen mit dem Wissen, dass du am Ende kein lebendes Baby in den Armen halten wirst.

Ein Schluchzen entringt sich meinem Mund und ich schiebe meinen Becher zur Seite, wobei ich etwas von dem Kaffee auf dem Tisch verschütte.

Sylvia steht auf, umrundet den Tisch und legt ihren Arm um mich. »Es tut mir so leid, Abby.«

»Er hat auch meine Babys getötet«, platzt es aus mir heraus und ich wische die heißen Tränen fort, die über mein Gesicht laufen.

»Was?« Ihr schockierter Tonfall passt zu der wachsenden Bestürzung auf ihrem Gesicht, als ich ihr die Einzelheiten erkläre.

»Oh mein Gott, Abby. Es tut mir so leid, dass er dir das angetan hat!« Sie lässt mich los, zieht ihren Stuhl neben meinen und setzt sich. Dann nimmt sie mich wieder in den Arm und ich akzeptiere bereitwillig ihren Trost. »Ich hätte mehr für dich tun sollen.« Aufrichtiges Bedauern ist in ihren Augen zu sehen. »Deine Mutter wäre so was von enttäuscht von mir.«

»Wir oblagen nicht Ihrer Verantwortung und ich weiß, wie diese Dreckskerle sind. Vater hätte Sie nicht eingreifen lassen.«

»Nachdem deine Mutter gestorben war, habe ich es versucht. Wahrscheinlich erinnerst du dich nicht mehr daran, aber du und Drew, ihr habt am Wochenende immer bei uns übernachtet.« Sie presst die Lippen zusammen. »Es war nicht viel, aber ich habe versucht, mit euch lustige Dinge zu machen, damit ihr ein wenig Zeit hattet, um einfach nur ganz normale Kinder zu sein. Dein Vater hat dem jedoch schließlich einen Riegel vorgeschoben.«

Sie schließt ihre Finger um die Tischkante. »Ich bin zu euch gegangen, um ihn anzuflehen, es sich noch einmal zu überlegen und ... Nun, es lief nicht so wie geplant.« Ihr Gesicht ist so weiß wie ein Tischtuch.

»Was hat er Ihnen angetan?«

Sie schüttelt den Kopf, ihre Unterlippe zittert. »Darüber kann ich nicht reden. Es tut mir leid.« Rasch trinkt sie den Rest ihres Kaffees aus, holt einen Flachmann aus ihrer Handtasche und schüttet Whisky in ihren Becher, ohne sich darum zu kümmern, wer es mitbekommt. Dann kippt sie ihn in einem Zug hinunter. Ihre Hände, die den Becher halten, zittern. »Du musst schlecht von mir denken«, sagt sie und zuckt peinlich berührt mit den Schultern. »Ich weiß, dass du mich schon in meinen schlimmsten Momenten gesehen hast«, fährt sie fort, »ich habe versucht, mich zu wehren, doch irgendwann hat Christian gewonnen. Er hat mich gebrochen. Mich fertiggemacht. Mir meinen Kampfgeist genommen. Ich habe meine beiden besten Freundinnen sterben sehen, nachdem sie versucht hatten, zu entkommen, und ich wusste, dass ich in der Falle saß. Christian hatte große Freude daran, mir zu erzählen, wie meine zwei besten Freundinnen ermordet worden waren. Er sagte mir, dass das auch mein Schicksal wäre, würde ich versuchen, es ihnen gleichzutun. Also habe ich das gemacht, was mir letztlich blieb.«

Sie sieht mich aus glasigen Augen an. »Ich habe mich vom Leben verabschiedet. Ich betäube den Schmerz und die Realität, und nur in diesen wöchentlichen Sitzungen lasse ich es wieder an mich heran, erinnere mich, wie mein Leben einmal war, akzeptiere den Schmerz, der die Strafe dafür ist, dass ich nichts unternommen und zugelassen habe, dass mein Mann meinen Sohn in ein Monster verwandelt, das seinem Vater so ähnlich ist.«

»Sie hätten nichts tun können, um es zu stoppen. Ich beginne erst seit kurzem zu realisieren, wie kaputt die Jungs alle aufgrund der Dinge sind, die sie in Parkhurst durchmachen mussten.«

»Ich weiß nicht einmal die Hälfte und bin dennoch völlig verstört davon«, räumt sie ein, bevor sie sich scheinbar wieder fasst. »Ich habe es vermisst, dich im Haus zu sehen, aber es tut mir nicht leid, dass deine Verlobung mit meinem Sohn vorbei ist. Du verdienst etwas Besseres.«

»Wir haben einander nicht geliebt, und ich sehe nicht, wie eine Ehe ohne Liebe funktionieren kann.«

»Du hast recht«, murmelt sie. »Liebe ist die Grundlage für jede Ehe. Ohne sie ist es ein täglicher Kampf.« Sie starrt zu Boden. »Ich glaube schon sehr lange Zeit nicht mehr an die Liebe.«

Ich weiß nicht, was ich dazu sagen soll, also schweige ich und beobachte sie unter einem Schleier der Traurigkeit hindurch, während sie aus dem Fenster starrt. Nach ein paar Minuten schüttelt sie ihre Melancholie ab und fixiert mich mit einem schwachen Lächeln. »Wir wollen uns nicht ablenken lassen. Ich kann nicht zu lang wegbleiben, sonst schickt er jemanden, der nach mir sucht. Was wolltest du noch wissen?«

»Wie ist mein Vater nach Rydeville gekommen? Ich weiß, dass er nicht von hier ist.«

»Die Adoptivfamilie deines Vaters ist in die Gegend gezogen, als wir fünfzehn waren.«

»Mein Vater wurde adoptiert?«

»Du wusstest es nicht?«

»Er redet selten mit uns, es sei denn, er möchte etwas von uns, und er spricht nie über seine Vergangenheit. Ich weiß nur, dass seine Eltern bei einem Flugzeugabsturz ums Leben gekommen sind, als er zweiundzwanzig war.«

»Dein Vater wurde als Sohn einer Junkie-Mutter und ihres Zuhälters geboren. Seine Mutter starb an einer Überdosis, als er sechs Wochen alt war, und sein Vater wollte ihn nicht, weshalb er als Staatsmündel endete«, erklärt sie. »Er verbrachte die ersten drei Jahre seines Lebens in einem Waisenhaus, bis ihn die Familie Hearst adoptierte. Sie lebten irgendwo an der Westküste, bevor ihn Mr Hearsts Geschäftsinteressen nach Rydeville brachten. Sie waren erst kurz zu Reichtum gelangt, und es war ungewöhnlich, dass sich die Elite mit Neureichen abgab. Dein Vater war jedoch sehr charmant und hat sich in der Schule einen Weg in unseren Kreis gebahnt.«

Ich höre aufmerksam zu, weil ich nichts verpassen möchte.

»Es war offensichtlich, dass er ein Auge auf deine Mutter geworfen hatte, aber Olivia war hoffnungslos in Atticus verliebt.«

Vermutlich kann man über Geschmack nicht streiten. »Wenn das der Fall ist, wie hat mein Vater sie dann von sich überzeugt?«

»Gar nicht.« Ihr Blick verdunkelt sich. »Er hat es über Manipulation geschafft, nachdem seine vielen Versuche allesamt scheiterten, sie direkt vor der Nase seines besten Freundes zu umwerben. Deine Mutter hat Atticus erzählt, was Michael vorhatte, aber Atticus war ein arroganter Hurensohn und weidete sich an der Tatsache, dass sein bester Freund versuchte, sein Mädchen zu stehlen. Er war sich Olivias Liebe sicher und dachte, das würde ihn unfehlbar machen. Seine Arroganz war sein Untergang, denn sie bedeutete, dass Michael verzweifelt wurde.«

»Warum wollte er Mom so unbedingt?«

»Nun, sie war nicht nur wunderschön, klug und freundlich, sondern auch das einzige Mädchen, das aus einer Gründerfamilie stammte. Jeder Junge in der Schule wollte sie, aber sie hatte sich mit dreizehn in Atticus verliebt und ihr Herz gehörte immer nur ihm.« Sie kippt noch mehr Whisky in ihren Becher. »Wie dem auch sei, Mr Hearst Senior verlor sein Geschäft und sein Vermögen, und es wurde Michael ein immer dringenderes Anliegen, deine Mutter die Seine nennen zu können. Also plante er die Dinge so, dass Olivia keine andere Möglichkeit blieb, als ihn zu heiraten.«

»Was hat der Bastard gemacht?«

»Es war im Abschlussjahr, und Christian, Atticus und Charles befanden sich auf einer Fußballreise. Michael war kein guter Fußballspieler und hat es nie ins Team geschafft, was ihm äußerst übel aufgestoßen ist.«

Ich kann mir vorstellen, dass das für meinen Vater ein wunder Punkt ist, weil er gern glaubt, dass er in allem der Beste ist, und es hasst, gegen irgendjemanden zu verlieren, besonders gegen die anderen Männer der Elite. Er glaubt, dass er allen überlegen ist. Es ist faszinierend zu erfahren, dass er am unteren Ende der Hierarchie stand, bis seine Ehe seinen Reichtum vervielfachte.

»Wir hatten einen Mädchenabend bei mir zu Hause geplant. Michael tauchte auf und überredete uns, mit ihm zu einer Collegeparty zu gehen. Deine Mutter wollte nicht, aber Emma und ich dafür umso mehr. Wir waren beide Single und wollten unbedingt ältere Collegetypen kennenlernen.«

Sie kippt ihren Whiskey hinunter. »Er hat uns unter Drogen gesetzt und beim Sex mit verschiedenen Typen gefilmt.« Mir dreht sich der Magen um und mein Mund wird staubtrocken. »Olivia hat er nicht an andere weitergereicht. Er hat sie höchstpersönlich die ganze Nacht gefickt, ohne Kondom, und jemanden Fotos davon schießen lassen. Die Dinge waren damals anders. Olivia nahm nicht die Pille, da sie zuvor noch Jungfrau gewesen war. Das war eine der Konditionen der Ehevereinbarung zwischen ihrem und Atticus' Vater, und auch wenn sie verrückt nacheinander waren, respektierte Atticus ihre Entscheidung, bis zur Hochzeitsnacht zu warten. Oder zumindest dachte ich das, denn das war das, was Olivia uns immer erzählt hatte.«

Sie sackt ein wenig in ihrem Stuhl zusammen, als mein Handy klingelt. Es ist eine Nachricht von Drew, der sich erkundigt, ob alles in Ordnung ist. Ich schreibe ihm, dass es mir gut geht, schiebe mein Handy zurück in die Tasche und greife nach der Flasche in Sylvias Hand. »Sie müssen nach Hause fahren. Ich werde Ihren Tod nicht auf dem Gewissen haben.«

»Der Tod wäre mir mittlerweile sehr willkommen.« Ihr Ton ist flach.

»Sagen Sie das nicht.« Ich stecke die Flasche zurück in ihre Handtasche und sehe sie warnend an.

Sie seufzt und verknotet ihre Hände in ihrem Schoß. »Michael hat die Fotos an Atticus geschickt und Atticus ist ausgerastet. Dann fand er heraus, dass sie mit Michaels Kind schwanger war, und erzählte es in einem Anfall von Wut seinem Vater. Der sagte die Hochzeit sofort ab und informierte Mr Manning. Nach den dummen Elitetraditionen bedeutete dies nun, dass Olivia den Vater ihres Babys heiraten musste und Michael seinen Willen bekam.«

»Eins verstehe ich nicht.« Ich ziehe die Brauen zusammen. »Warum hat sie ihrem Vater nicht gesagt, dass sie unter Drogen gesetzt und vergewaltigt wurde?«

Sie senkt den Blick. »Michael hat ihr Schweigen erpresst, indem er ihre Loyalität uns gegenüber ausnutzte. Er sagte ihr, er würde unseren Eltern die Fotos von uns schicken, auf denen wir Gruppensex mit verschiedenen Männern hatten. Das hätte unseren Ruf ruiniert und unsere Eltern hätten uns höchstwahrscheinlich verstoßen.«

»Aber Sie und die anderen wurden unter Drogen gesetzt und

von mehreren Männern vergewaltigt!«, protestiere ich, ganz krank vor Entsetzen.

»Das ist nicht von Bedeutung gewesen.« Sie sieht traurig aus. »Deine Mutter hat nichts gesagt, um uns zu beschützen.«

»Ich hasse ihn. Er ist ein böser, kranker Bastard, und er muss aufgehalten werden!«, zische ich und bohre meine Nägel in meine Oberschenkel. Am liebsten würde ich mir die Seele aus dem Leib schreien.

»Er ist nicht aufzuhalten. Das sind sie alle nicht.«

Ihre Stimme ist voll Resignation, aber ich weigere mich, das zu glauben, denn es würde bedeuten, dass wir zum Scheitern verurteilt sind, und das akzeptiere ich nicht.

»Deine Mutter musste Michael praktisch sofort heiraten, und es war keine glückliche Ehe.« Sylvia bestätigt, was Drew und ich immer gewusst haben. »Sobald er sie hatte, legte er seine Maske ab. Er betrog sie mit anderen Frauen. Er missbrauchte sie – körperlich, verbal und emotional – und machte ihr das Leben zur Hölle. Sie wollte ihn verletzen und dachte naiverweise, wenn er wüsste, dass das Baby nicht von ihm ist, würde er sie gehen lassen, aber er verprügelte sie, bis sie fast tot war, was dazu führte, dass sie das Baby und ihren Verstand verlor. Sie wäre beinahe bei der Geburt gestorben, und es gab Komplikationen, die zur Folge hatten, dass sie in den folgenden Jahren eine Reihe schwieriger Schwangerschaften erlebte und Fehlgeburten erlitt.«

Sylvia rutscht unruhig auf ihrem Stuhl herum, kaut nervös auf ihrer Lippe und denkt über etwas nach.

»Was auch immer es ist, ich möchte es wissen.«

Sie nimmt mein Gesicht in ihre Hände. »Deine Mutter war jahrelang eine zerbrochene Hülle. Jede Fehlgeburt zerstörte ihr Herz noch ein wenig mehr. Sie wollte unbedingt Mutter werden, weil es alles war, was ihr noch blieb. Außerdem hätte Michael sie nicht in Ruhe gelassen, bis sie ihm einen Erben geschenkt hätte. Jedes Mal, wenn sie eine Fehlgeburt hatte, hat er sie bestraft, als wäre es ihre Schuld.« Sie zittert sichtlich, und mir schnürt der Gedanke, wie er sie bestraft haben könnte, die

Luft ab.

Meine Wut meldet sich mit Gewalt zurück und meine Entschlossenheit wird nur noch stärker.

»Es hat nicht geholfen, dass Atticus inzwischen Emma geheiratet und Maverick bekommen hatte. Deine Mutter versank in einer tiefen Depression. Ich glaube, sogar Michael machte sich Sorgen, dass sie einen Punkt erreicht hatte, an dem es kein Zurück mehr gab, also fand er eine Lösung. Eine Möglichkeit, ihm seinen Erben und ihr die Babys zu geben, nach denen sie sich so sehr sehnte.«

»Was meinen Sie damit?«

»Deine Mutter hat dich und Drew mit Hilfe von IVF und durch eine Leihmutter bekommen.«

»Was?« Ich starre sie an, völlig verstört und geschockt.

Tränen sammeln sich in ihren Augen. »Eure Tante Genevieve hat euch beide ausgetragen.«

»Oh mein Gott.« Ein wahnsinniges Gewicht lastet plötzlich auf meiner Brust. »Warum hat sie es mir nicht erzählt?«

»Diese Frage kann ich dir nicht beantworten, Liebes.« Sie schaut auf ihre Uhr. »Es tut mir leid, dass ich unser Gespräch beenden muss, aber ich sollte mich nach Hause beeilen, bevor er jemanden losschickt, der nach mir sucht.«

Ich habe Mühe, mich zusammenzureißen, erinnere mich aber an die anderen Dinge, die ich noch in Erfahrung bringen muss. »Nur noch ein paar weitere Fragen, bitte.«

Sie beäugt sehnsüchtig ihre Handtasche und tut mir auf einmal unglaublich leid. *Wie schlimm muss es sein, wenn man jeden Tag nur high oder betrunken übersteht?* Früher dachte ich, sie wäre schwach, aber sie ist aufgrund all der Dinge, die ihr die Elite angetan hat, eine gebrochene Frau. Ich wünschte, ich hätte mir mehr Mühe gegeben, mit ihr ins Gespräch zu kommen, als ich während meiner Verlobung mit Trent jeden zweiten Sonntag zum Abendessen bei ihnen war.

»Sie sagten, Christian hätte bestätigt, dass er Ihre beiden Freundinnen ermordet hat. Wissen Sie, ob es Beweise gibt, mit denen wir den Tod meiner Mutter meinem Vater anlasten können?«

»Das glaube ich nicht. Deine Mutter ist bei einem Autounfall gestorben. Die Bremsen haben versagt. Ich bin sicher, dass dein Vater oder mein Mann jemanden dafür bezahlt hat, sie zu manipulieren und Stillschweigen darüber zu bewahren. Sie bestachen auch die Personen, die dem Unfall nachgingen und die Unfallstelle inspizierten. Genau wie die Behörden, damit in keinem der offiziellen Berichte etwas davon stand. Sie denken an alles, Abby. Sie beseitigen stets all ihre Probleme. Das ist ihre Aufgabe. Wenn jemand sie verärgert, eliminieren sie ihn, ohne jeglichen Skrupel.« Sie schnippt mit den Fingern. »Sie hinterlassen niemals eine Spur.«

»Aber sie taten es bei Emmas Mord«, widerspreche ich. »Wissen Sie, wo meine Mutter die Beweise aufbewahrt hat, die belegen, dass mein Vater sie getötet hat?«

Ein seltsamer Ausdruck erscheint auf ihrem Gesicht.

Ich runzle die Stirn. »Was hat dieser Ausdruck auf Ihrem Gesicht zu bedeuten?«

»Du meinst den Beweis, dass Michael die Pillen besorgt hat, die in Emmas Mageninhalt gefunden wurden?«

»Ja«, sage ich. »Was könnte ich sonst meinen?«

»Deine Mutter hat mir davon erzählt, aber sie wollte mir nicht sagen, wo sie die Beweise versteckt hat. Sie glaubte, dass es am sichersten wäre, wenn ich es nicht wüsste, und sie hatte recht. Nach ihrem Tod hat Christian versucht, die Information, wo sich das Versteck befindet, aus mir herauszuprügeln. Als er merkte, dass ich möglicherweise die Wahrheit sagte, hat er mich einem Lügendetektortest unterzogen.« Sie drückt meine Hand. »Deine Mutter hat niemals aufgehört, mich zu beschützen.«

»Und?«, ermutige ich sie, weiterzusprechen.

Sie stößt keuchend den Atem aus. »Ich bin mir nicht sicher, ob das jetzt noch einen Unterschied macht, aber sie hat mir auch erzählt, dass sie entdeckt hat, dass Atticus am Tod von Emma beteiligt war.«

Ich spüre, wie mir sämtliches Blut aus dem Gesicht weicht.

»Deine Mutter hatte über die Jahre hinweg immer wieder

eine Affäre mit ihm, obwohl sie beide verheiratet waren. Ich wusste nichts davon, bis Emma dahinterkam und ihre Freundschaft mit Olivia beendete. Es war schrecklich und ich saß zwischen den Stühlen. Nach Emmas Tod hat mir Olivia erzählt, dass sie und Atticus planten, mit euch Kindern nach Europa zu fliehen. Doch eine Woche, bevor sie starb, kam sie zu mir. Sie hatte sich von Atticus getrennt, nachdem ihm etwas bezüglich Emmas Tod herausgerutscht war.«

»Was ist passiert?«, hake ich eilig nach.

»Dein Vater hat Emma unter Drogen gesetzt und sie zum Sterben zurückgelassen. Er hat es so inszeniert, dass es wie Selbstmord aussah. Als Kaiden sie fand, riefen seine Schreie Atticus herbei.«

»Das weiß ich.« Kaiden hat es mir vor ein paar Monaten erzählt.

»Emma war noch nicht tot, Abby. Als Kaiden sie gefunden hat, hat sie noch geatmet. Ihr Puls war schwach, aber sie war noch am Leben.«

»Oh mein Gott.« Mein Herz rast wie verrückt. »Was hat Atticus gemacht?«

»Ich kannte die Wahrheit, weil mich Christian damit verhöhnt hat. Ich quälte mich bereits seit Monaten mit dem Versuch, zu entscheiden, was ich mit diesem Wissen machen sollte. Als deine Mutter also an jenem Tag bei mir auftauchte, versorgt mit lauter Halbwahrheiten, die Atticus ihr aufgetischt hatte, erzählte ich ihr, was sich wirklich zugetragen hatte.«

Ich beiße mir auf die Innenseite meiner Wange, während ich darauf warte, dass sie es mir erzählt.

»Christian schaute auf Michaels Geheiß hin an jenem Tag bei den Andersons vorbei. Michael wollte sichergehen, dass Emma tot war, also beauftragte er Christian damit, rüberzugehen, um etwas mit Atticus zu besprechen. Die Tür stand auf und er konnte Schreie hören, also schlüpfte er ins Haus. Atticus weiß bis heute nicht, dass er da war. Er weiß nicht, dass Christian ihn gesehen und mir davon erzählt hat. Du darfst kein Sterbenswörtchen darüber verlieren, Abby. Du kannst es Kaiden nicht erzählen. Wenn es ans Licht kommt, wird mich Christian umbringen. Und wenn er erfährt, dass du davon weißt, wird er auch dich töten.«

Ich stecke eindeutig in einem Zwiespalt, weil Kai und ich vereinbart haben, keine Geheimnisse mehr voreinander zu haben – und dies könnte das Schlimmste von allen sein. Aber selbst, wenn ich jetzt gehe, ohne zu erfahren, welche Rolle Atticus bei Emmas Tod spielte, muss ich Kai mitteilen, dass sein Vater in den Mord an seiner Mutter verwickelt war. Diese Wahrheit wird ihn zerstören. Außerdem hat Sylvia bereits genug gesagt, um mich in Gefahr zu bringen. Also kann ich mir die Geschichte auch zu Ende anhören.

»Ich werde es niemandem erzählen. Ich verspreche es«, lüge ich, da ich Zeit brauchen werde, um alles genauestens zu evaluieren, bevor ich entscheide, was ich tun werde.

Sie mustert mein Gesicht, scheinbar zufrieden mit dem, was sie darin lesen kann, und fährt fort. »Kaiden hat seine Mutter lebend aufgefunden. Im Grunde genommen hätte er ihr das Leben retten können. Aber Atticus war immer noch in deine Mutter verliebt und sah seine Gelegenheit gekommen. Er schaffte die Kinder aus dem Weg, kehrte zu Emma zurück und legte ihr ein Kissen auf das Gesicht. Dann erstickte er sie, bis sie aufhörte, zu atmen.«

32. KAPITEL

»Abby.« Drew schnippt mit seinen Fingern vor meinem Gesicht herum. »Bist du noch anwesend?« Besorgt und voller Mitgefühl sieht er mich an.

»Ja, entschuldige. Ich war für einen Moment mit den Gedanken woanders.«

Ich verabschiedete mich von Sylvia, nachdem sie ihre letzte Bombe hatte platzen lassen, und wir haben uns direkt auf den Weg zu Xaviers Lagerhaus gemacht, sodass ich die Jungs gesammelt auf den neuesten Stand bringen konnte, ohne mich wiederholen zu müssen. Ich habe Drew die Wahrheit über Emmas Mord erzählt, weil ich es jemandem erzählen musste. Er war genauso schockiert wie ich, aber er hat mir zugestimmt, dass wir auf den richtigen Zeitpunkt warten sollten, um Kai davon zu erzählen.

Kai hat verdient, die Wahrheit zu erfahren, auch wenn sie ihn zerstören wird. Wir können es ihm aber noch nicht sagen, weil er auf seinen Vater losgehen wird, um ihn zu töten. Jedoch brauchen wir Atticus noch, der es ebenfalls auf meinen Vater abgesehen hat.

»Babe.« Kai zwingt mich, ihn anzusehen. »Wenn es noch mehr gibt, musst du es uns erzählen.«

»Da gibt es nichts«, lüge ich und hoffe, dass er mir vergeben wird.

»Du warst die ganze Zeit ein wenig benommen, als du uns Bericht erstattet hast.« Er reibt mit seinen Händen meine Armen hoch und runter. »Du machst mir Sorgen.«

Hm, ja. Das liegt daran, dass ich dir mit der Nachricht, wie deine Mutter wirklich gestorben ist, das Herz brechen muss. Außerdem habe ich festgestellt, dass wir meinem Vater gegenüber keine Optionen mehr haben. Selbst wenn wir herausfinden, wo Mom diese Beweise aufbewahrt hat, sind sie nutzlos. Wir können diesen Mord meinem Vater nicht anhängen, wenn er nicht derjenige war, der sie letztendlich getötet hat.

Sicher, er ist Mittäter und hatte die Absicht, Emma zu töten, aber das ist nicht genug, um den Bastard lebenslang hinter Gitter zu bringen.

Außerdem weiß ich bis heute nicht, warum er damals im Ballsaal nichts entgegnete, als Atticus diese Behauptung in den Raum stellte.

Ich habe eine weitere Erleuchtung.

Christian hat es meinem Vater nie erzählt.

Heilige Scheiße.

Ich lehne mich in meinem Stuhl zurück und kriege Kopfschmerzen bei dem Versuch, alles zu begreifen. *Warum können sie nicht einfach stinknormale Bösewichte sein? Warum müssen sie kriminelle Superhirne sein, die so viele Fäden auf einmal ziehen, dass mir schwindelig wird?*

»Abby«, reißt mich Kai aus meinen Gedanken und packt meine Unterarme. »Was ist los?«

»In meinem Kopf dreht sich alles«, gebe ich ehrlich zu. »Mein Vater hat meiner Mutter auch ein Baby gestohlen und ich habe gerade herausgefunden, dass meine Tante uns in ihrem Mutterleib heranwachsen hat lassen. Auch wenn sie andere Geheimnisse auf ihrem Sterbebett verraten hat, hat sie mir verdammt noch mal nie davon erzählt. Entschuldige, dass ich für eine Weile nicht ganz da war.« Mein Tonfall ist absichtlich unfreundlich, weil ich ihn ablenken muss, und ihn sauer zu machen, funktioniert normalerweise.

»Komm her.« Er öffnet seine Arme, aber ich funkle ihn an. »Komm. Her«, wiederholt er eindringlich.

Ich würde ihn nur ungern enttäuschen wollen. Also verschränke ich die Arme und schaue ihn aus zusammengekniffenen Augen an.

Kurzerhand zieht er mich auf seinen Schoß und stößt ein Knurren aus, als er seine Arme um mich schlingt. »Ich weiß, dass du verletzt bist, also werde ich dir das verzeihen.«

»Ich fange an zu verstehen, wie es sich für dich anfühlt, hintergangen zu werden«, gibt Drew zu.

»Du hast keine Ahnung, wie sich das anfühlt, denn das ist

nur die Spitze des Eisbergs im Vergleich zu dem, wie ich behandelt wurde.« Das bringt sie alle zum Schweigen. »Ich bin müde und Charlie wird sich fragen, wo ich bin. Wir müssen gehen.«

Kai schlingt erneut seine Arme um mich, und ich kann spüren, dass er mich nicht gehen lassen will. Nicht so. Aber wir haben keine Wahl. Außerdem muss ich von ihm weg, weil mich Schuldgefühle plagen und ich Angst habe, dass er sich in meinen Kopf bohrt und herausfindet, dass ich Sachen vor ihm verheimliche.

»Noch eine andere Sache«, sagt Drew. »Sie haben ein Notfalltreffen in Parkhurst einberufen. Wir fahren morgen Abend hin.«

»Was für ein Notfall?«

Er zuckt mit den Schultern. »Das werde ich erst erfahren, wenn wir dort sind.«

»Aber in fünf Tagen ist Weihnachten«, füge ich hinzu.

»Wir sind nur zwei Tage weg. Bis Heiligabend sind wir wieder da«, versichert er mir.

Nicht dass Weihnachten für mich unbedingt schnell kommen muss. Das Weihnachtsessen findet in unserem Haus statt und die Barrons und Montgomerys werden anwesend sein. Natürlich freue ich mich genauso sehr darüber wie über ein Loch im Kopf. »Okay.«

»Ich möchte, dass du bei Kai bleibst, während wir weg sind«, sagt Drew. »Er wird dich beschützen.«

»Charlie wird niemals damit einverstanden sein.«

»Was der Grund ist, warum er auch nichts davon erfahren wird.« Drew zwinkert mir verschwörerisch zu. »Ich bin mir sicher, dass du eine plausible Erklärung finden wirst, die Mrs Barrons Schweigen garantiert.«

Das erste Mal seit Stunden lächle ich wieder. »Ich denke, da wird mir schon was einfallen.«

»Ich erinnere mich daran, warum wir früher so gute Freunde waren, Manning«, sagt Kai gedehnt und grinst meinen Bruder an.

»Dann vergiss das nicht wieder«, erwidert Drew und zeigt mit dem Finger in Kais Richtung. »Und pass auf meine kleine Schwester auf.«

Ich bezahle den Fahrer, hebe meine Handtasche und mein Gepäck vom Boden und steige aus dem Auto. Die Tür zum Haus schwingt auf und Kai erscheint im Türrahmen. Er löst seinen Blick nicht eine Sekunde von mir, als ich auf ihn zugehe und seinen Anblick von Kopf bis Fuß in mich aufnehme. Er trägt ein eng anliegendes schwarzes Hemd, dessen Ärmel er hochgekrempelt hat, sodass seine tätowierten, muskulösen Arme zu sehen sind, die ich so liebe. Ich lasse meinen Blick weiter nach unten wandern und beschleunige meinen Schritt, als hinter mir der *Uber*-Fahrer davonfährt. Kais dunkle Jeans umschließen seine kräftigen Oberschenkel auf unglaublich sexy Weise und ich stelle mir vor, wie ich vor ihm knie, mit meinen Händen über sein straffes Fleisch fahre und seinen Schwanz in den Mund nehme.

Kai leckt sich die Lippen und heißes Verlangen sowie dunkle Versprechungen glänzen in seinen Augen, als ihm klar wird, woran ich gerade denke. Eine Gänsehaut kriecht über meinen gesamten Körper und meine Mitte pocht vor Verlangen. Ich lasse meine Taschen zu Boden fallen, bringe die letzten Meter in Windeseile hinter mich und werfe mich in seine Arme.

Unsere Münder kollidieren in einem Kampf aus Lippen, Zähnen und Zungen. Kai hebt mich hoch und schleppt mich ins Haus, ohne unseren Kuss zu unterbrechen. Meine Haut brennt unter meinem Wollkleid und der Strumpfhose, die ich trage, als ich meine Beine um seine Taille schlinge und mich an seiner massiven Erektion reibe.

»Verdammt, ich brauche dich, Babe«, murmelt er an meinen Lippen, setzt mich auf den Tisch im Flur und spreizt meine Schenkel. In wenigen Sekunden hat er mir meinen Mantel ausgezogen und ihn zusammen mit meinen Ballerinas auf den Boden geworfen. Er küsst mich noch immer leidenschaftlich und ich stöhne und winde mich auf dem Tisch, während ich an seiner Gürtelschnalle herumfummle.

»Die anderen?« Ich keuche, als seine Lippen meinen Mund verlassen, um eine Spur meinen Hals entlangzuziehen.

»Oben. Sie werden nicht runterkommen« antwortet er rau, hebt mein Becken an und zerrt meine Strumpfhose nach unten, während ich den Knopf seiner Hose öffne.

Er löst seine Lippen von meinen, um seine Jeans runterzuschieben, und ich ziehe eine Braue in die Höhe, als sein Schwanz hervorschnellt.

»Heute ganz ohne Unterwäsche, was?«

»Wegen des leichten Zugangs«, sagt er grinsend, als er sich ein Kondom überrollt. Dann stützt er seine Handflächen zu beiden Seiten meines Kopfes an der Wand ab und presst seine Lippen wieder auf meine. Er küsst mich tief und wild und streicht mit der Hand über meine Pussy. Ich stoße ein gutturales Stöhnen aus, das nur noch lauter wird, als er mein Höschen beiseiteschiebt und zwei Finger in mich eindringen lässt.

»Du bist klatschnass.«

»Ich habe dich vermisst.« Ich beiße in seine Unterlippe, packe seinen Hintern und spreize meine Beine noch weiter auseinander. »Und ich brauche dich jetzt.«

Das Geräusch zerreißender Spitze hallt durch den Flur, als er mein Höschen entzweireißt und mit einem raschen Stoß in mich eindringt. Er fickt mich gnadenlos und küsst mich dabei ohne Unterlass. Der Tisch erzittert unter uns und gibt knirschende Geräusche von sich, als er mit jedem Stoß seiner Hüften gegen die Wand knallt. Ich dränge meine Schenkel fest um seine Taille und hebe leicht mein Becken an, damit er genau die richtige Stelle trifft.

Seine Stöße werden immer schneller, seine Muskeln sind zum Zerreißen gespannt und die Vene an seinem Hals pocht heftig, als er seinem Orgasmus immer näher kommt. Seine Finger reiben rhythmisch meine Klit, und ich schreie auf, als mein

Höhepunkt durch mich hindurchrauscht und auch er mit einem lauten Stöhnen kommt.

Kai legt seinen Kopf auf meine Schulter, und wir verharren in dieser Position, bis sich unser Herzschlag wieder beruhigt hat.

Als er den Kopf hebt, überrascht mich die grenzenlose Liebe, die in seinem Gesicht zu lesen ist. Er beugt sich vor und küsst mich sanft, was völlig im Widerspruch zu der Art steht, wie er mich eben noch gefickt hat. »Du bist verdammt perfekt, Baby. Weißt du das?« Er reibt mit dem Daumen über meine Unterlippe und ich sauge ihn in meinen Mund.

»Scheiße.« Er küsst mich noch einmal hart, bevor er sich von mir löst. »Auch wenn ich nur allzu gern zu Runde zwei übergehen möchte, bezweifle ich, dass die anderen das ein weiteres Mal hören möchten.«

»Kann man wieder rauskommen?«, fragt eine vertraute Stimme hinter der Wohnzimmertür, und ich boxe Kai gegen die Brust.

»Du hast gesagt, sie wären oben!«, zische ich, springe vom Tisch und schnappe mir die zerrissenen Überreste meines Höschens.

Kai grinst. »Hoppla. Mein Fehler.« Er nimmt mir die zusammengeknüllte Spitzenunterwäsche aus der Hand und stopft die Fetzen in die Tasche seiner Jeans, während er den Reißverschluss schließt. Ich ziehe meine Strumpfhose hoch und schiebe meine Füße in meine Ballerinas, wobei ich ihn finster anfunkle. Er zieht mich in seine Arme. »Sei nicht böse, weil ich so verrückt nach dir bin und nicht warten konnte, bis wir oben waren.«

Seine Worte lassen mich sofort dahinschmelzen, bis Xavier erneut auf sich aufmerksam macht. »Hallo! Ich warte hier immer noch.«

Ich löse mich aus seiner Umarmung und öffne die Wohnzimmertür, während sich Kai seine Turnschuhe anzieht und nach draußen geht, um mein Gepäck zu holen. »Hey.«

Ohne zu zögern, umarmt mich Xavier, bevor er mich grinsend wieder loslässt. »Du riechst nach Sex.« Er zwinkert mir zu. »Böses Mädchen.« Er mustert Kai, als dieser zurückkommt. »Obwohl, wenn der Hottie zu mir gehören würde, würde ich wahrscheinlich auch keine Sekunde die Finger von ihm lassen.«

Kai zeigt ihm einen Vogel. »Spar dir deine sexuellen Anspielungen für Hunt auf. Er weiß sie mehr zu schätzen als ich.«

»Hör auf, so eine gequirlte Scheiße zu labern«, erwidert Sawyer, als er hinter Xavier auftaucht.

»Wie kommt es, dass du hier bist?«, frage ich Xavier.

»Sawyer und ich nehmen die Kindheit deines Vaters unter die Lupe. Wir wollen herausfinden, in welchem Waisenhaus er war, und suchen nach Spuren seiner Eltern«, erklärt er. »Ich werde für ein paar Tage hier übernachten, bis mein Flug geht.«

Alle Jungs fahren zu Weihnachten nach Hause. Kai weigert sich, zu seinem Vater zurückzukehren, also bleibt er ein paar Tage bei Sawyer.

»Toll. Hoffentlich stoßt ihr auf etwas, denn er ist immer sehr verschlossen und abwehrend, wenn seine Vergangenheit zum Thema wird.«

Sawyer sieht mich an. »Bist du gut weggekommen?«

»Ja.« Ich gehe an ihnen vorbei ins Wohnzimmer und lasse mich auf die Couch fallen. »Ich habe Mrs Barron erzählt, dass ich die Stadt verlassen würde, um ein besonderes Hochzeitsgeschenk für Charlie zu kaufen, und sie zu Verschwiegenheit verpflichtet, indem ich behauptet habe, dass es eine große Überraschung für ihn werden soll.« Kai verzieht missmutig das Gesicht, wie immer, wenn jemand Charlie oder meine anstehende Hochzeit erwähnt. Nicht dass ich ihm das verübeln würde. Er bekommt es weitaus besser hin, als ich es täte, wären unsere Rollen vertauscht.

»Ich denke, das ist deins«, sagt Jackson, der sich vor mir aufbaut und mir seine Hand entgegenstreckt. Ein Stück hauchdünner Spitze weht durch die Luft, als er einen Fetzen meines Höschens loslässt.

Ich erdolche Kai mit Blicken und er lacht glucksend.

»Deine Schreie waren so laut, dass ich gedacht habe, er würde dich umbringen«, fügt Jackson leicht lallend hinzu.

»Lauder.« Kais gute Laune verpufft und er fixiert seinen Freund mit einem warnenden Blick.

Jackson schmunzelt und zieht an seinem Joint. »Wenn du nicht willst, dass wir es kommentieren, dann fick sie nicht in aller Öffentlichkeit.«

Kai ballt die Hände zu Fäusten. Ich erwarte, dass er auf Jackson losgehen wird, doch er ignoriert ihn und konzentriert sich stattdessen auf mich. »Hast du Hunger?«

»Ich könnte einen Happen vertragen.«

Kai streckt mir seine Hand entgegen und ich nehme sie, dann lasse ich mich von ihm vom Sofa hochziehen und aus dem Raum führen.

»Warum ist er an einem Mittwoch betrunken und high?«, frage ich mit gesenkter Stimme, damit die anderen es nicht hören, als wir auf dem Weg in die Küche sind.

»Heute jährt sich der Todestag seiner Schwester. Das ist kein guter Tag für ihn.«

»Oh.« Ich bin tief in Gedanken versunken, als mich Kai in die Küche begleitet. »Wir sollten etwas tun, um ihn abzulenken.«

»Zum Beispiel?«, fragt Kai und beugt sich hinunter, um den Kühlschrank zu öffnen.

Schamlos gaffe ich seinen Hintern an, während er mehrere Sachen aus dem Kühlschrank holt. »Wir könnten selbst Pizzen machen und ein paar lustige Filme gucken?« Ausgehen ist keine Option, da mich jemand mit ihnen sehen könnte. Außerdem ist es draußen so kalt wie in der verdammten Arktis, weshalb wir auch nicht ein paar Körbe werfen oder schwimmen gehen können. Somit bleiben uns nur wenige Möglichkeiten.

Kai schlägt die Kühlschranktür mit der Hüfte zu, bringt mehrere Dinge zur Anrichte und stellt sich zwischen meine Beine. »Hast du gerade meinen Arsch angestarrt?«, fragt er mich und legt seine Arme grinsend um meinen Hals.

»Schuldig.« Ich kichere und berühre seine Schultern. »Du weißt, dass du einen verdammt tollen Hintern hast. Ich werde keine Gelegenheit verpassen, ihn anzuschmachten.«

Er lächelt und zieht mich an sich. Ich schmiege mich an ihn und bin für einen Moment einfach nur unglaublich zufrieden. »Ich liebe es, dass du wieder hier bist«, sagt er und fährt mit seinen Fingern durch meine Haare. »Ich wünschte, ich könnte wie früher jeden Tag neben dir aufwachen.«

Ich lehne mich zurück und umfasse sein Gesicht. »Das wünsche ich mir auch.« Ich gebe ihm einen flüchtigen Kuss auf den Mund. »Und wir werden irgendwann auch wieder jeden Tag nebeneinander aufwachen. Das ist das Einzige, was mich antreibt.«

Ich mache eine Vielzahl von hausgemachten Pizzas, während Kai mit Xavier darüber diskutiert, welche Filme wir uns anschauen sollen. Sawyer muss Jackson förmlich bestechen, damit er aus seinem Zimmer kommt und sich zu uns gesellt.

Die Atmosphäre ist angespannt und die Unterhaltung fühlt sich erzwungen an. Es ist offensichtlich, dass es Jackson nicht gut geht und er düsteren Gedanken nachhängt. Er liegt auf einem der Sofas und raucht einen Joint, während er an einem Bier nippt. Ich zwinge ihm ein paar Scheiben Pizza auf, in der Hoffnung, dass das Essen etwas von dem Marihuana und dem Alkohol aufsaugt.

Kai und ich haben die andere Couch für uns beansprucht, Sawyer und Xavier die beiden Ledersessel besetzt. Sie meckern und streiten sich ununterbrochen während des Films, wie ein altes Ehepaar, und der Gedanke zaubert mir ein Lächeln ins Gesicht.

»Was denkst du?«, flüstert Kai in mein Ohr, streichelt mit seinen Fingern über meinen Arm und sendet ein Kribbeln durch meinen ganzen Körper.

Er hat sich von hinten an mich gekuschelt und ich kann fühlen, wie sich seine Erektion in meinen Hintern bohrt. »Wir sollten sie miteinander verkuppeln«, flüstere ich zurück und nicke subtil in ihre Richtung.

»Ich werde mich nicht einmischen und du auch nicht.« Er packt meine Hüften und presst sie gegen seine Erektion. Hitze durchflutet meinen Körper.

Als sich die feinen Härchen in meinem Nacken aufrichten, neige ich den Kopf und begegne Jacksons dunklem Blick, den er erst auf meine Brust und dann auf die Stelle heftet, an der Kai mich gepackt hält. Eine seltsame Spannung knistert in der Luft, und ich rutsche unruhig hin und her. Ich versuche, mich wieder auf den Film zu konzentrieren, obwohl ich mich schon nicht mehr daran erinnern kann, wie er heißt.

»Alles in Ordnung?«, wispert Kai.«

»Wundervoll«, lüge ich.

Die seltsame Spannung verschwindet nicht, viel eher wird sie sogar noch schlimmer. Immer wieder spüre ich Jacksons Blicke in unsere Richtung, doch ich vermeide es, ihn anzusehen.

Er ist in einer komischen Stimmung und verteilt geschmacklose und verletzende Kommentare, die wir alle bewusst ignorieren. Tiefgreifende Wut umgibt ihn wie eine Wolke und gefährliche Schwingungen gehen von ihm aus. Mir ist bewusst, dass das alles mit seiner Schwester zu tun hat, aber ich habe ihn noch nie so erlebt. Es ist beunruhigend. Ich bin einen Jackson gewöhnt, der kifft und immer in Flirtlaune ist. Diese aktuelle Version von ihm gefällt mir nicht.

Als der Film zu Ende ist, fragt mich Kai, ob wir nach oben gehen wollen. Ich stimme zu, weil ich der vergifteten Energie im Raum nur zu gern entfliehen möchte.

Ich lasse meine Handtasche auf den Nachttisch und mein Köfferchen auf den Boden fallen und quietsche auf, als mich Kai von hinten hochhebt, Küsse entlang meines Nackens verteilt und seine Erektion an meinem Po reibt. Er hebt mein Kleid von hinten an und stupst durch meine Strumpfhose hindurch gegen meinen Hintern. »Ich möchte dich hier nehmen«, flüstert er und streicht mit seinem Finger die Spalte zwischen meinen Pobacken entlang.

Ein Zittern durchläuft mich von Kopf bis Fuß. Das haben wir noch nicht getan, obwohl er bereits zuvor diesen Wunsch äußerte und beim Sex bereits an meinem Poloch gespielt hat, was mir gefiel. Ich weiß nicht, wann wir wieder allein sein werden, also nicke ich. »Okay.«

Er wirbelt mich herum, seine Augen funkeln vor Aufregung. »Bist du sicher?«

Ich beiße mir ein wenig besorgt auf die Lippen und lächle ihn schüchtern an. »Ja. Ich vertraue dir.«

In kürzester Zeit hat er mich ausgezogen und nackt unter sich. Seine magische Zunge stellt die erstaunlichsten Dinge mit meinem Körper an und es dauert nicht lang, bis er mich zum Orgasmus bringt. Anschließend dreht er uns herum und positioniert mich rittlings auf seinen Schoß. »Reite mich, Baby.«

Ich lasse mich auf seinen harten Schwanz sinken und stöhne laut, als er mich ausfüllt. Es ist so intensiv auf diese Weise. Ich mag es, die Empfindung auszukosten, weshalb ich mich nur langsam auf und ab bewege. Nach kurzer Zeit packt er mich an den Hüften, zieht mich seinen Stößen entgegen und fordert mich auf, schneller zu werden. Ich gehorche ihm, denn im Schlafzimmer ist Kai König und er kennt hundert verschiedene Arten, mich auf die beste Art und Weise zum Explodieren zu bringen.

Er hebt mich von seinem Schwanz, taucht seine Finger unerwartet in meine Pussy und bewegt sie ein paar Mal hinein und heraus, bevor er mich wieder auf seinen Schwanz gleiten lässt. Ich nehme das Tempo wieder auf, das er mag, und lasse mein Becken kreisen, während ich ihn ficke und meine Klit an seinem Schwanz reibe.

Seine Finger wandern zu meinem Hintern und er spreizt meine Pobacken auseinander, was mich vor Vorfreude wimmern lässt. Dann schiebt er einen Finger in mich. »Atme, Baby, und entspanne dich. Konzentriere dich darauf, mich zu reiten und entspanne einfach deine Muskeln.«

Ich folge seiner Anweisung und stöhne angesichts des intensiven Gefühls seines Fingers auf, mit dem er tiefer in mich eindringt und ihn schließlich in mir bewegt.

Plötzlich fliegt die Tür auf und ich schreie erschrocken auf. Kai entfernt diskret seinen Finger aus meinem Po und stoppt seine Stöße.

Jackson steht in der Tür, umrahmt vom Lichtschein aus dem Flur hinter ihm. Seine Augen lodern vor Verlangen, als er die Szene vor sich betrachtet.

Ein Flattern breitet sich in meiner Brust aus und ich habe möglicherweise aufgehört zu atmen. Wie erstarrt sitze ich auf Kai und sehe Jackson an, der den Anblick begierig in sich aufsaugt. Seine Blicke verweilen auf meinen nackten Brüsten und seine Augen verdunkeln sich vor Lust. Er fährt mit einer Hand über die Beule in seiner Jogginghose und mein Herzschlag beschleunigt sich.

Warme Finger streicheln über meine Wangen und Kai dreht mein Gesicht wieder zu sich herum. Seine wunderschönen braunen Augen sind wie geschmolzene Schokolade, als er mich anstarrt und den unregelmäßigen Puls an meinem Hals und meine unregelmäßige Atmung betrachtet. Er fährt mit den Händen über meinen Körper und knetet grob meine Brüste, ohne den Blickkontakt zu unterbrechen. Mir ist absolut bewusst, dass Jackson noch immer in der Tür steht und Sawyer oder Xavier jeden Moment dazustoßen könnten.

Als ich Kais unausgesprochene Frage realisiere, ziehe ich scharf die Luft ein. Mein Herz pocht wie wild in meinem Brustkorb und meine Körpertemperatur steigt gefühlt um ein paar Grade.

Kais Schwanz in mir zuckt, und ich reagiere instinktiv mit einem Kreisen meines Beckens. Ich wimmere, als sich meine Pussy um ihn zusammenzieht. Er packt mein Kinn, holt mein Gesicht näher zu sich und fragt mich noch einmal mit seinem Blick.

Ich sehe ihn an und nicke.

Er küsst mich und flüstert an meinem Mund: »Bist du dir sicher?«

Nein.

Ja.

Ich weiß es nicht.

»Ja«, wispere ich.

Ich setze mich wieder auf und nehme meinen langsamen

Rhythmus von vorhin wieder auf. Meinen Blick halte ich die ganze Zeit auf Kai gerichtet, der wiederum seinen Kopf in Jacksons Richtung dreht.

»Komm rein und schließ die Tür hinter dir ab.«

33. KAPITEL

»Reit mich, Baby«, weist mich Kai an, als die Tür ins Schloss fällt und Jackson sie abschließt. »Zeig Lauder, wie gut du es mir besorgst.«

Kai deutet auf den Stuhl in der Ecke des Raumes.

Alle Nervenenden in meinem Körper sind in höchster Alarmbereitschaft, als ich spüre, dass Jackson zum Sessel hinüberschreitet.

Kai packt meine Hüften, ohne den Blick von mir zu lösen, und ich bewege mich auf ihm, lasse mein Becken kreisen und nehme ihn tief in mir auf. Eine Bewegung in der Ecke des Raumes hinter mir jagt mir einen Schauer der Erregung die Wirbelsäule hinab.

Jackson hat zuvor schon mal miterlebt, wie mich Kai angefasst hat, und ich habe schon einmal gesehen, wie er sich einen runtergeholt hat, aber das ist das erste Mal, dass wir ihn als Zuschauer in unser Schlafzimmer eingeladen haben. Wahrscheinlich wird es das erste *und* das letzte Mal sein – für mich ist klar, dass Kai das nur macht, weil sein bester Freund leidet und er Erlösung braucht.

»Vertraust du mir, Baby?«, fragt Kai und mustert mich noch immer intensiv.

Ich nicke und bewege mich weiter auf ihm auf und ab, während das Rascheln von Kleidern, die auf den Boden fallen, flüssiges Verlangen direkt an meine Pussy sendet. Ich umschließe Kais Schwanz fest mit meinen inneren Muskeln, was ihm einen Aufschrei entlockt.

»Scheiße, Baby. Das fühlt sich so gut an.«

»Was macht sie?«, fragt Jackson und seine Stimme klingt, als hätte er sich dem Bett etwas genähert.

»Ihre Pussy umschließt meinen Schwanz ganz eng«, erwidert Kai, und wie aufs Stichwort krampft sich meine Pussy um ihn zusammen.

»Fick ihn, Süße. Fick ihn hart«, fordert Jackson und stellt den

Sessel an die Seite des Bettes, von wo aus er eine bessere Sicht hat. Kai umfasst meine Hüften und passt seine Stöße dem Rhythmus an, in dem ich auf ihm reite. Meine Brüste erzittern bei jeder Bewegung.

Jackson lehnt sich im Sessel zurück, spreizt die Beine und packt seinen nackten Schwanz. Er beginnt, ihn langsam zu massieren, während er unserem Treiben zusieht. Ich stoße ein lautes Stöhnen aus, als ich von unzähligen Empfindungen überschwemmt werde.

»Nimm mich in den Mund, Baby«, sagt Kai mit einem Mal. »Zeig ihm, wie gut du mir einen blasen kannst.«

»Oh mein Gott.« Ihr Dirty Talk macht mich unglaublich heiß und lässt mich vor Lust erbeben.

Jacksons lüsterner Blick ist nicht zu übersehen, als ich mich zwischen Kais Beine knie. Ich nehme seinen Schwanz in meine Hand, lege meine Finger um seine beeindruckende Länge und streichle ihn mit ein paar schnellen Bewegungen von der Wurzel bis zur Spitze. Dann lasse ich seinen Schwanz in meinen Mund gleiten und sauge so daran, wie er es mag. Ich fahre mit meiner Zunge an der Unterseite entlang, bevor ich an der Vorderseite knabbere und den Lusttropfen auflecke, der sich an der Spitze gebildet hat. Dann nehme ich ihn ganz in den Mund, öffne ihn noch etwas weiter, damit er sich tiefer hineinschieben kann, und lutsche an ihm.

Kai packt meinen Hinterkopf, flucht und stöhnt, als er meinen Mund fickt, während Jackson seinen Schwanz heftiger und schneller massiert und dabei seinen Blick über meinen Körper wandern lässt. Ich starre meinen Freund an, während er seinen Schwanz tiefer in meinen Mund stößt.

Kurze Zeit später zieht er sich aus mir zurück. »Ich will noch nicht kommen.«

Ich lege mich flach auf den Rücken und er positioniert sich über mir. Jackson stöhnt, und die Art und Weise, wie er seinen Schwanz streichelt, bringt meine Erregung noch mal auf ein neues Level.

Ich hätte nicht gedacht, dass ich es genießen würde, wenn

jemand zuguckt, aber genau das tue ich.

Das Gefühl von Jacksons Blick auf mir, während Kai mich fickt, lässt weitere Schauer über meine empfindliche Haut rieseln.

Kai richtet sich auf, zieht mich in eine aufrechtere Position, verschränkt seine Hände hinter meinem Rücken und hält mich fest, während er in mich pumpt. In diesem Winkel ist es so intensiv. Meine Haare fallen mir über die Schultern, als ich meinen Kopf stöhnend nach hinten werfe und seinen Stößen entgegenkomme. Kai küsst mich tief und innig. »Bist du damit einverstanden?«, fragt er und unterbricht den Kuss. Ich finde es toll, dass er dafür sorgt, dass es mir gut geht.

»Bist du es?«, entgegne ich statt einer Antwort und blicke in seine Augen.

Er nickt und ich sehe die Wahrheit in ihnen schimmern.

Und ich verstehe.

Jackson braucht das heute Abend und Kai ist ein guter Freund.

Es geht aber auch darum, seinen Besitzanspruch geltend zu machen. Seine Kontrolle.

Kai bekräftigt, dass ich vollständig ihm gehöre, damit sich Jackson keine Illusionen darüber macht, was wir füreinander empfinden.

Kai dringt tiefer in mich ein und zieht eine Spur aus Küssen meinen Hals entlang bis zu meinem Schlüsselbein und hinunter zu meinen Brüsten. Er saugt einen empfindsamen Nippel in seinen Mund, während er grob in meine andere Brust kneift und sie massiert.

Nur so kann ich tolerieren, dass er sie berührt. Ich begrabe meine Gefühle unter dem Schmerz, genau so will ich es.

Jackson ächzt und das Leder quietscht, als er sich auf dem Sessel hin und her bewegt.

Kai drückt mich wieder flach auf meinen Rücken, lässt sein Becken kreisen und legt eines meiner Beine über seine Schulter, während er in mich hineinstößt. Dann beginnt er, meine Klit zu reiben, was jede Zelle meines Körpers in einen Zustand herrlicher Glückseligkeit versetzt und dafür sorgt, dass sich der Druck in mir immer weiter aufbaut.

»Scheiße«, stöhnt Jackson, und ich sehe zu ihm, während Kai mich weiter mit seinem geschickten Finger verwöhnt.

Jacksons erhitzter Blick ist auf mich gerichtet und er massiert wie wild seinen Schwanz. Zu sehen, wie er sich einen runterholt, während mich mein Freund fickt, ist so unglaublich heiß. Jackson wirft den Kopf zurück und schließt die Augen, als ein gutturales Stöhnen die Luft erfüllt. Sperma spritzt aus seinem Schwanz und ergießt sich über seine definierten Bauchmuskeln.

Meine Pussywände ziehen sich zusammen, mein Orgasmus rückt näher, und Kai flucht und lenkt meine Aufmerksamkeit zurück auf sich. Kleine Schweißperlen bedecken seine Stirn und der Ausdruck in seinen Augen ist von besitzergreifender Intensität, als er mein anderes Bein über seine Schulter legt, meine Hüften anhebt und seinen Schwanz in mich hineinrammt.

Ich explodiere und schreie seinen Namen. Mein Körper krampft, als mich ein heftiger Orgasmus durchströmt und meine Gliedmaßen in flüssiges Gelee verwandelt.

Kai zieht sich aus mir zurück und wirft einen Blick in Jacksons Richtung. Dieser nickt, nimmt eine Handvoll Taschentücher vom Nachttisch und säubert sich, bevor er sich wieder anzieht. Er ist schon an der Tür, als ihm Kai zuruft: »Das war eine einmalige Sache.«

Jackson dreht sich um und lehnt sich gegen die Wand. »Ich weiß.«

»Und wir werden nicht darüber sprechen. Niemals. Mit niemandem.« Die Warnung in Kais Ton ist offensichtlich.

»Das würde ich niemals tun.« Jackson blickt zu mir. »Das war echt heiß, Süße, aber du weißt, ich respektiere dich ohne Ende. Niemand wird von mir etwas darüber erfahren.«

»Danke«, keuche ich.

»Okay. Cool.« Kai zieht mich in seine Arme und drückt mich an seine Brust. Mir ist klar, dass er jetzt einfach nur noch will, dass Jackson geht.

Die Hand am Türgriff, dreht sich Jackson ein letztes Mal um.

»Du hast verdammt viel Glück, Mann.« Er blickt Kai an. »Sie ist wirklich alles. Mach es nicht kaputt.«

Die Tür fällt ins Schloss und ich schaue zu meinem Freund auf. »Alles in Ordnung?«

»Noch nicht, aber wenn du müde bist ...«

»Das bin ich nicht.« Ich schiebe meine Hand in die Lücke zwischen unseren Körpern und umfasse seinen Schaft. »Das war heiß und ich bin noch nicht fertig mit dir.« Ich packe seinen Schwanz noch fester und streichle ihn ausgiebig.

Kai fährt mit seiner Hand über meinen Rücken, bevor seine Finger zu meinem Hintern wandern. »Bist du noch bereit dafür?«

Alle winzigen Härchen an meinem Körper richten sich auf und Adrenalin jagt durch mich hindurch, als ich nicke. Ich bin froh, dass er so klug war, diese Richtung nicht mit Jackson im Raum einzuschlagen, denn das wäre mir zu weit gegangen.

Kai schlendert zur Schublade des Nachttischs hinüber und holt eine kleine Tube heraus. Er nimmt das Kondom von seinem Schwanz und wirft das Gummi in den Müll. Dann schmiert er seinen Schwanz großzügig mit Gleitgel ein und besorgt es sich einen Moment lang selbst. Mir klebt meine Zunge am Gaumen und ich schlucke nervös.

Kai kommt zurück auf das Bett und verteilt weiter das Gleitgel auf seinem Schwanz. Ich werde noch feuchter und meine Pussy zieht sich erwartungsvoll zusammen. Er beansprucht meine Lippen mit einem sengend heißen Kuss und zieht meinen Körper an seinen. Eine Weile küsst er mich nur und streichelt mit seinen Händen über die Konturen meines Körpers, bis ich unter seinen Berührungen förmlich dahinschmelze. Dann positioniert er mich auf allen vieren, zieht meine Hüften in die Höhe und drückt meinen Kopf in die Bettdecke, ehe er sich hinter mich stellt.

Mit seinen vom Gleitgel glitschigen Fingern streichelt er meine Poritze entlang, bevor er zwei von ihnen in mich hineinschiebt und sie langsam in mir bewegt.

»Oh Fuck.« Das Gefühl ist seltsam, aber nicht unangenehm.

Kai dehnt mich mit seinen Fingern und zieht meine Pobacken auseinander. Ich quietsche auf, als er seine nasse Zunge gegen mein Poloch presst. Er spreizt mich weiter auseinander und dringt mit seiner Zunge tiefer vor. Bereits jetzt kündigt sich ein zweiter Orgasmus an. Abwechselnd mit Zunge und Fingern bearbeitet er mich von hinten, bis ich das Gefühl habe, gleich implodieren zu müssen.

Sein Schwanz drückt gegen meinen Eingang und mein Körper verkrampft sich. »Entspann dich, Babe.« Er schiebt seine Hand zwischen meine Beine und streichelt meine Klit, bevor er seine Finger in meine Pussy taucht und mit seinem Schwanz vorsichtig in meinen Po eindringt.

Ich schnappe nach Luft, als er sich tiefer in mich hineinschiebt. Jeder Nerv in meinem Körper scheint auf die Berührung mit einem Feuerwerk aus Empfindungen zu reagieren. »Alles in Ordnung?«, fragt Kai, als er ganz in mir ist. Seine Stimme klingt angespannt.

»Mir geht es gut«, keuche ich und fühle mich überwältigt von dem Gefühl seines Schafts und seiner Finger in mir.

Kai fickt mich zuerst nur langsam, bis er nach und nach sein Tempo beschleunigt und rhythmisch, immer abwechselnd mit seinem Schwanz und seinen Fingern, in mich hineinstößt. Die Empfindungen, die meinen Körper überschwemmen, sind nicht von dieser Welt und ich existiere nur noch auf einer alternativen Ebene.

Ich komme zuerst und schreie mir die Lunge aus dem Hals, als mich der intensivste und kraftvollste Höhepunkt, den ich je hatte, buchstäblich in Stücke reißt, bevor er mich wieder zusammenfügt.

Als die Erschütterung Kai erfasst, pumpt er unter einem kehligen Brüllen sein Sperma in mich hinein. Ich kann spüren, wie die warme Flüssigkeit mein Bein hinunterläuft, als er sich aus mir herauszieht, ehe wir erschöpft und eng umschlungen auf dem Bett zusammenbrechen. Kai zieht mich an sich und legt seine Arme schützend um mich. »War das gut, Baby?«

»Mehr als gut«, versichere ich ihm und grinse. »Es war megaheiß.« Noch immer lächelnd presse ich mein Ohr an seine Brust und lausche dem beruhigenden Schlagen seines Herzens, von dem ich mich in den Schlaf lullen lasse.

Ich erwarte, dass es am nächsten Morgen mit Jackson unangenehm wird, aber das ist es nicht. Er benimmt sich normal. Als wäre er nie Zeuge unserer intimsten Momente gewesen. Und das weiß ich zu schätzen. Mir ist klar, dass er es tut, um sicherzustellen, dass ich mich wohlfühle und es nicht bereue, ihn in unser Schlafzimmer gelassen zu haben.

Jackson ist der Wahnsinn und ihn kommen zu sehen, während er Kai und mir zusah, war einer der erotischsten Momente meines Lebens. Aber es war definitiv ein einmaliges Erlebnis.

Ich liebe Kai.

Über alles.

Und ich möchte keinen Aspekt unserer Beziehung mit jemand anderem teilen.

Am nächsten Abend liegen wir nackt aneinander gekuschelt im Bett und schauen uns einen Film an. Mit einem Räuspern zieht Kai meine Aufmerksamkeit auf sich. Ich stütze mich auf einen Ellenbogen und zeichne mit meinen Fingern die Tätowierungen auf seiner Brust nach, während ich darauf warte, dass er ausspuckt, was ihm auf der Zunge liegt. Er schaltet den Fernseher stumm. »Ich habe nachgedacht.«

»Oh, oh«, scherze ich, und er schlägt mir auf den Hintern.

»Ich meine es ernst.«

»Was, wenn wir abhauen würden? Du und ich? Wir haben genug Geld, um zu verschwinden.«

Ich lege beide Hände auf seinen Oberkörper. »Das weiß ich, und es ist nicht so, als hätte ich nicht schon mal daran gedacht. Sie würden jedoch nie aufhören, nach uns zu suchen.«

»Wir könnten immer wieder woanders hinziehen.«

Ich küsse ihn. »Es gefällt mir, dass du das machen willst.

Wirklich. Aber es würde nicht funktionieren. Irgendwann würden sie uns finden. Möchtest du für den Rest unseres Lebens immer über die Schulter schauen müssen? Und könntest du alle, die uns nahestehen, für immer zurücklassen?«

Er zieht mich in seine Arme. »Für dich würde ich es tun.«

Seine Worte lassen Emotionen aus mir herausbrechen. »Scheiße, ich liebe dich.« Ich küsse ihn hart. »Ich liebe dich so sehr, aber wir wissen beide, dass wir nicht weggehen können.« Ich seufze verärgert. »Er würde es an den Menschen auslassen, die wir lieben. Ich könnte nicht damit leben, wenn ihnen etwas zustoßen würde, weil wir selbstsüchtig davongerannt sind.«

»Es ist nicht egoistisch, ein normales Leben zu wollen.« Kai fährt mit seinen Fingern durch mein Haar.

»Aber davonzulaufen, wenn klar ist, dass andere den Preis dafür zahlen werden.«

Er lehnt seine Stirn gegen meine. »Ich weiß, dass du recht hast. Ich bin nur so frustriert. Wir müssen diese Beweise finden.«

Schuldgefühle schlagen über mir zusammen. Ich weiß nicht, wie ich ihm die Wahrheit über den Mord an seiner Mutter sagen soll. Wenn es überhaupt jemals einen passenden Zeitpunkt dafür gibt. Aber ich habe beschlossen, dass er es möglichst bald erfahren muss. Ich werde es ihm erzählen, wenn er nach Weihnachten zurückkommt. Es ist riskant, weil ich einen Weg finden muss, ihn davon abzuhalten, seinen Vater zu töten. Doch ich werde dieses Geheimnis nicht auf unbestimmte Zeit bewahren. Kai hat das Recht, es zu erfahren.

34. KAPITEL

Leider vergeht unsere gemeinsame Zeit viel zu schnell, und bevor ich mich versehe, schickt mir Drew eine Nachricht, in der er mich dazu auffordert, meinen Arsch zurück zu den Barrons zu bewegen. Es bringt mich um, mich von Kai und den Jungs zu verabschieden. Mein Herz schmerzt im wahrsten Sinne des Wortes, und ich kämpfe gegen Tränen an, als mich der *Uber*-Fahrer von ihnen fortbringt.

Bei den Barrons angekommen, setze ich ein falsches Lächeln auf und erzähle Elizabeth, dass ich für ihren Sohn eine maßgeschneiderte Uhr mit einer von mir entworfenen Gravur bestellt habe, deren Lieferung jedoch einige Wochen dauern wird. Ich erinnere sie daran, darüber Stillschweigen zu bewahren, und sie verspricht, Charlie gegenüber nicht zu erwähnen, dass ich in den letzten zwei Tagen abwesend war.

Charlies Laune ist bei seiner Rückkehr hervorragend, er nimmt mich in seine Arme und küsst mich enthusiastisch. Ich gerate für eine Minute in Panik und hoffe, dass er Kai nicht an mir schmecken oder riechen kann, was meine Schuldgefühle nur noch verstärkt. Ich fühle mich schlecht dabei, Charlie zu küssen, und ich kann das nicht mehr lange tun.

Am nächsten Morgen ist es, als hätte er einen Schalter umgelegt. Er präsentiert sich am Frühstückstisch kalt und abweisend.

In den nächsten Tagen sehe ich wenig von ihm, da er täglich verschwindet und erst in den frühen Morgenstunden zurückkehrt.

Ich langweile mich ohne Ende und gehe vor Frustration beinah die Wände hoch. Das Ballettstudio ist zu Weihnachten geschlossen und ich finde hier keinen Platz zum Tanzen. Ich absolviere jeden Tag ein paar Stunden auf dem Laufband im Fitnessstudio der Barrons, aber das ist auch schon der Höhepunkt meines Tages, nachdem ich den Joint bereits geraucht habe, den Jackson mir gegeben hat. Ich kann mich nicht ausreichend konzentrieren, um einen Film anzuschauen oder ein

Buch zu lesen, weil ich aufgrund des morgigen Abendessens bei meinem Vater nervös bin, besonders wegen Charlies Stimmungsschwankungen.

Als der Weihnachtsmorgen anbricht, versuche ich mein Bestes, um mich dem Geist der Feiertage hinzugeben. Trotzdem fällt es mir schwer, fröhlich zu bleiben. Ich fürchte mich vor dem Abendessen und bin sauer auf Kai, weil er gestern Abend auf meinen Anruf nicht reagiert hat. Er muss inzwischen in New York in der Hunt-Residenz eingelangt sein. Sawyer erwähnte, dass dort eine ausschweifende Weihnachtsparty stattfinden würde. Dennoch hätte er fünf Minuten Zeit finden können, mich anzurufen.

Ich habe entschieden, dass Charlie das männliche Äquivalent von PMS hat, denn heute Morgen schwebt er wieder auf Wolke sieben und alles scheint vergeben zu sein. Er hat mich nicht aus seinen Armen gelassen und mich mit lächerlichen Geschenken überhäuft, darunter ein fabelhaftes tiefrotes Kleid, das ab der Taille weiter ausläuft und direkt über den Knien endet. Charlie hat mich gebeten, es zum Abendessen anzuziehen. Ich vermute, er versucht, Trent zu überbieten, weil dieser mir nie ein Kleid mit passenden Schuhen oder Schmuck gekauft hat und er nichts nach meinem Geschmack ausgesucht hätte. Das Kleid hat schmale Träger und weist einen hohen Ausschnitt auf, der meine Brust bedeckt. Es ist elegant, aber zurückhaltend, und ich hätte es mir selbst auch ausgewählt.

Ich trage es gern, wenn ich Charlie damit bei Laune halten kann. Und wenn er es Trent unter die Nase reiben will, warum sollte ich ihm im Weg stehen? Ich freue mich über jede Gelegenheit, meinen Ex zu verärgern.

Ich hasse und liebe es zugleich, dass der alte Charlie immer wieder in ihm durchblitzt. Es erinnert mich an den Jungen, der einst einer meiner besten Freunde war. Schuldgefühle überkommen mich, weil ich ihm etwas vortäusche, während ich mich hinter seinem Rücken mit Kai treffe.

Aber ich besinne mich darauf, dass ich keine andere Wahl habe.

Die erste große Überraschung erwartet uns, als wir den formellen Speisesaal in der Manning-Villa betreten und mein Vater mich seiner Verlobten vorstellt.

Ich blinzle ein paarmal und zupfe an meinen Ohren, sicher, dass ich mich verhört habe, während ich die gertenschlanke Blondine an seinem Arm von oben bis unten mustere. Sie ist jünger als er, aber nicht zu jung, was mich angesichts der offenkundigen Vorliebe der Elite für blutjunge Mädchen überrascht. Charlie drückt meine Taille und reißt mich aus meiner kurzzeitigen Benommenheit.

»Ich entschuldige mich für meine Unhöflichkeit«, sage ich und strecke ihr meine Hand entgegen. »Aber ich bin etwas verblüfft. Mein Vater hat dich nie erwähnt.«

Drew zieht hinter dem Rücken des Bastards einen Finger über seinen Hals und signalisiert mir, Vater nicht zu provozieren. Ich bin heute jedoch gereizt und nervös, und das ist in der Regel der Zustand, der meine bissige Seite aktiviert.

»Nun, ich habe dafür umso mehr von dir gehört«, erklärt Patrice und offenbart ihre perfekten weißen Zähne, als sie mich strahlend anlächelt. »Und ich freue mich darauf, dich besser kennenzulernen. Ich weiß, ich kann deine Mutter nicht ersetzen, aber ich hoffe, wir können Freundinnen werden.« Ihre grünen Augen funkeln erwartungsvoll, doch mir dreht sich nur der Magen um.

»Stimmt, du kannst meine Mutter nicht ersetzen«, entgegne ich mit einem angespannten Lächeln. »Und das solltest du auch nicht wollen.« Ich trinke einen Schluck Champagner und mustere sie über den Rand meines Glases hinweg. »Nicht, wenn du an deinem Leben hängst.«

Vater verschluckt sich fast an seinem Whisky und Patrice reagiert furchtbar besorgt um ihn. Charlie zieht mich mit sich auf die andere Seite des Raumes. »Was zur Hölle ist mit dir los?«, fragt er leise, sodass nur ich es hören kann.

»Wenn er wollte, dass ich höflich bin, hätte er mich vorwarnen müssen!«

»Du weißt, dass alles, was du tust, auf mich zurückfällt«, sagt er, wickelt sich eine meiner Haarsträhnen um den Finger und zieht subtil daran. »Zeig also dein bestes Benehmen. Heute ist ein wichtiger Tag.«

»Warum?« Ich sehe ihn misstrauisch an.

»Es ist einfach so.« Er legt seinen Arm um mich, als Sylvia, Trent und Christian auftauchen. Sylvia und ich tauschen wissende Blicke aus und vermeiden ganz bewusst, uns ausschweifend zu unterhalten, während wir darauf warten, zum Abendessen gerufen zu werden. Ich bin überrascht, dass Shandra nicht hier ist, vermute aber, sie hatte Pläne mit ihrer Familie. Trent starrt mich und Charlie an. Ich kuschle mich an Charlies Seite, berühre ihn möglichst offensichtlich und widerstehe dem Drang, Trent den Stinkefinger zu zeigen.

Die Stimmung beim Abendessen ist ziemlich angespannt und ich habe es satt, gelangweilt zu sein, weshalb ich beschließe, ein bisschen Leben in die ganze Sache zu bringen. »Also, Patrice. Wie habt ihr beide, du und mein Vater, euch kennengelernt?«, frage ich, während wir darauf warten, dass unser Dessert serviert wird. Charlie zu meiner Linken und Drew zu meiner Rechten verspannen sich.

»Oh, wir arbeiten zusammen.«

»Du arbeitest bei Manning Motors?«

Sie schüttelt den Kopf und ihr blondes Haar wippt bei jeder Bewegung. »Ich arbeite in der Rechtsabteilung von Parkhurst.«

Das war klar. Sie muss ein Blaublut sein. Und es ist offensichtlich, dass sie die perfekte Vorzeigefrau abgibt. Dies ist scheinbar ein weiteres Kriterium, das Vater aus irgendeinem Grund erfüllen muss. »Wie schön«, sage ich gedehnt und hebe mein Glas, damit es wieder aufgefüllt wird.

»Sie wird ein Wasser trinken«, sagt Charlie und legt seine Hand über das Glas, bevor die Kellnerin einschenken kann.

»Das brauchst du nicht für mich zu entscheiden!« Ich setze eine bestimmte Miene auf. »Mehr Champagner, bitte.«

Drew kneift mir fest in den Oberschenkel und ich zähle im Kopf bis zehn, ehe ich die verwirrte Bedienung anlächle. »Tatsächlich nehme ich nur ein Wasser. Vielen Dank.«

Vater wirft Charlie ein stolzes Lächeln zu und Trent lacht lautstark auf. »Du armer Bastard.« Er zeigt auf Charlie. »Du hast keine Ahnung, worauf du dich da eingelassen hast. Bist du sicher, dass du es noch immer durchziehen willst?«

»Trent.« Christian bedenkt seinen Sohn mit einem warnenden Blick, und Sylvia und ich sehen uns an, vermutlich mit demselben Gedanken. *Was meint er damit?*

»Mir ist bewusst, dass es für einen kalten, skrupellosen Bastard wie dich ein Fremdwort ist, aber ich liebe Abby und sie liebt mich. Es gibt nichts zu überdenken.«

Obwohl ich verdammt wütend auf Charlie bin, schmiege ich mich an ihn und lächle, als er meine Schläfe küsst.

Nach dem Abendessen führt Vater uns alle in das burgunderfarbene Wohnzimmer. Ich runzle die Stirn, als ich den Projektor und die Leinwand sehe, die im Raum aufgestellt sind. Die Vorhänge sind geschlossen und das einzige Licht im Zimmer kommt von einzelnen Lampen, die über den großzügigen Raum verstreut sind.

»Was ist das?«, fragt Charlie, und ich bemerke den zuckenden Muskel an seinem Kiefer.

»Was wäre Weihnachten ohne ein paar ausgewählte Heimvideos?«

Sämtliche Farbe weicht aus Charlies Gesicht. »Nein«, knurrt er. »Ich war nicht einverstanden mit ...«

»Bist du sicher, dass du diesen Satz beenden willst, mein Sohn?« Vater reckt die Brust und sieht Charlie herausfordernd an.

»Charles?« Charlies Vater tritt vor und starrt den Bastard fragend an. Es ist klar, dass keiner der Barrons davon wusste.

Ich habe ein sehr schlechtes Gefühl. Drew fixiert mich mit besorgten Augen und ich weiß, dass er dasselbe empfindet.

»Nun?«, fragt Vater und sieht Charlie unwirsch an. Dabei holt er sein Handy hervor. »Willst du, dass ich alles abblase?«

Charlie räuspert sich. »Das wird nicht nötig sein.«

Vater nickt voll Stolz und Erleichterung, bevor er mich hasserfüllt anblickt. Galle steigt mir die Kehle hinauf und in meiner Brust macht sich ein unangenehmes Flattern breit.

»Mom, können du und Lillian bitte den Raum verlassen«, sagt Charlie und tauscht eine stumme Nachricht mit seinem Dad aus.

»Sie können bleiben.« Vater grinst.

»Es wäre mir lieber, wenn sie das nicht tun würden.« Charlie starrt seine Mutter an und deutet auf die Tür. Sie schaut zu ihrem Ehemann und dieser nickt, woraufhin sie ihre Tochter mit einem perplexen Gesichtsausdruck aus dem Raum schiebt.

»Vielleicht solltest du dich lieber hinsetzen, Abigail.« Der Bastard grinst wieder und seine Augen verweilen kurz auf meiner Brust.

Drew und Charlie versteifen beide, und ich kämpfe gegen die in mir tobende Übelkeit an. »Ich bleibe lieber stehen.«

»Wie du meinst.«

Ich möchte mich auf ihn stürzen und ihm das selbstgefällige Lächeln aus dem Gesicht wischen. Während mein Vater zum Projektor geht, wende ich mich an Charlie. »Ich weiß, dass du im Bilde bist, was hier vor sich geht.«

Er presst die Lippen zusammen. Unter den Ärmeln seines Hemds ist das angespannte Spiel seiner Muskeln deutlich zu erkennen. »Du bist selbst schuld. Denk dran.«

Mein Magen rutscht mir in die Kniekehlen und ich mache mich auf das gefasst, was gleich folgen wird. Doch auf das, was auf dem Bildschirm erscheint, hätte mich absolut nichts vorbereiten können.

Der Bastard hat die Lautstärke hochgedreht, und Stöhnen erfüllt den Raum. Meine Wangen werden feuerrot, aber nicht, weil ich peinlich berührt bin, obwohl ich mich absolut gedemütigt fühle. Auf der Leinwand ist eine Aufnahme aus der Nacht in Kais Schlafzimmer zu sehen, die groß genug ist, um jeden Stoß und jede Berührung im Detail zu zeigen. Aber das ist nicht der Grund dafür, dass ich mörderische Wut empfinde, als der

Mann, der mich gezeugt hat, wieder einmal versucht, mich zu brechen. Die Aufnahme beginnt an der Stelle, wo sich Jackson einen runterholt, kurz bevor er geht.

»Mach es aus!«, ruft Drew.

»Wir kommen gerade erst zum besten Teil«, verkündet der Bastard. Das Video spult vor und ich zucke zusammen, als ich Kai in meinen Po eindringen sehe.

Christians lautes Lachen ertönt im Raum und der Anblick der verräterischen Beule in seiner Hose macht mich krank. Sylvias glasige Augen blicken mich mit einem Hauch von Traurigkeit an und ihre Strategie, sich einfach zu betäuben, erscheint mir immer verlockender. Trent dürfte im Begriff sein, auf mich zuzurasen und mich zu ermorden.

»Du hast das getan«, zische ich und funkle Charlie an.

»Nein«, knurrt er und wendet den Blick ab, als Drew zum Projektor rennt. »Das hast du dir selbst angetan.«

»Wie bist du an dieses Filmmaterial gekommen?«

»Ich habe eine Kamera in deine Handtasche gesteckt.«

»Du unvorstellbarer Dreckskerl.«

»Alles, was du hättest tun müssen, war, dich von ihm fernzuhalten.« Er starrt mich an, seine Nasenflügel beben, seine Hände ballen sich zu Fäusten und seine Muskeln spannen sich unter seinem Hemd an. »Wie konntest du so tief sinken und das tun, während Lauder zugesehen hat? Ich dachte, du hättest mehr Anstand, aber vielleicht hat Trent recht und du bist nichts als eine Hure.«

Ich verpasse ihm eine Ohrfeige, ohne mich darum zu scheren, ob ich damit mein Todesurteil besiegelt habe. »Ich wäre lieber Kais Hure als deine Frau.« Ich reiße mir den Ring von meinem Finger und schleudere ihn durch den Raum, während Drew das Video ausschaltet.

»Das hättest du dir sparen können«, knurrt Vater und starrt Drew wütend an. Dann wandert sein Blick zu mir. »Hol deinen Ring und steck ihn dir wieder an. Jetzt sofort.«

»Fick. Dich.« Ich zeige ihm den Mittelfinger und recke trotzig mein Kinn. »Ich lasse mich eher umbringen, bevor ich Charlie heirate.«

Der Bastard geht auf den Projektor zu, schubst Drew aus dem Weg und fixiert diesen mit einem Blick, der Vergeltung verspricht. »Oh, es wird jemand getötet werden, wenn diese Hochzeit nicht wie geplant stattfindet«, erklärt er und drückt einen Knopf am Projektor. »Aber es wird nicht dein Leben sein, das ich beende.«

Ein neues Bild erscheint auf der Leinwand und mir wird speiübel.

»Nein!«, schreie ich und starre schockiert auf Kai. Er ist bis auf seine Boxershorts nackt und an einen Stuhl gefesselt. Sein Kopf pendelt von einer Seite zur anderen, sein Körper ist blutig und übersät mit blauen Flecken.

35. Kapitel

Jemand reißt Kais Kopf in die Höhe und beim Anblick von dessen blutigem Gesicht dringt ein Schluchzer aus meiner Kehle. Sein linkes Auge ist vollständig geschlossen, sein Lid ist geschwollen und schillert in mehreren Farbschattierungen.

»Ich hasse dich, verdammt noch mal!« Ich rase auf meinen Vater zu, aber Drew stellt sich mir in den Weg und zieht mich zurück. Ich winde mich in seinen Armen, während meine gequälten Schreie den Raum erfüllen. »Ich werde dich umbringen, du Bastard! Lass ihn in Ruhe!!« Heftige Tränen rinnen über mein Gesicht, und ich bin voller Adrenalin und Wut, bereit zu explodieren und all meinen Zorn auf meinen Vater zu entfesseln.

»Bekomm sie gefälligst unter Kontrolle!«, fährt Vater Charlie an.

»Gib sie mir«, fordert Charlie Drew auf.

»Fuck off.« Drew tritt zurück und hält mich weiter fest. »Beruhige dich, A«, flüstert er mir ins Ohr. »Du kannst Kai so nicht helfen.«

Seine Worte bringen mich zur Besinnung und ich zügele meinen Zorn.

»Patrice, Liebling.« Vater dreht sich mit einem aufgesetzten Ausdruck der Anbetung im Gesicht zu seiner Verlobten um. »Würdest du mir den Ring dieser undankbaren Schlampe bringen?«

»Natürlich, Schatz.« Sie wirkt unbeeindruckt, als sie in die Ecke des Raumes geht, in die ich den Ring geschleudert habe, und ihn aufhebt.

»Ich nehme ihn.« Charlie tritt zu ihr, und sie übergibt ihm das Schmuckstück.

Dann greift er nach mir und ich schrecke vor ihm zurück. Drew legt seine Arme fester um mich. »Halt dich zurück, Mann.«

»Ich fürchte, das kann ich nicht«, sagt Charlie, als es an der

Tür klopft.

»Perfektes Timing«, stellt Vater fest. Er bedenkt Charlie mit einem harten Blick. »Schlag sie, wenn du musst, aber halt sie mir vom Leib.«

»Kai!«, schreie ich, als dieser von Maurio und Benjamin in den Raum getragen wird. Er ist noch immer an einen Stuhl gefesselt und seine Verletzungen sehen von Angesicht zu Angesicht noch viel schlimmer aus. Mein Herz pocht wie wild und meine Lunge kreischt nach Luft, während ich darum kämpfe, meine Tränen zurückzuhalten.

Ich kann sehen, dass es Kai große Mühe kostet, den Kopf zu heben. »Abby«, krächzt er mit rauer Stimme.

Wieder will ich mich aus Drews Griff befreien, um zu Kai zu gelangen. »Lass mich gehen.«

»Noch nicht«, wispert Drew mir ins Ohr. »Reiß dich zusammen, A. Bitte. Du musst dich für Kai zusammenreißen.«

Die Worte meines Bruders rufen mich erneut zur Ruhe auf, erinnern mich daran, was auf dem Spiel steht. Vater könnte Kais Leben jederzeit mit einem Fingerschnippen beenden. Ich weiß, dass ich allein die Macht besitze, ihn zu retten, also muss ich meine Emotionen beiseiteschieben und Vater in meiner besten Form gegenübertreten.

»Was willst du?«, frage ich, als ich mich wieder unter Kontrolle habe. Dabei vermeide ich einen Blick in Kais Richtung, da ich meine Gefühle bei seinem Anblick nicht zügeln kann.

Ich möchte meinen Vater millionenfach dafür erstechen, was er ihm angetan hat. Ich füge es der Liste all der Dinge hinzu, für die er bezahlen muss.

»Was ich schon immer gewollt habe.« Vater stolziert auf mich zu. Ich löse mich aus Drews Armen und weiche nicht zurück, als er sich vor mir aufbaut. Schmerzhaft packt er mein Kinn. Charlie tritt hinter mich und legt seine Hände auf meine Taille. »Dich, verheiratet mit einem Mann der Elite, und deine Anteile an Manning Motors.«

»Ich werde es tun und dieses Mal nicht dagegen ankämpfen. Versprochen. Nur lass Kai gehen. Bitte.«

Er drückt gegen meinen Kiefer und biegt meinen Hals nach hinten. »Du bist genau wie alle Frauen. Beherrscht von deinen Gefühlen.« Er sieht mich aus zusammengekniffenen Augen an. »Aber du besitzt innere Stärke und deswegen widersetzt du dich ständig. Du bist nicht so leicht zu brechen wie die meisten Frauen. Das würde mich vielleicht stolz machen, wenn du nicht versuchen würdest, meine Pläne zu durchkreuzen und meinen Ruf zu ruinieren.«

Vater lässt mich los, aber meine Gnadenfrist ist nur von kurzer Dauer, da er mir eine schallende Ohrfeige verpasst.

Drew zieht mich von ihm weg und schirmt mich mit seinem Körper ab. »Wenn du sie noch einmal schlägst, werde ich dir eine Kugel in den Kopf jagen.«

Der Bastard lacht. »Das glaube ich nicht, Sohn. Oder hast du die Dinge vergessen, die du getan hast?«

»Du wirst meiner Schwester nicht wieder wehtun«, faucht Drew. »Du kannst mir das Schlimmste vom Schlimmsten antun, aber du wirst nicht noch einmal Hand an sie legen, oder du kannst dich nach einem neuen Erben umsehen. Ich werde mir selbst eine Kugel ins Herz jagen, bevor du mich aufhalten kannst.«

Für einige Momente tritt Stille ein. »Um dich werde ich mich später kümmern.« Vaters Drohung lässt mir einen Schauder die Wirbelsäule hinunterrieseln. »Komm her, Abigail, es sei denn, du willst, dass ich diesen Dreckskerl jetzt sofort um die Ecke bringe. Ich weiß, dass Trent sehnlichst auf eine Möglichkeit wartet, es ihm heimzuzahlen.«

Ohne Zögern gehe ich auf ihn zu, was der Bastard mit einem Grinsen quittiert. »Du machst es mir zu einfach.«

»Ich habe dir gesagt, dass ich tun werde, was du willst. Nur lass Kai gehen.«

»Abby.« Kai rührt sich auf seinem Stuhl und versucht erneut, den Kopf zu heben. Ein heftiger Schmerz zerfetzt mir das Herz, als ich meinen gebrochenen und zusammengeschlagenen Freund ansehe. »Nein«, murmelt Kai. »Keinen Deal.«

»Hör auf, Kai«, wirft Drew ein. »Mach es ihr nicht noch

schwerer.«

»Wenn ich den Mistkerl heute laufen lasse, hält dich nichts davon ab, morgen mit ihm abzuhauen«, sagt der Bastard. »Und selbst wenn ich die Sicherheitsvorkehrungen erhöhe, bist du noch immer eine gerissene Fotze, von der ich weiß, dass sie weiter mit ihm hinter meinem Rücken herumhuren würde. Also brauche ich etwas mehr.«

»Ich gebe dir mein Wort.«

Er lacht schallend. »Dein Wort ist keinen Pfifferling wert.«

»Ich habe dir ja gesagt, dass sie eine verlogene, betrügerische Schlampe ist«, mischt sich Trent ein.

»Ruhe!«, schnauzt Vater und Trent hält ein.

»Was willst du damit sagen?« Ich kämpfe angestrengt darum, die Panik, die ich verspüre, aus meiner Stimme und meinem Gesicht zu verbannen.

»Du wirst Charles noch heute heiraten. Hier. Der Pfarrer ist bereits auf dem Weg.«

In meinem Kopf dreht sich alles und mein Magen protestiert heftig. Dennoch bleibe ich nach außen hin ruhig und signalisiere meine Zustimmung durch ein Nicken, da ich meiner Stimme nicht zutraue, die Worte herauszubringen.

»Nein, Abby!!« Der Stuhl wackelt, als Kai versucht, sich zu bewegen. Er sieht mich aus seinem noch nicht zugeschwollenen Auge an. »Tu es nicht.«

»Ich habe keine Wahl. Nicht, wenn ich dich am Leben erhalten will.«

»Du kannst ihm nicht trauen«, gibt Kai keuchend von sich. »Er wird mich so oder so töten.«

»Das wird er nicht.« Charlie zieht mich an seine Seite. »Das war Teil des Deals, den wir ausgehandelt haben. Ich weiß, was dein Tod mit Abby anrichten würde, und ich brauche meine Frau präsent und nicht von Trauer verzehrt.«

»Deal?« Charles Barron Senior tritt vor. »Wovon redest du, Sohn?«

»Dein Sohn besitzt die Intelligenz, mit der du nicht geboren wurdest«, mischt sich mein Erzeuger ein und tritt vor Charlies

Vater. »Hast du ehrlich gedacht, dass es dir hinter meinem Rücken gelingen würde, mit meinen Feinden zusammenzuarbeiten?«

Charles mustert Charlie mit einem entsetzten Ausdruck. »Was hast du getan?«

Charlies Miene wird hart. »Du warst derjenige, der mir vermittelt hat, dass es sich lohnt, für die Liebe zu kämpfen.« Charlie sieht mich kurz an, bevor er sich wieder seinem Vater zuwendet. »Ich habe getan, was ich für die Frau tun musste, die ich liebe.«

»Du Idiot!« Charles schüttelt den Kopf. »Sie liebt einen anderen Mann!« Er zeigt auf Kai, der offenkundig Mühe hat, bei Bewusstsein zu bleiben. »Sie wird dich niemals lieben! Was auch immer du getan hast, es war alles vergeblich!«

»Sie wird lernen, mich zu lieben.«

»Gott.« Charles schüttelt den Kopf. »Ich dachte, wir hätten dich zu einem klügeren Menschen erzogen.«

»Ich bin klüger als du.« Charlie nimmt seinem Vater gegenüber eine Angriffsposition ein. »Dein Plan hätte Mom und Lillian umgebracht. Du hast dich für das falsche Team entschieden, Dad. Aber es ist okay. Ich habe deinen Mist aus der Welt geschafft.«

»Du dummer Junge. Du hast keine Ahnung, was du angerichtet hast.«

»Der einzige Dumme hier bist du.« Vater stößt Charles gegen die Brust. »Dein Sohn wird Erfolg haben, während du versagt hast, weil er das tut, was nötig ist, um etwas zu erreichen. Du hattest die Wahl, Charles, und du hast dich für die falsche Seite entschieden.«

Vater zieht eine Waffe aus dem hinteren Bund seiner Hose, presst die Mündung an Charles' Stirn und drückt den Abzug.

Sylvia schreit auf, als Mr Barrons Körper mit einem dumpfen Geräusch auf dem Boden aufschlägt. Seine glasigen Augen starren zur Decke und Blut tropft aus dem Einschussloch in seinem Kopf. Meine Hand zittert, als ich erschrocken meinen Mund bedecke und Charlie anschaue. Sein Adamsapfel springt in seiner Kehle auf und ab und die Vene in seinem Hals pocht wie wild, aber äußerlich zeigt er keine weitere Regung angesichts des kaltblütigen Mordes an seinem Vater.

»Maurio. Beseitige diesen Dreck, bevor der Pfarrer hier eintrifft.« Vater ruft seinen Leibwächter mit einem Fingerschnippen herbei. Gemeinsam mit Benjamin schleift dieser Charles' Leiche aus dem Raum, während wir schweigend dabei zusehen.

»So, jetzt zurück zur Sache«, sagt der Bastard, als wäre nichts geschehen.

Ich zittere am ganzen Körper und kämpfe hart darum, es zu verbergen. Charlie festigt seinen Griff um meine Taille. Ich möchte ihn wegdrücken, weil er mich anwidert, aber Kais Leben hängt an einem seidenen Faden und ich kann nicht riskieren, jemanden wütend zu machen.

Vater nimmt einige Dokumente vom Kaffeetisch und zieht einen Stift aus der Jackentasche. »Du musst nur hier auf der gepunkteten Linie unterschreiben, und sie gehört dir.«

Charlie nimmt die Papiere und liest sie sich durch.

»Es ist nicht nötig, noch einmal darüber nachzudenken«, betont Vater. »Es ist alles wie vereinbart. Die Anteile an Manning Motors, die an dich übertragen werden, wenn Abby achtzehn wird, werden dann automatisch mir zugewiesen. Und wenn ihr euren Abschluss in der Tasche habt, steht es euch beiden frei, Rydeville zu verlassen, sofern ihr euch irgendwo in den USA niederlasst und weiterhin eure Pflichten gegenüber der Elite und dem Orden innerhalb Parkhursts erfüllt.«

Er wirft einen verächtlichen Blick in Kais Richtung. »Ich werde weder dem Verbrecher da drüben noch deiner Mutter oder deiner Schwester Schaden zufügen.« Er starrt Charlie in die Augen. »Vorausgesetzt, du bleibst mit meiner Tochter verheiratet und sie tut nichts, um den Ruf der Mannings zu schädigen.«

Charlie blättert durch das Dokument und unterschreibt, sichtlich glücklich, auf der letzten Seite.

Eis ersetzt das Blut, das durch meine Venen fließt, als es erneut an der Tür klopft.

Vater öffnet sie schwungvoll. »Mr Wittington. Es ist wirklich nett von Ihnen, dass Sie sich bereit erklärt haben, dies ausgerechnet heute zu tun.«

»Für Sie mache ich doch alles«, presst Mr Wittington zwischen zusammengebissenen Zähnen hervor, und ich frage mich, ob er eine der Personen ist, die der Bastard erpresst. »Wer ist das glückliche Paar?«

»Wir sind es.« Charlie verschränkt seine Finger mit meinen und tritt vor.

»Herzlichen Glückwunsch.«

»Abby, nein!«, ruft Kai mit gequälter Stimme. »Ich flehe dich an. Tu das nicht.«

Ich wende mich an Vater. »Jetzt lass ihn gehen.«

»Ich werde ihn freilassen, wenn du verheiratet bist.«

»Vater, bitte.« Es ist schon schlimm genug, dass ich das machen muss. Ich möchte nicht, dass Kai dabei zusieht.

»Halt einfach die Klappe und tu, wie dir befohlen wurde.«

»Er lügt, Abby«, krächzt Kai. »Mach das nicht.«

»Kaiden. Dies ist die einzige Möglichkeit, dich zu beschützen und am Leben zu erhalten«, bringe ich hervor und versuche, meine Hand aus Charlies Griff zu entreißen, damit ich zu ihm gehen kann. Charlie umfasst mein Handgelenk fester und eine Welle des Schmerzes prasselt von allen Seiten auf mich ein. Ich würde alles dafür geben, Kai ein letztes Mal zu berühren, aber Charlie wird mir jeden Versuch verwehren, also muss ich mich mit meinen Worten begnügen.

Möglicherweise werde ich später dafür bezahlen, aber mit Kai zu reden, verstößt nicht gegen die Regeln. »Bitte mich nicht, das nicht zu tun, Kai, denn ich tue es, um dich zu retten.« Ein Schluchzen löst sich aus meiner Kehle und Tränen brennen mir in den Augen. »Ich liebe dich, Kaiden. Dir gehört mein Herz, jetzt und für immer.«

Er streckt den Rücken durch und beißt sich auf die Lippen. »Ich liebe dich auch, Abby. So sehr. Und ich gebe nicht auf.«

»Wie rührend.« Vaters Worte triefen vor Sarkasmus. »Ich wusste, dass es richtig war, einen Absicherungsplan in petto zu haben.«

Der Schrecken hat mein Herz fest im Griff, als ich Charlie anstarre. *Was hat er noch getan?* Doch er sieht genauso verwirrt aus wie ich.

»Willst du nicht wissen, was es ist?«, fragt Vater höhnisch.

Christian brüllt vor Lachen. »Du bist ein kranker, böser Bastard, Michael. Deshalb folge ich dir bis ans Ende der Zeit.«

»Können wir dieses Amateurtheater beenden und das Ganze über die Bühne bringen?«, frage ich flehend, weil ich kurz vor einem Zusammenbruch stehe.

»Du möchtest Kinder haben, richtig, Abigail?«, will Vater wissen und wirft mich mit dieser Frage aus der Bahn.

»Ja.« Mein Ton ist misstrauisch. »Warum?

»Wenn du Kinder willst, musst du mit Charlie verheiratet bleiben.«

Ich habe keine Ahnung, worauf er hinauswill.

»Warum?«, fragt Drew, verschränkt die Arme und schaut den Bastard an. »Was hast du getan?«

»Abigail hat lange bewiesen, dass sie eine der Frauen ist, die kontrolliert werden müssen. Sie ist nicht in der Lage, für sich selbst kluge Entscheidungen zu treffen. Deshalb bin ich während ihrem Aufenthalt in Parkhurst einige Optionen mit den Ärzten durchgegangen und habe eine informierte Entscheidung in ihrem Namen getroffen.«

Das ziehende Gefühl in meinem Bauch, die schmerzenden Bauchmuskeln und der blutige Ausfluss, den ich der Abtreibung zugeschrieben habe. Und wie müde und emotional ich war. »Nein!« Ein heftiger Schmerz drückt auf meine Brust und ich kämpfe darum, genug Luft in meine Lunge zu bekommen. Nahezu zerrissen vor Pein, klappe ich zusammen.

»Was hast du gemacht?«, fragt Charlie in tödlichem Tonfall.

»Entspann dich, mein Sohn. Sie kann dir immer noch einen Erben schenken, aber sie wird keines deiner Babys austragen können. Die Ärzte haben eine Gebärmutterentfernung an ihr vorgenommen, sie hat keinen Mutterleib mehr.«

Der Damm bricht und Tränen rinnen meine Wangen hinab.

»Du kranker Bastard«, knurrt Kai, der auf einmal den ganzen Rest seiner Kräfte mobilisiert, auf dem Stuhl hin und her rutscht und versucht, die Fesseln um seine Arme und Beine zu sprengen.

Benjamin geht auf ihn zu, schlägt ihm ins Gesicht und ich schreie auf. Kai sackt bewusstlos in sich zusammen, und obwohl ich es hasse, ihn so zu sehen, ist es das Beste. Zumindest muss er so nicht mitverfolgen, wie ich gezwungen werde, einen anderen Mann zu heiraten.

»Ich hatte das Recht, davon zu erfahren«, presst Charlie zwischen zusammengebissenen Zähnen hervor.

»Die Prozeduren wurden bereits vor unserer Zusammenarbeit durchgeführt, aber es wird alles gut werden. Dank der Fruchtbarkeitsbehandlung haben die Ärzte fünfzehn gesunde Eier entfernt. Sie sind eingefroren und werden bereit sein, wann immer du dich dafür entscheidest, Kinder haben zu wollen. Du kannst sie mit Hilfe von IVF und einer Leihmutter bekommen, genau, wie wir es gemacht haben.« Er grinst Drew und mich an, offenbar davon ausgehend, es wäre das erste Mal, dass wir diese Information zu hören bekommen.

»Es gibt zusätzliche Vorteile. Deine Frau wird nicht fett und du kannst deine Leihmutter so oft ficken, wie du willst, weil du auch sie besitzen wirst.« Er zuckt mit den Schultern. »Und wenn sie sich dir widersetzt, wie Olivias Schlampe von einer Schwester es mir gegenüber getan hat, kannst du Spaß daran haben, dir alles zu nehmen, was du willst.«

Meine Tränen sind getrocknet und ich bin jetzt innerlich nur noch taub.

Dies ist die schlimmste Verletzung von allen.

Er hat mir alles genommen.

Meine Mutter.

Meine Freiheit.

Meine Brüste.

Die Babys, die in meinem Mutterleib herangewachsen sind.

Die Liebe meines Lebens.

Und jetzt das.

Ich werde niemals spüren, wie sich ein Kind in mir bewegt.

Niemals das Wunder der Schwangerschaft genießen.

Niemals erleben, wie es ist, ein Baby zur Welt zu bringen.

Was von meiner Menschlichkeit noch übrig ist, verflüchtigt sich, und Dunkelheit erfüllt mich. Meine Venen scheinen sich zu verfestigen und Wut bedeckt sämtliches Gewebe und jeden Nerv in meinem Körper. Entschlossenheit überkommt mich und ich schwöre, dass er für all das bezahlen wird.

Ich bin fertig damit, dieses Spiel nach den Regeln aller anderen zu spielen. Ich bin fertig damit, mich hinter den Männern in meinem Leben zu verstecken. Um meinen Vater zu schlagen, muss ich mich seinem Spiel anschließen.

Er glaubt daran, dass es gut ist, seine Feinde möglichst nah bei sich zu behalten.

Bisher wollte ich Gerechtigkeit. Ich wollte ihn im Gefängnis verrotten sehen, wo er für den Rest seines Lebens für seine Sünden bezahlen würde. Aber ich habe meine Meinung geändert. Jetzt muss er einen langsamen und schmerzhaften Tod sterben. Einen, den ich herbeigeführt habe.

Ich werde den Bastard foltern und das Ganze so schmerzhaft und langanhaltend wie möglich gestalten. Ich werde es genießen, ihn leiden zu sehen. Ihn zu Fall bringen. Ihn so zu zerstören, wie er versucht hat, mich zu zerstören.

Die Frauen um sich herum hat er schon immer unterschätzt. Es ist an der Zeit, ihm zu zeigen, dass das ein Fehler war.

Ich richte mich auf und wische mir mit den Daumen über die Augen. Dann nehme ich Charlies Hand und ziehe ihn zu dem schockierten Pfarrer hinüber. »Ich möchte jetzt mit der Zeremonie beginnen.«

»Gutes Mädchen, Abigail.« Vater nimmt Patrices Hand und sie treten neben uns. »Du musst nur gehorchen. Ich werde mich an meinen Teil der Abmachung halten, vorausgesetzt, du tust dasselbe. Patrice kann dich unterstützen.« Er packt ihren Arsch und drückt zu. »Sie weiß, wie man eine gute, unterwürfige Frau abgibt.«

»Ich würde dir gern helfen.« Patrice setzt ein Lächeln auf und ich erwidere es. Es ist viel einfacher, als ich erwartet hätte.

Nur Drew, Charlie und Trent sind natürlich skeptisch, aber sie sagen nichts.

Drew, weil er pragmatisch ist und weiß, dass das hier vonstattengehen muss. Charlie, weil er mich zu sehr will, um es tiefergehend in Frage zu stellen. Und Trent, weil er mich leiden sehen will, und nach der heutigen Konfrontation weiß er, dass ich Charlie nicht heiraten möchte.

Der Pfarrer räuspert sich. »Sind sie bereit, mit der Zeremonie zu beginnen?«

Wir nicken.

»Sehr gut.« Er schaut hinunter auf das geöffnete Buch, das in seinen Händen liegt. »Innig Geliebte, wir sind heute hier versammelt ...«